바람의 잔해를 줍다

Salvage The Bones by Jesmyn Ward
Copyright © 2011 by Jesmyn Ward
All rights reserved.
Korean translation copyright © 2012 by EunHaeng NaMu Publishing Co., Ltd.
Korean translation rights arranged with Massie & McQuilkin Literary Agency
through EYA Co., Ltd.

이 책의 한국어판 저작권은 EYA Co., Ltd.를 통해
Massie & McQuilkin Literary Agency와 독점 계약한 (주)은행나무출판사에 있습니다.
저작권법에 의해 한국 내에서 보호를 받는 저작물이므로 무단전재 및 복제를 금합니다.

바람의 잔해를 줍다

제스민 워드

황근하 옮김

은행나무세계문학 에세 • 26

은행나무

나를 이끌어주고 갈 길을 알려주는
동생 조슈아 애덤 디도에게

차례

첫째 날 갓 없는 백열전구 아래서 · 11
둘째 날 숨겨둔 달걀 · 42
셋째 날 땅 위에 토하다 · 70
넷째 날 훔쳐야 했던 것 · 105
다섯째 날 잔해를 줍다 · 146
여섯째 날 단호한 손 · 188
일곱째 날 시합하는 개들, 시합하는 사람들 · 226
여덟째 날 모두에게 알려라 · 263
아홉째 날 허리케인 전야 · 304
열째 날 영원의 눈으로 · 331
열한째 날 카트리나 · 365
열두째 날 살아남다 · 401

옮긴이의 말 · 437

이제 너희는 보아라! 나, 바로 내가 그다. 나 말고는 하느님이 없다.
나는 죽이기도 하고 살리기도 한다. 나는 치기도 하고 고쳐주기도 한다
내 손에서 빠져나갈 자 하나도 없다.
— 신명기 32장 39절

나는 작지만 많은 걸 알고 있어요
내 몸은 수도 없이 많은 눈
그래서 원하지 않아도 모든 걸 볼 수 있지요
— 글로리아 푸에르테스*, '지금'

머리 위 별들을 바라보며
우린 커서 뭐가 되고 싶은지 이야기했지
넌 어떠냐고 묻자 그녀는 말했어 "살아 있고 싶어."
— 아웃캐스트**, 앨범 〈아퀘미니(Aquemini)〉 중 'Da Art of Storytellin' (part 1)'

*   Gloria Fuertes, 스페인 시인.
**   Outkast, 미국의 힙합 듀오.

일러두기
1 원문의 이탤릭체는 고딕체로, 대문자로 강조한 부분은 볼드체로 표기했습니다.
2 본문의 각주는 모두 옮긴이의 것입니다.

첫째 날

갓 없는 백열전구 아래서

차이나가 자기를 물어뜯고 있었다. 사정을 몰랐다면 난 차이나가 자기 앞발을 먹으려고 하는 줄 알았을 것이다. 차이나가 미쳤다고 생각했을 것이다. 어떻게 보면 그렇기도 하다. 스키타 오빠 말고는 아무도 손도 못 대게 하는 걸 보면. 무서울 것 없던 핏불테리어 강아지 시절, 차이나는 집 안에 있는 신발이란 신발은 모두 가져가버리곤 했다. 때가 잘 안 타고 해질 때까지도 튼튼하다는 이유로 엄마가 우리 모두에게 사준 검은 테니스화들도 예외가 아니었다. 우리 집 신발장에서 다르게 생긴 유일한 신발, 얄따란 굽에, 진흙이 스며들어 분홍빛으로 물이 든 엄마의 오래된 샌들도. 차이나는 신발을 죄다 끌어내 가구 밑이나 변기 뒤에 숨기거나, 아니면 켜켜이 쌓고는 그 위에 올라가 잠을 잤다. 달릴 수 있고 혼자 계단을 오르내릴 수 있을 만큼 컸을 때는 신발을 아예 밖으로 가지고 나가 집 아래 좁은 도랑에 모아두고는 했다. 우리가 신발을 뺏어 오려고 하면 나무처럼 우뚝 서서 버텼었지. 전에는 그렇게 가져가버리던 차이나가 지금은 내어주고 있었다. 한때는 훔쳐갔던 곳에 이제는 돌려주고 있었다. 차이나는 새끼를 낳고 있다.

지금 차이나 모습은 엄마가 막내 주니어를 낳던 때와는 영 다르다. 엄마는 우리 모두를 낳았던 집 안에서 막내를 낳았다. 그러니까 외할아버지가 숲속에서 나무를 잘라내고 세운 빈터, 우리가 지금 '웅덩이'라고 부르는 이곳에서 말이다. 아빠 말로는 아무리 엄마가 아무 도움도 필요 없다고 했다지만, 우리 집에서 엄마 말고 유일한 여자이자 당시 여덟 살배기 꼬마였던 나는 정말로 아무런 도움이 되지 않았다. 아빠는 랜들 오빠도 스키타 오빠도 나도 금방 나왔다고 했고, 엄마 역시 우리 셋을 다 이 침대, 갓 없는 백열전구 아래서 낳았으니 막내 때도 똑같을 거라 생각했다고 했다. 그러나 그렇지 않았다. 엄마는 쪼그리고 앉아, 있는 힘을 다해 비명을 질렀다. 마침내 나온 주니어는 수국처럼 푸른 보랏빛이었다. 엄마가 피운 마지막 꽃. 아빠가 주니어를 엄마 위로 들어 보여주었을 때 엄마는 정말 꽃이라도 만지듯이 손을 뻗었다. 손가락 끝으로 살살, 행여 주니어에게서 꽃가루가 떨어져 꽃을 못 피우게 되기라도 할까 봐 조심하듯이. 엄마는 병원에 가고 싶지 않다고 했다. 아빠는 집 안에 길게 핏자국을 남기며 엄마를 침대에서 끌어 내려 트럭에 태웠고, 우리는 그 뒤로 다시는 엄마를 볼 수 없었다.

지금 차이나의 모습은 태생이 그래서인지 마치 싸우는 것 같다. 전에는 우리 신발을 놓고 싸우거나 다른 개들과 싸우더니, 이제는 꼭 감은 눈으로 바깥으로 나오려고 하는 이 축축한 강아지들과 한바탕 싸움을 벌이고 있다. 차이나는 땀을 뻘뻘 흘리고 있고, 오빠들과 동생은 잔뜩 들떠 있고, 창고 창문 틈새로는 아빠가 보인다. 아빠 얼굴은 물속의 고기가 햇빛을 받아 번쩍거리듯 빛이 났다. 사위가 고요하다. 공기가 무겁다. 꼭 비가 올 것 같은데 비는 오지 않는다. 별도 없는 밤, 우리 집의 갓 없는 백열전구만 타고 있다.

"좀 나가. 다들 오니까 차이나가 날카로워졌잖아." 스키타 오빠는 아빠 판박이다. 새까만 피부에 작달막하고 날씬한 몸. 몸 곳곳이 잔근육이다. 열여섯 살로 우리 집에서 둘째지만, 차이나에게만은 첫째다. 차이나는 오로지 스키타 오빠만 따른다.

"쟤가 우리를 보는 건 아니잖아." 랜들 오빠가 한마디 한다. 장남인 랜들 오빠는 열일곱이다. 아빠보다 키가 크지만 까만 건 똑같다. 큰오빠는 어깨도 좁고 눈도 가느다란데, 눈이 정말 작아서 금방이라도 얼굴에서 튕겨져 나올 것만 같다. 학교 애들은 오빠를 샌님 취급하지만, 농구장에만 서면 오빠는 달라진다. 기다란 허리하며 날쌔고 우아한 동작이 영락없이 날랜 토끼 같다. 그래서 그런지 아빠가 사냥을 가면 난 늘 토끼만은 잡히지 않기를 바란다.

"차이나는 맑은 공기가 필요해." 스키타 오빠가 차이나의 털을 고르다가 몸을 숙여 차이나 배에 귀를 갖다 댔다. "좀 쉬어야 한다고."

"못 쉴 건 또 뭐야." 랜들 오빠는 스키타 오빠가 현관문에 달아 놓은 천을 붙잡고서, 열린 문에 비껴 서 있다. 지난 한 주, 스키타 오빠는 새끼가 나올지도 모른다며 여기 창고에서 잠을 잤다. 매일 밤 나는 창고의 불이 꺼지고 오빠가 잠이 들 때까지 기다렸다가 뒷문으로 빠져나와서는 여기로 왔다. 그렇게 지금 내가 서 있는 곳에 서서 오빠가 잘 자고 있는지 확인했다. 매번 오빠는 차이나를 품에 안고 잠들어 있었다. 손가락의 살이 손톱을 감싸고 있듯, 오빠는 차이나를 그렇게 품고 있었다.

"나도 보고 싶어." 랜들 오빠의 다리에 매달려 있던 주니어가 몸을 안쪽으로 기울여보지만 기껏해야 콧잔등을 내밀 용기밖에는 없는 모양이다. 차이나는 대개 우리를 거들떠도 보지 않았고, 주니어 역시 차이나를 본체만체하기 일쑤였다. 하지만 일곱 살배기 소년은 호기심이 많다. 석 달 전, 저메인에서 온 한 오빠가 핏불테리어 수놈 한 마리를 데리고 와서 차이나와 교미를 시키려고 했을 때도, 주니어는 낡은 트럭 짐칸을 떼어내 땅에 박아 넣고 철조망을 둘러서 만든 임시 개집 위에 쪼그리고 앉아 모든 걸 지켜보았다. 짝짓기가 시작되자 주니어는 두 팔로 얼굴을 가렸지만, 내가 집으로 들어가라고 아무리 소리를 쳐도 끝까지 버티면서 고집을 부렸었다. 주니어는 그때도 텔레비전을 볼 때나 잠들기 전에 하듯이 팔뚝을 빨고 귓불을 만지작거렸다. 한번은 왜 그렇게 하느냐고 물었더니, 그러면 물소리가 난다는 알쏭달쏭한 대답을 했었다.

스키타 오빠는 주니어를 거들떠보지도 않는다. 지금 오빠는 마치 자기 여자를 정성껏 돌보는 남자처럼 오로지 차이나에게만 집중하고 있다. 차이나가 오빠의 여자라는 말이 꼭 틀린 말만도 아니었다. 랜들 오빠는 아무 말이 없었지만 입구로 팔을 뻗어 주니어를 못 들어오게 막았다.

"안 돼, 주니어." 내가 다리를 뻗어서 주니어를 막는 장벽을 마저 완성했다. 궁둥이 밑으로 흥건하게 누런 점액을 흘리고 있는 차이나에게 가지 못하도록.

"내버려둬라." 아빠가 말했다. "걔도 이제 다 알 만큼 크지 않았니." 어둠 속이라 창고를 울리는 아빠의 목소리만 들린다. 아빠는 한 손에는 망치를, 다른 손에는 못 한 움큼을 쥐고 있다. 차이나는 아빠라면 질색을 한다. 나는 아빠 소리에 아무렇지도 않았지만, 랜들 오빠는 순간 얼어붙은 듯 미동도 없고 주니어도 마찬가지다. 어둠 속으로 사라지는 혜성처럼 아빠 목소리가 맴을 돌며 우리에게서 멀어진다. 쇠를 내리치는 망치 소리가 들려온다.

"아빠 때문에 차이나가 예민해졌어." 스키타 오빠가 말했다.

"새끼를 밀어내게끔 오빠가 좀 도와주면 어때?" 내가 말했다. 이따금씩 나는 엄마가 죽은 건 아무도 도와주지 않았기 때문이 아닐까 생각한다. 턱끝을 가슴팍에 묻고 주니어를 밀어내려고 온 힘을 쥐어짜는 엄마 모습이 보인다. 엄마 뱃속에 자리를 잡고 앉았던 주니어는 계속 그 안에 있으려고 뭔가를 그러쥐고 있었던 모양이지만, 결국은 붙잡았던 걸 잡아 뜯으며 밖으로 나왔다.

"차이나는 그런 거 필요 없어."

그래, 차이나에게는 필요 없겠지. 차이나의 옆구리가 파르르 떨린다. 그르렁거리는 차이나의 앙다문 주둥이가 검은 일직선이 되었다. 눈빛이 붉어지고, 분홍빛 점액이 흘러나온다. 차이나의 몸 전체가 팽팽하게 경직되면서, 살가죽 밑으로 우툴두툴한 것들이 셀 수도 없이 솟아났다. 차이나의 안팎이 뒤집어질 것만 같다. 드디어 밑이 열리면서 자줏빛이 도는 붉은 전구 같은 게 보였다. 차이나가 꽃을 피우고 있었다.

만일 아빠의 술친구들이 아빠에게 오늘 밤에 무엇을 할 거냐고 물었다면, 아빠는 허리케인에 대비해 집을 손볼 거라고 대답했을 것이다. 여름이니까, 그리고 여름에는 늘 허리케인이 이곳을 찾아오거나 떠나가니까. 허리케인은 매해 너른 멕시코만을 지나 40여 킬로미터에 달하는 미시시피 인공 해변까지 밀고 들어와서는, 늪지의 물이 넘쳐 게스트하우스로 바뀌기 전에는 노예까지 둔 여름 별장이었던 대저택과 소나무 숲을 강타하며 한바탕 비를 뿌리다가 북쪽으로 사라졌다. 요새는 허리케인이 우리 동네를 정면으로 강타하는 일이 거의 없다. 대개는 오른쪽으로 방향을 틀어 플로리다로 가거나 왼쪽 텍사스로 가서, 여기는 소맷자락으로 스치듯 훑고 지나가거나 비스듬히 비껴갈 뿐이다. 허리케인이 우리 동네를 정면으로 덮치지 않은 지는 몇 년이 되었기 때문에, 이제는 물을 몇 통을 받아놓아야 하고, 정어리 통조림과 다진 고기 통조림은 몇 개나 챙겨놓아야 하는지, 씻을 물은 얼마나 받아놓아야 하는지 따위도 잊어버릴 지경이 되었다. 하지만 오늘 아침, 아빠가 마당에 세워놓은 트럭의 늘 틀어놓는 라디오에서 들었다. 기상 캐스터는 열 번째 열대성저기압이 멕시코만에서 약화되어 사라졌지만, 푸에르토리코 근처에서 또 하나가 생겨나고 있는 것 같다고 했다.

그래서였을 것이다. 오늘 아빠는 나와 주니어가 같이 쓰는 방 벽을 두드려서 우리를 깨웠다.

"일어나라! 할 게 좀 있다."

주니어는 이불 속으로 기어 들어가더니 벽을 보고 웅크려 누웠다. 나는 일어나 한참을 앉아 있었고, 그래서 아빠는 내가 일어났다고 생각했겠지만, 나도 이내 누워서 다시 잠들어버렸다. 두 시간 뒤 깨어났을 때 아빠의 트럭에서는 라디오 소리가 흘러나오고 있었다. 주니어의 침대는 비었고, 담요는 바닥에 떨어져 있었다.

"주니어, 물통을 더 찾아오너라."

"아빠, 집 밑에는 하나도 없어요."

창밖을 보니 아빠가 집 밑으로 맥주 캔을 내던지고 있었다. 주니어는 반바지를 추켜올렸다. 아빠의 손짓에 주니어는 다시 쪼그리고 앉아 집 밑으로 기어 들어갔다. 주니어는 집 밑으로 들어가는 게 별로 무섭지 않은 모양이었다. 난 꼬마였을 때 늘 무서웠는데. 평소에도 주니어는 집을 지탱하고 있는 콘크리트 블록들 사이로 오후 내내 자취를 감추었다가, 스키타 오빠가 차이나를 들여보내겠다고 으름장을 놓을 때에야 밖으로 나왔다. 한번은 그 밑에서 무엇을 하느냐고 물어보았는데, 그냥 논다는 말이 전부였다. 나는 마치 개들이 하듯 땅을 파서는 그 깔깔한 붉은 흙 구덩이에 누워 우리 발소리를 듣고 마룻바닥을 밀어 올리고 있을 주니어의 모습을 상상해보았다.

주니어의 팔 힘이 제법 세진 덕에 병과 깡통 등이 집 밑에서 당구공처럼 굴러 나왔다. 그것들은 아빠가 고철을 갖다 주는 고물상에서 건져 온 녹슨 젖소 무늬 욕조에 부딪치고서야 멈추었다. 아빠는 그 욕조를 작년에 주니어 생일 선물이라고 가져와서는 수영장으로 쓰라고 했었다.

"골인." 랜들 오빠였다. 오빠는 자기가 직접 만든 농구 골대 밑에 의자를 놓고 앉아 있었다. 죽은 소나무 기둥에, 국립공원에서 훔쳐 온 둥그런 테를 박아서 만든 골대.

"허리케인이 이쪽으로 온 적은 몇 년째 한 번도 없었잖아. 이제는 이리로 오지 않는다니까. 내가 어렸을 때는 늘 우리 쪽으로 돌진했었는데." 매니 오빠였다. 나는 그가 나를 못 보았기를 바라며 욕실 창가로 몸을 숨기고 섰다. 매니 오빠는 이 손에서 저 손으로 농구공을 옮기고 있었다. 그를 본 순간 내 가슴속에 있던 고치가 찢어져 나비 한 마리가 날아가려고 날개를 활짝 펼쳤다.

"그렇게 말하니까 한 팔십은 산 노인네 같네. 나보다 고작 두 살 더 먹었으면서. 전에 어땠는지 나는 까맣게 모른다는 식으로 말하는군." 랜들 오빠가 튕겨 올라오는 공을 붙잡아 다시 매니 오빠에게 던지면서 말했다.

"올여름에 허리케인이 온대도 나뭇가지 몇 개 부러뜨리는 정도일 거야. 뉴스에서 하는 말은 다들 뭣도 모르고 하는 소리라고." 매니 오빠는 새까만 머리칼에 새까만 눈, 이는 하얗고, 살갗은 갓 베어낸 소나무의 심장부 색깔이었다. "부아소바주에서 누군가 체포될 때도 보면 뉴스에서는 번번이 틀린 이야기만 나오잖아."

"그거야 기자들이 하는 짓이지. 일기예보는 '과학'이라고." 랜들 오빠가 대꾸했다.

"저게 뭣도 모르면서." 내가 있는 곳에서 매니 오빠의 얼굴이 불그스름해 보였는데, 나는 그게 여드름이 성해서가 아니라 얼굴에 난 상처 때문이라는 것을 알고 있었다.

"아니다, 하나가 곧장 이리로 오고 있어." 아빠가 손으로 트럭 옆 창문을 닦아냈다.

매니 오빠는 눈동자를 뒤룩 굴리더니 엄지손가락으로 아빠를 가리켰다. 골대로 공을 던졌다. 랜들 오빠가 공을 붙잡아 손에 들었다.

"아직 열대성저기압도 형성되지 않았다던데, 뭘. 아빠 덕분에 주니어만 술병으로 볼링 했지." 랜들 오빠가 대꾸했다.

랜들 오빠 말이 맞았다. 아빠는 평소에도 물통 두세 개에는 늘 물을 채워놓았다. 아빠가 만들 줄 아는 유일한 음식이 통조림 음식이어서, 우리 집에는 비엔나소시지와 다진 고기 통조림이 떨어진 적이 한 번도 없다. 탑라멘*은 날마다 먹었다. 핫도그를 넣고 자작하게 끓이다가 국물을 따라 버리면 매콤한 파스타같이 되는데, 물기가 없어서 크래커 맛이 났다. 우리 마을에 마지막으로 엄청난 허리케인이 닥쳤을 때는 엄마가 살아 있던 때였다. 비가 그치자 엄마는 고장 난 냉장고 안에 들어 있던 고기를 모두 꺼내서 상하기 전에 불판에 구워주었고, 스키타 오빠는 뜨거운 소시지를 너무 많이 먹어서 배탈이 났었다. 랜들 오빠와 내가 마지막 남은 고기를 서로 먹겠다고 싸우자, 엄마가 와서 말렸고 아빠는 그런 우리를 보고 웃으면서 말했었다. **당신이 도와주지 않아도 되겠어. 작고 말랐지만 만만찮은 녀석이 될 거라고 내가 말했잖아. 딱 당신 같아.**

"올해는 다를 거다." 아빠가 트럭 짐칸에 앉으며 말했다. 그때만은, 아빠가 취하지 않은 것 같아 보였다. "뉴스가 맞아. 매주 새로

---

* 미국에서 흔한 인스턴트 라면 상표.

운 폭풍이 올라오고 있어. 이렇게 지독했던 적은 여태껏 없었던 거 같구나." 매니 오빠가 다시 공을 던지자 랜들 오빠가 공을 뒤쫓아 갔다.

"뼈마디가 욱신거리는 게, 뭔가 오고 있는 것 같아." 아빠가 말했다.

나는 머리칼을 뒤로 당겨 하나로 높이 묶었다. 그게 나의 유일한 강점이었다. 마치 흰색 도베르만 같은**, 나만의 주특기. 새까만 머리칼을 달팽이처럼 돌돌 말면 젖었을 때는 얄따랗지만 마르면 올이 풀린 밧줄처럼 풍성해졌다. 엄마는 그건 약간 구식이라면서 머리를 풀어서 늘어뜨리는 걸 좋아했다. 하지만 혼자 머리를 묶게 되었을 무렵부터 줄곧 난 이 머리 모양이 마음에 들었다. 그러나 거울 앞에 서면 그 밖에는 내게 그다지 눈에 띌 만한 구석이 없다는 게 한눈에 보였다. 평퍼짐한 코에 검은 피부, 엄마를 닮아 마르고 작은 체구. 몸의 곡선이 모두 접혀 들어가 흡사 사각형 같은 몸매. 나는 티셔츠를 갈아입고 바깥에서 오빠들이 하는 말에 귀를 기울였다. 방음이 되지 않는 얇은 벽들은 맞물리는 부분들이 다 떨어져 있어서, 내가 집 밖으로 나가기도 전에 매니 오빠 눈에 띌 것만 같았다. 우리 학교의 영어 과목 디도 선생님은 여름방학마다 읽기 숙제를 내준다. 중학교 3학년을 마쳤을 때는 윌리

** 도베르만은 사냥개의 일종으로 흰색은 거의 태어나지 않는다.

엄 포크너의 《내가 죽어 누워 있을 때》를 읽었는데, 나는 가장 어려운 질문에 곧바로 대답을 해서 A를 받았다. 질문은 '소년은 왜 자기 엄마가 물고기라고 생각하는가?'였다. 고등학교 1학년으로 올라간 이번 여름에는 이디스 해밀턴의 《그리스 로마 신화》를 읽고 있다. 그제 읽기를 마친 챕터는 '연인들에 관한 여덟 편의 짧은 이야기'였고 이제 이아손과 아르고호(號)의 이야기로 이어질 것이다. 나는 메데이아가 처음 이아손을 만나러 걸어 나가기 전에 이런 기분이었을까 싶었다. 그녀도 거센 바람 앞에 선 듯 떨렸을까. 잉잉거리는 벌레들 소리와 오빠들이 붉은 땅바닥에 공을 튕기는 소리, 아빠의 트럭에서 흘러나오는 블루스 음악. 이 모든 소리들이 나를 문밖으로 불러내고 있었다.

차이나는 앞발 사이에 얼굴을 묻고 꼬리를 공중으로 추켜올리고는 처음으로 나오는 녀석을 떨구어내려 마지막 힘을 주고 있었다. 그 모습이 마치 물구나무를 서려는 것 같아 나는 웃음이 나올 뻔했지만, 웃지는 않았다. 차이나에게서 피가 배어 나왔고, 스키타 오빠는 어떻게든 도우려고 차이나를 더욱 바싹 끌어안았다. 차이나는 고개를 바짝 치켜들더니, 이빨을 드러내 보이며 눈을 번뜩였다.

"조심해!" 랜들 오빠가 말한다. 스키타 오빠가 차이나를 놀라게 한 것이다. 스키타 오빠가 차이나에게 손을 올려놓자 차이나는 벌떡 일어서버렸다. 엄마는 우리를 가톨릭으로 키웠지만 나는 예전에 아빠가 다니는 감리교 교회에 한 번 간 적이 있었다. 그곳에서 엄마 닮은 사람을 보았는데, 지금 차이나의 몸짓이 딱 그때의 나 같았다. 유령이라도 본 듯, 스키타 오빠의 목소리가 아니라 지극히 거룩한 목소리가 자기 몸을 꿰뚫기라도 한 듯했다. 나는 차이나가 자기 몸을 그러쥔 거대한 손아귀에 붙들려 있는 느낌일까 궁금했다.

"보인다!" 주니어가 새된 소리를 질렀다.

처음으로 나온 녀석은 커다랬다. 녀석은 차이나를 열어젖히고 흥건한 분홍빛 진액 속에서 미끄러져 나왔다. 스키타 오빠가 녀석을 받아, 미리 준비해놓은 낡은 수건 더미 한쪽에 올려놓았다. 오빠가 녀석을 닦았다.

"아빠를 닮아 오렌지색이군. 이 녀석은 투견이 될 거야." 스키타 오빠가 말했다.

강아지는 몸이 온통 오렌지색이었다. 누군가가 씨를 뿌리거나 돌을 캐내거나 아니면 사람을 묻으려고 땅을 팠을 때 드러나는 벌건 흙의 색깔. 미시시피의 붉은색이었다. 녀석의 아비가 딱 그 색깔이었다. 녀석의 아비는 땅딸막한 게 꼭 커다랗고 붉은 근육 덩어리 같았다. 거죽은 투견 시합에서 난 상처 때문에 우툴두툴한 딱지투성이였다. 교미할 때도 차이나와 녀석 모두 입가며 털이 피투성이가 되어, 사랑을 나눈 게 아니라 한바탕 싸움을 벌인 듯했다. 차이나의 살가죽이 바람이 스치는 수면처럼 파르르 떨리고 있다. 발부터 나온 두 번째 녀석은 절반쯤 나오다가 그만 걸려 버렸다.

"스키타 형!" 주니어가 비명을 질렀다. 주니어는 랜들 오빠의 다리 뒤로 숨어서 코를 박고는 한쪽 눈만 내놓고 있다. 오빠의 다리를 숫제 꼭 껴안고 있다. 주니어는 아주 까맣고 아주 조그마해 보인다. 이 어둠 속에서는 입은 옷 색깔도 알아보지 못하겠다.

스키타 오빠가 강아지의 궁둥이를 붙잡고, 몸뚱이를 손으로 감싸 쥐었다. 그리고 잡아당겼다. 차이나가 그르렁거렸고, 강아지는 한 번에 나왔다. 강아지가 온통 분홍빛이다. 스키타 오빠가 수건 위에 누이고 닦아내고 보니, 누군가 털 위로 수박씨를 뱉어놓은 것처럼 조그마한 검은 점이 있는 흰둥이다. 그 자그마한 주둥이 틈새로 혀가 쭉 비어져 나온 모습이 꼭 만화에 나오는 강아지 모양이다. 이 녀석은 죽어 있다. 스키타 오빠는 수건을 펴서 볼링 핀처럼 딱딱해진 강아지를 푹신하게 싼 다음 붉은색 강아지 옆에 조심스레 내려놓았다. 붉은 녀석은 작은 주먹 같은 다리들을 움직거리고 있다. 불빛이 깜빡거리는 것 같다.

"이런, 차이나." 스키타 오빠가 숨을 내쉬었다. 세 번째 녀석이 나오고 있다. 이 녀석은 머리부터 아주 천천히 나오고 있다. 머뭇거리는 고독한 다이버처럼. 랜들 오빠 친구인 빅 헨리 오빠는 다 같이 수영을 가서 강물에서 다이빙할 때면 꼭 이런 모습이다. 둔중하고 조심스럽다. 거구인 자신의 근육과 살이 만들어낼 소용돌이가 물을 다치게 하지는 않을까 염려하는 사람처럼. 빅 헨리 오빠가 그럴 때마다 다른 오빠들은 그를 비웃었다. 매니 오빠는 그중에서도 가장 큰 소리로 웃었다. 치아를 휜 나이프처럼 번뜩이며 낯빛은 불그스름해져서. 강아지는 스키타 오빠의 오므린 두 손 위로 무사히 떨어져 내렸다. 흰색과 갈색이 조각보처럼 이어진 얼룩무늬다. 엄마를 따라 하려는지 고개를 위아래로 움직이며 꼬물거린다. 스키타 오빠가 강아지를 닦아준다. 오빠는 그르렁거리는 차이나 뒤로 무릎을 꿇고 앉아 있다. 새된 소리. 또 틈이 벌어진다.

아빠의 트럭이 현관문 바로 뒤쪽에 주차되어 있고 주니어가 물병 하나를 굴려 내 종아리를 맞혔지만, 내 눈에는 매니 오빠가 제일 먼저 들어왔다. 손가락 끝으로만 공을 잡고 있는 폼이 마치 달걀을 쥐고 있는 것 같다. 랜들 오빠는 공을 잘 다루는 사람들이 그렇게 한다고 말했었다. 매니 오빠는 돌밭에서도 드리블을 할 줄 안다. 공원의 농구 코트 한쪽, 울퉁불퉁한 모래밭에서 랜들 오빠와 같이 있는 매니 오빠를 본 적이 있는데, 둘은 드리블하고 방어하고, 드리블하고 방어하기를 반복하고 있었다. 돌이 많아서 공이 오빠들 다리 사이로 총알같이, 농구공이 아니라 라켓볼 공처럼 방향을 예측할 수 없이 거세게 튀어 올랐지만, 둘은 어찌나 솜씨가 좋은지 거의 한 번도 놓치지 않고 드리블만으로 공을 주고받았다. 결국 둘 다 지쳐서 나가떨어질 때에야 공은 둘의 손아귀를 빠져나가 자갈과 조개껍데기 사이에 끼어서 멈추었다. 지금 매니 오빠는 공을, 마치 족보가 있는 핏불테리어 강아지라도 되는 양 살며시 손에 쥐고 있었다. 그가 나도 그렇게 만져주기를 나는 바랐다.

"매니 오빠, 안녕." 천식에 걸린 듯 내 목소리가 갈라졌다. 목구멍이 화끈거렸다. 그날 날씨보다도 더 뜨겁게. 매니 오빠가 날 보고 고개를 까딱하더니, 공을 검지에 올려놓고는 돌렸다.

"아빠, 일이 많아?"

"산더미지. 가서 동생 병 줍는 것 좀 도와라." 아빠가 말했다.

"내가 집 밑으로 어떻게 들어가." 난 말끝을 흐렸다.

"너더러 거기 들어가서 가져오라는 게 아니야. 넌 병을 씻어 오너라." 아빠가 트럭 짐칸에서 갈색으로 녹이 슨 톱을 꺼냈다. "여기 어딘가에 널빤지를 가져다 놓은 걸로 기억하는데."

나는 가장 가까운 데 있는 물병 두 개를 집어서 수돗가로 가지고 갔다. 손잡이를 돌리니 끓인 것처럼 뜨거운 물이 수도꼭지에서 쏟아졌다. 물병 하나는 속에 진흙이 꽉 차 있어서, 안에 든 것이 흘러넘칠 때까지 물을 받았다. 물이 흘러넘치자 나는 물병을 흔들어서 안을 씻어냈다. 매니와 랜들 오빠가 서로에게 휘파람을 불면서 농구를 계속하는 사이 다른 오빠들이 도착했다. 빅 헨리

와 마키즈 오빠였다. 다들 다른 곳에서 나타나서 의외였다. 그중 몇은 스키타 오빠가 있는 창고나, 이 숲속에서 우리 집을 제외한 유일한 집인 허물어져가는 우리 외할머니네 폐가에서 나타날 줄 알았는데. 오빠들은 술에 너무 취했거나 기분이 아주 좋거나 아니면 그저 귀찮아서 집에 가기 싫을 때면 늘 우리 집 근처에서 잤다. 버려진 차의 뒷좌석에서도 잤고, 아빠가 저메인의 한 주유소에서 어떤 사람한테 싸게 샀지만 집 앞 진입로까지 나가다 멈춰버린 낡은 캠핑카에서도 잤고, 우리가 어렸을 때 엄마가 아빠를 시켜서 가림막을 세운 현관에서도 잤다. 아빠는 뭐라고 하지 않았고, 조금 지나자 오히려 우리 집에 오빠들이 없으면 이상하게 느껴졌다. 전에 빅 헨리 오빠네 거실에서 보았던 수족관, 물과 고기들이 다 말라 없어지고 돌멩이와 가짜 산호만 들어 있던 텅 빈 수족관처럼.

"별일 없어, 형?" 마키즈 오빠가 물었다.

"다들 어디로 사라졌나 했지. 집이 텅 빈 것 같았잖아." 랜들 오빠가 말했다.

내가 받고 있는 물병 속의 물은 분홍빛이 되었다. 물이 튀어서 나는 발을 흔들어 털었다. 매니 오빠 쪽을 보지 않으려고 신경 썼지만 보고 말았다. 오빠는 날 보고 있지 않았다. 마키즈 오빠와 악수를 하고 있었다. 그의 널따랗고 뭉툭한 손가락들이 마키즈 오빠의 비썩 마른 갈색 손을 한입에 집어삼켜버린 것 같다. 나는 병을 깨끗이 씻어 세워놓고 다음 것을 집어 같은 일을 반복했다. 목 뒤로 닿는 머리칼이 엄마가 손뜨개로 떠주었던 담요같이 뜨끈거린다. 지금도 겨울이면 몇 겹씩 깔고 자는, 아침이면 땀을 흘리며 깨게 되는 담요처럼. 식기 세척액 병 하나가 굴러와 내 발치에서 멈추면서 종아리에 흙탕물을 튀긴다.

"구석구석 깨끗이 닦거라." 아빠가 한 손에 망치를 들고 거드름을 피우듯 지나갔다. 손에 세척액이 묻어 미끄러웠다. 비누 거품이 일어 진흙을 뒤덮어버렸다. 주니어가 집 밑에서 빈 병 찾기를 마쳤는지 내 옆에 와 앉아서는 비누 거품을 갖고 놀고 있다.

"매니 형이 여기 이렇게 일찍 나타난 이유가 딱 하나 있지. 샤일라한테서 도망치려고 그런 거지?" 마키즈 오빠가 공을 뺏었다. 마키즈 오빠는 스키타 오빠보다 체구는 작았지만 날래기는 그에 못지않아서, 낡아빠진 골대로 곧장 드리블을 했다. 빅 헨리 오빠가 매니 오빠를 보고 눈을 한 번 찡긋하더니 웃음을 터뜨렸다. 매니 오빠는 표정은 변하지 않으면서 오로지 몸으로만 말했다. 그의 근육이 닭들처럼 재잘거리는 듯했다. 그는 마키즈 오빠를 막으려고 몸을 날렸고, 땅이 단단히 다져진 농구 코트 가장자리에 서 있던 랜들 오빠는 매니 오빠가 공을 빼앗아 패스하기를 기다리면서 손뼉을 쳤다. 빅 헨리 오빠는 매니 오빠를 막으려고 어깨를 밀쳤다. 빅 헨리 오빠는 키가 랜들 오빠와 비슷하지만 체구는 훨씬 컸는데 그러면서도 팽이처럼 우아하고 가볍게 움직였다. 이제 진짜 게임이 시작된 것이다.

병을 흔들어 씻는데 금이 갔는지 느슨하게 쥔 내 손아귀에서 동전 짤랑거리는 소리가 났다. 곧 병이 깨졌고, 유리가 산산조각 나면서 내 손바닥을 그었다. 나는 손에 들고 있던 병을 떨어뜨렸다.

"저리 가, 주니어!" 내가 소리쳤다. 방금 전까지만 해도 분홍색이던 내 손이 지금은 붉은색이 되었다. 특히 왼손이 더 붉었다. "피 난다!" 난 숨을 내쉬었다. 난 소리치지 않았다. 매니 오빠가 날 봐주길 바랐지만, 약하고 가여운 여자아이로 보는 것은 원치 않았다. 남자애들처럼 아픈 걸 꾹 참지 못한다는 이유로 동정을 받고 싶지는 않았다. 랜들 오빠는 매니 오빠가 튕겨주는 공을 받았지만, 이내 무릎을 꿇고 수도꼭지에 왼손을 갖다 대고 있는 내 쪽으로 다가왔다. 내 발치로 빨간 물줄기가 맴돌았다. 오빠는 공을 뒤로 던졌다. 상처는 동전만큼 컸다. 피가 계속 났다.

"어디 좀 보자." 랜들 오빠가 상처를 누르자 피가 솟구쳐 올랐다. 나는 속이 메슥거렸다. "피가 안 날 때까지 이렇게 꾹 누르고 있어야 해." 오빠는 병목을 막고 있던 내 엄지손가락을 가져다가 상처 위에 갖다 댔다. "네가 눌러. 내 손은 너무 더러워. 안 아플 때까지 계속 누르고 있어." 살이 베이거나 긁혀서 엄마에게로 달려가면 엄마가 늘 해주던 말이었다. 엄마는 상처를 알코올로 씻어준 뒤 상처를 누르고 호호 불어주었다. 엄마가 다 불어주고 나면 더는 아프지 않았다. **자, 봐라. 이제 하나도 안 아프지?**

매니 오빠는 마키즈 오빠와 공을 어찌나 잽싸게 주고받는지 빠르게 드럼을 치는 소리가 났다. 그는 내게로 무릎을 꿇고 있는 랜들 오빠를 흘낏 보았다. 얼굴이 평소보다 훨씬 빨개지더니, 이내 농구할 때 늘 그러듯이 함성을 내질렀다. 난 그가 걱정하는 게 아니라 신이 나 있다는 것을 알 수 있었다. **꼭 누르고 있어야 한다······ 아프지 않을 때까지.** 속이 울렁거렸다. 랜들 오빠가 한 번 더 세게 눌러주고는 자리에서 일어섰다. 손을 누르고 있으라고 오빠가 말할 때 보였던 엄마의 환영은 사라졌다. 매니 오빠가 눈길을 돌렸다.

차이나의 넷째는 흑백이 섞인 녀석이었다. 흰색이 목을 감싸고 올라가다가 얼굴께에서 멈추고는 어깨 너머로도 넘어가지 않는다. 나머지는 검다. 스키타 오빠가 담요 위에 눕히고 씻겨주는 동안 녀석은 뒤척이고 낑낑거린다. 낑낑대는 소리가 제법 커서 시끄러운 귀뚜라미 울음소리 속에서도 잘 들린다. 이 녀석은 흰색 머리 장식을 쓰고 쇠락한 도시의 험한 거리를 누비고 다니면서 소리 지르고 춤을 추며 가장 시끄럽게 마르디그라*를 즐기는 춤추는 인디언이다. 차이나에게서 나올 때부터 뉴올리언스 인디언, 내 머리칼을 물려준 그 인디언들처럼 노래하고 소리치며 나온 이 녀석을 내가 가졌으면 싶은데, 스키타 오빠가 설마 내게 줄 리가

---

*   Mardi Gras. 부활절 전에 열리는 성대한 축제.

없다. 이 녀석은 분명 값이 제법 나갈 것이다. 혈통이 좋은 강아지니까. 차이나는 부아소바주 핏불테리어들 사이에서는 한번 붙으면 상대를 불구로 만들어버리는 것으로 정평이 나 있다. 늘 목을 물어뜯는다. 여기서 꽤 떨어진 저메인 출신의, 이 녀석들의 아비도 누구 못지않게 사나운 녀석이다. 매니 오빠 사촌이기도 한 그 개의 주인 리코 오빠는 그 개를 투견장에 내보내서 꽤 돈을 벌어들이는지, 엔진오일 교환점에서 파트타임으로 일하는 것만으로도 생계가 걱정 없다고 한다. 나머지 시간은 소형 오픈 트럭에 개를 태우고, 숲속 으슥한 곳에서 벌어지는 불법 투견장으로 가는 게 일과라고 했다.

"저 녀석이 새까맸다면 좋았을 텐데." 스키타 오빠가 말했다.

"난 괜찮은데." 나는 스키타 오빠에게, 모두에게 그리고 이 창고 안에서 점점 식구를 늘려가는 개들을 향해 대꾸했지만, 다들 차이나에게 정신이 팔려 아무도 내 말을 듣지 않는다. 차이나가 비명을 지른다. 내가 울프강 가의 커다란 나무에 매달려 있던 밧줄을 손에서 놓을 때 내던 소리랑 꼭 같다. 너무 무서우면서도 가슴이 터질 것같이 흥분되었었지. 차이나의 끝이 잘려나간 귀가 앞으로 말렸다. 강아지가 차이나에게서 미끄러져 나온다. 검은 줄무늬가 있는 누렁이로 보였는데, 스키타 오빠가 말끔히 닦아내니 검은색이 사라져버렸다.

"밤에 보니까 피가 검은색으로 보이네." 랜들 오빠가 말했다.

강아지는 온통 하얗다. 제 어미를 쏙 빼다 박았다. 하지만 어미가 신음하는 동안 이 녀석은 조용하다. 스키타 오빠가 강아지 위로 몸을 숙여본다. 다른 강아지들은 입을 벌리고 팔다리를 움직거리고 있다. 우리 모두는 어찌나 땀을 쏟고 있는지, 엄청난 빗속을 뚫고 막 이 창고로 들어온 몰골이다. 하지만 지금 고개를 내젓고 있는 스키타 오빠는 저게 다 땀인지 아니면 눈물인지 분간이 되지 않는다. 오빠가 눈을 깜빡인다. 오빠가 이 흰둥이를 머리통부터 가슴팍, 배까지 검지로 문지른다. 녀석이 입을 벌리자 배가 불룩 부풀어 오른다. 역시 차이나의 딸이었다. 이 녀석도 싸움꾼이 될 거다. 녀석이 숨을 쉬고 있다.

나는 낡은 천 쪼가리를 손에 묶고는 계속 병을 씻어, 씻은 유리병들을 부엌 쪽 담장 위에 쭉 세워놓았다. 주니어는 아르마딜로를 잡아 오겠다고 큰소리치며 집 근처 숲으로 사라졌다. 오빠들은 농구를 마친 모양이었다. 빅 헨리 오빠는 수도꼭지에서 물을 받아 마시고 머리를 적셔 털어낸 다음, 어머니가 열여섯 살 생일 선물로 사주었다는 구식 카프리스 자동차를 우리 집 옆 공터에 갖다 댔다. 젖은 머리를 터는 모습이 꼭 물에 젖은 강아지들이 몸을 터는 것 같아서 나는 웃음을 터뜨렸다. 랜들 오빠와 매니 오빠는 농구 경기에 대해서 갑론을박하고 있었다. 마키즈 오빠는 떡갈나무 그늘에 세워진 빅 헨리 오빠 자동차의 보닛 위에 누워서 시가를 피우고 있다. 빅 헨리 오빠의 자동차 스피커는 베이스가 고장 나는 바람에 소리가 나오는 스피커가 두 개밖에 없어서, 둘의 말소리가 음악 소리보다 크다. 나는 내가 깨뜨린 물병의 파편들을 집어다가 뚜껑이 반쯤 잘려 나간 쓰레기통 안으로 던져 넣었다. 나는 쪼그리고 앉아, 내 손을 벤 조각을 찾을 수 있을까 생각하면서 유리 조각들을 물끄러미 바라보았다. 한동안 그렇게 앉아 있다가 집 뒤편 숲속으로 발걸음을 옮겼다. 내 눈은 간절하게 매니 오빠를 찾고 있었다. 그를 보고 싶어서 머리가 어찔할 정도였지만 그래도 나는 계속 걸어갔다.

우리 외할머니 엘리자베스와 외할아버지 조지프가 원래는 이 땅 전체의 주인이었다. 모두 합치면 2만 평 정도 된다. 여기에 '웅덩이'라는 별명을 붙인 것도 할아버지다. 할아버지는 같이 일하던 백인들이, 집 토대를 다질 때 쓰는 점토를 퍼 가게 하고는 돈을 받았고, 사료용 옥수수를 심던 땅 근처의 언덕도 얼마든지 굴착해 갈 수 있게 했다. 할아버지가 그 사람들이 원하는 만큼 얼마든지 땅을 퍼 갈 수 있게 한 결과, 결국 뒷마당의 마른 호수 위로는 벼랑이 하나 생겼다. 그 바람에 언덕을 돌아 내려오던 작은 개울이 방향을 바꾸어 마른 호수 속으로 흘러 들어갔고, 마른 호수는 연못이 되었다. 그렇게 되자 할아버지는 물 아래의 땅이 가라앉을 거라고, 그리하여 연못이 퍼지면서 땅을 적셔서 늪이 될 거라고 생각했고, 그때부터는 돈 받고 땅 파는 일을 그만두었다. 할아버지는 곧 구강암으로 돌아가셨다. 적어도 할머니가 어렸을 때 우리에게 말해준 바로는 그랬다. 할머니는 늘 우리를 어른 대하듯이 말했고, 욕도 우리가 어른인 것처럼 했다. 할머니는 묵주기도를 드린 후 주무시던 중에 돌아가셨다. 그때가 칠십대셨고, 그로부터 2년 뒤, 할머니가 낳은 자식 여덟 명 중 유일하게 살아 있던 우리 엄마도 주니어를 낳다가 죽었다. 이제 여기 남은 것은 우리와 아빠 그리고 차이나와 닭들, 하나 정도는 건사할 수 있어 키우고 있는 돼지 한 마리가 전부였고, 할아버지가 이 숲속에서 돌보던 관목이며 톱야자, 소나무 등은 이제 붓털처럼 삐죽삐죽하게 웃자라 있었다.

우리는 물웅덩이 바로 옆에 있는 좁은 도랑에 쓰레기를 버리고 태운다. 가까운 나무에서 솔잎이 떨어져 불 속으로 들어가면 그 냄새는 제법 향기롭다. 그럴 때가 아니면 솔잎에서는 늘 불에 탄 플라스틱 냄새가 난다. 내가 도랑 속에 유리 조각을 던져 넣자, 남아 있던 검은 잿더미 위에 얹혀 별처럼 반짝였다. 웅덩이 안에는 물이 거의 없었다. 몇 주째 시원하게 비가 내려주지 않았다. 소나기는 우리에게 필요한데, 지치고 배고픈 아이처럼 붙잡힌 채 저기 먼 멕시코만에서만 내렸다. 여름에 비가 흠씬 오면 웅덩이 언저리까지 물이 가득 차서 우리는 그 안에서 수영을 한다. 원래는 분홍색이던 물은 그때가 되면 탁하고 갈색이 도는 붉은색으로 바뀐다. 상처에 내려앉은 딱지 같은 색깔로. 그만 가려고 몸을 돌렸는데 금빛 형체가 보였다. 매니 오빠다.

"물이 너무 말랐지." 오빠가 말했다. 그는 팔 하나 떨어진 거리를 두고 내 옆에 와 섰다. 내가 손가락을 뻗으면 손톱으로 상처도 낼 수 있을 만큼 가까이. "지금은 수영 못 하겠다."

나는 고개를 끄덕였다. 매니 오빠가 내게 말을 걸고 있다니, 나는 무슨 말을 해야 할지 머릿속이 새하애졌다.

"그렇지만 너네 아빠 말이 맞다면 곧 물이 차겠지."

나는 안에 흙이 잔뜩 붙어 있다는 걸 잊은 채 쓰레기통 뚜껑으로 허벅지를 두드렸다. 흙이 가루처럼 흩날리며 떨어졌다. 나는 아무 말도 하고 싶지 않았지만, 머릿속에는 온통 한 가지 생각뿐이었다. 그리고 그만 말해버리고 말았다.

"왜 집 앞에 안 있고?"

나는 그의 발을 바라보았다. 한때 새하얗던 마이클 조던 농구화는 오렌지 셔벗 색깔이 되어 있었다.

"걔들하고?"

"응." 나는 그의 얼굴을 물끄러미 바라보았다. 땀으로 반들거리는 얼굴. 내 입술이 벌어졌다. 내 안의 또 다른 나라면 그 얼굴을 핥을지도 모른다. 그러면 소금 맛이 날 것이다. 하지만 여기 있는 이 여자애는 절대로 몸을 앞으로 기울이지 않을 것이고, 그의 목을 핥으며 미소 짓지 않을 것이다. 이 여자애는 신화책에 나오는 여자들, 홀린 듯 책장을 계속 넘기게 만드는 그 여자들, 그러니까 간사한 요정들, 냉혹한 여신들, 세상을 뒤엎어버리는 어머니들 같지 않으므로, 그저 가만히 기다렸다. 신의 가슴을 사랑으로 뜨겁게 달구어 놓았던 이오*, 남자를 사슴으로 둔갑시키고 자기 개들을 시켜 그를 발기발기 찢어놓은 아르테미스, 자기 딸이 납치되었을 때 시간을 멈추게 만든 데메테르 같지 않았으니까.

"난 담배 안 피우잖아." 매니 오빠가 말했다. 그러더니 곧 그의 발이 내 옆으로 다가왔다. "나 이제 담배 안 피우는 거 알잖아." 그의 발이 바로 내 앞에 있었고, 갑자기 그 큰 키가 앞에 버티고 서며 햇살을 막아버렸다. "너 나 알잖아." 그가 오늘 처음으로 정말로 뚫어지게 나를 바라보고 있었다. 그가 웃었다. 햇볕에 붉게 탄 자국과 보조개, 마맛자국으로 얽힌 그의 얼굴, 그리고 번들거리는 상처. 열일곱 살 때 한밤중에 만취해서 시골 사는 사촌들과 차를 몰고 가다가 사고가 났을 때 생겼다는 그 상처. 도로에 나타난 사슴을 피하려고 급커브를 하는 바람에 매니 오빠가 창밖으로 튀어나왔고, 그렇게 자갈과 유리투성이 아스팔트 도로에 처박히면서 살갗이 만신창이로 긁혀서 생겼다는 그 상처. 그 상처가 번쩍이는 얼굴. 오빠는 태양이었다.

매니 오빠가 먼저 나를 만졌다. 늘 만지던 곳, 엉덩이를. 그의 손아귀가 나를 꽉 움켜쥐었다 세게 떠민다. 내 반바지가 흘러 내

---

* 그리스 신화에서 제우스의 사랑을 받았다가 암소로 변한 여인.

려갔다. 그의 손가락이 내 팬티를 끌어 내렸고, 그의 팔뚝이 내 허리를 문질렀다. 그의 거칠거칠한 털 때문에 나는 살이 얼얼했다. 오빠는 내게 키스한 적이 없다. 입으로 한 적은 한 번도 없고, 이렇게 몸으로 할 뿐이다. 팬티가 내 다리를 타고 미끄러져 내려갔다. 그는 오렌지 껍질 벗기듯 내 옷을 벗기고 있다. 그는 또 다른 나를 원하고 있었다. 농익은 여자의 마음을. 남자애들이 내 소년 같은 몸매와 검은 피부, 평범한 얼굴 사이로 보는 그 끈적거리는 마음을. 소녀의 마음을. 매니 오빠 이전에는 내가 원했기 때문이 아니라 남자애들이 원했기 때문에 내어주었던 그 마음을. 나는 잠시 동안 프시케가, 에우리디케가, 다프네가 될 수 있었기에 남자애들에게 마음을 주었다. 나는 사랑받았다. 하지만 매니 오빠와는 달랐다. 그는 너무도 아름다웠고, 그런 그가 나를 선택하고, 또 선택했다. 그가 나의 소녀의 마음을 원했다. 나는 그에게 두 마음 모두를 주었다. 소나무들이 빙글빙글 도는 것 같더니 나는 땅으로 폭 쓰러졌다. **금방 끝날 거야**, 나는 생각했다. **내 머리칼 사이로 얼굴을 묻겠지. 절정에 이르면 신음 소리를 낼 거야**. 나는 발꿈치를 그의 허벅지 뒤쪽에 파묻었다. 많은 남자애들을 알았지만, 나는 그와 그의 몸을 가장 잘 알았다. 나는 그를 가장 사랑했다. 나는 그에게 엉덩이를 보이고 엎드렸다. 내 머리칼은 붉은 흙 속의 베개가 되었다. 젖가슴이 아프다. 난 그가 몸을 숙여 내 몸 곳곳을 만져주기를 원했다. 그는 그러지 않을 테지만, 그의 엉덩이는 날 만져줄 것이다. 차이나가 짖어댔다. 칼처럼 날카롭다. 난 그리스 여인처럼 대담했다. 난 그를 사랑으로 달아오르게 만들고 있었고, 매니 오빠는 나를 사랑하고 있었다.

 차이나가 새끼들을 핥아주고 있다. 차이나가 저렇게 온화한 모습은 처음 본다. 새끼를 낳으면 차이나가 새끼들을 깔고 앉아서 질식시킬지도 모른다는 말도 안 되는 생각을 했었다. 새끼들을 물지도 몰랐다. 머리통을 박살 내서 뼈를 가루로 만들고 피투성이로 만들지도 몰랐다. 하지만 차이나는 그런 짓은 조금도 하지 않는다. 새끼들을 굽어보며 서 있을 뿐이다. 새끼를 가운데 두고 한쪽에는 차이나가, 다른 쪽에는 스키타 오빠가 지키고 선 게 마치 든든한 부모 같다. 차이나는 새끼들을 연신 핥아주고 있다.
 "아직 안 했나 보구나." 아빠가 트럭 짐칸에 있다가 말한다. "후산 말이다." 아빠가 어둠 속으로 다시 사라졌다. 아빠가 지나가자 내가 씻어놓은 병들이 땅 위를 구르는 소리가 들린다.
 차이나가 아빠 말을 들었나 보다. 차이나는 구석으로 가더니 콘크리트 블록 더미와 자동차 모터 같은 고철 사이에 몸을 욱여넣었다. 아무런 소리도 내지 않고 다만 이빨을 죄 드러내고 있을 뿐이다. 잔뜩 찡그린 얼굴. 스키타 오빠는 차이나에게 다가가지 않는다. 차이나는 이것은 오빠에게도 보여주고 싶지 않은 것 같다. 지금은 오빠도 도울 게 없을 것이다. 강아지들을 핥아준 덕분에 차이나의 주둥이가 분홍색과 노란색으로 번들거린다. 차이나의 궁둥이 쪽에서 물컹한 소리가 나더니, 차이나가 가느다란 점액을 흘리며 홱 돌아서서는 방금 자기 몸에서 나온 것을 먹기 시작했다. 나는 쪼그리고 앉아서 스키타 오빠의 다리 사이로 그 모습을 훔쳐보았다. 창고 구석이 검은색에 가까워 보이는 남자줏빛으로 물들어 있었는데, 차이나의 고갯짓이 몇 번 반복되자 번들거리던 분비물이 싹 사라졌다. 아빠가 마지막으로 잡았던 돼지의 내부하고 비슷한 모습이었다. 아빠는 돼지를 잡아서 내장을 욕조에 쏟아붓고는, 익혀서 먹을 수 있도록 우리더러 내장을 깨끗이 씻으라고 했었다. 역한 냄새가 코를 찔러 랜들 오빠는 토하고 말았었다.

"개들은 태반과 양막을 꼭 먹는다고 하더라고." 랜들 오빠가 말했다. 차이나가 스키타 오빠에게 걸어오더니 오빠의 새끼손가락을 핥는다. 키스, 뽀뽀다. 차이나는 제 새끼들이 놓여 있는 더러운 수건 쪽으로 가 선다.

"저기 봐." 내가 말했다.

차이나가 분비물을 흘려놨다가 먹어치운 곳에서 뭔가가 꿈틀거린다. 스키타 오빠가 두 손을 짚고 무릎으로 기어가서는 그것을 들어 올린다.

"막둥이인데 무녀리야." 오빠는 그 녀석을 밝은 데로 갖고 나왔다.

이 녀석은 얼룩무늬다. 검은색과 갈색 줄무늬가 옆구리에 걸쳐 있는 게 꼭 얼룩말 같다. 제 언니 오빠들의 절반 크기밖에 되지 않는다. 스키타 오빠가 주먹을 쥐자 감쪽같이 뒤덮여 보이지 않는다. "살아 있어." 그렇게 말하는 오빠 얼굴에 기쁨이 퍼진다. 새끼가 하나 더 생겨서 오빠는 행복하다. 이 녀석이 잘 살아준다면 2백 달러는 더 벌 수 있다. 하다못해 무녀리라도 말이다. 오빠가 손을 펴니 녀석이 꼭 꽃의 암술같이 모습을 드러낸다. 그런데 녀석은 암술머리처럼 미동이 없다. 벌어진 오빠의 입이 꾹 닫히고 눈썹이 축 처진다. 오빠는 강아지를 내려놓았다. "결국은 죽게 생겼네."

차이나가 갓 몸을 푼 어미처럼 눕지를 않는다. 젖을 물리지도 않는다. 몸집이 큰 빨간 녀석을 핥아주고는 이내 언제 그랬냐는 듯 잊어버린다. 차이나는 스키타 오빠를 건너 우리를 바라보고 있다. 문간에 서 있는 우리를 보며 털을 곤두세우고 있다. 스키타 오빠가 차이나의 목줄을 잡고 진정시키려고 애써보지만, 어림도 없다. 주니어가 랜들 오빠의 등 뒤로 냉큼 가 숨는다. 난 창고를 나서기 전에 스키타 오빠를 한 번 안아주고 싶지만, 성난 차이나를 보아서는 힘들 것 같아 그저 오빠를 보고 한 번 웃어 보였다. 어둠 속에서 오빠가 내 얼굴을 보았는지는 모르겠다. 오빠는 정말 잘해냈다. 차이나의 첫 출산인데도 죽은 강아지는 한 마리뿐이다. 차이나는 구멍을 파서 새끼들을 아무도 못 보게 파묻어버리겠다는 듯 창고 땅바닥을 발로 긁고 있다. 폐허처럼 고물이 즐비한 마당에서는 아빠가 쇠로 된 무엇인가를 내려치고 있다. 우리는 창고에서 나왔다. 스키타 오빠가 고요하고 맑은 밤하늘이 안 보이도록 우리 뒤로 커튼을 꼭꼭 친다. 창고는 칠흑같이 어두워졌을 것이다.

나는 주니어에게 집 안으로 들어가면 목욕을 한 번 더 하라고 말했지만, 주니어는 내 말을 듣지 않는다. 결국 랜들 오빠가 물을 틀고 주니어를 욕조 안으로 집어넣어주자 그제야 씻기 시작한다. 랜들 오빠는 주니어를 바라보며 문간에 서 있다. 혼자 씻으라고 욕실 문을 닫는 순간 녀석은 욕조에 걸터앉아서 발로 물만 텀벙거리다가 나올 거라는 걸 잘 알고 있기 때문이다. 주니어는 목욕이라면 질색을 하니까. 내가 맨 마지막으로 목욕을 한다. 찬물만 틀었는데도 미지근하다. 8월은 늘 열기가 가장 깊은 달이다. 땅속 저 깊이까지 열이 스며들어 우물물까지도 끓일 수 있을 만큼. 자러 가니 주니어는 벌써 잠들어 있다. 창문에 붙은 환풍기가 윙윙거리며 돌아간다. 등을 대고 누우니 어찔하면서 머리가 띵하고 현기증이 밀려온다. 오늘은 한 끼밖에 먹지 못했다. 내 위로 매니 오빠가 보인다. 내 얼굴을 핥던 그의 얼굴, 그의 뜨거운 땀방울, 맞닿은 우리 둘의 허리. 그는 비록 눈으로 나를 보지는 않았지만, 몸으로 나를 본 것이나 다름없다. 이아손처럼 나를 사랑했다. 주니어가 아기처럼 쌕쌕 소리를 내며 자고, 나는 머릿속으로 매니 오빠의 숨소리를 떠올리며 잠 속으로 빠져들었다.

둘째 날

숨겨둔 달걀

　새끼를 낳은 다음 날 아침은 조용해야만 한다. 고요한 공기가 소음을 빨아들여야만 한다. 하지만 여기 숲속의 우리 집에서 고요는 왔다가 이내 가버린다. 스키타 오빠가 차이나를 데려오기 전까지는 떼로 나타나 아빠가 총으로 쫓아내고는 했던 떠돌이 개들처럼. 아빠가 돼지를 키웠을 때 아침이면 암퇘지들이 끈적거리는 제 새끼들을 건사하느라 끽끽 울어댔다. 닭들은 숨겨두었던 달걀에서 새끼를 깠고, 우리는 닭과 병아리들이 퍼덕거리고 울어대는 소리에 잠이 깼다. 차이나의 새끼들이 이 세상에서 맞는 첫날 아침도 다를 게 없었다. 나는 망치 소리에 잠을 깼다.

　바깥을 보니, 말끔해진 스키타 오빠가 있다. 적어도 티셔츠는 갈아입은 것 같고, 얼굴은 막 세수를 끝냈는지 반짝반짝 빛이 난다. 오빠는 각목에 못을 박고 있는데, 거기에 또 다른 각목을 이어

붙이고 있는 모양이었다. 나는 아직 잠옷 티셔츠 바람이다. 워낙 이른 시간이라 오랜만에 시원한 아침이다.

"뭐 해?"

"개집 지어."

오빠가 못을 후려친다.

"6주 후면 새끼들도 집이 필요할 거야."

"좀 이르지 않아? 벌써 개집이라니?" 나는 눈을 비볐다. 나는 배가 고프고, 내가 다시 잠들 수는 없을 거라는 걸 알고 있다. 창가에서 망치질을 멈추라고 소리를 지르고는 이불을 머리끝까지 뒤집어쓸 수 있다면 좋으련만.

"다들 죽지 않고 살아남을 거고, 몸집도 커질 거야. 계속 여기저기 뛰어다니게 놔둘 수는 없어. 그러다 차에 치일 수도 있으니까." 양동이를 뒤집어 그 위에 앉아 있던 오빠가 몸을 앞으로 기울여 망치를 바짓단에 집어넣는다. "한번 볼래?"

나는 고개를 끄덕인다.

창고 안을 보니, 반들거리던 뭉치들이 사라졌다. 대신 솜털이 복슬복슬하고 보드라운 뭉치들이 꼬물거리고 있다. 꼭 병아리들 같다. 눈은 아직 못 뜨고 감은 채라, 앙다문 입처럼 얇고 검은 선으로 보인다. 하지만 입은 잘도 벌린다. 씩씩 숨을 내쉬고 가쁘게 들이쉬는가 하면 가냘픈 소리로 울어댄다. 이 울음소리가 앞으로는 짖는 소리가 되겠지. 강아지들은 차이나의 품을 차지하려고 서로 엉켜 굴러다니고 넘어 다니고 난리다. 차이나가 나를 본다. 스키타 오빠가 커튼을 친다.

"다섯 마리나 건질 거라고는 정말 생각도 못 했다, 에시. 차이나가 새끼를 처음 낳는 거라 두 마리 정도나 건질까 했는데. 차이나가 새끼들을 밟아 뭉개서 죽일지도 모른다고 생각했고, 아니면 죽은 채로 나올 수도 있다고 생각했거든. 그런데 이렇게나 많이 안겨주다니."

스키타 오빠가 너무 가까이 서 있는 바람에 우리는 잠깐 어깨가 닿았다. 오빠는 이렇게 말하면서 지금 나를 보고 있지 않을 것이다. 아마 땅을 뚫어지게 보고 있을 것이다. 오빠는 이런 말은 누구에게도, 심지어 차이나에게도 하지 않는다. 다만 이따금씩 내게 고백처럼 속마음을 털어놓는데, 그러면 난 언제나 가만히 듣는다.

"너도 들어봤지? 텔레비전에 나온 아빠들이 자식이 태어나는 걸 보면서 기적이라고들 떠들잖아. 그 많은 돼지며 똥개며 토끼들 새끼 낳는 걸 숱하게 봤어도 난 그런 기분은 눈곱만큼도 느낀 적 없거든. 근데 이 강아지들은, 진짜 그렇더라."

"오빠 뭣 좀 먹을래?" 난 도무지 배가 고파 이야기를 할 수가 없겠다.

차이나가 그르렁거리며 짖어대자, 스키타 오빠가 내 말을 못 들은 사람처럼 날 바라본다.

"아니." 오빠는 다시 망치를 손에 쥔다. "개집 틀까지는 완성하고. 그러고 차이나가 젖 잘 먹이고 있는지 확인해야 해." 오빠는 어깨를 한 번 으쓱해 보이며 이마를 긁는다. "새끼 낳았는데 이 정도는 해줘야지." 오빠는 쉼표를 찍듯 잠깐 나를 바라보았다가, 다시 망치질을 시작한다. 나는 아침거리를 찾아 나선다.

오래전에 엄마가 달걀 찾아내는 법을 가르쳐주었다. 나는 엄마를 따라 마당으로 나갔다. 말끔한 꼴은 한 번도 볼 수 없던 곳. 엄마가 살아 있을 때도 마당에는 보닛이 열린 채 엔진이 뜯겨 나간 텅 빈 차들, 살점을 발라낸 동물 골조 같은 모습을 하고 자리를 차지하고 있던 각종 차체들로 발 디딜 틈이 없었다. 그때는 암탉이 열 마리 정도밖에 없었다. 지금은 스물다섯에서 서른 마리 정도 되는데, 그건 우리가 달걀을 모두 찾아내지 못하기 때문이다. 암탉들은 알을 감쪽같이 숨긴다. 엄마는 피부가 늙은 떡갈나무처럼 짙은 색이었던 데다 밝은색 옷은 입은 적이 없었는데, 내가 어떻게 엄마를 잘 따라갔는지는 정확히 기억이 나지 않는다. 엄마한테서는 분홍색이나 화사한 파란색, 바나나 같은 노란색 따위는 찾아볼 수 없었다. 어쩌면 엄마는 밝은색 셔츠와 바지를 샀을지도 모르지만 입다 보니 물이 빠져서 늘 풀색이나 검은색, 갈색 옷이 되어버렸던 건지도 모른다. 그래서 엄마가 닭들이 몰래 알을 낳아놓은 둥지에서 알을 찾아내려고 몸을 숙였을 때 내가 엄마를 거의 알아볼 수가 없었던 건지도, 그리고 엄마가 움직이면 바람 한 줄기가 나무 사이로 지나간 듯 움직이는 나무들만 보였던 건지도 모른다. 그래서 나는 엄마를 눈으로 보면서가 아니라 손으로 만지면서 따라갔었다. 손으로 엄마 바지를, 치마를 잡아당기면서. 그렇게 우리는 떡갈나무로 만들어진 헛간에서 달걀을 찾아 걸어 다녔다. 나는 달걀 찾는 걸 좋아한다. 혼자서 얼마든지 걸어 다닐 수 있고, 맘껏 느릿느릿 움직일 수도 있고, 아무것도 안 보이는 어둠을 물끄러미 바라볼 수도 있다. 아빠나 주니어 생각은 깨끗이 잊을 수 있다. 고요와 바람을 느낄 수 있다. 나는 엄마가 내 앞으로 걸어오는 것을, 날 돌아보며 미소 짓는 것을 혹은 좀 더 빨리 걸으라고 날 보며 휘파람 부는 것을 그려본다. 어둠침침한 가운데 엄마의 이가 하얗게 빛난다. 그래도 이것은 내가 맡은 집안일이니, 나는 다시 정신을 가다듬고 끼니가 될 만한 것을 찾는 데 집중한다.

내가 물속에서 수영하는 것만큼이나 쉽게 할 수 있는 것은 딱 하나, 첫 경험 이후부터 섹스뿐이다. 열두 살 때였다. 첫 섹스는 아빠의 덤프트럭 앞좌석에서 했다. 상대는 나보다 한 살 많은 마키즈 오빠였다. 그는 스키타 오빠의 가장 친한 친구라 나하고도 꽤 가까웠고 여름이면 숫제 우리 집에서 살다시피 했다. 우리 셋은 멀리까지 뛰어다니며 놀아서 우리 집 소유의 너른 숲속에서 길을 잃기도 했고, 물이 고인 웅덩이에 둥둥 떠서 며칠이고 보내기도 했다. 여름 내내 붉은 흙먼지를 뒤집어쓴 채 빨간둥이가 되어 보냈고, 한 달씩 밖에서 자기도 해서 날마다 아침에 일어나보면 이불 속이 말라붙은 붉은 흙가루로 꺼끌꺼끌했다. 한번은 셋이 숨바꼭질을 하느라 마키즈 오빠와 덤프트럭에 숨은 적이 있었는데, 그때 마키즈 오빠가 내 가슴을 만져봐도 되냐고 물었다. 난 그때 막 가슴이 봉긋해지던 때였지만, 그래도 내 가슴은 가운데에 매듭처럼 크림이 솟아오른 레몬 머랭 파이처럼 작기만 했다. 내가 그러라고 하자, 그는 곧 내 팬티 속을 한번 보여줄 수 있냐고 물었다. 더 크면 그런 걸 볼 기회가 영영 없어질까 봐 겁이 난다고 했다. 나는 보여주었다. 그러자 그가 나를 만지기 시작했는데, 나는 그 느낌이 좋았다가, 안 좋았다가, 이내 다시 좋아졌다. 그리고 그에게 그만하라고 말하는 것보다는 날 계속 만지게 놔두는 게 더 쉬웠고, 그를 밀쳐내는 것보다는 내 안으로 들이는 게 더 수월했고, '왜 안 돼?'라는 소리를 듣는 것보다는 계속 그렇게 하고 있는 쪽이 더 편했다. 그 질문에 답을 하기보다는 그냥 아무 말 않고 그를 받아들이는 것이. 스키타 오빠가 우리를 찾아냈을 때, 나는 비 오듯 흐르는 땀이 눈으로 스며들어 눈이 따가웠다. 거기에는 마키즈 오빠의 땀도 섞여 있었다. 웃는 건지 굳은 건지 애매한 얼굴의 마키즈 오빠는 우리가 뭘 하고 있었는지 깨닫고는 눈이 휘둥그레졌다. **여기서들 뭐 하는 거야?** 스키타 오빠가 묻자 내가 대답했다. **아무것도 안 했어.** 트럭 안에서는 끓인 우유 냄새가 났다.

나는 스키타 오빠가 이 냄새를 맡았을까 봐 겁이 났다. 마키즈 오빠와 나의 냄새를, 우리의 팔꿈치와 무릎이, 뼈와 살이 닿았던 냄새를 맡았을까 봐. 놀란 마키즈 오빠는 더러운 얼굴로 헤벌쭉 웃고 있었다. 내가 차에서 먼저 내렸고, 나는 둘을 남겨두고 불판이 될 만한 것을 찾아 나섰다. 내가 불판을 찾으면 오빠 둘이 그것을 숲으로 가지고 가서 마키즈 오빠가 자기 집에서 훔쳐 온 스팸을 익혀 먹을 것이었다. 우리는 그날 밤 밖에서 야영을 하기로 했었으니까.

나는 욕실로 들어가 거울에 나를 비추어 보았다. 옷을 모두 벗고 몸에 물을 끼얹은 뒤 다시 옷을 입었다. 옷은 그대로 맞았다. 배며 엉덩이, 팔이 모두 전과 같이 직선으로 떨어졌다. 내 몸에는 보기 좋게 굴곡진 부분이라고는 없었다. 여전히 작고 깡마른 몸매에 크게 부풀어 굽슬굽슬한 검은 머리칼, 얇은 입술. 전과 조금도 달라 보이지 않았다. 아빠는 우리 셋이 어렸을 때, 그러니까 내가 여섯 살 무렵 한 명씩 뽑아서 수영을 가르쳐주었는데, 방법은 물속에 그냥 내던지는 것이었다. 나는 금방 적응해서, 탁한 웅덩이 물을 들이마셔도 기침을 하지도 않았고, 울음을 터뜨리거나 허우적거리지도 않았다. 나는 재빠르게 솟아올라 수면을 뚫고 나와 첨벙거리며 아빠가 서 있는 얕은 물가로 돌아왔었다. 나는 손으로는 물을 끌어당기고 발로는 물을 차면서 몸이 앞으로 나아가게 했다. 섹스가 꼭 그랬다.

내 셔츠로 감싼 달걀들이 데운 돌처럼 따뜻하다. 그런데 가볍다. 색깔은 돌 같지만 돌이라기에는 너무 가볍다. 나는 달걀이 자갈 색깔이라서 꼭 그만큼 무거울 거라고 생각했다. 품에 넣으면 내 몸이 앞으로 기울 거라고. 그런데 그렇지가 않다. 나는 개구리 알이 올챙이로 변하는 것을 본 적이 있었다. 봄에 우리 땅 근처의 도랑에 가보면 개구리알이 그득했기 때문이다. 나와 스키타 오빠가 어렸을 때 한번은 도랑가에 엎드려 손으로 개구리알을 퍼내서는 가까이에서 들여다보았다. 그 안에 정말 작은 벌레 같은 개구리들이 있는지, 뒤척거리고 꿈틀거리다 보면 길고 뾰족해져서 쑥쑥 자라는 것을 볼 수 있었다. 눈을 감은 수백 개의 조그만 눈동자 모양을 하고 있을 때, 알들은 공기보다도 가볍고 산들바람처럼 시원하다. 나는 알 안에 있다면 몸을 보호할 주머니가 필요한 동물들, 그러니까 말이나 돼지나 인간도 그처럼 가벼울까 궁금해졌다. 개똥벌레의 심장을 품은 젤리처럼 투명해 보일까, 아니면 돌처럼 단단하고 고요해 보일까? 생명의 신비를 드러내 보여주고 있을까, 아니면 비밀처럼 숨기고 있을까? 아니, 인간의 알이 감히 제 모습을 밖으로 보여주기나 할까?

주니어가 또 스크램블드에그를 먹기는 싫다며 입이 댓 발이나 나왔다. 주니어는 마룻바닥에 앉아 텔레비전을 보고 있다. 커다랗고 낡은 나무 텔레비전은 고장이 났고 그 위에 얹어놓은 잘 나오는 텔레비전을 보고 있는 것이다. 아빠한테 한 대 쥐어박히거나 랜들 오빠에게 한 소리 듣지 않는 이상 식탁에서 밥을 먹으려고는 하지 않을 것이기에, 내가 코앞에 갖다준 달걀 접시를 주니어는 그렇게 본체만체하고 있다.

"고무줄 맛이 난단 말이야!" 주니어가 투덜거린다.

나는 고무줄 맛이 어떤지 기억한다. 쇠처럼 날카롭지, 씁쓸하고. 그토록 부드럽고 낭창낭창하지만 맛은 너무 고약해서 영 견디기 힘들 정도였다. 아이 손바닥에 놓인 지렁이처럼, 입속의 혀가 놀라 움츠러들었었다. 이 스크램블드에그는 전혀 그런 맛이 나지 않는다는 걸 나는 알고 있다.

"주니어, 그렇게 뻐팅길래?" 우리 어렸을 때 엄마가 자주 했던 말인데 나도 습관처럼 주니어에게 그렇게 말한다. 아빠도 가끔 그 말을 쓰는데, 하루는 랜들 오빠에게 그렇게 말했더니 랜들 오빠가 키득거리며 웃음을 터뜨렸다. 그제야 아빠는 그 말이 '뼈 팅길래'처럼 들려서 랜들 오빠가 웃었다는 것을 알아차렸다. 한 1년 전, 나는 단어장에서 부모님을 만나는 게 어떤 기분인지를 디도 선생님의 영어 시간에 경험했다. 단어 목록 속 '버티다'라는 낱말. 나는 엄마가 그렇게 틀리게 쓴 단어가 또 있지 않을까 하고 생각했다. 나는 단순한 집안일을 하다 보면 그런 단어들이 수시로 떠올랐다. 내가 부엌 바닥을 닦고 있는데 아빠가 맥주를 뚝뚝 흘리며 들어와 식탁 의자를 발로 찼을 때는 '아현실색'했었고, 매니 오빠가 웅덩이에서 수영할 때 손가락으로 나를 흥분시켰을 때는

'사랑받는' 기분이었다. 11월, 벽 속으로 파고들어 갈 듯 벽을 보고 침대에 누워 있었을 때는 혹은 내 뒤에 누워 나를 따뜻하게 안아줄 누군가의 자리를 남겨놓고 그렇게 웅크리고 있었을 때는 '맹추위'를 경험했다. 주니어는 웃지 않는다. "달걀 저거 안 먹으면 어떡하니, 주니어. 음식을 버리면 못써. 아프리카에서는 아이들이 굶어 죽는데."

"차이나 주면 되잖아." 주니어가 웅얼거린다. 귀를 문지르고 있다. "난 라면 먹을 거야."

"난 너 라면 못 끓여준다, 주니어. 난 달걀 요리 분명히 해줬어."

"그게 뭐 요리라고." 주니어가 뚫어져라 텔레비전만 본다. 장난감 광고가 나오고 있다. 주니어는 생라면을 먹을 것이고, 부엌에서 몰래 빼낸 날카로운 것으로 수프 봉지를 뚫어 작은 구멍을 낼 것이다. 그러고는 그 망할 놈의 수프 봉지에서 나오는 매캐한 것을 온종일 빨고 다닐 것이다. 내가 주니어의 접시를 낚아채자 그 안에서 달걀이 고무처럼 둔탁하게 흔들렸다.

내가 망치질 중인 스키타 오빠의 다리를 슬쩍 찌르고는 달걀 접시를 가리키자 오빠가 손을 놓고 나를 창고로 데려갔다. 나는 큰 소리로 말하는 걸 좋아하지 않는다. 스키타 오빠와 나 둘만 있을 때조차 나는 누군가를 당황스럽게 하는, 너무 커다랗고 눈에 띄는 존재가 되는 느낌이다. 창고 안으로 들어가니 차이나가 옆으로 누워 있고 강아지들이 어미 쪽으로 빼곡하게 몰려들어서 꼬물거리고 있다. 젖을 빨고 있는 것이다. 고개를 든 차이나가 이를 드러낸다. 스키타 오빠를 보자 입가가 조금 누그러지기는 했지만 그래도 여전히 송곳니를 드러내고 있다. 나는 강아지 한 마리를 들어 올려, 차이나가 새끼를 낳았을 때 스키타 오빠가 그랬듯이 안아보고 싶다. 강아지의 그 반들거리는 코가 내 셔츠 속으로 파고드는 모습을 보고 싶다. 하지만 난 그저 문가에 서서 스키타 오빠가 달걀을 차이나 앞에 놓아주는 모습을 바라보고 있을 뿐이다.

"하얀 녀석이 제법 빨간 녀석만큼이나 커졌네."

차이나는 나를 무시하기로 마음먹었는지 접시에 코를 박고 달걀을 먹어치우고 있다. 접시에는 차이나의 끈적거리는 침만 남았다.

"볼래?" 스키타 오빠가 몸을 숙여 열심히 젖을 빨고 있는 빨간 녀석을 들어 올리니 우유 방울이 차이나 배 위로 똑똑 떨어진다. 차이나의 젖 여덟 개 모두가 통통 불어 있어 마치 사람의 젖가슴 같다. 나는 숨을 한 번 들이마시고는, 목구멍에 돌덩이라도 걸린 것 같아 침을 꿀꺽 삼킨다. 돌멩이는 녹아내리더니 안으로 들어가 불타오른다. 나는 밖으로 뛰쳐나가 무릎을 껴안고 쪼그리고 앉아서 붉은 흙 위에 다 게워냈다. 머리칼이 앞으로 쏟아져 내려와 먹구름처럼 눈앞을 뒤덮었다. 스키타 오빠가 나를 보고 있는 게 느껴진다. 오빠가 강아지를 내려놓은 손으로 내 등을 만졌을 때, 나는 오빠가 차이나도 이렇게 만져주었겠구나 생각했다.

아빠는 빅 헨리 오빠가 준 맥주를 마시며 흐뭇하게 웃고 있다. 빅 헨리 오빠는 고속도로 주유소에서 맥주를 살 수 있다. 워낙 키가 크고 체격이 좋은 데다 얼굴도 네모지고 진지한 표정이라서 족히 스물한 살은 넘어 보이기 때문이다. 아직 열여덟밖에 되지 않았는데 신분증을 보여달라고 걸린 적이 한 번도 없다.

"너같이 큰 녀석은 아마 알 거 다 알 거야. 내 잘 알지."

빅 헨리 오빠의 거구 쪽으로 몸을 기울이니 아빠의 몸이 그 그림자 속으로 쏙 들어간다. 아빠는 장난으로 주먹을 한 방 날릴 것 같은 자세를 하고 있다.

"그놈의 여자들은 뭔가에 의지하는 걸 그렇게 좋아하더군."

아빠가 빅 헨리 오빠의 갈비뼈를 팔꿈치로 툭 친다. 빅 헨리 오빠가 고개를 푹 떨구고는 히죽 웃는다. 그렇게 아빠의 농담을 받아치는 것이다.

"그래서 옛날에 여자들 좀 떠나보냈지. 나라고 아무것도 없었던 건 아니지만."

아빠가 손으로 배를 문지른다. 내가 알기로 셔츠 속 아빠의 배는 판판하다. 짙은 색의 배는 뱃살도 없이 날렵해서 마치 근육 덩어리 위에 날씬한 살가죽이 얇은 티셔츠처럼 걸려 있는 것 같다. 그렇게 맥주를 마셔댔으니 배가 볼링공처럼 불룩하게 나왔을 법도 하지만, 아빠는 그렇지 않다.

"이렇게들 말했지. '클로드, 난 자기보다 조금 더 남자다운 사람을 원해. 좀 더 따뜻한 게 필요하다고. 밤에 내 위에 앙상하고 딱딱한 다리가 올라와 있는 건 원하지 않아.'"

빅 헨리 오빠는 아빠가 재미있다는 듯이 눈을 크게 뜨고서 고개를 끄덕이며 맞장구를 친다.

"그러더군. '커다란 남자가 어떤 느낌인지 알잖아.'"

빅 헨리 오빠는 자기가 홀짝거리던 맥주를 아빠에게 건네고는 아빠의 트럭에 쿵 소리를 내며 올라탄다. 주니어가 집 밑에서 꺼내 온 물병들 중 맨 끝에 있는 것이 햇빛을 받아 빛났다. 안에 든 비누와 물이 다이아몬드처럼 반짝거린다.

"오늘 그놈의 허리케인 때문에 준비하시는 거예요, 클로드 아저씨?" 빅 헨리 오빠가 묻는다. 그는 랜들 오빠와 스키타 오빠가 없는지 마당을 훑다가 날 발견하고는 멋쩍은 얼굴을 하더니 어깨를 한 번 으쓱해 보인다.

어렸을 때 빅 헨리 오빠는 웅덩이에서 굴 껍질이 닥지닥지 붙어 있는 가장 깊은 부분을 지나갈 때면 나를 무등 태워주고는 했다. 오빠는 자기도 나처럼 맨발이면서 내 발이 베이지 않도록 그렇게 나를 옮겨주었다. 오빠 발에서는 피가 난 적이 없었다. 그 이후로 그는 내 몸에 손을 댄 적이 없다. 나는 언젠가 우리가 섹스를 할 줄 알았는데, 오빠는 그런 식으로는 내게 한 번도 다가오지 않았다. 나한테 섹스를 하자고 오는 남자들이 많았기 때문에 나 역시 그와 섹스를 하려고 해본 적은 없다. 그는 늘 거구 특유의 신중

한 태도로 움직이면서 항상 내 주변에 있을 뿐이다. 걸어 다닐 때는 갈지자로 흔들거리면서 춤을 추듯이 걷고, 팔은 물살을 헤치고 나가듯 앞뒤로 흔든다. 맥주병은 손가락 세 개로만 잡는다.

"개 먹을 것 좀 사러 갈 거야. 같이 갈래?"

스키타 오빠가 집 모퉁이에서 돌아 나오며 내게 묻는다. 빅 헨리 오빠는 안도한 모습이다. 스키타 오빠가 창고를 쾅 치자 차이나가 큰 소리로 컹컹 짖는다. 물병들은 땅 위에 가만히 서 있지만, 안에 들어 있는 물은 반짝거리면서 영영 멈추지 않을 것처럼 찰랑거리고 있다. 빅 헨리 오빠가 차에 시동을 걸었고, 우리는 차에 올랐다.

세인트캐서린에 있는 식료품점은 갈 때마다 주차장이 반쯤은 늘 차 있다. 지금은 전체가 꽉 차 있어서, 우리는 자리가 나기를 기다리느라 주차장 주변을 일없이 돌면서 10분을 허비했다. 뜨거운 공기가 차를 얻어 타려는 마르디그라 축제 참가자처럼 정신없이 차를 덮쳤다. 열기는 작은 알갱이처럼 어느 틈엔가 차창 사이로 비집고 들어와 있다. 빅 헨리 오빠가 틀어놓은 에어컨 바람이 내 얼굴과 가슴을 살살 스치고 지나간다. 그러나 바람은 솜사탕처럼 가볍고 열기는 혀와 같아서 바람은 공기에 닿자마자 녹아 없어진다. 우리는 주차장의 거의 중간께에 좋은 자리를 잡았는데도 마트까지 걷는 길은 느리고도 길다. 스키타 오빠는 어찌나 빨리 걷는지 나를 열기와 함께 남겨두고 앞서가지만, 빅 헨리 오빠는 곁눈질로 나를 흘끔거리면서 느릿느릿 걷는다.

마트 안으로 들어가서 나는 스키타 오빠를 따라다니는 빅 헨리 오빠 뒤를 따라다녔다. 깃털처럼 가벼운 머리칼을 가진 스키타 오빠는 기미 낀 이마를 드러낸 채로, 눈을 다 가리는 선글라스를 낀 키 큰 남자들과 그들의 팔을 잡아당기는 여자들의 카트를 마구 부딪치며 다닌다. 부자들은 면바지에 요트클럽 티셔츠를 입었고, 그렇지 않은 이들은 군복 무늬 바지에 사슴 프린트가 된 셔츠를 입고 있다.

"일단 물하고 건전지를 사야 하고……." 한 여자가 적어 온 것을 소리 내 읽으며 카트의 방향을 틀자, 머리칼이 굽슬굽슬한 더벅머리의 십대 소년이 깡충거리며 그 뒤를 따라간다. 소년은 여자의 말을 듣고 있지 않다. 그는 스키타와 빅 헨리 오빠를 흘깃 넘겨보고는 멀어진다.

스키타 오빠는 모든 사람을 마치 잡종 핏불테리어 보듯 무시한다. 빅 헨리 오빠는 "미안합니다"와 "실례합니다"를 연신 웅얼거리며 사람들 사이를 춤추듯 헤치고 다닌다. 나는 조그맣고 새까맣다. 다시 말하면, 눈에 띄지 않는다. 나는 저승에서 지상으로 걸어 나오다 사라져버리는 에우리디케가 될지도 모른다고 생각한다. 그렇게 눈앞에서 사라져버릴지도 모른다고.

개 사료는 열두 종 남짓밖에 되지 않고, 나는 스키타 오빠가 어떤 종류를 살 것인지 벌써 알고 있다. 오빠는 늘 같은 종류의 사료만 산다. 바로 가장 비싼 것. 한번은 아빠가 스키타 오빠에게 20킬로그램짜리 상표 없는 커다란 개 사료를 사료 가게에서 사다 준 적이 있었다. 오빠가 그 사료를 주자 차이나는 꿀꺽꿀꺽 물을 삼키듯이 허겁지겁 먹어치우더니, 결국 한쪽만 익힌 달걀프라이처럼 무른 똥을 마당 곳곳에 뿌려놓았었다. 그 뒤로 차이나는 한 달 동안 스키타 오빠가 식탁에서 몰래 챙겨 온 남은 음식들을 먹었다. 오빠는 그 한 달 내내 창고에서 살다시피 하면서 아버지의 고장 난 잔디 깎는 기계를 통탕거리더니, 결국 어느 날인가 기계 돌아가는 소리를 들려주기 시작했고, 그러고는 성당으로 가서 공동묘지의 잔디를 다듬고 풀을 깎아줄 테니 돈을 달라고 사정을 했다. 내가 보기에 오빠가 일자리를 얻을 수 있었던 건 사람들 대부분이 엄마와 아는 사이였던 까닭이다. 오빠는 여름에는 일주일에 세 번 잔디를 깎았고 겨울이 되면 풀을 베었다. 그렇게 해서 차이나 사료 살 돈을 모으는 것이다. 아빠가 고주망태가 되어 방에 곯아떨어져 있는 날이면 나는 오빠가 아빠 방에서 나오는 모습을 자주 볼 수 있었다. 오빠의 두 주먹은 아빠 주머니에서 훔친 것들로 불룩해져 있었다. 나는 어느 날 아침 아빠가 일어나 자기 돈이 없어진 걸 알기만을 바랐다. 그러면 아빠는 문밖으로 나와서 스키타 오빠에게 고래고래 소리를 지르고 펄펄 뛰며 화를 냈겠지만, 오빠는 운이 좋았다. 그런 일은 아직 일어나지 않았다.

"우리 개는 저것도 잘 먹던데." 내가 걸어가는데 빅 헨리 오빠가 커다란 초록색 봉지를 가리킨다. 그건 가장 싼 사료는 아니지만 그렇다고 제일 비싼 것도 아니다. 스키타 오빠는 귓등으로도 듣지 않는다. 오빠는 이번에도 늘 사는 20킬로그램짜리 부대를 고른다.

"차이나는 좋아하는 게 따로 있어." 스키타 오빠가 중얼거린다. 오빠가 사료 부대를 잠든 아이처럼 어깨에 둘러메자 자그락거리는 소리가 난다.

"그러면 이제, 너도 알겠지만, 차이나 알레르기 약을 사자. 마키즈가 그러는데, 학교에서 어떤 백인 여자애네 강아지가 풀에 알레르기가 있었대. 풀 말이야." 빅 헨리 오빠가 속삭인다.

"그래서 어떤 인간들은 남자하고 개하고 그 짓을 한다고 생각하는구나." 스키타 오빠가 몸을 추스르며 사료를 다른 쪽 어깨로 바꿔 멘다. 사료 부대는 오빠 어깨 위에 평평하게 놓여서 오빠의 가슴을 절반까지 덮었다. "똑같은 것들."

"우리 개는 재채기만 하던데." 빅 헨리 오빠가 어깨를 한 번 들어 올리더니 웃는다. 빅 헨리 오빠의 빛바랜 아스팔트색 눈동자는 웃을 때면 손톱만 하게 작아진다.

"형네 개는 숨도 못 쉴걸. 걔가 형을 혐오하게 될 거야." 스키타 오빠가 말한다.

계산대 줄이 모두 길다. 모든 장바구니가 꽉꽉 차 있다. 스키타 오빠는 좌우로 몸을 흔들고 있고, 나와 빅 헨리 오빠는 서로 몸을 부딪치면서 어색해했다. 빅 헨리 오빠는 사탕과 잡지가 진열된 선반을 일없이 두드리고 있고, 나는 양팔을 모은 채로 팔꿈치를 잡아 뜯고 있다. 내 손에도 장바구니가 하나 들려 있으면 싶으면서, 사람들이 우릴 본다면 우리가 산 물건은 어디 있을까 의아해할 거라는 생각이 든다. 집의 찬장에는 며칠은 버틸 만큼 음식이 충분하니 굳이 지금 살 필요가 없고, 혹시 찬장에 먹을 게 없다고 해도 허리케인에 대비해서 아마 아빠가 어딘가에 챙겨놓았을 것이다. 하지만 계산원의 앞치마 한쪽 어깨끈이 내려가 있는 걸 보니 나는 불안해진다. 계산할 물건들이 너무 많아서 미처 어깨끈을 올릴 시간도 없는 것 같다. 여자는 모든 게 붉다. 하나로 묶어 올린 머리칼도 붉고 뺨도 붉고 손도 붉다. 반바지 주머니 속에 손을 집어넣으니, 스키타 오빠가 화장실 갔을 때 내가 상자에서 뜯어내 허리춤에 쑤셔 넣은 임신 테스트기가 살갗을 긁는다.

내가 그랬던 건 아마 차이나 때문인지도 모른다. 뭔가가 잘못된 것은 분명하다. 몇 주째 나는 하루가 멀다 하고 속을 게워내고 있고, 걸어 다닐 때면 늘 누군가가 뱃속에 있는 음식을 밀어 올리려고 내 배를 꽉 누르고 있는 느낌이다. 라면과 감자가 지겨워서 거의 몇 달 동안 먹는 둥 마는 둥 했더니 생리가 불규칙적이기는 했다. 하지만 속이 메스껍고 구토가 나오니 그제야 나는 임신 테스트를 해봐야겠다는 생각이 들었다. 두 달째 불규칙적인 생리, 매일 아침 아랫배가 꽉 찬 것같이 묵직하고 아프고 축축한 느낌이 들었으니 말이다. 몸 상태를 보면 금방이라도 생리혈이 흘러내릴 것 같은데, 다만 피가 나오지 않고 있었다. 최근에 가졌던 관계를 거슬러 올라가며 헤아려본다. 한 번도 빼먹지 않고 금색과 은색의 콘돔 봉지들이 내 기억 속에 등장한다. 남자애들이 일어설 때, 그러니까 우리의 몸이 떨어질 때는 늘 금박지에 싸인 초콜릿처럼 동전 모양의 봉지가 남겨져 있었단 말이다. 몸의 반은 도로에, 반은 풀밭에 걸치고 누워 있는 여자를 보면서도 난 이 생각을 하고 있었다.

"여자네." 내가 말했다.

"저건 차고." 스키타 오빠가 말한다. 그러고 보니 정말로 차 한 대가 나무둥치에 오르려는 고양이처럼 소나무들 사이에 처박혀 있다. 마치 뛰어서 나무를 타고 올라가 나뭇가지를 붙잡으려다 뒤집어진 것처럼 보인다.

"여기서는 속도를 줄여야 한다는 걸 몰랐나? 사방에 표지판인데." 스키타 오빠가 말한다.

"여기 출신이 아닌가 보지 뭐." 도랑에 들어가 서성거리고 있는 한 남자를 보며 내가 말했다. 그는 고개를 들고 있었는데 얼굴 한쪽에서 핏줄기가 흘러내리고 있었고, 손가락과 이마도 피투성이였다. 그는 그의 얼굴을 타고 흘러내리는 핏줄기처럼 도로 역시 그렇게 휘어져 있다는 것을 분명 몰랐을 것이다. 이곳 후미 지역에서 운전하기 가장 까다로운 곳이 바로 여기였다. 땅이 펼쳐지는가 싶으면 곧 커브 길이라는 것을, 제한속도보다 빠르게 차를 몰 공간 자체가 없다는 것을 그는 몰랐을 것이다. 한번은 아빠도 여기서 트럭을 몰고 가다 도랑에 차를 박은 적이 있다. 아빠는 술에 취해 있었다. 경찰이 와서 빼내주었기에 집에 올 수 있었던 아빠는, 장장 두 시간 동안이나 여기 '죽음의 커브' 길을 두고 욕을 퍼부었다.

"도움이 필요하세요?" 빅 헨리 오빠가 속도를 늦춰 차를 세우면서 물었다. 스키타 오빠는 앞만 보면서, 남자가 서성거리고 있는 창밖 풍경을 못 본 체하고 있다.

남자는 올려다보더니 도랑에서 올라왔다. 도랑에 여자가 누워 있는데도, 마치 여자가 보이지도 않는다는 듯 발을 아무렇게나 디뎌서 하마터면 여자를 차버릴 뻔했다. 그의 한쪽 귀에는 한 손에 움켜쥔 휴대전화가 바싹 들러붙어 있고, 다른 쪽 귀 뒤로는 얇은 갈색 머리칼이 보인다. 그는 흰 단추가 달린 흰 셔츠를 입고 있는데, 그 위로 길게 핏자국이 나서 마치 미스아메리카들이 가슴에 두르는 띠를 맨 것 같다.

"여기가 어딘지 좀 설명해주실래요?" 그는 귀가 잘 안 들리는 노인에게 말하기라도 하듯 목청을 높여 묻는다. "911에 전화를 걸었는데요, 여기가 어딘지 말해달라네요."

"부아소바주와 세인트캐서린 사이에 있다고 말하세요. 후미예요. 가장 가까운 길은 펠라주고요, 디도 다리 바로 앞에 있다고 말하세요."

남자가 고개를 끄덕이고는 말을 하려고 입을 뗀다.

"그러니까……." 그가 다시 입을 다문다. "저기요? 그러니까 제가 지금……." 그가 보조석 창문으로 팔을 쑥 들이밀더니 스키타 오빠의 얼굴 바로 앞에 전화기를 쥔 뻘건 손을 내민다. 스키타 오빠는 움츠러들지도 않고 미동도 않는다. 다만 남자의 손을 뚫어져라 바라볼 뿐이다. 빅 헨리 오빠가 보통 그러듯이 두 손가락으로 전화기를 받아 든다. 전화기에는 핏방울이 점점이 묻어 있다.

"네, 사고가 났어요. 사람 둘이요. 차가 나무를 박고 뒤집어졌어요." 빅 헨리 오빠가 위치를 거듭 설명한다. "이건 남자의 전화기고요, 여자는 그냥 그 자리에 누워 있어요." 잠깐 침묵. "좋아요, 알겠습니다. 그럴게요." 그가 시선을 무릎으로 떨군 채 대꾸한다. "고맙습니다." 땅을 보니 여자는 여전히 잠이 든 듯 미동도 없이 누워 있다. 한쪽 어깨 위로 고개를 떨어뜨리고, 양손은 뭔가를 놓아준 듯 편 채로 옆구리에 붙이고 누워 있다.

"뭐래?" 내가 묻는다.

"자기들이 올 때까지 여기 같이 좀 있어달래. 5분이면 온다고."

"나 집에 가야 해." 스키타 오빠가 말한다.

빅 헨리 오빠가 갓길의 웃자란 풀 사이로 차를 대면서 스키타 오빠를 쏘아본다. 나는 빅 헨리 오빠가, 또다시 도랑 옆에 얼이 빠진 채로 서 있는 남자를 차로 치는 줄 알고 깜짝 놀랐다. 남자의 발끝은 이번에는 여자에게 닿아 있지 않다. 남자는 빅 헨리 오빠의 차가 불과 몇 센티미터 간격으로 자기 옆을 지나가는 줄도 모르는 듯 멍하니 허공을 바라보고 있었다.

"강아지들 때문에 그래. 차이나는 아직 새끼를 돌볼 줄 몰라."

빅 헨리 오빠가 차 시동을 끈다. 나는 숨을 들이마신다. 임신 테스트기가 허리춤에서 버스럭거린다. 빅 헨리 오빠가 자동차 열쇠를 빼고 자기 무릎에 얹혀 있는 남자의 전화기를 바라본다. 그리고 차에서 내리더니 차 문을 닫고는 남자 쪽으로 걸어간다.

"차이나 배고픈데. 젖도 줘야 하고." 스키타 오빠가 말한다.

그리스 신화를 보면 꼭 이런 장면들이 빠지지 않고 나온다. 한 여자를 뒤쫓아 가는 남자 혹은 한 남자를 뒤쫓아 가는 여자. 그들이 중간에 만나는 일은 결코 없다. 여기서는 도랑에 사람이 하나 있고, 그쪽으로 걸어가거나 멀어지고 있는 다른 한 사람이 있다. 빅 헨리 오빠가 여자 옆에 무릎을 꿇고 앉는다. 남자는 쪼그리고 앉아 있어서 여기서는 그의 머리밖에 보이지 않는데, 두 손으로 머리를 감싸 쥐고 있다. 그의 신음 소리가 들리는 것 같다. 빅 헨리 오빠가 땅에 내려앉은 독수리처럼 길 한쪽에 서서, 어색함에 발을 꼰 채로 여자를 내려다보고 있다. 나는 금색 콘돔 포장지 같은 머리 색깔의 그 여자가 남자와 무슨 사이일지 궁금해진다.

"저 여자 왠지 연기하는 것 같아." 스키타 오빠는 빅 헨리 오빠가 충분히 멀어져서 말을 못 들을 때까지 기다렸다가 이렇게 말한다. 어찌나 낮게 말했는지 내가 뒷좌석에 앉아 있다는 걸 잊어버린 것 같다.

"저 사람들 가족일까, 친구일까?" 나는 임신 테스트기에 살갗이 긁히지 않으려고 자세를 바꿨지만 너무 많이 움직이지는 않았다. 테스트기가 반바지 허리춤에서 떨어지는 꼴은 보고 싶지 않았으니까. 스키타 오빠는 대답이 없다. 나는 앞좌석을 밀어본다.

"응?"

"가족일까, 친구일까?" 그들 쪽을 뒤돌아보았더니 남자가 우리 쪽으로 걸어오고 있는 게 보인다. 빅 헨리 오빠가 남자를 향해 뭐라고 고함을 치지만 여기서는 그저 웅얼거리는 소리로밖에 들리지 않는다.

"애인 사이." 스키타 오빠가 말한다.

"무슨 뜻이야?"

"무슨 말인지 알잖아."

나는 늘 스키타 오빠가 우리 집에서 벌어지는 일들의 절반 이상은 모르고 넘어가고 있다고 생각했다. 내가 오빠 주변에서 본 것이라고는, 열두 살 때 누구네 마당에서 훔쳐 왔다며 핏불테리어 한 마리를 집에 데려온 이후로, 늘 개가 전부였기 때문이다. 줄무늬 개들, 머리에 털이 없는 연분홍색 개들, 뚱뚱한 개들, 비썩 말라서 거죽 밑으로 뼈가 다 드러나던 개들. 오빠 목소리는 개 짖는 소리 같았고, 걸어 다닐 때면 둔중한 꼬리가 흔들리며 개 몸통에 부딪힐 때 나는 둔탁한 소리가 났다. 우리는 연결점을 잃어가고 있었다, 조금은. 그런데 지금 나는 그동안 스키타 오빠가 뭘 보았을까 궁금해졌다. 개들이 자고 있을 때, 개들 사이에 있을 때 오빠는 무엇에 주의를 집중했을까 궁금해지기 시작했다. 차이나 전에 개들은 매번 한 살이 채 되기도 전에 죽었다. 그때마다 오빠는 일주일을 기다렸다가 다른 녀석을 데려왔다. 차이나 전에는 오빠가 일부러 개 사료를 사는 수고를 한 적이 없었고, 우리가 먹다 남긴 음식들을 아빠의 닭 사료와 섞어서 개밥으로 주는 게 전부였다. 그는 연인에 대해 무엇을 알까? 오빠는 좀 별난 사람이다. 다른 남자애들과 섞여 있으면 늘 땀에 찌든 개털 냄새를 풍기는 사람. 여자애들은 틀림없이 냄새가 고약하다고 생각할 사람. 하지만 나는 또한 알고 있다. 스키타 오빠 같은 남자를 좋아하는 누군가가 언제나 한 사람은 있다는 것을. 누구에게나 언제든 짝은 있는 법이니까. 하지만 정작 스키타 오빠는 그렇게 생각하는 것 같지 않았다. 축축한 손이 차 문을 두드린다. 남자가 거기 서 있다. 그 손가락으로 차를 만지니 차에 낚싯줄 같은 빨간 선이 그어졌다. 그가 곁눈질로 스키타 오빠를 보고 있고, 스키타 오빠는 문 쪽에서 멀찍이 떨어진다.

"저기, 이봐." 기계음이 들린다. 스키타 오빠가 창문을 올리고 있다. "전에 어디선가 본 것 같은데."

스키타 오빠가 차 창문을 올리다 중간쯤에서 멈춘다.

"잡초 베지 않나?"

"미안하지만 차에서 좀 떨어져주시겠어요?" 내가 간신히 말한다.

"묘지에서?"

스키타 오빠가 창문을 마저 밀어 올려 꽉 닫아버린다. 순식간에 5도는 더 더워졌다.

"이 새끼가. 가서 제 여자 친구나 보지 않고 뭐 하는 거야?" 스키타 오빠가 구시렁거렸다. 오빠는 문을 열고 싶을 것이다. "어떻게 여자를 저렇게 없는 사람처럼 내버려둘 수가 있지? 마룻바닥에 쌓아놓은 빨랫감처럼 건너다니기나 하고 말이야." 오빠는 남자를, 피 흘리고 있는 저 남자를 차 문짝으로 후려치고 싶은 것 같다. 남자에게 욕을 한 바가지 퍼부어주고 싶은 것 같다.

"그렇잖아도 피 흘리고 있잖아."

"저 작자는 날 몰라. 부아소바주에 살지도 않고."

"후미 뒤쪽에 있는 큰 집들에 사는지도 모르잖아. 내륙 쪽 교회에 다니는지도 모르고. 교회 가는 길에 오빠를 봤나 보지, 뭐."

스키타 오빠가 어깨를 틀어서 문손잡이를 등으로 깔아뭉개고는 아예 차창을 베개 삼아 누워버렸다. "빅 헨리 형은 저 작자를 데려가지 않고 뭐 하는 거야." 오빠가 그렇게 말하자, 마침 빅 헨리 오빠가 풀밭을 가로질러 우리 쪽으로 온다. 그는 뛸 때면 움직임이 우아해진다. 서 있거나 앉아 있거나 걸을 때 나오는, 주변을 뭉개버릴까 겁이라도 나는지 경중거리는 어색한 동작은, 뜰 때면 사라지고 없다.

"선생님, 구급차가 지금 오고 있답니다." 빅 헨리 오빠가 한 손으로 남자의 팔꿈치를 붙잡는다. "이쪽으로 오세요."

남자가 이마를 몇 번 문지르니 옆으로 피가 뭉개지면서 두건을 두른 것처럼 된다. 그의 눈은 우리 눈에는 안 보이는 책이라도 읽고 있는지 좌우로 바쁘게 오간다.

"선생님."

"저 새끼한테 저렇게 잘해줄 것 없는데." 스키타 오빠가 불평을 내뱉고는 더 아래쪽으로 내려간다. "차이나가 나 기다릴 텐데."

남자는 고개를 좌우로 흔들면서 앞으로 쓰러질 듯 걷는다. 길가와, 잡풀과 큰 나무들이 뒤엉킨 숲을 샅샅이 훑어보며 걷는다. 걸을 때 손을 흔들지 않는다. 여자 근처에 가서야 걸음을 멈추고 가만히 섰지만, 여자를 보려고 하지는 않는다. 대신 전화기를 꺼내 버튼을 누르고 통화를 한다. 빅 헨리 오빠는 남자의 맞은편에 서 있다. 빅 헨리 오빠는 구급차를 기다리고 있다. 20분 뒤 구급차가 도착했을 때도 남자는 계속 통화 중이다. 여자는 여전히 잠든 듯 누워 있다. 스키타 오빠는 눈을 감고 있지만 2, 3분 간격으로 콧구멍을 벌름거린다.

스키타 오빠는 랜들 오빠가 주니어를 둘러메듯 개 사료 부대를 어깨에 메고는, 빅 헨리 오빠가 차를 다 세우기도 전에 차에서 내려 창고로 바삐 걸어간다. 빅 헨리 오빠는 스키타 오빠가 빠져나간 좌석의 등받이에 팔을 걸친다.

"태워줘서 고마워." 내가 말한다.

빅 헨리 오빠가 돌아보더니 나를 바라보며 뭐라고 말하지만, 흥분한 차이나가 창고에서 짖어대는 소리 때문에 하나도 들리지 않는다. 차이나의 소리는 칼처럼 날아와 꽂힌다. 컹, 컹, 컹, 컹.

"괜찮다고."

난 입가를 올려 보이고, 그게 미소가 아니란 것은 알고 있지만 어쨌든 차에서 나와 그에게서 멀어진다. 그는 아직 이쪽을 보고 있다. 나는 반바지 주머니에 손을 찔러 넣고, 걸어가는 동안 떨어지지 않도록 임신 테스트기를 꼭 쥔다.

"오빠 꼭 손 씻어!" 나는 집으로 들어가다 말고 뒤에 대고 소리쳤다. 손에 피가, 그 남자의 피가 묻었을지도 모른다. 한 사람의 몸 안에 있던 것이 자기 손에 묻어 있다니, 빅 헨리 오빠는 속이 메스꺼울지도 모르겠다. 현관문을 닫으며 보니 빅 헨리 오빠는 벌써 마당 수도꼭지 밑에서 살갗을 벗겨낼 듯 손을 문질러대고 있다.

욕실에 들어가니 엄마가 아빠와 함께 깔았던 낡은 분홍색 타일이 축축하게 느껴진다. 그 위에 분명 물기는 없는데. 욕조는 바싹 말라 있다. 나는 임신 테스트기를 꺼내서 물을 틀어놓고는 비닐봉지를 뜯는다. 영화에서 보니 그 막대기 위에 대고 오줌을 누기에 나도 그렇게 했다. 욕조 가장자리에 테스트기를 올려놓고, 실수로 쳐서 바닥으로 떨어뜨리지 않도록 조심하며 욕조 안쪽으로 걸터앉았다. 욕조는 금속으로 만들어져 있어 따뜻하다. 욕조 밑에 깔아놓은 플라스틱 매트는 보드랍다. 나는 빅 헨리 오빠가 남자를 바라보던 눈길로 막대를 바라본다. 욕조 바닥은 희고 내 발은 까맣다. 발을 문지르니 욕조에 더러운 줄이 생긴다. 마치 내가 색깔을 벗겨내고 있는 것 같다. 나는 내 손을 깔고 앉아 있다. 배는 일부러 보지 않으려고 피하면서 욕조 바닥만 바라본다. 아까 남자가 웃자란 풀숲, 자기 발치에 누워 있던 여자를 한사코 보지 않으려 하던 것처럼.

막대에 한 차례 소나기처럼 색깔들이 나타난다. 잠시 뒤, 한 칸에 하나씩, 줄이 두 개 생긴다. 아주 얄따란 게 똑같이 생긴 선이다. 나는 막대를 바라보고, 가게에서 상자에 쓰여 있던 말을 기억해낸다. **두 줄은 임신을 뜻합니다.** 임신을 뜻합니다. 나는 임신했습니다. 나는 무릎을 모으고 등을 곧추세우고 앉아서, 무릎 위로 눈을 비벼본다. 지금 나의 끔찍한 현실이 떨어진 솔잎을 죄다 태우는 마른 장작불처럼 뱃속에서 이글거린다. 뭔가가 이 안에 있다.

셋째 날

땅 위에 토하다

　간밤, 나는 잠들 수 있기를, 눈을 감으면 아무것도 없는 새까만 잠 속으로 빠질 수 있기를 바라며 누워 있었지만, 5분이 멀다 하고 졸다 깨다를 반복했다. 까무룩 선잠에 들 때마다 내가 임신했다는 사실이 동네 불량배처럼 지키고 서 있다가 날 깨우는 것 같았다. 타들어가는 목구멍에 축축하게 젖은 얼굴로 7시에 눈을 떴다.

　지금까지는 임신했다는 증거는 하나뿐이다. 토한다는 것. 눈을 떠서 쭈그러진 천장을 바라보는 순간, 내가 누구이고 어디 있으며 지금 어떤 상황인지를 기억해내는 순간부터 속이 메슥거린다. 내가 토하는 소리를 아무도 못 듣도록 수돗물을 틀어놓는다. 수도꼭지를 잠그고 욕실 문을 잠근다. 나는 바닥에 누웠다. 팔베개를 하고 누우니 밤새 세면대에 고여 있던 미지근한 물의 온도가 타일에서도 느껴진다. 변기 아랫부분을 물끄러미 바라본다. 먼지가 두껍게 쌓여 이끼가 변기통 밑을 에워싼 것 같다. 그렇게 얼마나 있었는지 깜빡 잠이 들 뻔했다. 꽤 오래 누워 있었는지 고개를 들고 팔을 빼보니 살갗에 머리칼 자국이 나서 판독할 수 없는 필기체 글씨 같은 게 새겨져 있었다. 욕실 바닥이 어두운 배의 밑바닥처럼 기우뚱 기울어진다.

"에시 누나!" 주니어가 문손잡이를 돌려보고는 손바닥으로 문을 두드리며 소리친다. 이내 뒷문을 뻥 차는 소리가 들리더니 계단 위에 오줌을 누는 소리가 들린다.

"에시?" 랜들 오빠다.

"나 다리 제모하고 있어!" 나는 쉰 목소리로 타일 바닥에 대고 소리쳤다.

"제모한다고? 난 이제 너무 늙어서 주니어 못 끌고 온다."

"금방 끝나." 나는 세면대로 몸을 숙여 더 이상 욕지기가 나지 않을 때까지 물을 마신다. 수돗물을 잠근 이후에도 나는 계속 물을 삼키고 있었다. 모래를 씹는 듯 입안이 까끌까끌하지만 그래도 삼켜본다. 속으로 되된다. **난 토하지 않을 거야, 토하지 않을 거야, 절대로.** 욕실에서 나와 벽을 짚고 걷는다.

"너 괜찮아?" 랜들 오빠가 나를 막아선다.

"내가 욕조 바깥에서 다리 좀 헹궜어." 그러고는 얼른 덧붙였다. "걱정하지 마."

아빠가 마당에서 철컥거리며 트랙터를 모는 소리가 들리지만,

나는 모른 척한다. 침대로 돌아와 얇은 이불을 머리끝까지 덮고 무릎을 턱 밑까지 끌어 올리고 숨을 쉰다. 숨이 너무 뜨거워 이불 속에 두 사람이 들어 있는 것 같다.

다시 잠에서 깼을 때 공기는 뜨거웠다. 너무 낮게 내려앉은 천장 때문에 열기가 방 안에 그대로 차 있다. 열기가 빠져나갈 곳이 없다. 시간이 이렇게 되었는데도 아빠가 주니어를 보내 나를 깨우지 않았다니 나는 깜짝 놀랐다. 허리케인에 대비한다고 할 일이 많을 텐데. 아빠와 주니어는 어제 늦은 밤까지 물병들을 집 안으로 들여놓았고, 내가 참치 통조림으로 요리를 하는 동안 병들을 벽에 나란히 세워놓았다. 아빠는 곧 잊어버릴 거라는 듯이 병의 숫자를 세고 또 세더니, 우리가 몇 개 훔쳐 갈 작당이라도 하고 있다고 생각하는지 랜들 오빠와 나를 흘끔거리며 넘겨다보았다. 랜들 오빠가 내가 아프다고 말했대도 아빠는 별로 신경 쓰지 않았을 것이다. 아마 다들 자기 자리에 있을 것이다. 주니어는 집 밑으로 기어 들어갔을 테고, 랜들 오빠는 마당에서 농구를 했을 것이고, 스키타 오빠야 차이나와 새끼들과 함께 창고에 있었을 테다. 속이 메슥거리며 화끈거려온다. 나는 침대 한구석, 벽과 매트리스 사이에 끼워놓은 책을 빼내어 든다. 《그리스 로마 신화》에서 나는 아직 황금 양모를 찾아온 이아손과 메데이아 부분을 읽고 있다. 여기 내가 잘 아는 사람이 있다. 메데이아가 이아손을 보고 사랑에 빠지는 순간, 그 부분에서 나는 숨이 막혀오는 것 같다. 나는 그 여자가 눈에 보인다. 메데이아는 이아손을 돕기 위해 그에게 필요한 물건을 훔쳐낸다. 그를 다치지 않게 보호해줄 연고와 비밀의 바위. 그 여자는 마술을 부릴 수 있다. 자연의 것을 자연이 아닌 것으로 바꿔버릴 수 있다. 하지만 그 정도 힘을 가진 여자라도, 이아손 앞에서는 거센 바람 앞의 어린 소나무처럼 부러지고 만다. 그는 메데이아를 둘로 갈라놓았다. 그게 어떤 건지 나는 안다. 내가 눈을 드니 스키타 오빠가 금방이라도 울 것 같은 얼굴로 문간에 서 있다.

"왜 그래?"

스키타 오빠가 말없이 고개를 내젓는다. 나는 오빠를 따라갔다.

창고 안에 들어가니 강아지들이 흙바닥에서 헤엄을 치고 있다. 모두들 땅에 배를 대고 엎드려, 작은 나뭇가지 같은 발들을 삐죽이 내민 채로 먼지를 풍기며 버둥거리고 있다. 움직거리고 굴러다닌다. 소리는 내지 않는다. 하품할 때는 분홍색 혀가 나온다. 한 마리만 빼고는, 모두 노를 젓듯 버둥거리며 어미에게로 가서 우리가 강가에서 물에 가라앉은 나무를 부둥켜안듯이 어미의 배를 꽉 붙잡는다. 어미의 젖꼭지를 꼭 무는 데 서툴러서 앞발로 어미의 배를 짓이기는 꼴이, 마치 우리가 미끄러운 나무 기둥 위에서 균형을 잡으려고 발을 놀리는 모습 같다. 죄다 헤엄을 치고 빨아대느라 정신이 없다, 한 마리만 빼고.

그 한 마리는 흰색과 갈색이 섞인 녀석이다. 태어날 때 다이빙하는 빅 헨리 오빠처럼 꾸물거리던, 만화에 나오는 강아지 같던 녀석이다. 녀석이 고개를 땅에 박고 누워 있다. 주둥이를 벌렸다 다물었다 하는 게 꼭 창고 바닥의 흙을 먹고 있는 것 같다. 스키타 오빠가 강아지에게 얼굴을 너무 바싹 갖다 대고 있어서, 오빠가 말을 할 때마다 갈색과 흰색의 털들이 팔락거려 강아지가 움직이는 것 같아 보이기도 한다.

"오늘 아침까지만 해도 괜찮았어. 이것저것 잘 먹기도 하고."

"이런 걸 언제 발견했어?" 내가 물었다. 강아지가 고개를 옆으로 돌리는데 꼭 목이 부러진 것 같다. 스키타 오빠가 다시 고개를 돌려놓으니, 우리의 다이빙 선수가 숨을 몰아쉰다.

"한 시간쯤 전에."

"차이나 때문일 수도 있어. 차이나 젖이 얘한테 안 맞는다거나."

"파보 바이러스에 감염된 게 아닌가 싶어. 흙 속에서 뭔가 주워 먹은 거 같아."

나는 오늘 아침 타일 바닥에서 잠들었던 게 불현듯 떠오른다.

"어쩌면 그냥 좀 아픈 걸지도 몰라, 오빠."

"흙 속에 정말 뭔가 있으면 어떡해? 나머지 애들도 감염되면 어쩌냐고."

강아지가 앞발로 땅바닥을 톡톡 친다.

"오빠가 먹을 걸 좀 줘보면 어때. 우유를 충분히 못 먹어서인지도 모르잖아."

스키타 오빠가 두 손으로 강아지를 안아 올려 차이나에게서 좀 떨어진 곳에 내려놓았다. 차이나가 고개를 숙이고는 뱀처럼 이쪽을 쏘아본다. 강아지가 다시 고개를 돌리자 차이나가 그르렁거린다. 단단히 다져진 땅 위로 돌들이 굴러 내려오는 소리가 난다. 강아지는 죽은 듯 누워 있다. 아직 눈도 못 뜬 녀석이다. 차이나가 다시 그르렁거리니, 강아지는 다른 쪽으로 살금살금 움직인다.

"그만해, 차이나." 스키타 오빠가 한숨을 내쉰다. "젖 좀 줘라." 오빠가 강아지를 차이나 앞으로 민다. 강아지의 얼굴이 흙먼지를 일으키며 앞으로 밀려 나간다.

차이나가 느닷없이 목을 쭉 빼더니 짖기 시작한다. 강아지를 잡아먹을 기세다. 차이나의 이빨이 강아지를 스치자, 강아지가 놀라서 순간 다리를 쭉 뻗었다 움츠린다.

"오빠!" 내가 소리를 질렀다.

"야, 너!" 오빠가 고함을 치며 차이나를 노려본다. 오빠는 강아지를 들어 올려 티셔츠로 감싸서는 다리를 꼬고 앉아 그 위에 올려놓았다. 차이나는 오빠는 무시하고, 해오라기 목처럼 번들거리는 제 흰 앞발에 고개를 내려놓는다. 눈을 축 내리깐 차이나가 갑자기 지쳐 보인다. 하나같이 통통 불은 젖을, 강아지들이 제각기 잡아당기고 있다. 차이나는 지친 여신이다.

셋째 날 땅 위에 토하다 75

이미 너무 많은 새끼들의 어미였다는 듯이.

"아마 다른 새끼들을 보호하려고 그러는 걸지도 몰라. 병이 심각한 거라면 말이야, 차이나도 알 테니까."

스키타 오빠가 강아지를 야구공처럼 한 손에 말아 쥔다. 오빠가 고개를 끄덕인다.

"그래." 사위가 황금빛으로 빛나도록 날이 하도 밝아서인지 밖에서는 벌레들이 신나게 울어댄다. 아빠가 트랙터에 시동을 건다. 허리케인에 대비해 벌목지에 쌓여 있던 널빤지를 가져오고, 집 근처 숲속을 전부 뒤져 목재를 그러모으고 있다. 빅 헨리 오빠가 전에 저메인에 사는 자기 사촌 하나가 파보 바이러스 때문에 강아지들을 떼로 잃었다고 말한 적이 있다. 강아지들이 막 눈을 뜰 무렵이었는데, 한 마리가 파보 바이러스로 죽자 그 이후로 날마다 한 마리씩, 사촌이 개집에 들를 때마다 죽어나가더라는 것이다. 그 조그만 것들이 방금 전까지도 살아 있었다는 것을 상상하기도 어려울 정도로 딱딱하게 굳어 있었다고 했다. "너 오늘 나랑 같이 밖에서 잘래?" 강아지가 스키타 오빠의 티셔츠에 싸여 검은색 공이 되었다. 움직임이 없이, 동그랗다. 스키타 오빠는 자기 손을 내려다보는 대신, 존경과 사랑 같은 것을 얼굴에 가득 담고서 차이나를 보고 있다. "얘를 격리해야겠어, 죽을 때까지. 아마 얘한테도 그게 편할지 몰라."

"그래." 내가 한숨을 쉬었다. 가슴이 두근두근 뛴다. 난 오빠가 제 손으로 강아지를 죽이는 모습을 보게 될 것이다. "그래, 내가 같이 있을게."

이제 먹는 건 다른 일이 되었다. 나는 주방에서 달걀과 밥이 든 대접 위로 몸을 웅크리고 먹고는 있지만, 나 자신과 스키타 오빠에게 거짓말을 하고 있는 기분이 든다. 오빠는 지금 밤에 숲에서 먹을 음식을 몰래 챙기고 있다. 한 입 씹을 때마다 또 한 번의 거짓을 씹는다. 음식은 정말이지 지금 내가 가장 원치 않는 것이다. 스키타 오빠가 개수대 밑에서 비닐봉지를 더 꺼내서는 먹을 것 하나하나에 둘둘 감는다. 음식 뭉치는 이제 거미의 알 주머니처럼 불투명해졌다. 나는 오빠가 훔치고 있는, 허리케인 대비용 식량이었던 잡다한 음식 꾸러미를 차마 쳐다보지 못하겠다.

"괜찮아 보이지?" 오빠가 묻는다.

내가 입에 있던 것을 삼킨다. 고개를 끄덕인다.

"저 물병도 하나 가져가야 하는데."

"아빠가 분명 다 세어놓으라고 시켰을 거야."

"랜들 형에게 어제 그놈의 맥주를 마시는 바람에 잘못 계산했다고 말하라고 하자."

"랜들 오빠는 안 가?"

"몰라. 하지만 너도 알잖아. 랜들 형은 아빠에게 뭐든 다 말해버리는 거."

스키타 오빠는 음식 꾸러미를 티셔츠 안으로 집어넣었다. 그러니 오빠가 임신한 것 같다.

나는 숟가락으로 내가 먹고 있는 대접의 깊이를 가늠해본다. 굴곡진 부분을 따라 스테인리스 숟가락을 놀려본다. 밥알은 엉켜 있고 달걀도 덩어리져 있다. 그것들은 점점 사라지는 중이고, 나는 내가 뭘 먹고 있는지도 모르겠다. 나는 음식이 죽처럼 변하는 것을 상상해본다. 내 목구멍을 타고 내려가, 배수구를 관통해 흘러가는 물처럼 내 몸을 타고 흘러내려서 위에 모이는 것을. 내 안에 있는 그것을 키워서 겨울에 아기가 되게 만드는 것을. 이제 스키타 오빠가 나를 보고 웃으면서, 열린 문을 붙잡고 내가 앞장서기를 기다리고 있다. 오빠는 지금 아무것도 눈에 보이지 않는다.

주니어가 마당에서 널빤지를 끌어오고 있다. 널빤지로 땅을 짚고는 뒷걸음질로 질질 끌고 와 쌓고 있다. 아빠는 널빤지를 주워다 여기저기에 늘어놓았다. 숲속 구석구석에서 가져다가 그냥 마당에 버려둔 것이다. 주니어가 지금 그걸 차곡차곡 쌓는 중인데, 얼룩덜룩하게 썩어 들어간 널빤지들이 이미 푸석푸석해진 탓에 한 장 가져와 쌓을 때마다 주니어 뒤로 톱밥 가루들이 선을 남긴다. 주니어가 빵 부스러기 같은 톱밥 가루로 줄을 긋고 있는 중이다. 흙먼지를 뒤집어쓴 주니어는 분필 가루 속에서 뒹굴다 나온 모습이다. 주니어가 입은 얇은 회색 반바지는 다 늘어나서 정강이 중앙까지 내려와 있다. 아마 스키타 오빠가 입던 낡은 바지일 것이다. 주니어가 널빤지를 떨어뜨리자 철퍼덕 소리가 난다.

"다들 어디 가?"

"넌 알 거 없어." 그렇게 대꾸하고 창고로 들어가는 스키타 오빠를 따라 나도 들어간다.

"저리 가, 주니어." 내가 말한다. 강아지가 죽을 거라는 걸 주니어까지 알 필요는 없다. 어린것도 죽는다는 사실을 그 애까지 알 필요는 없다.

"내가 누나 말을 들을 줄 알고?" 주니어가 대꾸한다. 나는 커튼을 쳐놓은 창고 문간으로 주니어가 들어오지 못하도록 애써 막지만, 녀석은 내 다리 사이로 들어와서는 아픈 강아지를 들어 올리고 있는 스키타 오빠를 본다. 강아지는 이제 팔다리를 놀리지 않는다. 강아지의 머리가 옆으로 돌아가 있고 한쪽 앞발이 들려 올라갔지만, 스키타 오빠가 손가락으로 들어 올린 건지 아니면 강아지가 신음하며 들어 올린 건지는 알 수 없다.

"당장 나가, 주니어! 너 말 안 들을래?" 스키타 오빠가 말한다. 오빠가 높은 선반에서 양동이 하나를 꺼내 와서 그 안에 강아지를 누이고, 차이나가 건드리지 못하도록 다시 선반에 올려놓았다. 차이나가 그르렁거리자, 오빠가 차이나의 이마 한가운데에 손가락을 올리고는 살짝 민다. "입 다물어."

"랜들 형한테 말할 거야! 형이랑 누나랑 강아지한테 나쁜 짓 하려고 한다고!" 주니어가 밖으로 달려 나간다.

"아, 하느님." 내가 한숨을 쉰다.

차이나가 옆으로 기대 누우며 우리를 바라본다. 강아지들이 달려들어 젖을 먹고 있지만, 차이나는 돌기둥처럼 미동도 없다. 차이나의 눈빛만 석유등처럼 빛난다. 난 그게 차이나라는 것을, 차이나는 종종 공격할 태세를 갖춘 동물처럼 미동도 없이 가만히 있곤 한다는 것을 알고 있지만, 그래도 낯설다. 차이나의 꼬리가 흔들리지 않는다. 나는 속이 메슥거리는 것을 어쩔 수 없다.

"오늘 밤까지는 얘를 여기에 두자. 파보 바이러스라고 해도 이 정도 떨어져 있으면 다른 애들에게까지 옮기지는 않겠지." 스키타 오빠가 구멍 난 티셔츠 앞면에 손을 쓱쓱 닦는다. 티셔츠가 말려 올라가 오빠의 갈비뼈가, 말랐지만 근육이 제법 많은 배가 드러난다. "제길, 세균 있겠네. 나 손 좀 씻고 올게."

내가 스키타 오빠를 기다리며 계단에 앉아 있는데 랜들 오빠가 나무 사이에서 나타난다. 랜들 오빠가 무릎에 반동을 주며 걸으니, 나무 그늘 아래로 새어 나오는 빛 때문에 오빠의 몸이 분리된 듯이 보인다. 가슴과 배, 엉덩이, 팔, 다리. 마지막으로, 얼굴. 랜들 오빠 뒤에서 주니어 목소리가 들려온다. 오빠 등에 업힌 주니어의 발이 랜들 오빠의 허리춤에서 깡충거리니, 오빠의 셔츠에 분가루처럼 흙먼지 자국이 남는다.

"주니어가 하는 말이 다 무슨 소리냐? 너희가 강아지를 익사시키려고 한다며?"

나는 갑작스레 욕지기가 올라온다.

"어디서 그런 소릴 들었대?"

"너희 둘이 강아지를 양동이에 넣었다면서?"

"강아지가 파보 바이러스에 걸렸어." 내가 말했다.

"형이랑 누나가 강아지를 양동이에 넣고 물에 빠뜨려 죽이려고 했어!" 랜들 오빠가 주니어를 어깨에 둘러업는 바람에, 말을 하고 있는 주니어 얼굴이 오빠의 어깨 너머로 반짝 나타났다가 사라져버렸다.

"그리고 우리는 강아지를 양동이에 넣고 익사시킬 생각 따위는 없었고." 내가 말했다.

"그래, 근데 그걸로 뭘 어떻게 하려는 거야?"

"땅으로 돌려보내주려고."

랜들 오빠가 주니어에게서 손을 떼자, 주니어는 혼자 힘으로 매달려서 다리가 후들거릴 때까지 버티고 있다가, 결국 랜들 오빠를 봉처럼 타고 미끄러져 내려왔다. 우리 셋은 얼굴을 찌푸리고 서로를 바라보며 말이 없다.

"저리 가, 주니어." 랜들 오빠가 말한다.

"하지만, 형―"

"가."

주니어가 팔짱을 끼니, 앙상한 갈비뼈가 새까맣게 탄 작은 불판 같다. 티셔츠를 좀 입혀야겠다.

"가."

주니어의 눈이 물기가 서려 반짝거린다. 주니어가 발을 콩콩 구르며 저만치 달려가니 먼지구름이 인다. 스키타 오빠가 양동이와, 집에서 훔쳐 온 음식 다발을 손에 쥐었다.

"설마 죽일 건 아니겠지." 랜들 오빠가 말했다.

"그러려고 하는데."

"더 나은 방법도 있을 거야."

"파보 바이러스에 더 나은 방법은 없어. 강아지들은 속수무책이야. 내가 이 한 놈을 없애지 않으면 다른 녀석들도 전부 옮을 거야. 그러면 걔들도 전부 죽어. 주니어가 그걸 받아들일 수 있을 것 같아?"

"아니. 하지만 분명 다른 방법이 있을 거야."

"없어." 스키타 오빠가 공기총을 든 손으로 음식 꾸러미를 어깨에 둘러메고, 떨리는 다른 손으로는 양동이를 그러쥔다. "형은 농구는 알지만, 개는 몰라." 스키타 오빠는 그렇게 말하고 멀어진다.

"쟤한테 뭐라고 좀 말해봐라. 난 뭘 어째야 할지 모르겠어. 하지만 이건 아닌 것 같다. 너무 어리잖아, 에시." 농구공을 쥐고 있지 않은 랜들 오빠의 손은 더 이상 우아해 보이지 않는다. 마치 손을 어떻게 해야 할지 모르는 사람 같다.

"나도 알아. 하지만 우리도 어렸잖아." 내가 누구 이야기를 하는지 오빠는 알고 있다.

"녀석이 양동이 위로 연신 기어 올라오는 걸 내가 계속 붙잡아 두고 있는 참이야. 무서워서 통 안으로 들어가지는 못하고, 통 틈새에다 머리를 두고 있더라고. 강아지들 쪽으로 말이야. 차이나가 그르렁거려서 내가 녀석을 멀리 떼어놨는데, 그 조그만 심장이 어찌나 빨리 뛰던지. 그리고 30분 뒤에 통으로 또 올라가려는 녀석을 내가 붙잡았어."

나는 어깨를 한 번 들어 올리고는, 비록 줄 것은 없었지만 줄 것이 있는 것처럼 두 손을 번쩍 들어 보였다. 나는 스키타 오빠를 종종걸음으로 따라갔다. 스키타 오빠는 숲속으로 이어지는 어두운 나무 그늘 속으로 벌써 꽤 깊이 들어가고 있었다.

"빨리 와!" 스키타 오빠가 소리친다. 랜들 오빠가 있지도 않은 공을 패스하듯 괜히 팔을 휘둘렀다.

"제길, 제기랄." 랜들 오빠 입에서 욕이 튀어나왔다.

스키타 오빠가 집에서 챙겨 온 것들을 꺼내놓았다. 빵, 칼, 컵, 1.5리터짜리 주스, 매운 소스, 식기 세척제. 오빠는 물건들을 양동이 옆에 늘어놓고 두 개의 콘크리트 블록 위에 놓인 불판의 먼지를 털어냈다. 어렸을 때 랜들 오빠와 스키타 오빠가 만들어놓은 바비큐터였다. 불판은 숯검정처럼 까맸고 콘크리트 블록도 그을린 회색이었다. 스키타 오빠는 공기총을 어깨끈에 연결해 메고 있어서, 오빠가 걸을 때면 총구가 오빠의 다리 뒤쪽을 파고들었다.

"이제 우리 뭐가 필요하지?" 내가 물었다.

양동이 안에서는 강아지가 옹알거리고 있다. 엄마가 그리운 모양이다.

"따라와." 스키타 오빠가 말한다.

숲속으로 들어가니 골짜기같이 깊은 어둠 사이로 동물들이 나타났다가 사라진다. 새들이 해가 비치는 쪽에서 울어댄다. 스키타 오빠는 이 모든 것에도 아무렇지 않은지 굽은 어깨로 그냥 걸어간다. 오빠는 몸을 숙이고 땅을 뚫어지게 바라보며 걷고 있다. 나는 발에 솔잎이 들러붙어 요란한 소리를 내며 오빠 뒤를 따라간다. 다리를 휘둘렀다가 그대로 내려놓으려고 했지만, 이내 균형을 잃고 말았다. 내 뱃속에 물풍선처럼 들어앉아 있을 아기라는 것 때문에 마음이 더욱 초조해지는 것 같다. 나만의 비밀 때문에 비참한 기분이 든다. 스키타 오빠가 걸음을 멈추더니, 말라붙은 나뭇잎과 솔잎 위로 무릎을 꿇는다. 그 밑에서는 나뭇잎들이 썩어 뭉개지며 흙으로 변해가고 있었다. 스키타 오빠가 나를 보고 고개를 내젓더니 나무를 올려다본다. 우리는 기다렸다.

허리케인이 오기 전이면 동물들은 모두 집을 떠난다. 새들은 폭풍에서 벗어나 북쪽으로 날아가고, 다른 동물도 모두 바람과 비로부터 될 수 있는 대로 멀리 떠나간다. 공기는 요 며칠 계속 깨끗했다. 날은 밝다. 날마다 견딜 수 없을 지경으로 밝고 뜨겁고,

공기는 묵직하다. 매니 오빠가 내 위에서 땀을 흘리고 있던 그때처럼 불타오르는 황금빛의 느낌이다. 곤충들이 우리 발치에서 분주하게 땅을 헤집고 다니고, 다람쥐들은 나무 사이를 날아다니며, 까마귀들은 소나무 꼭대기를 빙빙 돌며 운다. 까마귀의 날갯짓 소리가 앞마당에서 솔잎을 쓸어내던 '마마' 아주머니의 비질 소리처럼 묵직하다. 까마귀를 바라보는 스키타 오빠의 눈길이 꼭 차이나를 바라볼 때 같다. 금방이라도 차이나가 무슨 말을 할 것처럼 그리고 그런 일이 일어난다면 오빠가 그동안 궁금해했던 모든 물음에 차이나가 답을 해줄 거라고 굳게 믿는 것처럼. 내가 보기에 아빠는 올여름에 허리케인에 빠져 정신이 나간 사람 같다. 지난여름 토네이도 하나가 저메인의 쇼핑센터를 덮쳤으니, 토네이도의 그다음 통로는 멕시코만 연안이 될 거라고 철석같이 믿고 있다. 여름 내내, 집 안에서 숨을 수 있는 안전한 장소를 찾아낸다고 부산을 떨었다. 주방에서 주니어를 마주치면, 우리들은 학교에서 배워 알고 있는 토네이도 대피 훈련을 번번이 반복시켰다. 무릎을 꿇고 앉는다. 몸을 최대한 웅크리고, 고개를 무릎 사이에 집어넣는다. 기도를 보호하기 위해 손으로 뒷목을 감싸 쥔다.

스키타 오빠가 어깨에 멘 총을 내리고는 공이치기를 뒤로 젖힌다. 처음에는 총은 느슨하게 쥔 채로, 오빠의 눈빛만 바쁘게 흔들렸다. 마치 나무들 사이 허공에 무슨 말인가 쓰여 있어서 그걸 읽고 있는 것처럼.

"오빠, 뭘 쏘려고 그래?"

"고기 통조림이, 훔쳐 올 만큼 충분하지가 않더라고."

"난 요리 안 할 거야, 오빠."

스키타 오빠가 총을 어깨에 걸쳐 멘다. 하늘을 향해 조준한다. 바람이 나무 꼭대기에서 조금 이는가 싶었지만, 방에서 빠져나가는 사람처럼 이내 사라지고 만다. 나무들은 뭔가를 기다리는 듯 고요하다. 총대가 앞뒤로 왔다 갔다 한다. 오빠는 나무를 타고 날래게 달리는 다람쥐들을 쫓아 총구를 겨누고 있다. 복슬복슬한 회색 털의 다람쥐들은 여름 먹이를 먹고 통통하게 살이 올랐다.

"쉬잇. 우린 먹을 게 필요하다고." 오빠가 말한다.

나뭇가지 하나가 삐걱 소리를 낸다. 바람이 다시 불어오자 소나무들은 꼭대기가 서로 부딪히지만, 떡갈나무는 미동도 없다. 다람쥐들은 떡갈나무를 가장 좋아한다. 그 검고 단단한 가지들을 고속도로처럼 내달린다. 떡갈나무는 그들의 튼튼한 집이다. 떡갈나무는 허리케인이 온대도 잘 버텨줄 것이다. 구운 소나무 냄새가 코를 찌른다.

"옳거니." 스키타 오빠가 총을 쏜다.

오빠의 총알이 소나무 한 그루를 흔들어놓았다. 누군가 한 대 후려친 것처럼 퍽 하고 묵직한 소리가 난다. 오빠가 몸을 움츠렸다. 나무 기둥의 검은 구멍 안에 있던 다람쥐들이 휘어진 나무줄기 주변으로 싹 사라졌다가 다시 나타난다. 꼬리가 반쯤 잘려 나간 녀석이 V자로 팬 떡갈나무의 가지 사이로 나타나더니, 나무 기둥을 쭉 타고 미끄러지면서 땅으로 서둘러 기어 내려온다. 하지만 오빠는 다시 방아쇠를 당긴다. 다람쥐는 이내 힘을 잃고 몸을 공처럼 둥글게 말면서 나무 기둥을 타고 떨어져 내린다. 나무 기둥에 빨간색 긴 줄을 남기면서. 오빠는 가만히 서 있다가 그쪽으로 달려가서 다시 한번 총을 쏜다. 반토막 남은 꼬리가 한 번 바르르 떨리더니, 이내 땅 위에 가만히 놓인다. 미시시피 다람쥐치고는 꽤 크다.

"난 저거 손질 못 해."

까마귀들이 비명을 지르며 날아오른다. 곤충들이 나무 꼭대기에서 떼로 울어댄다.

오빠는 다람쥐의 몸체가 찢어지지 않도록 조심스레 두 손으로 들어 올렸다. 피가 왈칵왈칵 쏟아져 나온다. 심장이다.

"너 오늘 밤에 그 자식이 오기를 바라지?"

"누구 말하는 거야?"

"누구 말하는지 알잖아. 빅 헨리 형 말고." 오빠는 다람쥐 가죽에 빨간 귀걸이처럼 붙어 달랑거리는 축축한 털들을 털어낸다. "마키즈도 아니고."

"아냐." 난 고개를 내저었다. 오빠는 반토막 남은 꼬리를 붙잡더니 잡아당겼다. 오빠의 총알에 잘려 나가지 않은 부분이 붓에서 털이 뽑히듯 빠져나온다.

"둘이 하나도 안 어울려." 오빠가 피투성이가 된 동물을 살살이 살피며 말했다. 오빠는 너무 더워서 콧잔등에서도 땀이 나고 있다. **아니, 어울리거든.** 나는 말하고 싶다. **그를 보면 내 심장은 저렇게 뛰는걸.** 나는 그렇게 말하고 싶은 마음으로, 붉은 피를 쏟아내며 죽어가는 다람쥐를 바라본다. 하지만 내 입에서는 아무 말도 나오지 않았고, 오빠는 어깨를 한 번 으쓱해 보이고는 다람쥐를 제물인 양 받쳐 들고 웅덩이터로 발걸음을 옮겼다.

오늘 밤을 지낼 야영지에 다다르자 오빠는 다람쥐를 비닐봉지 위에 올려놓고 칼을 꺼내 대가리를 잘라냈다. 피에서는 장맛비가 오고 난 뒤의 뜨겁고 축축한 땅 냄새가 났다. 오빠는 다람쥐 머리를 마치 공처럼 덤불숲으로 던져버리고는, 다람쥐의 가슴팍을 삐뚤빼뚤하게 갈랐다. 그러고는 양팔 사이를 가로로 그어 십자 선을 냈다. 오빠는 가차 없고 조용했고, 싸움 직전의 차이나만큼이나 집중하고 있었다. 오빠가 힘주어 잡아당기니 거죽이 그 밑의 살점에서 떨어지며 쭉 늘어났다. 늘어나고 늘어나다 급기야 흐느적거리는 젖은 넝마처럼 되자 오빠는 그것 역시 멀리 던져버렸다. 다람쥐의 네발에 털이 북슬북슬하게 남아 있었지만, 오빠는 그 역시도 잘라서 머리를 던진 곳으로 던져버렸다. 동물은 이제 돈가스 두 장을 포개놓은 것 정도로 두툼한 고깃덩어리가 되었다. 오빠가 배를 가르고 그 안에서 끄집어내는 것들은 푸른 자줏빛이 도는 게, 꼭 젖은 뜨개실처럼 보였다.

"젠장." 오빠가 한숨을 내뱉었다. 동물 내장의 냄새가 도처에서 진동을 한다. 전에 아빠가 돼지를 키울 때 돼지들은 더러운 우리에서 똥을 싸고 먹고 또 그 똥 속에 코를 파묻고 살았다. 그렇게 분홍색으로 통통하게 살이 찌며 자라났는데, 그때 돼지와 돼지우리에서 나던 냄새가 지금 이 동물의 뱃속에서 나는 냄새와 똑같았다. 똥으로 가득 찬 비린내. 그래, 똥 냄새다.

오빠는 내장을 뜯어내려 해보았지만 너무 질겨서 포기하고, 결국 내장이 이어진 끈에 대고 칼질을 하다가 실수로 창자를 베어버렸다.

"아, 씨발." 오빠는 동물과 내장과 칼을 피범벅이 된 비닐봉지 위로 떨어뜨리고 뒤로 물러났다. 팔꿈치로 무릎을 짚고 고개를 떨구었다. 모래를 삼킨 듯 내 목구멍이 깔깔하다. 숨을 쉴 수가 없다.

"이런, 맙소사." 나는 악취에서 될 수 있는 대로 멀리 떨어지려고 작은 나무숲 뒤로 달렸다. 그러다 넘어지면서 달걀과 밥과 물, 내 안에 있던 모든 것이 아무것도 남지 않을 때까지, 목구멍이 텅텅 빌 때까지, 나오는 게 공기와 침밖에 없을 때까지 모든 걸 게워냈다. 하지만 그래도 전부 다 토해내지는 못했다. 안에, 저 맨 밑바닥에는 뭔가가 남아 있다.

고기가 다 익어갈 즈음, 색이 갈색으로 변하면서 크기가 작아지고 제법 고기 모양이 날 때쯤 오빠들이 나타났다. 마키즈 오빠는 자기 주머니칼로 고기를 저며서는, 그 작은 고깃점들을 매운 소스로 축축해진 빵 조각 위에 얹어서 먹었다. 스키타 오빠는 샌드위치를 만들어서 내게 건네고 다시 자기 것을 만들었다. 고기는 힘줄이 많고 딱딱했고, 맛은 딱 두 가지 맛이 났다. 절반은 빵을 분홍색으로 물들여버린 매운 소스의 맛, 절반은 야생동물 맛. 한 입 베어물자 도토리를 먹고 있는 기분이 들었다. 놀라서 콩닥거리는 가슴으로 오래된 떡갈나무의 작고 어두운 구멍으로 뛰어오르는 다람쥐가 된 기분이었다. 스키타 오빠와 내가 고기를 구울 땔감을 찾아다니는 동안 해가 졌다. 하늘은 우리 위에서 찬란한 색으로 물들더니, 해가 나무들 사이로 가라앉자 배수구에서 물이 빠지듯 색들도 하늘에서 빠져나갔다. 하늘은 이내 표백한 흰색으로, 남색으로, 마침내는 짙은 어둠으로 바뀌어버렸다. 나는 나무를 잔뜩 넣어 불을 지폈고, 스키타 오빠는 다람쥐 다리를 손으로 계속 잡고 있어야 했는데, 뜨겁지 않도록 손을 셔츠로 감싸서 붙잡고 있었다. 하지만 불길이 워낙 거세서 나는 어둠 속에서도 오빠들의 얼굴이 다 보였다.

"맛있네." 마키즈 오빠가 말했다.

"탄 맛인데." 스키타 오빠가 말했다. 그 옆의 빅 헨리 오빠는 웃었다. "똥 맛이다, 야. 너희들이 이걸 먹고 있다는 게 신기하다." 빅 헨리 오빠는 자기가 갖고 온 맥주를 벌컥벌컥 들이켰다. 맥주는 이제 너무 미지근해져서 이 더운 밤에도 병에 물방울이 맺히지 않았다. "내친김에 강아지한테도 좀 줘보지 그래."

나는 샌드위치를 씹을 수도 없다. 그저 조금 뜯어서 혀 위에 올려놓고 침으로 녹이다가 꿀꺽 삼키고 있을 뿐이다. 스키타 오빠가 주스병을 내게 건넨다. 나는 따뜻한 색깔의 그 설탕물을 한 모금 삼킨다. 난 배고프지 않지만, 지금 속이 괜찮을 때 먹어두는 편이 더 낫다. 또다시 토한다면 누군가 왜 그러냐고 물을 것이다. 그때 난 거짓말을 하고 싶지 않다. 그럴듯한 이야깃거리를 주고 싶지 않다. 그들이 날 보면서 물어보게 만들고 싶지 않다. 나는 주스병을 마키즈 오빠에게 건넨다. 우리 집에서는 이게 가장 진짜 주스에 가까운 음료수다. 엄마는 내가 식료품점에서 쇼핑카트를 타고 내달리고 있으면 이 음료를 카트에 집어넣고는 했다. 빨간색 주스병을 나와 좌석 사이에 끼워 넣어주었는데, 그러면 주스병 때문에 내 다리가 차가워졌다. 하지만 난 그게 좋았다. 나중에 에어컨이 없는 우리 집 트럭을 타고 돌아올 때도 내 다리가 계속 차가웠기 때문이다. 손에 쥔 얼음 같았다.

양동이 안의 강아지가 양동이 벽을 긁어대자 오빠가 그 앞에 앉아 강아지를 내려다본다. 고개를 처박고 물끄러미 바라본다. 이따금씩, 오빠는 손을 뻗어 강아지를 쓰다듬어주려는 듯, 안심시켜주려는 듯이 양동이 가장자리를 만지작거렸지만, 끝내 강아지를 만져주지는 않았다.

"오빠 걔한테 이름도 안 지어줬지, 응?"

"그래." 오빠는 고개를 들지 않는다. "원하면 네가 지어줘, 에시." 오빠는 손으로 턱을 괴고 앉아 있다. "얘 여자애야."

이름이라. 전에 우리 학교에는 이름이 모기 쫓는 양초 이름과 똑같은 여자애가 있었다. 시트로넬라였다. 그 애는 늘 남자 친구가 적어도 둘씩은 있었고, 늘 립글로스를 갖고 다녔고, 모든 시험 지철을 색깔별로 교과서와 맞춰서 갖고 다니는 아이였다. 나는 언젠가 강물 속에 들어가 목까지 몸을 담그고 있다가, 우연히 그 애를 본 적이 있었다. 식구들과 함께 수영을 나온 모양이었다. 모기를 쫓는 노란색 양초처럼 황금빛 피부에 너무 완벽한 몸매를 갖고 있는 그 애를 보며 나는 그만 그 애를 싫어하고 싶은 마음까지 들었다. 그리고 실제로도 조금 싫어했다. 하지만 나는 길을 걷다가도 가끔 혼잣말로 그 애 이름을 말하고는 했는데, 그러면 듣기가 좋았다. 발음이, 아이스크림을 입안에 잔뜩 문 것처럼 혀 주위로 도르르 말렸다. **시트로넬라**. 나는 강아지에게 그 이름을 지어주고 싶었지만, 적어도 마키즈 오빠는 그런 날 보고 비웃을 것 같았다. 그는 그 애를 알았기 때문이다. 아마 그 애 남자 친구들 중 하나였을 것이다. 공원으로 가는 길에 그 애와 같이 손을 잡고 걸어가는 걸 본 적이 있다.

"넬라. 넬라라고 하고 싶어."

스키타 오빠가 고개를 끄덕였다. 빅 헨리 오빠가 내게 자기 과자를 건네주려 했지만 나는 고개를 저었다. 매운 소스가 아직도

혀 밑에 남아 있었지만, 나는 넬라가 갈 때 내가 십중팔구 울 거라는 걸 알고 있었기에 짠 것은 더 이상 먹고 싶지 않았다. 마키즈 오빠가 불 속으로 막대기를 찔러 넣고는 잿더미를 쑤석거렸다.

"멋진 이름이네." 빅 헨리 오빠가 말했다. 반쯤 반짝하고 웃다가 이내 사라져버리는 미소. 스키타 오빠는 아무 말도 안 들린다는 듯 양동이 안을 들여다보고 있다. 그 이름이 떠올랐을 때 내 안에서 느껴졌던 아주 작은 행복감은 피어오르다가 이내 잦아들었다. 이제 죽을 녀석에게 이름은 다 무슨 소용일까.

숲에서 뭔가 부러지는 소리, 발밑에서 나뭇잎 바스러지는 소리가 나더니 랜들 오빠와 매니 오빠가 나타났다. 모닥불에서 나오는 빛을 전부 빨아들였는지 매니 오빠에게서는 광채가 난다. 그가 웃는다. 그 얼굴의 상처에서 빛이 나고, 내 심장은 붉어진다.

"주니어가 드디어 잠들었어." 랜들 오빠가 말했다. "매니가 그러는데, 킬로 주인인 사촌 말이야. 킬로 전에 기르던 개가 파보 바이러스로 죽었다더라."

매니 오빠는 불가에 있는 랜들 오빠 옆에 자리를 잡더니, 마키즈 오빠가 건네준, 바닥에 찌꺼기밖에 안 남은 주스를 벌컥벌컥 들이켠다.

"죽이려면 지금 죽여." 매니 오빠가 입을 연다. "고통을 줄여줘야지. 리코 형은 자기 개가 병에 걸리자마자 바로 목을 땄다더라. 지금 당장 해버려. 안 그러면 강아지만 더 괴롭히는 거야."

"싫어. 아직 때가 아냐." 스키타 오빠가 말했다.

"총으로 쏠 거야? 그게 빠르긴 하지, 적어도." 매니 오빠가 총을 흘깃 본다.

"아니. 총으로 할 거 아니야."

"그럼, 어떻게 할 건데?"

스키타 오빠는 고개를 들었지만, 매니 오빠가 아니라 랜들 오빠를 보고 대꾸했다.

"엄마가 닭을 어떻게 죽였는지 기억하지, 형?"

나무의 매미 소리가 퍼붓는 소나기 소리 같다. 검은 붓 같은 나무들 사이에서 파도 소리가 난다. 랜들 오빠가, 이제 양동이 가장자리를 붙잡고 있는 스키타 오빠를 보며 대답했다.

"특별한 날일 때만 그랬지. 우리 생일이나 엄마 생일이나 아빠랑 기념일일 때. 엄마는 닭들을 다 꿰고 있다는 듯 쫙 살펴봤어. 어떤 놈이 알을 까는지, 어떤 놈이 한동안 알을 안 낳았는지, 어떤 놈이 그저 살만 찌며 늙어가는지. 닭들도 그걸 다 알고 있는 것 같았지. 아주 신경이 날카로워졌잖아. 이리저리 푸다닥거리고, 한데 모여서는 안 떨어지고, 우리한테서 멀찍이 달아나고 말이야. 그다음에는 너도 알겠지만, 엄마가 한 놈 골라서 집 뒤의 커다란 떡갈나무 그루터기로 가져갔지. 아빠가 숲에서 끌어온 나무 그루터기 말이야. 엄마는 그러고는 정말로 고요하게 서 있었어. 그동안 닭은 날개가 안 보일 정도로 세차게 퍼드덕거렸고. 하지만 닭은 아무런 소리도 내지 않았어. 그러면 엄마가 마치 뭔가를 못 보게 눈을 가려주는 것처럼 닭의 얼굴을 손으로 감싸고는, 그렇게 모가지를 꽉 붙잡고 비틀었지. 목을 부러뜨리는 거야. 그리고 나무 그루터기에 대고 대가리를 쳐냈어." 랜들 오빠는 안에 담고 있던 걸 끊지 않고 한꺼번에 전부 쏟아내듯 숨도 쉬지 않고 말을 내뱉었다. 그러고는 침을 삼켰다. "더 이상은 닭이 그 맛이 안 나." 가장 가까이 있던 나무에서 귀뚜라미들이 낮게 울어대기 시작하는 게, 마치 랜들 오빠를 몰아내려고 시위라도 하는 것 같았다. 나는 엄마가 닭을 어떻게 죽였는지 그 정도로 선명하게 기억하지는 못했는데, 랜들 오빠가 말하니 눈에 선해지며 기억이 되살아나는 것 같았다.

"그래." 스키타 오빠가 입을 열었다. 오빠가 눈을 깜빡였다. 오빠는 강아지를 들어 올렸다. 강아지의 배가 오르락내리락하고, 콧김은 울어대는 개구리 소리같이 시끄럽다. 나는 강아지를 만지려고 손을 뻗었다. "만지지 마. 다른 애들한테 옮을 거야." 스키타 오빠가 나를 흘낏 보고는 겨우 웃어 보였다. 그러고는 자기 손가락을 내려다보았다.

나무 사이로 막 뜬 달이 나타나니 넬라는 달을 보고 울었다. 나는 어둠 속에서 주니어가 다람쥐처럼 튀어나와서 우리를 바라보며 기다리는 모습을 본 것 같았지만, 다시 들여다보니 불 뒤에는 어둠뿐이다.

스키타 오빠가 강아지 목을 잡고 비틀었을 때 그 손은 엄마의 손만큼이나 단호했다.

강아지를 묻고 돌아왔을 때 오빠는 웃통을 벗고 있었다. 오빠의 근육은 까맣고 다람쥐의 근육처럼 자잘했다. 오빠는 기름을 뒤집어쓴 듯 땀범벅이 되어 있었다. 그렇게 불빛 속에서 가만히, 숨을 몰아쉬며 잠시 서 있었다. 그러고는 불 속으로 티셔츠를 던졌다.

"뭐 하는 거야?" 다람쥐 뼈를 빨아 먹고 있던 마키즈 오빠가 물었다. 거의 뼈를 삼킬 듯이 쩝쩝거리던 그는 목에 걸렸는지 컥컥댔다.

"죄다 오염됐어." 스키타 오빠가 말했다. "전부 다."

오빠는 바지도 벗어 불 속으로 던져 넣었다.

"형 뭐 하는 거야?" 마키즈 오빠가 웃었다.

"보면 모르냐." 오빠의 트렁크 팬티는 다 늘어나서 허리춤에서 고무줄이 보였다. 오빠는 식기 세척제를 들더니 웅덩이의 검은 물로 걸어갔다. 가다가 중간에 몸을 구부려서 한쪽 다리로 팬티를 내리더니, 다른 한쪽 다리도 마저 들어 팬티를 벗고는 등 뒤로 던져서 그 역시 불 속으로 처넣었다. 하지만 오빠는 뒤를 돌아보지는 않았다. 오빠 몸은 온통 근육이다. 우리가 어렸을 때 엄마가 욕조에서 같이 씻겨주었던 때 이후로 나는 오빠의 알몸을 본 적이 없었다.

"형 정말 거기서 목욕하려는 거야?" 마키즈 오빠가 물었지만, 옆에 서 있던 랜들 오빠도 어느 틈에 옷을 전부 벗어 옆에 쌓아두고 있었다. 자기는 강아지를 만지지도 않았으면서. 랜들 오빠는 더 키가 컸고 팔다리는 고무줄처럼 유연했다. 빅 헨리 오빠가 땅속으로 맥주병을 돌려 넣어 가만히 세웠다. 빅 헨리 오빠는 신발부터 벗더니 양말도 벗어서 반으로 접어 신발 안에 쑤셔 넣었다. 그의 발은 커다랗고, 길고 검은 털이 아기 머리칼처럼 돌돌 말려 있는 게 보드라워 보였다.

오빠들이 가는 곳으로, 나도 갔다.

나는 옷을 전부 입고 물속으로 들어갔다. 몸이 모두 젖자 스키타 오빠에게 비누를 받아서 옷에 대고 문질러 거품을 냈다. 새하얀 거품이 나도록 비누칠을 하며 하나씩 옷을 벗었고, 그렇게 다 벗어 결국 물속에서 알몸이 되었다. 옷은 진흙 둔덕에 가만히 쌓아두었다.

"이 미친 것들." 마키즈 오빠는 말은 그렇게 했지만 어쨌든 옷을 다 벗어 던지고 우리를 따라 물속으로 들어왔다.

"뭐 그렇잖아도 나도 더웠으니까." 매니 오빠는 내가 앉아 있던 곳 근처에다 흰색 티셔츠와 바지를 벗어 던지고는 팬티까지 벗었다. 그는 내달려 물속으로 뛰어들더니 랜들 오빠 뒤로 나타나서는 오빠의 목을 끌어안고 같이 물속으로 잠겨들었다. 둘이 낄낄

거리며 엎치락뒤치락하는 게, 낚싯줄에 걸려 파닥거리는 물고기들 같다. 마키즈 오빠는 높은 나무에 매달려 있는 밧줄을 붙잡고 그네를 타고 있고, 빅 헨리 오빠는 느리게 팔을 휘저으며 헤엄치고 있다. 손을 어찌나 바르게 일직선으로 내젓는지 물이 조금도 튀지 않는다. 랜들 오빠와 매니 오빠는 웃으면서 계속 서로를 물속에 처넣고 있다. 나는 매니 오빠가 나를 만져주기를, 내게로 헤엄쳐 와 내 팔을 붙잡기를, 날 가까이 끌어당겨주기를 원하지만, 그가 그러지 않으리라는 걸 안다. 랜들 오빠가 매니 오빠에게서 빠져나와 스키타 오빠에게로 헤엄쳐 간다. 스키타 오빠는 혼자서 물속을 걷고 있다.

"조심해. 그쪽 풀숲에 물뱀이 있다고 했어." 랜들 오빠가 말했다. 스키타 오빠는 자기 피부를 벗겨낼 듯이 문질러대고 있었다.

"난 괜찮아. 뱀이 나는 쳐다보지도 않을 거야."

"나는 너 독 못 빨아내준다." 랜들 오빠가 웃었다.

"난 안 물려. 걔들도 냄새 맡을 줄 안다고."

"무슨 냄새?"

"죽음 냄새."

랜들 오빠가 앞으로 헤엄쳐 가려던 것을 멈추고 몸을 일으켜 걷는다. 어둠 속이라 오빠의 얼굴은 보이지 않았다.

"닥쳐, 스키타." 랜들 오빠가, 우리가 피워놓은 모닥불 불빛에 붉게 물든 웅덩이 물을 튀긴다. 하늘에서 떨어지는 불꽃 같은 물방울들이 스키타 오빠에게 쏟아진다. 매미 소리와 함께, 나는 그 불꽃들이 타들어가는 소리가 들려오는 것을 상상한다. "그렇게 말하니까 너 진짜 미친 거 같아."

빅 헨리 오빠가 마키즈 오빠의 발을 붙잡고 그를 밧줄에서 떨어뜨리려고 하고 있다. 마키즈 오빠가 발길질을 해보지만 빅 헨리 오빠가 밧줄을 워낙 세게 잡아당기는 바람에, 밧줄이 묶여 있던 나뭇가지가 쩍 하고 갈라지며 마치 커다란 뼈가 부러지는 소리가 난다.

"아이, 젠장!" 마키즈 오빠가 소리를 지르며 밧줄을 손에서 놓지만, 이미 때는 늦었다. 밧줄이며 모든 게 벌써 빅 헨리 오빠의 머리 위로 떨어져 내리고 있었기 때문이다. 나는 갈비뼈가 아플 지경으로 배꼽을 잡고 웃었다. 그러나 매니 오빠가 수면 위로 튀어 오르는 물고기처럼 별안간 내 옆에 나타났을 때, 이 세상 최고의 깜짝 선물처럼 그렇게 솟아올랐을 때, 내 웃음은 뚝 그치고 말았다. 웃음 대신 목구멍이 따끔거렸다.

"뭐 하냐, 에시?" 매니 오빠는 물속에서 나뭇가지를 두고 옥신각신하는 빅 헨리 오빠와 마키즈 오빠를 보고 있다. 랜들 오빠가 둘을 도우려고 그쪽으로 헤엄쳐 가고 있다. 스키타 오빠는 아직도 자기 살갗을 문지르는 데 여념이 없어 이쪽으로는 눈길도 주지 않는다. 매니 오빠가 물속으로 잠수해 들어가더니 내 오른쪽에서 나타난다. 내가 팔을 뻗어 그를 만지기에는 여전히 먼 거리다.

"아무것도." 나는 말들을 삼켰다.

"너 우리 앞에서 옷 벗는 게 부끄러웠냐?" 매니 오빠가 이를 드러내고 웃지만, 날 보고 있지는 않다. 그는 천천히 내 주위를 맴돌며 원을 그리며 헤엄치고 있다. 달처럼. 혹은 해처럼.

내 목구멍에서는 뭔가 소리가 나려다 만다.

"네 몸매를 모두에게 보여주기가 부끄러웠어?"

나는 고개를 내저었다.

"그렇게 나쁘지는 않아." 그가 말했다.

"나쁘진 않아?" 내 입에서 튀어나온 한마디. 그의 말을 똑같이 따라 한 것이 나는 부끄러웠다.

"뭐 그런 셈이야." 그가 귀에 손가락을 집어넣고는 개들이 그러듯이 고개를 세차게 흔드는 바람에 물방울이 사방으로 튀었다. 그는 아랫입술은 분홍빛으로 두툼한 반면 윗입술은 얇은 선 같다. 나는 늘 그에게 키스하는 꿈을 꾸었다. 한 3년 전, 나는 그가 어떤 여자애와 섹스하는 것을 보았다. 그와 랜들 오빠는 아빠가 집에 없을 때 그 여자애를 여기 웅덩이로 불렀고, 여자애와 그가 내 방 창가를 지나가면서 킬킬거리는 것을 나는 들었다. 나는 그들을 따라서 숲속으로 갔다. 웅덩이에 도착하자 매니 오빠가 여자애의 엉덩이를 움켜쥐더니 남자가 강아지의 옆구리를 쓰다듬듯이 여자애의 배를 쓰다듬었다. 그러자 여자애는 그를 보며 드러누웠다. 그는 여자애 위로 올라타서 그 다리 사이로 손을 놀렸고, 그 애에게 키스했다. 두 번, 세 번. 그는 입을 커다랗게 벌리고 여자애를 삼켜버릴 것처럼 키스했다. 여자애가 사탕이라도 된다는 듯이. 그는 여자애를 먹고 있었다. 나는 그가 여자들에게 언제까지 저렇게 키스를 할까 궁금했다. 혹은 그가 내게도 저렇게 키스하고 싶어 할지 궁금했다. 지금 그는 반은 날 보며, 반은 빅 헨리 오빠와 마키즈 오빠를 보며 내 주위를 맴돌고 있었다. 그러다 내 손을 붙잡더니 자기 쪽으로 끌어당겨 자기 아랫도리에 갖다 댔다.

"그렇게 나쁘진 않아." 그가 말했다. 나는 어떤 느낌일지 궁금해서 물속으로 손을 넣어 그의 가슴에 갖다 댔다. 그의 젖꼭지는 앵두알 같았다. 아니, 앵두보다 훨씬 더 부드럽다. 근육이 도드라지는 부분의 살갗은 캐러멜 사탕 색깔처럼 짙은 갈색이다. 하지만 매니 오빠가 뒤로 물러났다. "너 뭐 하는 거야?" 그의 아랫도리가 내 손에서 빠져나갔다. 차가운 물속에서 뜨겁던 그것이, 사라져버렸다.

"난 그냥—"

"에시." 매니 오빠는 실망했다는 듯이, 손을 뻗어 자기를 만지는 이 여자애가 누구인지 모르겠다는 듯이 내 이름을 불렀다. 그의 날카로운 옆얼굴이 불빛을 받아 광을 낸 동전처럼 빛난다. 웃으니 그의 아랫입술이 얇아졌다. "너 제정신이냐?"

내 손은 그가 붙잡아 가져다 댔던 그곳 때문에 아직도 얼얼했다.

"응." 난 그의 이름을 부르고 싶었지만, 대신 엉뚱한 말이 튀어

나왔다.

"이건 아냐, 에시." 그는 물을 밀어내며 물 위로 몸을 실어 내게서 멀어져갔다. "너도 알잖아, 이건 아니란 거." 그가 이렇게 말하며 멀어졌고, 고통이 갑작스러운 홍수처럼 순식간에 나를 덮쳤다.

매니 오빠는 옷을 입으며 뭍으로 걸어가고 있는 랜들 오빠에게로 헤엄쳐 갔다. 매니 오빠의 등은 닫힌 문이다. 그의 어깨는 아름답다. 나는 지금 그의 등에 업혀 있는 나를 상상한다. 깊은 강물에서 날 등에 업고 헤엄치고 있는 그를. 단단한 땅으로 나를 데려다줄 그를. 내게로 돌아와 물속에서 내게 입 맞추고, 내 입속의 공기를 가져가는 또 다른 매니 오빠를. 물속에서 자기 아랫도리로 내 손을 끌고 가는 그가 아니라 땅 위에서 내 손을 잡고 걸어가는 그를. 내 비밀을 말하면 그는 내게 돌아올까? 나는 숨을 한껏 들이마시고 물속으로 잠겨들었다. 머리가 뜨겁다. 아기가 엄마 뱃속에서 떠다니는 건 이런 느낌일까? 나는 내 배를 두 손으로 감싸 쥐고, 아빠가 제정신일 때만 하는 말을 떠올렸다. **어둠 속에서 행한 짓은 늘 밝은 데로 나오게 되어 있다.** 나는 매니 오빠가 그 여자애에게 키스하는 것을 본 순간부터 쭉 오빠를 사랑했다. 나는 그가 샤일라를 만나기 이전부터 그를 사랑했다. 샤일라, 말라깽이, 피부색이 밝은 좀 이상한 애. 매니 오빠랑 잤다고 생각되는 여자애들을 늘 괴롭히는 아이. 한번은 십대들의 밤 행사가 열리던 옥스 클럽에서 마키즈 오빠 사촌의 머리에 대고 유리병을 깨뜨린 적도 있다. **샤일라**. 고양이 눈처럼 늘 바쁘게 눈동자를 굴리는 아이. 매니 오빠는 랜들 오빠랑 다른 여자애들 이야기를 하지만, 언제나 샤일라에게로 돌아간다. 그 애가 자기 휴대전화를 확인하는 것을 불평하면서도, 쉬지 않고 전화하는 것을 귀찮아하면서도, 한 주에 한 번밖에 음식을 만들어주지 않는다고 투덜대면서도, 같이 사는 트레일러에 자기 옷이 쌓여도 손도 대지 않아서 주유소로 일하러 갈 때면 자기 손으로 빨래를 해야 한다고 욕을 하면서도. 나는 공원에서 한 번 그 애를 본 적이 있는데, 그 애는 부리부리한 고양이 눈으로 날 똑바로 쳐다보았다. 괴롭히려는 뜻도 위협하려는 뜻도 없었다. 나는 그 애보다 먼저 그를 사랑했다. 나는 메데이아가 이아손을 보고 첫눈에 반했을 때, 처음 그를 알게 되었을 때 이런 느낌이었을 거라고 상상해본다. 그를 보았을 때 가슴속에서 불길이 치솟아 올랐을 거라고, 그렇게 몸속의 피가 끓어올랐을 거라고, 그 뜨거운 피가 온몸의 살갗을 뚫고 증발해버리는 것 같았을 거라고. 나는 이렇게 강렬하게 느끼는데 어떻게 매니 오빠는 그렇게 느끼지 않을 수 있는지, 도무지 이해가 되지 않았다.

내 배는 안에 아기가 있어서 스쿼시 공처럼 단단하다. 섹스 중에 내 뺨에 닿던 매니 오빠의 속눈썹처럼 작디작은 아기가. 그리고 이 아기는 내 엉덩이에 닿던 그의 손끝만큼 크게, 내 등 뒤의 움푹한 부분에 닿던 그의 손바닥만큼 크게, 내 어깨 위로 두르던 팔뚝만큼 크게 자라날 것이다. 살아남기만 한다면. 이 아기가 그의 아기라는 걸 나는 안다. 지난 다섯 달 동안 내가 섹스를 한 사람은 그뿐이니까. 그가 숲속에서 주니어를 찾고 있던 나를 놀래키고는 붙잡았던 때부터, 내 가슴속 여자를 알게 된 이후부터, 나는 오직 그만 내 안에 들였다. 그와 처음 섹스한 다음부터 나는 다른 누구와도 하고 싶은 맘이 들지 않았다. 마키즈나 프랑코, 보니 오빠나 다른 남자들이 눈짓을 줄 때도 나는 어깨를 으쓱해버리고 말거나, 아니면 아예 못 들은 체했다. 그들은 요구했고, 나는 물러났다. 그렇게 물러나는 걸음은 매니 오빠에게 가는 길이라고 느껴졌기에.

물 위에서 누군가가 외치는 것 같은 소리가 들렸다. 수면 위로 올라와 숨을 있는 힘껏 들이마시고 보니 물속에 남은 건 스키타 오빠뿐인데 오빠는 말이 없었다. 박쥐들이 우리 머리 위를 맴돌고 있었다. 하늘에서 검은색 낙엽처럼 끝없이 팔랑거리다가 수면으로 곤두박질해서 곤충들을 잡아먹고 있었다. 스키타 오빠는 자기 쪽으로 그리고 땅으로 헤엄쳐 가는 나를, 비누칠한 옷가지를 입는 나를 보았지만, 어둠 속에서 알몸으로 앞장서 가는 내내 아무 말이 없었다.

넷째 날

훔쳐야 했던 것

온통 벼룩이다. 외할머니 외할아버지네 집으로 가는 길, 나는 더러운 벼룩 떼를 헤치며 걸어갔다. 튀어 올라 가시처럼 내 다리를 찌르는 벼룩들에 실컷 물리고 나니 마침내 한때 현관이었던 곳에 다다랐다. 집채에 비스듬하게 기대서 있는 각목들 몇 개가, 폭풍으로 불어난 강물에 잠기고 흙더미에 묻혀버린 교각 같다. 망으로 된 덧문이야 사라진 지 오래고, 현관 문짝은 하나밖에 남지 않은 경첩에 매달려 있다. 나무문을 미니 내 손안에서 먼지가 하얗게 부서진다. 나는 양옆으로 나뭇잎이 매달린 거미줄들을 뜯어내며 집 안으로 들어갔다.

집은 그 안에 들어 있던 삶의 증거였던 것들이 전부 야금야금 뜯겨 나가, 말라 죽어가는 동물의 해골 같다. 할아버지는 돌아가시기 전에 아빠가 우리 집을 짓는 것을 도와주셨지만, 할머니 할아버지가 돌아가시고 나자 우리는 이 집의 소파를, 그 옆에 있던 의자를, 그 옆에 있던 그림을, 그 옆에 있던 접시를 가져가서 결국 이 집에는 아무것도 남지 않게 되었다. 엄마는 이 집을 유지하고 싶었지만, 나와 스키타 오빠가 잘 침대가 필요하고 숯검정이 되어버린 냄비 대신 새 냄비가 필요하다는 사실이, 할머니가 남겨주신 손뜨개 덮개를 소파 위에 모셔놓고 집을 성전처럼 지키는 것보다 더 중요하다고 생각했다. 아빠가 그렇게 말했다.

그래서 지금 우리는 더 발라낼 것도 없이 다 뜯어 먹은 고깃덩이처럼 이 집을 뜯어 먹고 있었고, 이제 할아버지는 작업용 멜빵바지로도, 회색 티셔츠로도, 코담배로도, 나이가 드시면서 푸르러지던 눈동자로도 기억되지 않았다. 생전의 할머니 모습은 조금 더 선명하게 기억난다. 나는 할머니 무릎에 앉아서 전선처럼 곧고 억셌던 할머니의 흰 머리칼을 갖고 놀았다. 나는 할머니가 약을 드시는 것도 도와주었다. 할머니는 날마다 두 움큼 정도의 알약을 드셨는데, 내가 할머니에게 약을 한 알씩 건네주는 일을 맡았다. 할머니는 집 뒤에 있던 무화과나무에서 갓 딴 달콤한 무화과를 내게 먹여주고는 했다. 무화과는 그날 받은 햇볕의 온기를 아직 담고 있어서 따뜻했다. 할머니는 나를 보고 웃으면서, 내가 새처럼 조심조심 무화과를 먹는다고 말했다. 할머니의 미소는 검은색이었다. 웃어도 보이는 이가 하나도 없었다. 할머니는 가끔 날카로울 때도 있었다. 내가 안아주는 것도 반기지 않고, 현관 앞

의자에 혼자 앉아 있겠다고만 했었다. 할머니가 돌아가셨을 때 엄마가 할머니가 가셨다고 하기에, 나는 할머니가 어디로 갔을까 궁금했다. 모두가 울고 있었기 때문에 나도 엄마에게 원숭이처럼 매달려서 엄마의 그 보드라운 살을 부둥켜안고 울었다. 앞이 안 보이게 퍼붓는 여름 폭우처럼 사랑이 나를 통해 흘러갔었다. 그러고 나서 엄마가 죽었고, 이제 내게는 매달리거나 안길 사람이 아무도 남지 않았다.

나는 몸을 구부리고 벼룩들을 손바닥으로 쳐서 쫓았다. 부엌에서는 스키타 오빠가 숨을 몰아쉬면서 구석에서 뭔가를 뜯어내고 있었다. 오빠의 온몸에 힘이 잔뜩 들어가 있다. 어제까지만 해도 둥글게 부풀린 고수머리를 하고 있던 오빠는 오늘은 머리통이 머리카락 하나 없이 깨끗하다. 머리카락이 없어진 부분이 얼굴보다는 조금 더 색깔이 밝다. 오빠의 두피는 막 갈아엎은 흙 같다.

"주니어가 오빠 여기 있다고 하더라고. 뭐 하고 있어?"

"이 장판 좀 떼어내려고."

"뭐에 쓰게?"

스키타 오빠가 구석에서 안간힘을 쓰며 장판을 뜯어내고 있다. 장판 한 귀퉁이가 개의 귀처럼 펄럭거리며 오빠 앞으로 올라온다.

"흙이야." 오빠가 힘을 주어 잡아당긴다. 오빠 입에서 신음 소리가 나올 거라 생각했는데, 아무런 소리도 나지 않는다. 오빠의 근육은 풍선껌처럼 부풀어 있다. "파보 바이러스 말이야. 창고 흙에 있어."

"그런데 할머니네 집 장판이 도움이 돼?"

"땅 위에 덮을 거야." 오빠가 힘을 주어 잡아당기니 뜯어지는 소리가 크게 난다. 드디어 타일이 손을 놓아주었다. 오빠가 장판을 뒤로 던지니 벌써 뜯어낸 너덧 장의 장판 위로 가서 쌓인다.

"차이나에게 장판 깔아주게?" 아빠는 엄마와 결혼하자마자 바로 우리 집을 짓기 시작했다. 어렸을 때 아빠와 할아버지가 집 지은 이야기를 들으면서 나는 남자는 결혼하면 다 그렇게 하는가 보다고 생각했다. 여자에게 살 곳을 지어주나 보다고.

"아니, 에시." 오빠가 아빠의 녹슨 커터 칼로 그 옆에 있던 타일의 밑면을 긁어낸다. "강아지들 깔아주려고 그러는 거야. 차이나는 튼튼하고 나이도 많아서 파보 바이러스 때문에 죽지는 않아." 오빠가 힘을 주어 잡아당긴다. "걔들이 다 돈이야."

"머리는 왜 밀었어?"

"지겨워서." 스키타 오빠가 어깨를 한 번 으쓱하더니 또 잡아당긴다. "넌 오늘 뭐 해?"

"할 일 없어."

"나랑 어디 좀 갈래?"

"어디?"

"숲속에." 오빠가 또 한 번 힘을 주니 타일 하나가 또 들려 올라온다. 오빠는 그것을 멀리 던진다. "좀 뛰어야 될 거야." 나는 언제나 달리기에는 선수다. 어려서 오빠들과 달리기를 할 때도 늘 3등 안에는 들었다. 몇 번은 랜들 오빠를 이긴 적도 있고, 스키타 오빠를 따라잡은 적도 한 번인가 두 번 있었다. "네 도움이 필요해."

"좋아." 오빠가 내가 필요하단다. 차이나가 새끼를 배기 전에 나는 며칠씩 지나도 오빠 얼굴 보기가 힘들었다. 달걀을 찾느라고 혹은 랜들 오빠와 매니 오빠를 찾느라고 혹은 수영하러 웅덩이로 가느라고 숲속을 걷다 보면 우연히 스키타 오빠를 마주치곤 했는데, 오빠는 낡은 자전거 타이어나 밧줄을 앞에 두고는 차이나에게 공격하고 물어뜯는 법을 가르치고 있었다. 연습도 실전처럼 맹렬하게 하는지, 흙먼지가 구름처럼 피어오르고 솔잎 더미 사이로 마른 땅바닥이 강줄기처럼 모습을 드러냈다. 한번은 잠들어 있는 차이나 옆에서 면도날을 씹고 있는 오빠를 보았다. 면도날을 입안의 분홍색 살과 혀 사이로 요리조리 옮기다가 순식간에 입술 사이로 내뱉어서, 나는 내가 상상을 한 건가 싶었다. 왜 면도날을 씹느냐고 물었더니 오빠는 씩 웃으며 말했다. **왜, 차이나만 이빨 있으란 법 있냐?**

"그래." 내가 말했다.

아빠의 트랙터 소리가 멀리서 낮게 울리더니 점점 가까워진다. 오빠는 타일들을 주워 집 뒤쪽 창문으로 내던졌다. 뒷문 밖으로는 등나무와 칡이 몇 년째 웃자라고 있어 아빠가 그리로는 가지 않으리라는 것을 오빠는 알고 있다. 앞문만이 유일한 출입구다.

오빠가 마지막 하나 남은 타일과 커터 칼을 창밖으로 던지자, 아빠가 불쑥 들어왔다. 나무문을 밀치는 소리가 흡사 방 안을 가르는 총소리 같아서 나는 아빠가 경첩을 부서뜨렸을 거라고 생각했지만, 문은 그대로 달려 있었다. 아빠 머리에는 거미줄의 회색 흔적과 함께 나뭇잎이 하나 붙어 있다. 아빠의 티셔츠는 겨드랑이와 목과 등이 까맣다. 아빠가 신발로 바닥을 쿵쿵 구르는데 나무가 썩은 부분이 있다면 꼭 그대로 빠져버릴 것 같다. 아빠는 우리에 비해 체구가 그렇게 크지는 않다. 이아손을 따라가기로, 아버지와 남동생을 버리고 도망가기로 결심했을 때 메데이아가 본 것이 딱 이랬을까? 메데이아는 아버지의 화려한 의복 사이로 좁은 어깨의 한 남자를 보았을까? 아빠는 이제는 일을 많이 하지 않고, 굴잡이 배에서 일을 하거나 고철을 그러모으는 별난 일만 골라 하면서도 날마다, 내가 기억하는 한 늘 같은 작업복을 입는다. 작업용 워커와 바지, 티셔츠 두 벌, 양말 두 켤레. 엄마는 매일 밤 아빠의 이 작업복들을 깨끗이 빨아 안방 구석의 의자 위에 개켜놓았다. 그러면 아빠는 의자 위로 몸을 숙이고 있는 엄마 뒤에서 나타나서 엄마 허리에 팔을 두르고는 귓가에 대고 뭐라고 속삭이고는 했다. 아빠는 우리에게 나가서 텔레비전을 보라고, 우리 방으로 가라고, 밖에 나가 놀라고 했었지. 지금 아빠는 놀란 얼굴로 우리를 바라보고 있다.

"너희들 여기서 뭐 하는 거냐?"

"아무것도 아냐." 스키타 오빠가 재빨리 큰 소리로 대답하고는, 아빠와 현관문 쪽으로 발걸음을 옮긴다.

"잠깐만. 너희들 도움이 필요하다." 아빠가 말했다.

"나 차이나 보러 가야 돼."

"아직 괜찮아." 아빠가 자기 옆을 지나가는 오빠의 팔을 붙잡는다. "혼자서 잘하고 있을 거야."

오빠는 아빠 손아귀에서 팔을 빼내 다시 성큼성큼 발걸음을 내딛는다. 아빠의 손가락이 자기 팔에서 너무 쉽게 풀려나자 오빠도 놀란 것 같았고, 아빠는 잠깐, 혼란스러운 듯 나를 바라보았다. 오빠가 발걸음을 멈추고 돌아보았을 때 아빠는 손가락으로 다락방을 가리켰다.

"멕시코만으로 허리케인이 또 올라오고 있단다. 이름이 호세라는데. 멕시코 쪽을 칠 건가 보더라."

오빠는 눈이 커지며 금방이라도 눈알을 희번덕거릴 기세였지만, 그러지는 않았다.

"저 위에 널빤지 봤지? 너무 많이 썩지 않은 것이 두어 개 있지 않더냐?"

오빠가 고개를 끄덕였다. 나는 아빠에게서 아침에 마신 맥주의 달큰한 빵 냄새가 나지 않아서 놀랐다.

"응, 봤어."

"이 망치 들고 올라가서 벽에서 널빤지 좀 떼어내라. 그러고는 아래로 던져. 나랑 에시가 바깥으로 옮겨서 트랙터에 실을 테니."

거실 천장은 이미 오래전에 주저앉아서 다락방은 여기서도 꽤 잘 보였는데, 올려다보니 틈새로 지붕 대들보가 보였다. 오빠가 뛰어오르며 몸을 쭉 뻗어보았지만, 아무리 높이 뛰어도 대들보를 손에 잡을 수는 없었다. 대들보에 발린 회반죽이 조개껍질처럼 까끌까끌하게 일어나서 손으로 잡으면 아플 것이었기 때문이다.

"에시, 네 오빠 올라가게 네가 좀 엎드려라."

오빠는 제정신이냐는 투로 아빠를 쳐다보았지만, 아무 대꾸도 하지 않았다.

"할 수 있어요."

아빠는 마음만 먹으면 스키타 오빠를 어깨에 태우고 밧줄처럼 튼튼한 손으로 오빠를 붙잡아 세울 수도 있었겠지만, 그러지 않을 게 틀림없었다. 우리 모두 그걸 알고 있었다.

"어서, 오빠."

나는 학교에서 치어리더들이 서로를 짚고 올라가 인간 피라미드를 만들 때처럼 자세를 취했다. 한쪽 무릎을 앞으로 구부리고 다른 다리는 뒤로 쭉 펴서, 최대한 몸을 단단하고 흔들림 없게 만들었다. 아빠는 팔짱을 끼고 다락방을 올려다보고 있었다.

"됐어, 에시. 내가 그냥 점프할게."

"아냐, 점프론 안 돼. 어서 올라가."아빠가 말했다.

오빠가 한 손을 내 어깨에 얹는다. 오빠의 손바닥이 너무 딱딱해서 나는 깜짝 놀랐다. 보드라운 모래 같은 오빠 손바닥에 조약돌같이 굳은살이 박여 있었다. 물론 아빠는 손 전체에 자갈이 박힌 것 같겠지만. 오빠는 웃지 않을 때 양 입꼬리가 아래로 내려간다. 지금 오빠는 턱이 단단하게 아물려 있고, 입은 일자가 된 것이 화가 나 있다.

"내가 밟고 올라가서 대들보를 붙잡을게. 알았지? 최대한 빨리 할게."

나는 고개를 끄덕였다. 오빠는 잠깐 나를 한 번 더 보더니, 다시 말했다.

"최대한 빨리."

오빠가 밟고 올라오자, 오빠의 운동화가 내 허벅지를 짓누르면서 운동화 밑창의 홈이 쐐기처럼 살을 꼬집는다. 아프다. 하는 수 없이 목구멍에서 작은 신음 소리가 새어 나오지만, 난 이내 입을 다물고 숨을 참는다. 오빠가 몸을 일으켜 세워, 따갑지 않은 쪽의 대들보를 붙잡는다. 내 다리가 후들거린다.

"그래, 거기." 아빠가 말했다.

오빠가 대들보에 매달리며 내 다리를 짓눌렀을 때는 살갗이 으스러지는 줄 알았다. 참을 새도 없이 또 한 번 신음 소리가 내 목구멍에서 새어 나왔고, 나는 부끄러워 괴로운 숨을 내쉬었다. 어렸을 때 넘어져서 무릎이 까져 울고 있으면 아빠는 두 눈을 부릅뜨고는 그치라고 말했다. **그쳐**. 나는 몸을 곧추세우고 다리를 문질렀다.

"잘했어." 아빠가 말했다. 아빠가 망치를 위로 던져 올리자, 오빠가 다락방 구석으로 가서 여기서는 보이지 않는 널빤지들을 뜯어내기 시작한다. 나는 오빠가 내 살갗에 남겨놓은 자국들을 문지르면서 다리를 웅크렸다. 첫 번째 널빤지가 금세 떨어져 나왔다. 고개를 들어보니 오빠가 천장의 구멍 사이로 널빤지를 내던지고 있었다. 널빤지는 아빠 발 바로 옆으로 떨어졌다. 나는 깜짝 놀라 펄쩍 뛰었다. "조심해, 이 자식아." 아빠의 한마디.

아빠가 내게 널빤지를 건네면서 문 쪽을 가리킨다. 나머지 널빤지가 뜯겨져 나오는 소리가 들려 뒤를 돌아보니 오빠가 천장 구멍 사이로 던진 널빤지가 종이비행기처럼 떨어지고 있었다. 정확히 아빠에게로 떨어져서 아빠는 머리를 홱 숙여야 했다.

"야!"

"미안." 펄쩍 뛰어 내려오는 오빠는 고양이 같다. 널빤지는 아빠를 한 대 치고는 벽에 튕겨 와장창 소리를 내며 바닥으로 떨어졌다. 오빠는 웃고 있다.

"뭐야, 이 자식아."

"미안하다고 했잖아." 이제 오빠는 웃고 있지 않았지만, 나는 널빤지를 들고 현관을 빠져나가며 고개를 숙이고 웃었다. 면도날 쥡기를 마스터했던 날 지었던 오빠의 표정이 지금 또 보였기 때문이다. 날 위해 그랬다는 걸 난 안다.

우리 집에서 동쪽 숲속으로, 아주 커다랗고 오래되어 나뭇가지가 땅에까지 내려오는 소나무와 떡갈나무 길을 1킬로미터쯤 가면 소들이 풀을 뜯고 있는 목초지가 나온다. 목초지는 나무와 철로 된 철조망에 둘러싸여 있다. 그 한가운데는 커다란 갈색 헛간이 있고, 바로 그 옆에는 양철 지붕이 높다랗고 창들이 작은, 조그맣고 하얀 집이 있다. 백인들이 거기 살고 있다.

  오빠는 어느 날 우연히 그곳을 발견했다. 우리가 숲속에서 온종일 원을 이뤄 뛰어다니고 팀을 나누어 몇 시간이고 숨바꼭질 놀이를 할 때였다. 오빠는 소나무가 가차 없이 잘려 나간, 그래서 아무도 앉지 않는 의자처럼 그루터기만 점점이 흩어져 있던 담장 너머의 그 목초지를 우연히 맞닥뜨렸다. 해오라기들이 한껏 치장한 여자들처럼 조심스럽고도 우아하게 풀밭 위의 소들 곁에서 먹이를 쪼아 먹고 있었다. 막 숲에서 빠져나왔을 때 나는 오빠를 손으로 치는 것도 잊어버렸다. 들판 위로 하늘이 활짝 펼쳐진 풍경, 땅이 더 이상 땅 같지 않은 그 풍경에 나는 놀라고 말았다. 온통 파랑이었다. 트럭 한 대가 어두운 숲속 빈터에서 소리 없이 미끄러져 나왔고, 소 한 마리가 울었다. 자기들이 일으켜놓은 흙먼지 사이로 손을 내저으면서 한 백인 할아버지와 할머니가 트럭에서 내렸다. 저 멀리서, 개 한 마리가 짖는 소리가 들렸다.

  "오빠, 가자."

  내가 말했지만 오빠는 잠시 더 서 있었다. 고개를 한쪽으로 기울인 채 눈을 가늘게 뜨고 그 집을 바라보면서.

"난 간다." 나는 종종걸음으로 다시 초록이 우거진 보드라운 숲속으로 들어왔다. 숲속의 어둠으로 채 들어오기도 전에 오빠가 나를 따라잡을 만큼 재빠르게 달려오는 소리가 났다. 나는 겁이 나서 뒤를 돌아보았다. 부아소바주의 검은 심장 맨 끝에 있던 그 집에 사는 백인들이 우리를 따라오고 있나 싶었기 때문이다. 하지만 달려오는 건 스키타 오빠뿐이었고, 얼굴은 아주 평온했다. 심지어 숨소리도 거칠지 않았다.

오빠가 내 방으로 들어오며 거기를 같이 가자고 했다. 오빠는 할머니네 집에 갈 때 입었던 바지를 벗고 솔잎색 티셔츠와, 무릎 양쪽에 구멍이 난 짙은 갈색 디키스 바지를 입고 있었다. 테니스화를 신은 발은 맨발이었다.

"너도 옷 갈아입어. 초록색이나 갈색, 아니면 검은색으로 입어. 흰색이나 누런색은 안 된다."

"왜?"

"주변과 섞여야지." 오빠가 기다리겠다며 방문 밖으로 나갔고, 나는 서랍을 뒤져 검은색 티셔츠와 검은색 농구 반바지를 찾아냈다. 랜들 오빠가 너무 작아 못 입게 되자 내게 준 그 반바지에는 원래 세인트캐서린 고등학교 로고가 새겨져 있었다. 그건 곧 오빠가 그 바지를 훔쳤으며, 그 옷이 그 학교 운동복이라는 뜻이었다. 하지만 이제 그 옷은 너무 낡아서, 스키타 오빠가 질색을 했던 파란색 글씨도 벗겨져 나갔고 글씨가 있던 자리에는 빛바랜 회색 자국만 남아 있었다. 나는 머리를 뒤로 모아 하나로 높이 묶고, 검은색 양말과 테니스화를 신었다. 그리고 볼록한 내 배 위로 펄럭거리는 커다란 티셔츠를 매만졌다. 오빠가 벽을 두 번 두드렸다. 서두르라는 뜻이었다.

"가자."

우리가 문밖으로 달려 나가자 마당에 있던 닭들이 뿔뿔이 흩어지면서 장맛비에 떨어진 은매화 꽃잎들처럼 제자리를 맴돌았다. 갈색, 붉은색, 흰색. 닭들의 날갯짓 소리만 들려왔다. 거기에 차이나가 끼어들어 컹 짖어댔다.

우리 집터에서 멀어지니 소나무들이 하늘에 닿을 것같이 높다. 그 꼭대기의 솔잎은 움직임이 없이 완벽하게 정지해 있다. 이따금씩 나무 꼭대기를 스치는 미풍에 몸을 떨 뿐. 솔잎은 내가 듣지 못하는 어떤 소리에 고개를 주억거리는 것 같다. 난 그게 멕시코만에서 오는 호세의 흥얼거리는 음성일까 궁금해졌다. 미풍은 여기 아래 우리에게는 닿지 않는다. 여기 아래는 공기가 묵직하고 뜨겁다. 나무들이 너무 빽빽해서 여기 밑에는 덤불도 약간밖에 없고, 덤불은 단단하고 그늘진 땅 위에서 서로 경쟁하듯 밝은 부분을 찾고 있다. 어제처럼 새들이 있지만, 오늘 보이는 갈색의 조그만 녀석들은 어찌나 작은지 내 손바닥 위나 차이나 주둥이 안에 올려놓으면 딱 맞을 것만 같다. 새들이 우리를 따라오고 있다. 우리가 흔적을 남길 사이도 없이 숲을 관통해 가는 동안, 나무에서 나무로 날아다니는 그 조그만 새들이 날카로운 소리로 재잘거리며 우리와 보조를 맞추고 있다. 묵직한 공기 속, 우거진 소나무 무리에서 멀찍이 떨어진 곳에 떡갈나무가 서 있다. 엄숙하게, 부동자세로. 떡갈나무 가지에 매달려 있는 이끼는 늙은 왕의 수염처럼 회색빛이다. 스키타 오빠가 별안간 내 손을 잡는 바람에, 나는 하마터면 펄쩍 뛰어오를 뻔했다. 내 손을 감싸 쥐는 그 감촉에 나는 깜짝 놀라고 말았다. 오빠의 손가락은 딱딱했고, 차이나의 목줄을 잡느라 손바닥에 박인 굳은살들은 이제 오래된 빵처럼 바싹 말라 거칠거칠했다. 오빠가 내 손을 잡아당겼고 우리는 같이 소나무와 떡갈나무, 자작나무, 새들의 통로를 내달렸다. 난 멈출 수 없었다. 잡아당기는 오빠의 손에 몸을 맡기며 소리 내 웃었다.

우리는 다시 걷기 시작했다. 나는 얼굴이 땅기며 뜨거웠고, 콧속으로 들어오는 공기는 물처럼 축축했다. 공기 속을 헤엄치고 있는 것 같았다. 내 몸은 제 본성에 충실하게 할 일을 하고 있었다. 계속 움직이고 있었다. 오빠는 날 버리고 떠날 수 없다. 지금 난 오빠의 동료다. 오빠가 갑자기 속력을 내며 달리기 시작했는데, 내가 뒤처지지 않고 오빠 곁에 바싹 붙자 나를 흘끗 뒤돌아보는 오빠 얼굴엔 함박웃음이다. 웃음 속에서 보이는 은색 번쩍거림. 오빠는 입안에서 면도날을 씹고 있다. 남동생 손을 붙잡고, 아버지를 피해 아르고호로 달려가는 메데이아의 기분이 이랬을까? 내딛는 발걸음이 새들이 날기 직전에 내딛는 도약처럼 느껴졌을까? 목초지의 가장자리에 다다르자 오빠는 내 손을 놓아주었다. 나는 무릎이 푹 꺼지며 땅으로 거꾸러졌고, 그대로 마른 솔잎 더미에 얼굴을 묻었다. 온몸에서 흘러내리는 땀방울을 느끼며, 구운 송진 냄새가 나는 낙엽 더미 속에서 숨을 몰아쉬었다. 오줌이 마려웠다. 아랫배 쪽에서 문득 아기를 떠올리게 하는 축축한 무게감이 느껴졌다. 덤불숲 하나가 눈에 들어왔다. 돌아보니 스키타 오빠는 한 손에 티셔츠를 벗어 들고서, 상처 난 손가락으로 면도날을 던져 올리고 있었다. 오빠는 상대적으로 하얀 머리통을 문지르면서 비 오듯 쏟아지는 땀을 닦아내고 있었다. 난 내 웃통을 보여주고 싶지 않아서, 축축해진 셔츠 단을 들어 올려 얼굴을 닦지는 않았다. 철조망과 점점이 펴져 있는 소 떼 뒤로는 헛간과 집이 있었다. 이렇게 멀리서 보니 아주 조그맸다. 집은 오랜 시간에 걸쳐 개조한 것이 틀림없었다. 전혀 균형이 잡혀 있지 않았기 때문이다. 집의 한쪽 끝에는 엉뚱하게 이어 붙인 창고가 있고 현관 지붕은 비스듬한 것이, 집 전체가 마치 선원들이 제각각의 방향으로 노를 젓고 있는 배 같았다. 우리가 곧 그곳에 도착할 것이다.

"너 잘 봐야 해."
"오빤 어디 가는데?"

"난 헛간으로 들어갈 수 있는지 좀 알아볼 거야. 옆면의 저 작은 창문 보이지? 저 트레일러 바로 위에 있는 것."

"응."

"장담하는데 헛간은 잠겨 있지도 않을 거야."

"왜 헛간에 가려고 하는데?"

"거기 소 구충제가 있어. 내가 알아."

"개한테 소 구충제를 줄 순 없잖아."

"아니, 줄 거야. 리코 형이 자기네 개와 차이나가 교미할 때 그래도 된다고 말해줬어. 말하자면 개한테 최고급 구충제를 주는 거지. 약간은 아플 수도 있다는데, 아무튼 기생충은 박멸할 수 있을 거야. 다들 그렇게 해."

"그래서 그걸 훔치려고 하는 거야?"

"앉아서 손 놓고 있을 수만은 없잖아."

"그럼, 누군가 오면 내가 오빠에게 어떻게 알려주면 돼?"

"저기 나무 그루터기들 보이지? 들판 한가운데에 다닥다닥 세 개가 붙어 있잖아?"

"응."

"네가 저기 엎드려 있다가, 그 백인들이 오면 휘파람을 불어. 그러고는 몸을 낮게 수그리고 숲속으로 뛰어."

"그 사람들이 오빠를 붙잡으면?"

"멈추지 말고 뛰어." 오빠가 날 보며 말했다. 온몸에 힘을 주고 목줄을 팽팽하게 잡아당기며 싸울 준비를 마친 개처럼, 머리통을 위아래로 끄덕이고 있었다. "내 말 들었어? 멈추지 말라고."

우리는 목초지로 접근하는 길을 찾느라, 채찍처럼 후려치는 풀들과 싸우면서 그 집과 헛간 주위를 맴돌고 있었다. 오빠는 여전히 한 손에 셔츠를 들고 있고 면도칼을 씹고 있었다. 오빠는 숲속에서 신중하게 움직이고 있다. 개 목줄을 잡듯이 손으로 나뭇가지들을 젖히고는, 부러지지 않게끔 살짝만 잡고 있다가 두 손가락으로 튕겨 보냈다. 나를 위해서도 나뭇가지를 잡아주었지만 그래도 오빠가 놓치는 것들도 꽤 있어서, 나뭇가지들이 튕겨져 올라오며 내 팔이며 이마를 때릴 때는 고무줄을 튕겼을 때처럼 따끔했다. 내 입에서 신음 소리가 새어 나왔다.

"미안." 오빠가 뒤를 설핏 돌아보았다.

오빠는 집을 염탐하느라 날 볼 새가 없었지만, 그래도 나는 어깨를 한 번 들어 보였다. 우리는 목초지 가장자리에서 집 쪽으로 다가가고 있다. 오빠는 차나 다른 움직임이 없는지 주의해서 보고 있다. 헛간에서 떨어져 있는 집의 그림자 아래로 강아지 한 마리가 늘어져 있다. 똥개다. 오빠가 걸음을 멈추고 무릎을 꿇는다. 티셔츠를 입더니 손가락 끝에 침을 묻혀서 허공중으로 들어 올렸다. 오빠는 나무 소리, 낮게 울어대는 벌레들 소리를 듣고 있는 것처럼 한쪽 귀를 위로 향하고서 고개를 기울이고 있다. 난 다시 한 번 오빠를 보고 어깨를 으쓱 들어 올렸는데, 이번에는 두 손도 같이였다.

"오빠 뭐 하는 거야?" 내가 속삭였다.

"바람이 위로 부는지 아래로 부는지 보려고."

"오, 야생 탐험가 스티브 어윈 납셨군." 난 오빠가 웃을 줄 알았지만, 오빠는 웃는 시늉도 하지 않았다. 오빠는 손가락 두 개에 침을 더 묻히더니 또 들어 올렸다. "그 아저씨 죽었더라, 맞지?"

"조용히 해, 에시." 오빠가 조용히 바지 위에 두 손을 문지른다. "우리가 처음에 들었던 소리가 바로 저 개일 거야." 오빠는 손가락에 다시 침을 묻혀 들어 올렸지만, 이내 손을 내렸다. "분간할 수가 없네."

우리는 너른 블랙베리 밭 한가운데에 서 있었다. 철조망같이 따가운 가시들에 발목이 붙잡혀서 정강이에 손가락을 대보니, 아이 손에 얽힌 것처럼 짤막하고 깊은 생채기에서 피가 흐른다. 나는 발을 빼내려 허공에 대고 발길질을 해보았지만 가시는 내 정강이로, 발가락으로 더욱 깊숙이 파고들어 올 뿐이다.

"가만히 서 있어." 오빠가 나뭇가지를 붙잡듯이 블랙베리 넝쿨을 붙잡더니 잡아당겨버렸다. "피 냄새 때문에 들킬 수도 있어."

"이렇게 멀리선 아닐 거야, 오빠."

"그래. 그렇겠다." 넝쿨이 벗겨졌다. 오빠는 다시 손가락에 침을 묻히려다가 내 다리에서 묻은 피를 여름 모기 죽이듯 닦아냈다. 핏방울을 톡톡 두드려 털어버리고는, 다시 손가락에 침을 묻혀 문질렀다. 오빠는 엄마가 공공장소에서 꾀죄죄한 모습의 우리를 보고는, 이온 음료로 우리의 입가를 문질러주고 빵의 빵 부스러기를 털어줄 때 그랬던 것과 똑같은 인내심 있는 얼굴을 하고 있다. 엄마는 우리를 새끼 고양이들인 양 닦아주었지. 오빠는 몸을 숙여 내 양말 가장자리도 닦아주었다. 오빠의 맨머리가 땀으로 번들거렸다. 오빠가 내 다리를 들어 올려서, 나는 균형을 잡기 위해 한 손으로 오빠의 머리를 짚어야 했다. 오빠의 밀어버린 머리가 손에 닿으니 웅덩이 속에서 발에 채던 굴 껍질이 생각났다. 오빠의 머리는 나무 그늘 아래서 까맣게 말라가던 웅덩이 물처럼 시원했다.

우리는 집을 계속 주시하면서 숲속에서 천천히 앞으로 나아갔다. 덤불이 너무 무성하게 얽혀 있어 몸을 웅크리거나 낮추는 것으로는 그 사이를 지나가는 게 불가능했기에, 우리는 아예 땅에 배를 대고 엎드려서 덤불 밑으로 기어갔다. 우리는 팔꿈치로 흙과 솔잎을 밀어냈다 그러모았다 하면서 뱀처럼 기어갔다. 오빠가 이따금씩 멈추면 풀잎과 나뭇가지들이 오빠의 매끄러운 머리통에서 떨어져 오빠 어깨 위에 내려앉는데, 그게 마치 반짝이는 크리스마스 장식 같았다. 오빠는 멈추어 서서 귀를 쫑긋 세웠다. 그러면 나 역시 멈추어서 최대한 숨을 죽이고는 무슨 소리가 들리는지 들어보려고 했지만, 귓가를 흐르는 피의 고동이 너무 커서

넷째 날 훔쳐야 했던 것

거친 내 숨소리 외에는 아무것도 들을 수 없었다. 오빠가 덤불 사이로 다시 몸을 숙였고, 우리는 다시 기어가기 시작했다. 흙먼지가 우리 팔뚝에 닿아 진흙처럼 엉기는 바람에, 팔뚝은 온통 줄무늬가 되었다. 햇살 몇 줌이 소나무 꼭대기에서 스며들었고, 소나무들이 한 번, 두 번 낮은 소리를 내더니 이내 조용해졌다. 덤불 밑을 기어가는 우리 외에 여기에는 아무것도 없다. 우리가 들판과 그 속의 고요한 집 쪽으로 절반 정도 접근해가는 동안, 토끼 한 마리가 가만히 나타나 우리를 바라보았을 뿐이다. 토끼는 귀를 움직거리며 옆얼굴로 우리를 뚫어지게 응시했다. 젖은 구슬 같은 커다랗고 검은 눈동자 하나가, 마치 초자연적인 것이라도 본 듯이 커다래져서 번쩍거렸다. 우리는 계속 앞으로 나아갔고, 우리가 지나온 길에 토끼를 남겨두고 떠난 뒤에도 토끼는 그대로 가만히 앉아 있었다. 심지어 우리가 큰길로 발걸음을 옮긴 뒤에도 그랬다.

큰길로 가는 길은 좀 전처럼 풀이 무성하지는 않았다. 여기는 나무들이 대부분 겨울이면 잎을 떨구고 여름에는 짙푸른 초록으로 무성해진다. 바람은 우리가 지나가자 나뭇잎들을 흔들어 박수 소리를 들려주었다. 길은 좁았고, 내가 보기에 우리는 지금껏 4분의 1밖에 오지 못한 것 같았다. 길 중간에는 굴 껍질이 길게 박혀 있었지만, 나머지 부분은 강에서 떠밀려 온 것 같은 작은 돌들로 뒤덮여 있었다. 길 가장자리의 조그만 둔덕으로 모래가 높다랗게 쌓여 있어서 오빠와 나는 바로 그 옆으로 가 무릎을 꿇고 엎드렸다. 오빠는 도로를 흘끗 보더니 내게 오른손을 들어 보였다. **기다려.** 오빠의 너덜거리는 굳은살이 말했다.

벌레들이 앵앵거리며 우리에게 대답했다. 열기. 도로 조금 아래쪽에 뱀 한 마리가 잠들어 있다. 오빠가 내게 앞으로 오라고 손짓했고, 우리는 내달려 길을 건넜다. 자갈밭을 달리는 우리의 발은 물수제비로 튕겨 나가는 돌멩이처럼 가벼웠다.

도로는 끝이 보이지 않았고, 저 멀리 양옆의 나무들이 만나는 중간 지점으로 사라지고 있었다. 지난 1년, 우리는 무척 운이 없었다. 세인트캐서린 학교가 학교 버스 노선을 바꾸는 바람에 우리 집 앞에는 학교 버스가 아침 6시 반에 섰기 때문이다. 그렇게 한 시간을 내달리면 우리가 잘 아는 흑인들의 부아소바주에서 벗어나, 우리가 알지 못하는 백인들의 부아소바주로 진입했다. 부지가 넓은 이곳 내륙으로 진입하면 차창 밖으로 교회들이 지나가고, 담배와 뜨거운 튀김, 차가운 병 음료와 싸구려 사탕을 파는 작은 상점들이 지나쳐 갔다. 글씨가 벗겨져 나간 전면 유리 앞으로 가스통 하나가 나와 있는 그런 종류의 가게들 말이다. 랜들 오빠는 유리창에 머리를 대고 잠을 잤고, 스키타 오빠는 숙제를 했고, 나는 외로운 들판에 펼쳐진 낯선 집들을 하나하나 뜯어보았다. 트레일러들, 낮고 길게 지은 벽돌집들, 그냥 널빤지를 세워놓은 듯한, 방 두 개 크기도 안 되어 보이던 작은 판잣집들. 그리고 학교 버스에 타는 아이들은 우리 빼고는 전부 백인이었다. 어깨가 넓고 건장한, 입술 위로 억센 수염이 자라난 남학생들과 볼이 빨갛고 눈동자가 물빛처럼 파란, 피부가 반들거리는 자그마한 여학생들. 나는 그들도 자기들이 사는 들판을 기어가는, 이런 '스키타와 에시' 같은 경험을 해보았을까 궁금해졌다. 찬장에 떨어진 설탕을 향해 일렬로 행진하는 마룻바닥 밑의 개미들 같은.

집은 어디서 보아도 간소했다. 흰색 칠은 햇볕에 색이 바래 누렸고, 흰색 커튼이 드리워진 창들은 모두 닫혀 있었다. 눈을 꼭 감은 눈먼 집 같다. 집 전면에는 콘크리트로 올려 쌓은 현관이 있고, 그 위에 하늘색으로 칠해진 흔들의자가 있다. 우리 집 벽 틈에 사는, 현관에서 만나면 죽은 듯 가만히 웅크리고 있는 도마뱀과 똑같은 하늘색이었다. 페인트가 칠해져 있지 않은 헛간은 높이가 높고, 문은 굳게 닫혀 있었다. 헛간을 이루고 있는 나무는 오래되어 보였고 색깔이 짙었는데, 할아버지가 할머니에게 집을 지어줄 때 썼던 나무와 같은 종류인 것 같았다. 네 벽면이 너무 오래되어 이제 곧 가장자리부터 벗겨져 나갈 것 같다는 점에서는 분명 비슷해 보였다.

"쉬잇." 오빠의 외마디가, 내 이름을 부르는 것인지 조용히 하라는 것인지 분간이 되지 않았다. 그러나 오빠가 가만히 서 있기에 나 역시 오빠 뒤에 멈추어 섰다. 오빠가 손가락으로 가리켰다. 저기, 우리가 이 집과 헛간을 처음 발견했던 숲속의 뒤편을, 우리 집 웅덩이로 이어지는 그 나무들의 뒤편을. 거기 누가 있었다.

우리는 그늘에서 그늘로 내달렸고, 그동안 오빠는 등을 둥글게 말고 손가락으로는 땅을 짚으며 움직였다. 우리는 나무를 껴안고 뒤로 숨었다. 옆으로 몸을 눕히고 붉은 흙의 둔덕 위로 몰래 훔쳐보는데, 뭔가 내가 잘 아는 걸 보고 있다는 생각이 들었다. 팔뚝의 고무줄이라든지, 느리게 흔들리는 팔다리라든지. 랜들 오빠와 빅 헨리 오빠였다. 그리고 새된 목소리. 주니어였다.

"저거 누구네 집이야?"

"어떤 백인들 집이야, 주니어." 랜들 오빠가 대답했다.

"걔들이 이쪽으로 오는 걸 확실히 봤어?" 빅 헨리 오빠가 물었다.

"나랑 주니어랑 마당 도랑으로 뛰어들자마자, 걔들이 이쪽으로 내달렸어. 아주 빠르던데."

"여기로 왔다는 건 어떻게 알아?"

"몰라. 하지만 올 데가 여기밖에 더 있어? 여기 뒤쫓고 말고 할 사람도 별로 없잖아. 만일 찾아내면, 걔들도 우리랑 같이 놀고 싶어 할 거야, 장담해." 랜들 오빠가 대답했다.

"나도 소 보러 가고 싶어." 주니어가 랜들 오빠와 눈높이를 맞추려고 연신 뛰어오르며 말했다. 그렇게 뛰어오르니 랜들 오빠 가슴께까지는 왔다. "제발."

"안 돼. 여기서도 볼 수 있잖아." 랜들 오빠가 말했다.

내가 그쪽으로 가려고 둔덕에서 몸을 일으키려는데, 스키타 오빠가 내 팔을 붙잡고 나를 주저앉혔다. 어깨가 아플 정도로 세게 잡아끌었다. 고개를 내젓는 오빠의 얼굴에서 나는 표정을 읽을 수 없었다. 오빠는 땅을 가리키며, 나를 자기 옆으로 앉히려 하고 있었다. 우리가 여기 있다는 것을, 우리가 무엇을 하려는지를 저들이 알지 못하도록.

"오빠들이 도와줄 수도 있잖아. 감시할 사람도 많아지고." 내가 속삭였다.

스키타 오빠는 여전히 내 손목을 밧줄처럼 단단하게 붙잡고 자기 옆구리에 갖다 대고 있었다. 나를 기울어뜨려 앉히려는 것 같았다. 내가 손을 뿌리치자, 내 팔이 젖은 물고기처럼 오빠의 손아귀에서 미끄러져 나왔다.

"알았다고." 나는 그렇게 말하고 걷기 시작했다. 오빠로서는 날 따라오는 것밖에 다른 방법이 없을 테니 나는 뒤도 돌아보지 않고 걸었다. 부스럭거리는 소리와 젖은 솔잎 뭉개지는 소리가 나는 걸 보니 오빠가 따라오고 있는 게 분명했다.

촉이 날카로워서 다른 이들은 못 보는 것, 다른 이들은 못 듣는 것을 보고 들을 수 있는 랜들 오빠가 제일 처음으로 우리 소리를 들었다.

"너희들이 여기로 오는 걸 내가 본 것 같았지."

"그래." 내가 말했다.

"왜들 그렇게 급하게 뛰어갔어?" 랜들 오빠가 물었다. 빅 헨리 오빠는 한쪽 다리를 나무 기둥에 걸치고는 나무에 기대 쉬고 있었다.

"나도 몰라." 내가 말했다.

내 뒤에서 스키타 오빠가 입을 열었다.

"주니어는 집으로 데려가."

"여기 같이 있지 못할 이유가 뭐야?"

"나 뭣 좀 가져와야 해." 스키타 오빠가 팔짱을 꼈다.

"어디서?" 랜들 오빠가 물었다. 그러고 나서 스키타 오빠를 보더니, 입을 떡 벌리고는 알겠다는 듯 고개를 끄덕였다. 꼭 물을 들이마시는 물고기 같은 모양이었다. "이런." 랜들 오빠는 그렇게만 말하고는 말이 없었다.

"뭔데?" 빅 헨리 오빠가 물었다.

스키타 오빠가 숨을 한 번 크게 들이마시더니, 가슴팍 앞으로 팔짱을 더욱 단단하게 꼈다.

"강아지들 때문이야." 내가 말했다. 스키타 오빠는 말하지 않을 테니까.

"안 돼." 랜들 오빠가 말했다.

스키타 오빠는 랜들 오빠를 아무 말 없이 보고만 있었다. 팔짱을 낀 오빠 팔뚝에서 근육이 불거졌다.

"너 저 백인들 집에 뭐가 있을지 어떻게 알고 그래? 총이라도 갖고 있으면 어쩔래?" 빅 헨리 오빠가 말했다.

"우리는 집으로는 안 들어갈 거야. 헛간으로 가려고 해." 내가 말했다.

"우리는 무슨 놈의 우리야." 스키타 오빠가 갑자기 입을 열었다. 입매가 단호했다. "내가 헛간에 들어갈 테니까, 너는 내가 말한 것처럼 망이나 잘 봐."

"너희 둘 다 어디에도 못 간다." 랜들 오빠가 길고 마른 손가락을 쫙 펴고는 고개를 내저었다. 그러더니 오빠 뒤에 숨어서 바라보고 있던 주니어의 팔을 낚아챘다. "너희들 전부 다 나랑 같이 집으로 간다."

"에잇, 놀랬네." 빅 헨리 오빠가 숨을 내쉬었다.

"우리는 아무 데도 안 가." 스키타 오빠가 팔짱을 풀자 팔이 오빠의 옆구리를 세게 내치며 내려왔다. 오빠의 목소리는 컸다. 오빠는 지금 7월 4일 독립기념일 축제에서 보았던 작은 폭죽들 같았다. 온몸으로 불꽃을 내뿜으며 단단한 땅바닥 위에서 밝고 강렬하게 튀어 오르고 있었다. "우선, 나랑 에시는 장장 한 시간 동안 온갖 짓을 하면서 이 들판을 가로질러 와서 이 집을 지켜보고 있었어. 집에는 아무도 없고, 집 앞이든 진입로든 집 밖에 있는 것이라고는 강아지 한 마리뿐이야. 그리고 난 나한테 뭐가 필요하고 그게 어디에 있는지를 알아. 이 짓을 하면 형도 얻을 게 있어. 강아지들이 잘 살아나면 나는 8백 달러를 벌 수 있어. 8백 달러라고. 8백 달러로 뭘 할 수 있는지 다들 알기나 해? 형은 다음 주에 있는 농구 캠프에 부족한 돈, 아빠에게 조르지 않아도 돼. 그리고 장학금 한 번 더 타려고 여름 경기에서 죽을 똥 싸며 뛰지 않아도 된다고. 형이 농구 캠프 가고 싶어 한다는 거 난 알아. 아빠에게는 그 돈이 없다는 걸 형이 잘 알고 있는 것만큼." 스키타 오빠는 이제 좀 불꽃이 잦아들었는지 두 손을 양옆으로 내려놓았다. 이제는 그저 코를 찌르는 화약 연기만 풍겨 올라오고 있었다. "그리고 형이 부모님도 아니잖아." 스키타 오빠가 중얼거렸다.

"미친 짓이다." 빅 헨리 오빠가 말했다.

"내가 제일 빠른데!" 주니어가 랜들 오빠의 팔을 잡아당겼다.

"닥쳐, 주니어." 내가 말했다.

랜들 오빠가 주니어를 끌고 가서 주니어의 머리 위에 손을 얹었다. 스키타 오빠가 내 피를 닦아줄 때 내가 오빠 머리 위에 손을 얹었듯이. 주니어는 잠잠해져서 우리 쪽을 바라보고만 있었고, 랜들 오빠의 팔이 스카프처럼 주니어의 목을 감싸고 있었다. 그래도 주니어는 웃고 있었다. 아직도 우리랑 같이 뛰어다닐 수 있으리라고 생각하고 있는 모양이었.

"너 어디에도 못 가." 주니어의 얼굴이 찌푸려졌다. 랜들 오빠의 팔이 주니어의 가슴을 끌어안고 있었다. 랜들 오빠가 주니어의 머리통을 내려다보면서 머리카락에 걸린 이끼들을 빼내주었. "날 위해서 그러는 거야?" 랜들 오빠가 주니어의 머리통에 대고 말을 해서, 난 처음에는 오빠가 누구에게 말하는 건지 몰랐다. 그러나 이내 스키타 오빠라는 걸 알 수 있었다. 지금 내 옆에서 고개를 주억거리고 있는 스키타 오빠. 스키타 오빠의 고개가 한 번씩 수그러질 때마다, 땀방울이 머리통에서 단 한 번의 막힘도 없이 흘러내렸다. 오빠의 높다란 콧날을 지나 폭신폭신한 윗입술을 지나 턱끝에 매달렸다가, 잠깐 내리는 여름비처럼 떨어져 내렸다.

"그래." 스키타 오빠가 아직도 고개를 끄덕이며 말했다. "맞아."

스키타 오빠가 계획을 설명해주었다. 듣고 있으니 바로 그래서 오빠가 개들에, 차이나에 정통한 것이라는 생각이 들었다. 오빠는 썩은 널빤지를 가져와서 개집을 지어주는 사람이었고, 다람쥐 구이를 할 줄 아는 사람이었고, 강아지들을 위해 바닥에서 타일을 뜯어내는 사람이었다.

"저기 들판에 있기에 형은 너무 크잖아?"

"어찌 됐든 난 안 가." 빅 헨리 오빠가 대꾸하니, 스키타 오빠가 어깨를 으쓱해 보인다.

"그러면 형은 여기 숲속에 주니어랑 같이 있어. 입 다물어, 주니어. 이거 심각한 얘기야. 너 《헨젤과 그레텔》 이야기 들어봤지? 저기에 그 집주인이 살아. 그 사람들이 너를 새끼 돼지처럼 살찌워서 잡아먹을 거야. 그러니까 입 다물고 여기 숲속에 빅 헨리 형이랑 같이 있어. 어젯밤처럼 몰래 빠져나오면—조용히 해, 주니어.

뭐라는지 다 보여—내가 붙잡아가지고 볼기를 쳐줄 거야. 물론 백인들이 널 먼저 잡아먹지 않는다면 말이지."

"헛간 들어가는 데 내가 도와줘?" 랜들 오빠가 물었다.

"아니. 도움 같은 거 필요 없어. 게다가 형은 너무 길어. 들판 가장자리에 있는 담장 바로 밑에서 들판 전체를 계속 주시해줘. 뭐라도 보이면 휘파람을 불어."

"에시는 뭐 하고?" 랜들 오빠가 물었다.

"에시는 들판 한가운데로 갈 거야. 거기 나무 그루터기 옆에 바싹 누워 있을 거야. 에시가 형보다 진입로에 가까이 있을 거니까, 형보다 더 잘 볼 수 있어. 에시도 뭔가 보이면 휘파람을 불 거야. 크게 불어야 해, 에시. 노래하듯이 하지 말고."

"손가락을 입에 대고 휘파람 부는 법은 오빠보다 내가 먼저 터득했어." 내가 말했다.

"알았어." 스키타 오빠가 나를 흘끗 보았고, 오빠와 나 둘 다 그 말이 사실이라는 걸 잘 알고 있었다. "자, 좋아. 다들 준비된 거지." 스키타 오빠가 말했다. 묻는다기보다는 공표하는 듯했다. 오빠는 우리에게 준비되어 있지 않을 틈도 주지 않았다. "좋아, 그럼. 모두들 내가 저 창문으로 나오는 걸 보면, 보자마자 무조건 달리기 시작해. 뒤돌아보지 말고. 무조건 달려."

우리 모두 안에 줄이 하나 연결되었다. 들판에 포진해 있는 서로를 꿰고 있는 선이. 등을 구부려 검은 공처럼 보이는 스키타 오빠가 무릎을 굽힌 채로 헛간 창문 쪽으로 달렸다. 나는 몸을 낮게 숙여 풀숲에 파묻고는, 나무 그루터기 뒤에 뱀처럼 엎드려서 기다렸다. 내 뒤쪽 수풀 속에는 랜들 오빠가 숨어 있었다. 나뭇잎이 내 손톱만큼 작은, 낮은 덤불 뒤에 쪼그리고 앉아 있었다. 그리고 거기서 훨씬 뒤쪽으로 빅 헨리 오빠와 주니어가 있었다. 내가 둘을 두고 올 때 빅 헨리 오빠는 심란한 듯 서성거리고 있었고, 주니어는 빅 헨리 오빠에게서 떨어진 곳에 쪼그리고 앉아 있었다. 두 발을 Y자로 벌리고 앉아서는 막대기로 땅을 파고 그 위에 솔잎을 세워 뾰족한 지붕을 만들고 있었다.

소들이 저 멀리서 쉼 없이 풀을 뜯어 먹고 있었다. 씹고 삼키고 또 풀을 뜯고. 해오라기도 퍼덕이면서 조그맣게 무리를 지어 걸어 다니고 있었다. 그중 한 마리가 제 짝을 버리고 내 쪽으로 다가왔다. 한 발 옮길 때마다 땅을 한 번씩 쪼는 모습이, 마치 부리가 세 번째 다리인 것 같다. 녀석은 스키타 오빠에게 더 가까이 가고 있었다. 내가 쉿 하고 소리를 내니 그대로 멈추었다. 녀석은 다른 해오라기들보다 더 하얗다. 깃털은 보드랍고 폭신폭신해 보이는 게, 다른 녀석들보다 어린 것 같았다. 어쩌면 갓 태어난 녀석인지도 몰랐다. 솜털이 복슬복슬한 따뜻한 몸뚱이가 깃털 밑에서 심장박동에 맞추어 흔들리고 있었다. 내가 다시 쉿 소리를 내자, 황급히 움직이는 모습이 획 날아가는 베개 같다. 소들은 스키타 오빠가 자기들의 식탁에 너무 가까이 오지 않는 이상, 그 옆을 달려도 본체만체다. 혹여 가깝게 다가가도 오빠를 가볍게 피하며 한 1미터 떨어진 곳에 다시 자리를 잡을 뿐이다. 스키타 오빠는 담장의 맞은편 가장자리 밑으로 기어 들어가더니, 아까 내게 보여주었던 창문으로 전력 질주했다. 공중으로 튀어 오르는 검은 그림자. 오빠의 손이 얼굴께로 올라갔다 다시 내려왔는데, 나는 오빠가 면도날을 뺀 것이라는 걸 알 수 있었다. 오빠는 껑충 뛰어서 창틀 선반에 매달렸고, 발로 벽을 짚으면서 균형을 잡았다. 오빠는 그렇게 창문에 매달려 엎치락뒤치락하고 있었다. 나는 겨드랑이 밑이 흥건해지며 땀이 뱄다.

"지금 뭐 하고 있는 거야?" 나는 오빠를 재촉하는 뜻으로 혼잣말했다. "지금이야, 오빠, 어서."

오빠가 창문을 비틀어보지만 창은 열릴 기미가 보이지 않는다. 오빠가 벽을 타고 내려오더니 손을 다시 얼굴로 가져간다. 셔츠의 목 언저리를 잡아당겨 웃통을 벗어서는, 벗은 셔츠를 팔에 감고 다시 창틀 선반으로 뛰어오른다. 한 팔로 몸을 지탱한 채, 티셔츠를 동여맨 다른 팔로 창문을 떠민다. 창에 금이 간다. 다시금 팔꿈치로 창문을 치자 창문은 이내 부서져버렸다. 오빠는 팔뚝과 무릎밖에 보이지 않다가, 허벅지와 비틀고 있는 어깨가 남더니, 이내 어두운 헛간 내부처럼 새까매지면서 아예 모습을 감추어버렸다.

"하느님, 감사합니다." 나는 날 좀처럼 떠나지 않는 해오라기 녀석을 보고 속삭였다. 녀석은 이제 내 발치를 머뭇머뭇 맴돌면서 땅을 쪼고 있었다.

길에서는 아무것도 보이지 않는다. 움직이는 나무들이 멀리서 보니 반짝거리는 초록색 커튼 같고, 가운데에서 사라지는 길은 짙은 녹색의 벨벳 선 같다. 나는 그 길을 뚫어져라 응시한다. 뭔가가 시야에 나타나지 않는지 열심히 바라본다. 자꾸자꾸 입술에 침을 묻히면서, 여차하면 휘파람을 불 준비를 하느라 혀를 말아 보기도 한다. 팔이 저려와 감각이 없어지는 것 같아서 나는 몸을 한 번 굴려 눕는 방향을 바꾸었다. 그러면서도 길가를 흘끗 보는 것을 잊지 않았다. 스러지는 별같이 파랗게 번쩍이던 저것은 뭐지? 하지만 아무것도 없다. 나는 해오라기를 보고 다시 쉿 소리를 내본다. 매니 오빠가 왜 같이 오지 않았는지 궁금했고, 그가 언제 다시 올지, 다음에 보면 또 나를 원할지 궁금했다. 그가 다시 내 눈을 들여다보도록 만들 수 있을지 알고 싶었다. 내게서 멀어지지 않도록.

갑작스럽게 날카로운 통증이 찾아왔다. 뻐근하게 엉덩이를 관통하고 들어와서, 나는 다리에 힘을 주고 비틀면서 왜 방광이 젖은 스펀지처럼 묵직할까 의아해한다. 어떻게 할 수가 없다. 오줌을 눠야겠다. 다시 한번.

"제길, 오빠." 내가 아무도 없는 길가, 헛간 벽 쪽에 대고 말했다. 난 참을 것이다. 고통이 다시 찌르듯 올라오자, 나는 다리를 꽉 붙이고 엉덩이를 마구 흔들어본다. 가끔 이렇게 다리를 꽉 조이고 있으면 도움이 될 때가 있다. 아랫배의 압박이 누그러진다. 그러나 숨 한 번 돌리고 아직 아무것도 보이지 않는 길가에 대고 고개를 한 번 끄덕일 동안뿐이었다. 통증은 이내 돌아왔다. 참을 수가 없다. 올챙이가 자라나 이제 자기를 둘러싼 막을 찢고 나오려는가 보다. 압박감. 난 참을 수 있다. 아니, 안 되겠다.

나는 몸을 벌떡 일으켜 랜들 오빠가 쪼그리고 있을 풀숲을 뒤돌아보았다. 바지와 팬티를 옆으로 잡아당겨서 그대로 오줌을 눌 수도 있을 것이었다. 바짓가랑이를 옆으로 당겨보았지만 너무 팽팽하다. 도로 쪽에 대고 오줌을 눌 수는 없다. 그건 불가능하다. 랜들 오빠와 빅 헨리 오빠, 그 뒤에서 주니어까지 나를 볼 것이다. 그들이 내 어깨나 다리, 심지어 젖꼭지를 보게 되는 것은 괜찮지만, 이 들판에서 그들 면전에 대고 엉덩이를 까고 오줌을 눌 수는 없다.

아주 잠깐이면 될 거야, 난 속으로 말했다. 재빨리 몸을 일으켜서 주니어와 랜들 오빠, 빅 헨리 오빠가 있는 풀숲을 보고 쪼그려 앉아, 최대한 엉덩이를 땅에 갖다 붙이고 얼른 바지를 내렸다. 살갗에 닿는 공기가 느껴졌다. 아랫배에 힘을 주자, 오줌 줄기가 호스에서 뿜어져 나오는 물줄기처럼 세차게 풀잎을 때리며 떨어져 내렸다. 오줌 줄기에 풀들이 누웠다. 아기와 오줌은 하나다. 둘이 하나라는 걸 잊었을 때도, 까맣게 잊어버려 둘 다 내 안에 없는 줄 알았을 때도 변함없이 그대로 있었다. 바지춤을 잡고 올리는데, 바지가 엉덩이에 끼어서 올라오지 않았다. 오줌에 젖은 풀에 닿지 않으려고 몸부림을 치고 있던 찰나, 나는 그 소리를 들었다. 그 소리를 안 들은 것이었기를 바랐다. 랜들 오빠의 높고 날카로운, 짧은 휘파람 소리. 나는 바지를 되는대로 끌어 올리다 두 손으로 바닥을 짚으며 엎어졌고, 고개를 돌렸을 때는 자동차의 은색 범퍼가, 진입로를 메우며 점점 커지고 있는 짙은 파란색 물체가 눈에 들어왔다.

그들이 왔어, 라는 말이 내 머릿속을 박쥐처럼 미친 듯이 헤집고 돌아다니기 시작했지만, 나는 입술에 손가락을 갖다 대고 휘파람을 불고, 불고, 또 불었다. 랜들 오빠의 외침이 들릴 때까지. "에시!"

창문에서 스키타 오빠의 팔이 제일 먼저 불쑥 나왔다. 트럭은 진입로를 거의 다 들어와 집 모퉁이로 돌아가고 있었고, 나는 두 손과 무릎으로 땅을 짚으며 뒤쪽으로 기어갔다. 소들이 초조하게 내게서 멀어졌고, 새들이 그 위에서 물결치듯 날고 있었다. 나의 그 해오라기는 끽끽 우는 소리를 남기고는 나를 떠나갔다. 그때 트럭 문이 열렸고, 나는 땅을 딛고 일어서서 여전히 몸을 낮춘 채로 뒷걸음질 쳤다. 트럭 짐칸에는 개가 한 마리 있었는데, 암사슴처럼 튀어 오르는 그 개는 자꾸만 자꾸만 무섭게 짖어대면서 자기에게 이목을 집중시켰다. 길고 부드러운 털에, 내 머리 위 구름 낀 하늘처럼 어두운 색깔의 녀석은 그 검은 머리통을 내가 있는 들판 쪽으로 향하고는, 코로 우리의 흔적을 쫓느라 정신이 없었다.

　백인 남자가 트럭에서 처음으로 나왔다. 그가 쾅 소리가 나게 차 문을 닫고는, 밤바다의 얕은 물가에서 농어를 잡으려고 그물을 펼치듯이 개에게 손을 흔들었다. 누군가 내 발을 철조망으로 묶어놓은 것 같았다. 도무지 달릴 수가 없다. 스키타 오빠의 상체가 창문턱에 걸치며 모습을 드러냈을 때, 개가 트럭에서 뛰어 내려와 으르렁거리며 짖어댔다. 자갈돌이 드러난 아스팔트 바닥에 삽이 끌리는 소리처럼 맹렬했다. 스키타 오빠는 앞으로 고꾸라지며 얼굴이 먼저 떨어졌다. 손과 팔뚝으로 땅을 짚었고, 몸이 앞으로 쏠리며 구르더니 이내 일어났다. 오빠의 발이 힘차게 내달렸다. 백인 남자가 소리가 나는 헛간 맞은편을 흘긋거리면서, 헛간 주변에서 펄쩍펄쩍 뛰어오르고 있는, 허리케인 비구름 같은 색깔의 개를 따라오는 동안 오빠는 내달렸다. 머리 위까지 번갈아 팔을 올리며 달려오는 오빠는 손바닥으로 공기를 밀쳐내는 사람 같았고, 나는 오빠가 내게 뛰라고 말하고 있다는 것을 깨달았을 때에야 비로소 속력을 내기 시작했다. 바로 그때 뒤에서 우리 쪽으로 소리치는 남자의 목소리가 들렸다. "어이! 이봐! 너희들 내 땅에서 뭐 하는 거야? 이봐!" 그 남자는 너무 늙었고 머리칼은 자기 개의 색깔처럼 잿빛이었고, 팔은 너무 짧고 배도 나왔고, 무엇보다 달리려는 시늉만으로도 얼굴이 이미 벌겋게 달아올랐기 때문에 들판 중간에서 달리는 걸 포기했지만, 그의 개는 달랐다. 불이었고, 불꽃이었고, 스프링이었다. 스키타 오빠가 나를 붙잡고 씩씩거리며 "달려"라고 외친 덕분에, 나는 남자에게서, 분홍색 옷을 입은 엉덩이에 두 손을 올리고 이제 트럭에서 나오고 있는 옅은 빨강 머리 여자에게서 눈을 거둘 수 있었다. 들판을 가로질러 우리 쪽으로 오던 남자는 오른손을 휘두르고 있었는데, 손에 지팡이가 들려 있는 것 같은 것이, 다리를 저는 듯했다. 나는 달렸다. 개가 미친 듯이 짖어대며 우리를 따라왔다.

"그만!" 남자가 개를 향해 소리쳤다. 내가 마지막으로 본 남자의 모습은, 지팡이를 들지 않은 손으로 계속 뭐라고 손짓을 하면서 집 쪽으로 등을 돌리는 것이었다. 숲이 입을 열어 우리를 삼켰다. 빅 헨리 오빠와 주니어는 온데간데없었고, 랜들 오빠도 보이지 않았다. 머리는 낮추고 다리는 검은 리본처럼 휘날리면서 우리 앞에서 한없이 우아한 모습으로 뛰어가던 랜들 오빠. 우리를 뒤쫓아 오는 개는 제 목구멍에서 소리가 나오다 걸린 듯 갈라진 쇳소리로 짖어댔다. 나는 심장이 터질 것 같고, 팔다리가 욱신거렸다. 아랫배가 묵직한 게 다시 오줌이 마렵다. 이러다가는 오줌이 나올 것 같다.

"여봐!" 다시 남자의 목소리가 들려왔다. 목소리는 이제 두터운 숲에 막혀서 둔탁하게 들린다. 그러고 나서 소총 소리가 들려왔다. "트위스트! 트위스트!" 남자가 소리쳤다. 목소리는 숲에 묻혀 잦아들었다. 내 발은 세차게 흙을 차버리며 내달렸다. 스키타 오빠가 내 옆에서 보통 그렇듯 기괴한 모습으로 달리고 있다. 두 손이 칼날 같다. 개가 짖어댈 때마다 개의 이빨이 내 목을 물어뜯는 것만 같다. 내 살갗이 두려움으로 팽팽하게 당겨졌다.

"서둘러." 스키타 오빠는 그렇게 외치고 나를 남겨두고 앞질러 갔다. 나는 오빠와 격차를 줄이기 위해 힘껏 다리를 뻗으며 발뒤꿈치로 땅을 디뎠다. 개가 내 뒤에서 그르렁거렸다. 바로 앞에, 빽빽한 소나무 무리를 빠져나가니 빅 헨리 오빠가 뛰고 있다. 주니어는 거구의 오빠 등에 매달려 있다가, 고개만 돌려 우리를 바라본다. 주니어의 얼굴에는 빅 헨리 오빠의 등에 업혀 있다는 사실을 빼고는 아무런 동요가 없다. 빅 헨리 오빠가 한 발 내디딜 때마다 주니어의 입도 따라 흔들리며 벌어질 뿐. 나는 주니어가 울음을 터뜨리거나 소리를 지를 줄 알았는데, 주니어는 그러지 않는다. 주니어는 이것이 목숨을 건 광란의 질주라는 걸 알고 있었다. 빅 헨리 오빠는 지금 묵직한 걸음을 쿵쿵 내디디며, 놀란 곰처럼 낮은 덤불을 헤치고 달리고 있었다. 랜들 오빠는 포인트가드처럼 잽싸게 나무 사이를 빠져나가고 있었다. 개가 더 가까워졌고, 나는 맹세컨대 개의 침이 내 다리 위로 떨어지는 것을 느꼈다. 바로 그때 스키타 오빠가 눈앞에 나타났다. 나뭇가지를 꺾어 야구방망이처럼 손에 쥐고는 골프채처럼 앞뒤로 휘두르고 있었다.

"너 이거보다 잘 뛰잖아." 스키타 오빠가 가쁜 숨을 내뱉었다. 나도 잘 안다. 뱃속의 비밀이 원망스러울 뿐이다. 나는 발가락과 발바닥, 발꿈치, 발목, 장딴지를 있는 힘껏 펴고, 무릎 관절을, 허벅지와 엉덩이가 만나는 지점을 한껏 늘렸다. 그래, 내가 잘할 수 있는 것이 하나 더 있었다. 바로 달리는 것.

"절반 왔다!" 떡갈나무 숲을 통과하며 스키타 오빠가 외쳤다. 우리는 숲속 한가운데에 흙먼지 구름을 일으키며 달리고 있었다. 개는 한 번 뛸 때마다 낑낑거리는 소리를 냈다. 아직 따라오고 있다. 나는 개가 흥미를 잃고 다른 데로 가버릴 거라고 생각했지만, 녀석은 그럴 기미가 보이지 않는다. 내려치는 천둥처럼 용서가 없다.

"뛰어!" 스키타 오빠가 다시 한번 개에게 나뭇가지를 휘두른다. 나는 이제 오빠를 따라잡았지만, 그래도 아직 속도를 늦출 수 없다. 우리는 둔덕에 도착했다. 소나무만 있는 황량한 터지만 솔잎이 많아 미끄러운 곳. 둔덕 아래에서는 빅 헨리 오빠가 한 팔로 땅을 짚고 다른 손으로는 주니어를 살짝 붙든 채 몸을 일으켜 세우고 있었다. 그리로 떨어지면서도 주니어는 오빠를 놓지 않았던 것이다.

"가!" 내가 외쳤다. 랜들 오빠가 여전히 조용하게 달리고 있는 빅 헨리 오빠에게서 주니어를 받아 들었고, 이제 우리는 모두 모였다. 랜들 오빠가 앞장서 가며 소나무 숲에서 가장 폭이 넓은 곳으로, 덤불이 가장 낮은 곳으로, 단단한 떡갈나무 주변으로 우리를 이끌었다. 톱야자가 채찍처럼 우리의 정강이를 사정없이 때렸다. 개가 짖어대는 소리는 더욱 높아졌다. 그 소리는 **성공**이라고 말하고 있었다. 웅덩이가 바로 우리 아래에 나타나자, 우리는 남은 힘을 다해 집으로 전력 질주하여 굳게 닫힌 뒷문으로, 자동차 지붕으로 내달렸다. 살아남기 위해서. 웅덩이와 우리 집, 개 창고를 바람처럼 한달음에 내달리자, 우리는 어느새 뒷마당에 도착해 있었다. 스키타 오빠가 나뭇가지를 내던졌다. 개가 미끄러지며 급히 멈추었다. 개는 신이 나서 큰 소리로 짖어댔고, 얼굴이 붉던 그 남자를 미친 듯이 불러댔다. **여기요, 여기 있어요!** 개가 말하고 있었다.

이제 차이나는 쉿 하는 소리, 경고의 뜻으로 입술에 갖다 댄 손가락과 같았다. 그 개를 덮친 차이나는 회색 위로 찍힌 흰 얼룩, 구름 위의 눈, 살을 찢는 추위였다. 가차 없는. 하나의 거대한 이빨이었다. 트위스트와 차이나의 그르렁거림이 섞여들었지만, 트위스트는 벌써 몸을 뒤틀고 둥그렇게 말면서 비명을 지르고 있었다. 랜들 오빠가 주니어와 함께 계단참에서 달려 내려왔다. 주니어는 그때까지도 입을 벌린 채로 골똘히 바라보고만 있었다. 나는 막 계단에 발을 디디려다가 멈추었고, 자기 차 지붕으로 올라가 있던 빅 헨리 오빠는, 여전히 두 팔을 쭉 펴고 내달리다가 무슨 일이 벌어졌는지 보려고 방향을 돌리는 스키타 오빠를 보았다.

트위스트가 다시 한번 비명을 질렀고, 광란의 일격이 벌어졌다. 차이나가 트위스트를 단단히 붙들고 등을 둥그렇게 구부려서는, 몸 전체를 날리며 게걸스럽게 물어뜯기 시작한 것이다. 차이나는 흡사 다시 새끼를 낳는 것 같았다. 트위스트의 비명은 이제 울부짖음으로 바뀌었다. 차이나는 녀석의 목을 공격하고 있었다. 스키타 오빠가 웃고 있었다.

"오빠!" 내가 소리쳤다. 나는 오빠 등을 냅다 내리쳤다. 양 어깨뼈 사이 평평한 부분에서 접시처럼 널따란 근육이 느껴졌다. 오빠는 놀라서 나를 보았다. 놀라서 웃음기가 사라진 얼굴이었다.

"왜?"

"차이나가 저 개 죽이고 말 거야."

오빠가 다시 차이나를 보았을 때, 몸을 활처럼 구부린 차이나는 마치 거대한 송곳니가 된 것처럼, 상대를 찍어 누르며 신음 소리를 짜내고 있었다. 트위스트는 차이나에게 꼼짝없이 붙잡혀 피를 흘리고 있었다.

"말려." 내가 말했다.

오빠가 주머니에 손을 집어넣었다. 밖으로 드러난 손가락 모양을 보니 느슨하게 주먹을 쥐었는지 커다래 보였다. 소 구충제가 들어 있을 거였다.

"백인 남자가 개 비명 소리를 들을 거야. 그러면 그 소리를 따라 여기로 오겠지." 내가 그르렁거리는 소리와 신음 소리 위로 말했다. 트위스트가 토네이도처럼 바닥을 구르고 있었다.

"그만해!" 스키타 오빠가 외치며 차이나에게 달려갔다. "차이나!" 오빠가 소리쳤다. "멈춰!" 오빠는 차이나의 뒷다리를 꽉 붙잡고 잡아당겼다. 차이나는 맹렬하게 고개를 한 번 젖히더니 그제야 녀석을 놓아주었다. 차이나의 고개가 뒤로 튕겨져 나올 때, 피가 번쩍거리며 솟구쳐 올랐고 이내 모래 위로 방울방울 떨어졌다. 잠깐 핏빛 소나기가 내렸다. 트위스트는 제 주인처럼 절뚝거리면서 펄쩍펄쩍 뛰어 내달렸다. 녀석이 우리 집에서 멀어져가면서 그 겁에 질린 비명 소리도 작아졌다. 다른 응급 상황이 있어 멀어져가는 사이렌 소리처럼. 녀석의 뒤로 빨간 비가 흩뿌려졌다.

다섯째 날

잔해를 줍다

몸은 이야기를 해준다. 오늘 아침, 묵직한 아랫배를 끌어안고 화장실 문을 열었다가 스키타 오빠와 마주쳤을 때 그 사실을 실감했다. 오빠는 거울 앞에 서 있었다. 오빠는 웃통을 벗은 채였다. 혈투를 벌인 뒤 이빨이 부러진 차이나의 입속을 확인해보던 식으로, 두 손가락으로 자기 배에 난 상처를 훑고 있었다. 가벼운 손길로, 섬세하게. 다른 이들이 컵케이크를 손에 쥐고 윗부분 장식을 핥아 먹을 때 하는 손놀림처럼.

"들어와." 오빠가 셔츠를 입으며 작게 말했다. 해가 아직 뜨지 않아 욕실 안에는 부연 회색빛이 감돌았다. 우리는 서로를 스치며 지나갔고, 나는 문을 꼭 닫지 않은 채로 오줌을 누었다. 나는 물을 내리고 나서 변기 뚜껑을 내리고는 그 위에 앉아 배를 눌러 보았다. 손에 뭔가 팽팽한 것이 느껴졌다. 이것이 꿈이기를 바랐지만 동시에 이것이 꿈이 아니라는 것도 알고 있었다. 스키타 오빠가 방으로 지척거리며 가다가 내가 아직 욕실에 있다는 것을 알고는 다시 돌아왔다. 나는 트위스트가 달아나면서 오빠의 티셔츠를 찢어놓고 가는 걸 보았지만, 상처가 그렇게 심한 줄은 몰랐다.

"언제 그렇게 된 거야?"

"창문에서 빠져나올 때. 서두르느라고."

나는 아랫배를 눌렀다. 현기증이 저 아래서부터 올라왔다. 오빠에게 뭐라고 말해야 한단 말인가?

"미안해. 오줌이 급했어." 내가 말했다.

오빠는 너무 낡아서 누렇게 색이 바랜 붕대를 하나 집어 들더니, 셔츠 끝단을 끌어 올려 목 뒤로 넘겼다. 셔츠가 오빠의 양어깨를 감싸안으니 볼레로 카디건 같았다. 오빠는 너무 말라서 그렇게 했는데도 옷이 헐렁했다.

"괜찮아." 오빠가 말했다.

붕대는 랜들 오빠 것이었다. 아마 무릎에 감던 것일 거다. 랜들 오빠는 무릎을 하도 많이 다쳐서 코치는 오빠가 수술을 해야 한다고 했다. 학교에서 수술비를 대준다고 했지만, 랜들 오빠는 시합을 단 하나라도 놓치고 싶지 않았기 때문에 수술을 계속 미루고 있었다. 경기가 끝나면 오빠 무릎은 늘 물풍선처럼 부풀어 올랐다.

"사람들 보자마자 휘파람 불었는데."

"알아." 스키타 오빠는 한 손으로 붕대를 쥐고 다른 손으로 붕대를 몸통에 감기 시작했다. 상처가 성이 나 있었다. 배와 옆구리 쪽에 살이 푹 파인 데가 네 군데나 되었다. 붕대가 잘 감기지 않는 모양이었다.

"내가 해줄게." 내가 붕대 한쪽 끝을 붙잡았다. 오빠가 붕대를 아래로 떨어뜨려 쫙 펼쳤다. 오빠의 머리통이 이제는 몸의 다른 부분들과 색깔이 거의 비슷해졌다. 어젯밤 내가 잠에 곯아떨어질 때도 오빠는 차이나와 같이 창고에 있었다. 차이나를 누이고 강아지들의 자리를 다시 정리해주었다. 개집은 아직 비뚤게 못을 박아 땅에 세워놓은 나무 세 조각에 불과했다. "상처에 뭐 발랐어?"

"그냥 씻기만 했어." 오빠가 겨드랑이 밑에 대고 웅얼거린다. "그러고 나서 그 위에 과산화수소 부었어. 차이나한테 쓰는 거." 오빠는 차이나가 싸움이 끝나면 늘 그렇게 해주었다. 손수 빨아서 표백하고 과산화수소에 담갔다 뺀 수건으로 차이나의 상처를 닦아주었다. 차이나는 그럴 때면 7월 4일 독립기념일 축제를 위해 새로 장만한 옷을 입고 한창 칭찬을 받고 있는 여자처럼 나른한 미소를 지었다.

"이거 깨끗해?" 낡아서 나달나달해진 붕대는 더러워 보였다.

"내가 어젯밤에 빨아서 표백했어." 오빠가 대꾸했다. 내가 붕대를 끝까지 한 번 돌려 감아 천이 상처에 닿았을 때, 나는 오빠가 움찔할 줄 알았지만 오빠는 그러지 않았다. 오늘만큼은 오빠에게서 개 냄새가 나지 않는다. 멕시코만으로 물을 밀어 올리는 계절풍의 냄새가 난다. 다만 바닷가의 파도가 아니라 앤젤스만의 파도다. 진흙에서 막 캐낸 굴 냄새가 나던 그곳. 아빠는 우리가 어렸을 때 우리를 데리고 그곳으로 수영을 가곤 했다. 그저 작은 만에 지나지 않는 곳이었다. 그곳의 물은 강물보다 흙이 더 많이 섞여 있었고, 더 차가웠고, 바닥에는 굴이 천지였다. 우리는 굴을 캐내서 멀리멀리 던지고 놀았다. 만 가장자리에서 늪지 풀이 흔들렸고, 소나무들은 물 위로 기울어지게 자라 있었다. 펠리컨이 줄을 지어 떠다녔다. 아빠는 가라앉은 교각을 건져내기도 했고 때로는 친구들 몇과 다리 아래 말뚝에 앉아 있기도 했다. 대개는 날이 저물 때쯤이면 맥주병이 하나도 남지 않은 빈 아이스박스와, 얼음물 속에서 울고 있는 민어 한두 마리 정도와 함께 덩그러니 남아 있고는 했지만. 아빠의 친구들은 7킬로그램이나 나가는 홍어를 물속에서 씨름을 해가며 잡았다. 날이 저물면 아빠는 늘 우리를 불렀는데 고주망태가 되어 있기 일쑤였다. 지는 해가 우리 뒤에서 하늘을 가로지르며 수평선 밑으로 넘어가고 있었다. 우리 발은 늘 상처투성이였다.

"더 꽉 묶어." 오빠가 말했다.

엄마도 가끔 우리와 함께 만으로 수영을 갔다. 엄마는 아빠 친구들 일행과 함께 어울리면서, 아빠가 숲속에서 찾아낸 늘어진 비닐 의자에 앉아 있었다. 엄마는 이따금씩 아저씨들의 농담에 웃었지만, 맥주는 한 모금도 마시지 않았다. 엄마는 대개 다리 사이에 낚싯대를 고정하고는 그저 가만히 앉아 있었다. 그래도 그 와중에 아기 상어를 잡기도 했다. 아기 상어는 물과 똑같은 색깔에, 길이는 엄마 팔뚝만큼 길었고 힘이 셌다. 아빠는 자기에게 낚싯대를 넘기라고 소리쳤지만 엄마는 넘겨주지 않았다. 아빠의 친구들이 큰 소리로 웃으면서 아빠를 도와주려 했지만, 엄마는 낚싯대를 두 손으로 그러쥐고는 위아래로 펄떡거리는 상어를 질질 끌고서 굴 껍질투성이의 모래밭을 걸었다. 늪지 풀에 살이 다 쓸리면서 다리 밑을 내내 걷다가 급기야 다리 밖까지 걸어갔었다. 엄마는 아줌마의 크고 두툼한 억센 팔뚝으로 상어가 진이 다 빠질 때까지 끌고 다녔다. 그렇게 상어가 완전히 탈진할 때까지 길을 들이다가 마침내 상어가 모든 걸 포기하자, 그제야 낚싯줄을 잡아당기며 웃음을 터뜨렸다. 엄마의 웃음소리는 펠리컨들과 함께 하늘로 솟아올라 멀리멀리 날아갔다. 펠리컨 날개처럼 넓게 펼쳐져 바람에 실려 가던 엄마의 웃음소리. 엄마는 그날 밤, 상어 고기를 버터밀크에 담가 연하게 만든 다음 버터에 익혀서 요리해주었다. 먹어보니 상어 고기는 연했고, 바닷소금 맛이 났고, 뼈가 없었다.

"다 되어가?" 오빠가 내 손을 바라보고 있다. 나는 오빠의 눈에는 붕대 아래의 상처가 벌써 보일지, 상처가 다 아물면 어떤 모양일지가 그려질지 궁금했다. 이제 오빠에게도 싸움에서 얻은 상처가 생겼다.

"응."

엄마가 마지막으로 우리를 만에 데려갔을 때였다. 아빠가 물속으로 낚싯줄을 드리우려고 뒤로 한껏 내던진다는 게, 그만 낚싯바늘이 엄마 손바닥에 와서 박히고 말았다. 뾰족한 낚싯바늘은 살을 깊이 파고들었다. 엄마는 낚싯바늘을 빼내고는 우리가 수영하고 있던 바닷물에 손을 씻었다. 엄마의 뱃속에는 주니어가 있어 배가 불룩했다. 상처는 아물었지만, 손바닥에 비뚜름한 자국이 생기면서 자줏빛으로 부어올랐고 고름이 배어 나오기 시작했기 때문에 엄마는 병원에 가서 연고를 받아 와야 했다. 나와 같이 가게에 가거나, 외출을 해서 사람 많은 데를 다닐 때면 엄마는 손으로 내 목 뒤를 잡고 다녔는데, 나는 엄마의 상처가 느껴지면서 그곳의 펠리컨들이 보이는 듯했다. 가까이서 보면 펠리컨의 부리에는 선체에 앉아 있는 흑기러기처럼 짙은 색 무늬가 있었는데, 엄마의 손과 같은 색이었고 그 모양은 칼처럼 날카로웠다. 우리가 가까이 헤엄쳐 가면 싫어하던 펠리컨들. 엄마의 손은 특별한, 엄마만의 손이었다. 엄마.

"너 어제 달리는 게 늦더라."

나는 붕대를 힘주어 잡아당겼다. 오빠가 세면대에서 녹슨 고정핀을 집어서 붕대 끝에 박았다.

"처음에만 그랬지."

"왜 그랬어?"

"나도 몰라." 빛이 안개처럼 욕실 안으로 스며들었다.

오빠는 머리 위로 다시 셔츠를 잡아 빼면서 내 가슴과 배, 발까지 내 온몸을 훑어보았다. 오빠가 뭔가를 눈치챈 걸까? 나는 몸을 틀면서 반사적으로 팔짱을 꼈다.

"네가 살이 좀 찐 걸 수도 있고."

"내가 뚱뚱해졌다고?" 나는 울음을 꾹 참아야 했다. 나는 오빠가 알게 되는 것도 싫지만, 먼저 말할 수도 없었다. 도저히 말이 나올 것 같지 않았다. 나는 아직 나 스스로에게도 이 사실을, 적어도 소리 내서는 말해주지 않았다. 임신 테스트기에서 두 개의 선을 본 이후로 그저 머릿속이 그 생각으로 꽉 차 있을 뿐이다.

"아냐. 자라고 있어서겠지, 아마." 오빠가 말했다. 욕실에 햇빛이 가득 찼다. 오빠가 나간 욕실 안, 빛이 모든 것을 뒤덮고 있다. 욕실에는 오빠와 함께 갔던 만의 냄새가 남아 있다. 그리고 튀긴 음식 냄새와 함께. 나는 재빨리 몸을 돌려 세면대에 물을 틀고 최대한 조용히 속을 게워냈다. 얼굴을 변기통에 처박고서.

나는 무릎을 꿇고 변기통 위로 몸을 수그리고 있다. 변기통은 딱딱한 금속이고, 그것을 받치고 있는 플라스틱 받침대와 만나는 지점에는 볼록 튀어나온 부분이 있다. 그 부분이 내 무릎을 찍어 누르고 있다. 내 몸집이 얼마나 커졌는지, 누구나 보면 분간할 수 있을 정도인지 내 눈으로 확인하고 싶다. 우리 집에서는 혼자서 볼 수 있는 거울이 이것뿐이다. 거실에 테두리가 가짜 금으로 된 커다란 거울이 걸려 있기는 하지만, 거기서 나를 비춰 볼 수는 없다. 나는 스키타 오빠에게, 랜들 오빠에게, 주니어에게, 아빠에게 그리고 매니 오빠에게 내가 어떻게 보일지를 알아야 한다. 손으로 느껴지는 것을 넘어 내 눈으로 직접 보아야겠다. 밤마다 배 위에 동그랗게 손을 올려놓고 잠이 들면, 반바지 허리춤에 두 손이 고대로 놓인 채로 아침에 잠에서 깬다.

나는 셔츠 단을 접어 올려 브라 안으로 걸쳐 넣었다. 가슴이 생리하기 직전처럼 팽팽하게 부풀어 올라 만지면 아프다. 하지만 그래도 아직은 셔츠를 브라 안에 억지로 욱여넣을 수 있다. 내 몸통에는 허리로 이어지는 Y자 자국이 있다. 조그만 검은콩 같은 짙은 선이 배 위로 나 있다. 어렸을 때 수두에 걸려 헛소리까지 지껄이며 사흘간 소파에만 누워 지냈던 때 생긴 오래된 수두 자국이다. 나와 랜들 오빠, 스키타 오빠는 한 번씩 수두에 걸렸었다. 그때마다 엄마는 한 시간 간격으로 우리의 몸에 캐모마일 로션을 바르며 마사지해주었지만, 나는 그때가 24시간 밤이 계속되는 동짓날의 알래스카처럼 끝없는 암흑의 시간인 것만 같았다. 그 사이사이 엄마가 무릎 위에 나를 눕히고는 티셔츠를 올려서 잠이 올 만큼 편안하게 온몸을 문질러주었지만, 그래도 난 혓바늘까지

돋을 정도로 힘들었다.

 임신하기 전에, 내 배는 거의 평평한 쪽에 가까웠고 배꼽은 밖으로 볼록 튀어나와 있어 꼭 감은 눈 같았다. 피부는 까맸고, 점들은 더 까맸다. 아직은 그렇게 살쪄 보이지는 않는다. 아주 조금 배가 나온 것처럼 보일 뿐. 배꼽이 아주 조금 눈을 뜬 실눈 같아 보일 뿐. 배꼽 주변에 뱃살이 한 겹 생긴 것 같다. 나는 옆으로 돌아본다. 세면대에 한 발을 걸치고, 세면대 바닥에 발가락을 대고 발꿈치를 엉덩이에 붙이고는, 무릎은 내리고 될 수 있는 한 곧게 상체를 펴본다. 그래, 뭔가 있다. 수박 같은 곡선은 아니다. 그렇게 크지는 않다. 멜론 같은 곡선도 아니다. 그렇게 뚜렷하지도 않다. 가장 근접한 비유는 망고 같은 곡선이라고 해야 할까. 곡선은 기름하고 완만하다. 나는 손으로 배를 눌러본다. 단단한 진주 같아, 그냥 뱃살처럼 푹 들어가지 않는다. 안에서 되미는 힘이 느껴지고 물이 왈칵 흐르는 것 같고, 그리고 따뜻하다. 나는 티셔츠를 내린다. 우리는 모두 옷을 같이 입기 때문에, 내가 입는 것은 대부분 남자 티셔츠에 헐렁한 청바지나 면 반바지다. 아무도 알아보지 못할 것이다. 다만 내 배 안에 무엇인가가 있을 뿐. 어쩌면 내가 물속에서 걸어 나와 옷을 입을 때 스키타 오빠가 보았을지도 모르겠다. 그때 어땠는지는 모르겠지만, 이제부터는 오빠에게 다시 날 보여주는 일은 없을 것이다. 나는 오빠에게 내 몸을 보여주지 않을 것이다. 눈에 보이는 것과 피할 수 있는 것, 감출 수 있는 것,

우리를 돌처럼 굳어버리게 만들 그것에 관해 그 누구도 선택권을 따질 수 없게 될 때까지.

 아빠가 허리케인에 대비한다며 마당 여기저기에 새 둥지처럼 쌓아놓은 것들이, 오늘은 늘어나지 않았다. 아빠는 덤프트럭 밑으로 들어가 땅바닥에 뱀처럼 누워 있다. 짙은 파란색 바지를 입은 아빠의 다리가 보인다. 바짓단은 워커 안으로 접어 넣었다. 오래전, 엄마가 크리스마스 선물로 사다 주었을 때는 갈색이었지만 지금은 검은색이 된 워커. 주니어가 아빠 발치에 앉아서 땅에 연거푸 구멍을 파고 있다. 그러고는 손으로 땅을 쓸어, 구멍을 팠던 흔적을 깨끗이 지우고는 구멍만 남겨두고 있다.
 "스패너 좀 다오, 아가."
 주니어는 아빠 말을 못 들었는지, 아니면 움직이기 싫은 건지 모르겠다. 그저 손바닥으로 부드럽게 흙을 어루만지고 있는데, 그 손길이 스키타 오빠가 차이나를 집으로 데려오기 전까지 우리 집 근처에 살던 떠돌이 개들을 쓰다듬어줄 때 같은 손길이다. 늘 마른 작대기나 땅속에 묻혀 썩어가는 나뭇잎처럼 얼룩덜룩한 색깔이던 그 개들은 우리 집 주변을 어슬렁거리다가, 주니어가 목욕하지 않겠다고 떼를 써서 랜들 오빠에게 쫓겨나거나 아니면 또 다른 이유로 시무룩해져 있을 때면 주니어를 따라다니면서 주니어의 얼굴을 핥아대고는 했다. 주니어가 황량한 마당으로 뛰어나오거나 숲속을 뛰어다니면 장마에 불어난 냇물처럼 주니어 주위로 들끓었다. 개들은 집 밑에 들어가 있는 주니어 옆에 아주 자리를 잡기도 했다. 하지만 차이나가 2년째 이 집을 지키고 있는 지금은 그 개들이 모두 사라져버렸다. 나는 차이나가 그 개들을 죽였는지, 아니면 차이나가 몸집이 커지면서 고무 타이어를 두 동강 낼 수 있을 정도로 세지자 개들이 밤에 한 마리씩 살금살금 도망을 친 것인지 기억이 나지 않는다. 아무튼 영원히 함께할 줄 알았던 개들과의 이별이 주니어에게는 너무 일찍 찾아왔다.

"주니어!" 아빠가 소리쳤다. 나는 아빠와 주니어 눈에 띄지 않고 조용히 지나가려고, 듬성듬성 져 있는 그늘을 골라 걷고 있었다. 스키타 오빠를 찾고 싶다. 그에게는 약이 있다.

"주니어!" 아빠가 덤프트럭 옆면을 손에 잡히는 장비로 닥치는 대로 두드린다. 종소리같이 쨍그랑거리는 소리가 난다. 주니어가 깜짝 놀라 구멍들에서 눈을 뗀다. "스패너!"

주니어가 스패너를 집어 든다. 주니어는 꼬마치고는 힘이 세다. 스패너를 손에 쥐고 돌리는데, 근육이 솟아오르는 게 보인다. 지금은 사춘기 전 편식하는 소년들처럼 바싹 말랐다. 그러다 사춘기가 되면 살이 좀 붙거나 뚱뚱해지고 이내 남자의 몸으로 자라나겠지. 주니어는 스패너를 아빠 다리 위에 올려놓는다.

"여기." 주니어가 대답한다. 나는 아주 빨리 움직였지만 녀석의 눈에 띄고 말았다. 내가 고개를 내저었으나 주니어 입은 벌써 열려 있다. "에시 누나. 어디 가?"

"에시! 네 오빠들 다 어디 갔냐? 걔들 손이 좀 필요하다." 차 밑에서부터 연기처럼 굽이쳐 올라오는 아빠의 목소리.

"몰라요."

"뭐라고?" 아빠가 고함을 친다.

"모른다고요." 주니어가 일어나 나를 따라오려고 한다. 난 더 빨리 걷는다.

"스키타 형 어디 있어? 랜들 형은 여기 없어?" 주니어가 묻는다.

"거기 서!" 아빠가 소리친다. "이리 와."

아빠는 트럭 밑에서 몸을 좌우로 흔들고 있다. 트럭은 마당에 있는 다른 고물들처럼 아빠 위에 거대하게 버티고 서 있다. 녹이 슬어서, 파프리카 가루를 뿌린 삶은 달걀처럼 보이는 냉장고들. 엔진 부속들. 얼마나 구형인지 옷을 휘젓는 팔이 달랑 하나 달려 있어, 아주 작은 케이크 믹서 같아 보이는 세탁기.

"너 운전석에 좀 가서 앉아라. 주니어가 말해줄 때 시동을 걸어봐."

"가서 스키타 오빠 찾아올게요."

"아냐." 아빠는 벌써 한쪽 어깨를 트럭 밑으로 들이밀고 있었다. "이거 오늘 고쳐야 하는 거다. 지금 말이야. 이번 폭풍이 지나가고 나면 덤프트럭을 갖고 있는 이가 돈을 꽤 벌 거야. 허리케인 호세가 어제 멕시코를 강타했다지. 그런데 멕시코만으로 벌써 또 하나가 올라오고 있단다. 제10호 허리케인이지. 그게 그렇게 올라오고 있는데 물은 너무 뜨겁고……." 아빠 목소리는 자동차 아래에서 점점 잦아들었다. 트럭은 엄마가 죽자마자 고장이 났는데, 마침 사고로 고장이 난 것이었기에 아빠는 상해보험금을 받았다. 나는 허리케인이 지나가고 난 후 아무런 일거리도 없이 무슨 용도로 그 큰 트럭을 몰려고 하는지는 묻지 않았다. 주니어가 아빠 옆에 쪼그리고 앉아 있다. 아빠 옆 땅바닥에는, 반쯤 남은 맥주 한 병이 땅속에 박혀 있다.

차 안에는 레버들이 많기도 많고, 그중에서 내가 작동법을 아는 것은 하나도 없었다.

"트럭에 시동 어떻게 거는지 모르겠다고 아빠에게 말씀드려."
나는 주니어에게 소리쳤다. 자동차 시트는 크라프트 과자 비닐봉지처럼 솔기가 벗겨져 있고, 좌석의 쿠션은 축축하다. 계기판과 핸들, 차창은 겉면이 녹아버린 사탕처럼 먼지로 코팅이 되어 있다.

가까이 있으니 아빠에게서는 식초 냄새와 소금 냄새가 난다. 막 술을 마셨다는 뜻이다.

"저거 보이지?"

"응."

"그게 클러치 페달이야. 저건 브레이크고. 이건 여기 이렇게 중립으로 놔. 다른 건 말고 딱 이것만 하면 돼. 하지만 열쇠를 꽂고 돌릴 때는 클러치 페달과 브레이크를 동시에 밟아야 한다."

"알겠어요."

"다른 건 일절 만지지 마라." 아빠 손은 내 손이랑 비슷하고 스키타 오빠 손과도 비슷하다. 우리의 손가락이 넓고 평평한 것은 아빠를 닮아서인가 보다. 하지만 그 밖에는 아빠의 얼굴과, 티셔츠 목선에서 손가락 관절처럼 불거져 나와 있는 쇄골을 아무리 열심히 살펴보아도 나와 비슷한 구석을 하나도 찾을 수 없다. 아빠는 다시 트럭 옆으로 걸어간다. 몇 분 뒤, 주니어가 트럭 옆에서 기어 올라온다.

"시동 걸래."

나는 페달을 밟고 열쇠를 돌린다. 딸깍하는 소리가 나지만 이내 조용하다. 주니어가 땅으로 내려가 내달리더니, 다시 올라온다.

"다시 해보래."

다시 페달을 밟고 열쇠를 돌린다. 이번에는 딸깍 소리도 나지 않는다. 파리 한 마리가 요란하게 트럭 안으로 들어오더니 내 팔을 공략하기로 작정을 한 모양이다. 나는 손사래를 쳐 쫓아 보낸다.

"젠장할!" 기계 밑에서 둔탁한 목소리가 들려온다.

"다시 한번 더 해보냐고 물어봐."

주니어는 굳이 내려가지도 않는다. 몸을 뒤로 쭉 빼더니 소리를 쳤다. 녀석의 작은 근육들이 신발 끈처럼 쭉 늘어난다. 주니어가 아기였을 때는 랜들 오빠가 가장 많이 안아주었고 내가 두 번째였다. 랜들 오빠와 나도 분유를 탈 줄 안다는 걸 알게 되기 전까지는 아빠가 주니어 분유를 책임졌다. 아빠는 우유를 탈 때의 적당한 비율과 우유가 너무 뜨거워지지 않도록 젖병을 냄비에 넣고 중탕으로 덥히는 법을 랜들 오빠에게 가르쳐주고 나자, 그때부터는 다시 트럭을 몰고 다니면서 마당에서 할 소일거리나 희한한 일거리를 찾아다니기 시작했다. 그 뒤로는 랜들 오빠가 분유를 탔고, 나나 오빠가 언제든 주니어에게 먹일 수 있도록 우유가 담긴 젖병을 냉장고에 늘 채워놓았다. 스키타 오빠가 안을 때면 주니어는 항상 울었다. 우리가 학교에 가면 아빠가 주니어를 '마마' 아주머니에게 데려갔다. 아주머니는 백발을 한 줄로 땋아 내려서 머리통에 돌돌 마는 머리 모양을 하고 있었고, 나는 아주머니가 홈드레스 말고 다른 옷을 입은 걸 한 번도 본 적이 없었다. 아주머니는 부모가 일터에 나간 아이들을 돈을 받고 돌봐주는 일을 했다. 아주머니는 주니어가 헤드스타트*에 들어갈 나이까지 주니어를 돌봐주었는데, 그즈음에는 기억력이 많이 안 좋아지기 시작하셔서 하는 수 없이 다른 아이들도 헤드스타트에 보내게 되었다. 아주머니의 외동딸 틸다 언니가 아주머니를 돌보기 위해 다시 집으로 들어왔지만, 틸다 언니는 대부분 제이븐 오빠의 집과 아주머니 집 사이를 오가며 시간을 보냈다. 나는 주니어가 아주머니를 기억이나 하는지 궁금했다. 주니어는 아주머니에 대해 말한

---

* 미국의 빈곤층 아동을 위한 공공 교육 프로그램.

적이 한 번도 없었고, 공원 가는 길에 숨바꼭질하는 아이처럼 자기 집 진달래 꽃밭에서 서성이는 아주머니를 보았을 때도 아주머니 이름조차 꺼내지 않았다. 가끔 나는 주니어가 뭐가 됐든 기억이라는 걸 할 수 있는지 궁금했다. 혹시 머릿속이 깔때기처럼 생겨서 누가 젖병을 물려 자기를 키웠는지, 눈물 흘리는 걸 닦아줬는지, 엄마처럼 돌봐줬는지 따위가 배수로를 흘러내리는 물처럼 시원하게 빠져나가버린 것은 아닐까 의아했다. 그래서 머릿속에는 당장 오늘 하루, 땅바닥에 파놓은 구멍, 셔츠를 벗은 자기의 밋밋한 웃통, 자기한테 소리치는 랜들 오빠 따위만 남아 있는 게 아닌지 말이다. 자라나면서 흙 알갱이를 깨끗이 털어버리는 야채들처럼 주니어의 기억도 모두 씻겨 나가고 오로지 '오늘'만 남아 있는 것은 아닌지.

나는 페달을 밟고, 열쇠를 돌리고, 기다렸다.

"그만해!" 아빠가 스패너 든 손을 허공에 내저었지만, 트럭이 너무 커서 나는 아빠 얼굴은 볼 수 없었다. 검은 손과 더러운 연장만 보일 뿐. "나와라. 안 되려나 보다. 나와."

나는 폴짝 뛰어내렸다. 주니어는 벌써 나를 따라오고 있다.

"가서 맥주 한 병 더 가져오너라, 주니어."

"나 또 버리고 어디 갈 거지, 누나. 기다려!" 주니어가 말하고는 집 안으로 뛰어 들어간다. 뒤로 유령 같은 흙먼지 바람을 남기고서.

"차이나는 혼자 있을 시간이 좀 필요해." 스키타 오빠가 어쩐 일로 이런 말을 한다. 차이나는 오빠 옆에 붙어 있다. 모기를 잡으려고 입을 쩍쩍 벌리고 있다. 그리고 그 옆에, 팔짱을 끼고 야구 모자를 슬쩍 올려 쓴 매니 오빠가 있다. 차이나가 입을 벌릴 때마다 매니 오빠는 안 그러려고 노력은 하면서도 몸을 움찔거린다. 나는 오빠의 불룩한 어깨선에서 그것을 읽는다.

"쟤 목욕을 좀 시키든지 해야겠다." 매니 오빠가 결국 실토한다. 매니 오빠는 차이나가 입을 쩍 벌렸다가 모기를 놓쳤다며 머리를 흔들어댈 때마다 숫제 펄쩍 뛰면서 피하고 있다.

"알았어." 스키타 오빠가 무릎을 꿇은 채로 차이나의 가슴팍을 쓰다듬고 있다. 차이나가 고개를 젖히며 온몸을 꿈틀거리는데, 그 모습이 마치 부아소바주 한복판에 있는 7천 평 되는 야구장의 블루스 클럽 옥스에서 본 춤추는 여자 같다. 그 공원 겸 야구장에서는 여름 내내 흑인 지역 팀을 위한 야구 경기가 일요일마다 열렸다. 한번은 어렸을 때 랜들 오빠와 일요일 야구 경기를 보고 있는데 야구장 야외 화장실이 고장 나서 블루스 클럽으로 오줌을 누러 간 적이 있었다. 랜들 오빠와 스키타 오빠와 나는 야구장에서 진종일 신나게 놀았다. 친구들에게 25센트를 꾸어서 매점에서 피클과 소다를 샀고, 야구 선수 대기석 뒤로 쳐진 철망에 매달려서 야구팀이 손뼉을 치고 휘파람을 불고 야구방망이를 휘두르면서 연습하는 모습을 구경했다. 그동안 엄마와 아빠는 블루스 클럽에 있었다.

"내가 본 개 중에 가장 더러운 것 같다." 매니 오빠가 말했다.

차이나는 저번에 나타났던 개 트위스트 때문에 지금도 입가에 핏자국이 남아 있어서 꼭 립스틱을 바른 것 같았다. 우리 집 주변의 붉은 흙 때문에 차이나는 전체적으로 분홍빛이 감돈다. 바닷물이 채 마르지 않은 설익은 새우의 빛깔. 나뭇가지를 농구 골대 삼아 양손을 치켜들고 폴짝거리는 나와 주니어를 매니 오빠는 못 본 체한다. 매니 오빠가 얇은 시가에 불을 붙이려고 주머니에 가지고 다니는 라이터가 오빠의 손가락들 위에서 춤을 춘다. 그건 오빠가 불안할 때 하는 버릇이다. 뭔가를 하거나 아니면 누군가를 생각할 때 꼭 그러면서 자기가 그러는지도 모르는, 버릇.

"투견 시합 직전까지 기다렸다가 씻기려고. 그래야 다른 개들 앞에서 번쩍번쩍할 거 아냐."

랜들 오빠가 나를 옥스 클럽으로 데리고 들어갔던 날, 구석구석 담배 연기가 스며들어 있고 맥주병들이 탁자 위에 볼링 핀처럼 쓰러져 있던 그곳에서, 오빠가 내 어깨를 어찌나 꽉 쥐었는지 나는 어깨가 아플 지경이었다. 엄마는 댄스 플로어에 있었다. 나는 엄마가 그렇게 춤추는 모습을 전에도 본 적이 없었고, 이후로도 다시는 보지 못했다. 엄마는 아빠가 아닌 어떤 남자와 춤을 추고 있었고, 아빠는 무대 끝 쪽 자리에 앉아서 엄마를 지켜보고 있었다. 엄마는 아까 차이나처럼 몸을 흔들어댔다. 고개를 뒤로 젖히니 땀방울이 목을 타고 흘러내렸고, 엄마의 몸은 온통 곡선을 이루었다. 평소에는 정말로 뻣뻣했던 그 몸이. 엄마는 아름다웠다.

"차이나를 시합에 내보내지 않을 거라고 생각했는데? 젖이 저렇게 차 있는데 말이지." 매니 오빠는 라이터를 위로 던져 올렸다가 다시 잡아챘다. 오빠는 작은 시가에 불을 붙이고는 한쪽 입가에 물고 말했다.

"안 내보내. 하지만 시합장에는 데리고 갈 거야. 그 자식들이 차이나를 잊어버리게 할 순 없지."

차이나는 땅바닥 위에 나른하게 누워 있다. 여전히 퉁퉁 불었지만 그래도 이제는 조금 작아진 젖가슴이 차이나의 몸통 앞쪽으로 베개처럼 평평하게 퍼져 있다. 갈비뼈와 젖가슴이 갈라지는 쪽의 거죽은 주름이 져 있다. 젖꼭지는 옅은 분홍색이지만 색깔이 너무 옅어져서 이제는 거의 하얀색으로 보이려고 한다. 차이나의 젖가슴을 만져본 적은 없지만 만일 만져본다면, 젖꼭지가 부드럽고 뜨거운 날씨와는 달리 차가울 것 같다는 생각이 들었다. 차이나는 다른 개들처럼 머리를 땅바닥에 드리우고 헐떡거리지 않았고, 대신 매니 오빠와 나를 뚫어지게 쳐다보았다. 마치 뭔가를 알고 있다는 듯이.

"리코 형도 시합 나오는 거 알지? 킬로 데리고."

매니 오빠는 그렇게 말하며 은색과 빨간색이 섞인 라이터를 다시 튕겨 올리기 시작했다. 라이터에 그려진 문신 같은 무늬에는

'불타는 심장'이라고 쓰여 있고, 심장 두 개가 대각선으로 엇갈려서 불꽃 위에 얹어진 그림이 그려져 있다. 그의 입술이 시가에 입을 맞추었다가, 다시 떨어진다. 차이나가 눈을 깜빡이고 하품을 한다. 내 가슴 뒤쪽에서 뭔가가 움직인다. 누군가 호스를 가장 세게 틀어서, 여름의 열기에 뜨겁게 데워진 물을 내 등으로 쏟아붓는 것 같다. 그래서 덴 것 같다. 이것이 사랑이고, 사랑은 아프다. 매니 오빠는 나를 절대로 쳐다보지 않는다.

"흠, 킬로가 준비가 잘되어 있으면 좋겠네. 마키즈가 그러는데 배턴루지에서 온 자기 사촌이 자기한테 엄청난 개가 있다면서 헛소리를 했다지. 이번 대회에도 데리고 나온대." 스키타 오빠가 차이나 옆에 쪼그리고 앉아 차이나 갈비뼈의 털들을 고르며 옆구리를 쓰다듬고 있다. 차이나가 꼬리를 한 번 크게 휘둘러 먼지를 일으키고는 내려놓는다.

"킬로는 늘 준비되어 있어."

리코 오빠는 매니 오빠의 사촌이다. 킬로라는 개를 사서 차이나와 교미를 시킨, 저메인에 사는 오빠다. 리코 오빠의 커다랗고 붉은 근육 덩어리 같은 개는 살인적인 주둥이를 갖고 있다. 킬로 이야기를 스키타 오빠에게 한 사람은 매니 오빠였다. 차이나는 크면서, 물렁거리던 강아지 시절 근육이 굴 껍질 속의 진주처럼 단단해졌고, 스키타 오빠는 그 튼튼한 근육에 모든 걸 바쳤다. 차이나는 자라면서 날씬하고 튼튼해졌다. 매니 오빠는 우리가 모두

나와 나무 밑에 모여 있을 때면 늘 스키타 오빠의 자랑거리인 차이나의 놀라움을 반감시키고 싶다는 듯 안 좋은 말을 해댔다. 매니 오빠는 자기가 차이나를 깎아내릴 수 있다고 생각했다. 차이나는 이 쓰레기 더미 위, 그 밖에 다른 모든 건 굶주린 채 치고받고 싸우며 하루하루를 전쟁같이 살아야 하는, 하루 벌어 하루 먹고사는 이 구덩이에 피어난 하얗고 아름다운 눈부신 목련 같은 개가 아니라고 우리에게 성토하는 듯했다.

매니 오빠는 우유 상자나 나무 그루터기에 걸터앉아서 이렇게 말하고는 했다. **내 사촌 리코 형이 소방견을 하나 얻었어. 아마 너희 집 개랑 비슷한 나이일 텐데, 몸집은 더 크지. 근육도 더 많고. 게다가 한번 물면 다 아작을 내는 주둥이야.** 스키타 오빠는 아예 대꾸하지 않거나, 쓰레기 더미 사이에서 자전거 타이어에 단단히 이빨을 박고 있는 차이나를 끌고 가면서 매니 오빠를 흘끗 바라보고는 했다. **정말?** 이라고 말하면서. **그래.** 대답하는 매니 오빠의 아름다운 구릿빛 얼굴에서 새하얀 이가 번쩍거렸다. **그래.** 차이나가 공기를 가를 듯 비명을 지르며 궁둥이로 타이어를 짓누르는 통에 스키타 오빠가 그만 차이나 쪽으로 넘어졌다. **두고 봐야지.** 스키타 오빠는 그렇게 대꾸하고는 했다.

리코 오빠는 차이나를 시시하다고 말했다지만, 그건 매니 오빠와 같이 우리 집에 와서 차이나를 실제로 보기 전까지만 그랬다. 높은 점프, 여느 수컷들 못지않게 튼튼한 근육질이면서도 맵시가 좋은 몸, 뱀의 머리처럼 긴 목과 머리. 스키타 오빠는 차이나에게 기울어진 나무를 타고 올라가서 자동차 타이어를 두 동강을 내게 시켰다. 타이어를 어찌나 세게 찢어버렸는지 고무 안에 들어 있던 철사가 튀어나와 스키타 오빠의 손에서 피가 났다. 킬로와 교미를 할 때 차이나는 킬로가 자기 뒤를 핥으며 뒤에서 올라타게 가만히 두었다. 즐기는 듯 미소를 지었다. 스키타 오빠의 목에서 힘줄이 불거져 나왔고, 눈을 가늘게 뜬 모습이 꼭 아예 눈을 감은 것 같았다. 킬로는 그 큰 입을 키스하듯 차이나 목에 갖다 대고 침을 줄줄 흘렸다. 차이나는 킬로에게 달려들어서 덥석 물고는 잠시 그대로 있었다. 차이나는 고분고분해지는 걸 아주 싫어했다. 차이나는 킬로에게 상처를 냈고, 킬로를 물어뜯다가 내팽개쳐버렸다. 차이나 입에는 피가 묻어 있었고, 킬로는 그렇지 않았다.

"개 이름이 뭔데? 배턴루지에서 왔다는 개."

"보스." 스키타 오빠가 웃었다. 차이나는 공기 중에 대고 코를 킁킁거렸다.

"그게 말이지, 킬로는 플로리다에서 루이지애나까지 안 싸운 개가 없어. 한번은 개 다리까지 부러뜨렸지. 준비가 더 되고 말고 할 것도 없어."

"형이 봤어?"

"뭘?"

"다리 부러뜨리는 거."

"아니, 리코 형한테 들었지." 매니 오빠가 손을 휘저어 모기를 쫓고는 시가를 깊이 빨아들였다가 자기 얼굴 앞으로 안개처럼 연기를 뿜어댔다. "여기 불 좀 한번 피워라. 너네 집에는 왜 항상 이렇게 벌레가 많은 거냐? 모기가 어찌나 간이 큰지 한낮에도 돌아다니더라. 그러니 저녁에야 말 다 했지." 매니 오빠는 시가를 땅으로 떨어뜨렸다. 연필선같이 가느다란 연기가 올라오더니 이내 불씨가 꺼졌다.

"여기 이 집에서는 모든 게 강해지거든. 심지어 모기까지 그렇지. 모기들이 너무 커서 박쥐 같아 보인다니까." 스키타 오빠는 나와 주니어를 보고 고개를 까딱했다. "형도 조심해. 주니어가 보기에는 조그매 보여도 느닷없이 형 목을 공격해서 숨도 못 쉬게 만들지도 몰라. 그리고 에시는……." 이렇게 말하며 스키타 오빠가 일어서자 차이나가 땅에 코를 박고 쿵쿵거리면서 오빠 주위를 맴돌았다. "형, 차이나가 얼마나 무서운지 봤지. 여기 우리 집에서 차이나 말고 유일한 여자가 있어. 걔가 약할 거라고 생각해?"

"난 둘 중 누구도 약하다고 말한 적 없다." 매니 오빠는 그렇게 말하면서도 여전히 내게 눈길을 주지 않았다. "하지만 차이나는 이제 예전만큼 세지 않아, 너도 알겠지만."

"뭐라고?" 스키타 오빠의 목에 힘줄이 섰다.

"저렇게 새끼를 낳은 개는 그 뒤로는 아무래도 예전만큼 못하지. 넌 그렇게 믿고 싶지 않겠지만. 저렇게 젖을 먹이고 기르는

데 동물들이 얼마나 많은 힘을 써야 하는지 아냐? 여자가 되는 대가지." 그제야 매니 오빠는 나를 흘끗 쳐다보았다. 내가 유리창이라도 된다는 듯 어물쩍 보고 넘긴다.

스키타 오빠가 소리 내 웃었다. 저 깊은 곳에서 나오는 소리 같았다.

"형 진심이야? 동물들이 가장 세지는 때가 바로 그때야. 지켜야 될 게 생기니까." 스키타 오빠는 나를 흘끗 쳐다보았을 뿐이지만, 나는 오빠가 눈을 돌린 뒤에도 그 시선이 계속 느껴졌다. "그게 바로 힘이야."

차이나가 스키타 오빠의 손을 자기 새끼들 핥아주듯 핥고 있다. 스키타 오빠가 차이나의 머리를 물리치지만 차이나는 계속 핥는다. 오빠가 매니 오빠에게서 눈을 돌린다. 오빠 목의 힘줄이 이제 가라앉았다. 위협적인 분위기가 오빠에게서 사라졌다. 오빠가 만일 개였다면 곤두섰던 털들이 이제 가라앉았을 것이다.

"생명을 낳는다는 건"—스키타 오빠가 차이나에게 몸을 숙여 차이나의 목부터 턱까지 쓰다듬었다. 입이라도 맞출 듯 차이나의 얼굴을 어루만진다. 차이나는 혀를 날름거린다—"싸울 가치가 있는 게 뭔지를 안다는 거지. 사랑이 뭔지를." 스키타 오빠가 차이나의 옆구리를 문질러주고 갈비뼈를 쓰다듬어준다.

"오빠, 아직 구충제 안 먹였어?" 내가 물었다. 매니 오빠가 날 그렇게 생각할까? 내가 약하다고? 자기를 받아들인 이 몸이 치러야 할 대가가 있다고? 자기를 끌어당기고 품어서 결국 아무것도 남지 않게 만든 대가가 있다고? 매니 오빠는 자기는 치를 대가가 하나도 없을 테니 기쁠까?

"응. 아까 해봤는데 안 먹더라. 다 뱉었지."

"너 섞어서 먹이는 법 아냐?" 매니 오빠가 라이터를 반바지 주머니에 집어넣었다. 소매 없는 티셔츠가 그의 치아만큼이나 하얗다. 분명 샤일라가 빨아주었을 것이다. 난 그가 샤일라에게도 여자는 약하다고 말했을지 궁금해졌다. 그 애를 여자라고 말한 적이 있을지, 그렇게 말할 때 떫은 참외를 뱉아내듯 말끝을 흐렸을지.

스키타 오빠가 매니 오빠를 올려다보자, 매니 오빠는 두 손을 척 내려뜨리고는 입을 탁 벌렸다.

"무슨 소리야, 섞다니?"

"망할, 너 개를 죽일 작정이구나." 싱글거리는 매니 오빠의 얼굴이 꼭 비웃고 싶은 사람 같다. 나는 침을 꿀꺽 삼켰다. 스키타 오빠를 그렇게 쳐다보다니, 오빠를 모욕하다니, 나는 그를 밀쳐버리고 싶었다. 그의 탄탄한 가슴에 내 두 손을 갖다 대고 떠밀어버리고 싶었다. 자기는 몰랐겠지만, 그렇게 내 이야기를 하다니. 나는 그를 밀쳐 뒤로 넘어뜨리고 그의 나쁜 팔을 꺾어버리고, 땅바닥에 그를 눕히고 눌러버리고 싶었다. 내 온몸을 만지게 만들고 싶었다, 다시 한번. "구충제를 식용유랑 섞어서 개한테 줘야지. 식용유 없다고 물이랑 섞으면 안 돼. 잘 안 섞여."

"오늘 아침에 줬는데, 하나도 안 먹었어." 스키타 오빠가 차이나의 고개를 단단히 붙들고는 녀석의 눈을 크게 벌리고 뚫어져라 바라보고 있다.

"확실해?" 매니 오빠는 아직도 웃고 있다.

"그래."

"그러면 아주 조금만 줘봐. 의약용 주사기 있지?"

"응, 그러니까······." 스키타 오빠가 잠깐 뜸을 들였다. "어제 하나 장만했어." 그러고는 나를 보았다. 나는 랜들 오빠가 어제 백인 남자와 구충제, 개와 있었던 이야기를 매니 오빠에게 했음을 알 수 있었다. 하지만 스키타 오빠는 사람들이 그 이야기를 모르기를 바라고 있다는 것도 알 수 있었다. 사람들이 잘 몰라야, 백인 남자가 우리 쪽으로 숲을 헤치고 오다가 사람들에게 물어봐도 그만큼 그 이야기를 전하는 사람도 적을 테니. 물론 우리는 부아소바주 흑인 지역의 심장부에 살고 있고, 백인 남자는 저 멀리 경계 지역에 살고 있으니까, 그가 지팡이를 도끼처럼 흔들어대며 거품을 문 개를 대동하고, 어쩌면 깜빡깜빡 빛을 내는 색깔 입힌 픽업트럭의 뒤 창문으로 소총까지 들이밀고서 여기에 나타나는 일은 없을 거라고 생각한다. 그러나 스키타 오빠는 이렇게 말할 거라는 것도 나는 안다. **하지만 그래도.**

"몸무게 10킬로그램에 물 0.5cc라고 보면 돼. 흠, 차이나는 한 30킬로그램 되려나? 그럼 물 1.5cc를 섞어야겠다." 매니 오빠가 가슴 앞으로 두 팔을 쭉 펴면서 어깨를 으쓱 들어 보인다. 상체를 쭉 펴는 것. 이건 그가 지루할 때 하는 짓이다. 그는 스키타 오빠와 차이나에게서 눈을 돌린다. 새로 깐 타일 위에서 강아지들이 졸고 있는 어두운 창고 안을 엿보고 있는 주니어 너머 숲으로 시선을 던진다. 절대로 나는 보지 않는다. "그것보다 더 많이 주면 안 돼. 그러면 눈이 멀지도 몰라. 더 많이 주면 죽을 수도 있어."

스키타 오빠가 차이나를 자기 옆에 끌어다 앉히고는 차이나 입을 쩍 벌려 살펴보다가, 혀에 대고 냄새를 맡는다. 연인에서 아빠로 역할이 바뀌었다. 차이나는 눈에 넣어도 안 아플 딸이다. 나는 발끝으로 땅 위에 금을 하나 긋고는, 반바지 주머니 속에 넣어 배를 감싸 쥐고 있던 손을 빼낸다. 내게 주의를 끌기 위해서. 스키타 오빠가 차이나를 바라보듯 매니 오빠가 나를 바라보도록. 주니어가 강아지들을 불러내려는 듯이 창고 안의 어둠 속으로 휘파람을 불기 시작한다. 밝은 빛 아래로 불러내어 새로운 형을 소개해주고 싶은 건지, 이제는 찾아오지 않는 예전의 자기 개들처럼 집 밑으로 불러내 같이 숨어 있고 싶은 건지.

"문간에서 나와, 주니어." 스키타 오빠가 말한다. 차이나가 오빠의 입김에 대고 혀를 날름거린다. 그의 말을 맛보는 것 같다. "에시, 우리 식용유 있지?"

아빠는 굴이나 생선을 잡았거나 친구들에게 받았을 때 튀겨 먹으려고 7.5리터짜리 콩기름을 수납장에 챙겨두었다. 하지만 차이나가 그 맛을 좋아할 것 같지는 않다. 나는 손가락으로 기름을 한 방울 찍어서 이에 대고 문질러본다. 너무 쇠 맛이 나고 아무 맛도 없다. 하지만 아빠가 낡은 커피 캔에 담아서 조리대에 챙겨놓은 베이컨 기름이 있다. 찌꺼기도 좀 있으면서 윤이 나도록 단단하게 굳은 기름이다. 아마 돼지고기 육즙 맛이 날 것이다. 몇 입 먹다 보면, 가운데는 부드럽고 가장자리는 바싹 타서 뻣뻣한, 짭짤하고 바삭거리는 베이컨 맛이 날 거라는 기대를 하게 만드는 맛. 이거라면 차이나가 좋아할 것이다.

스키타 오빠는 커다란 상자를 구해 와 반으로 자르고 그 안에 무엇인가를 깔았다. 깔아놓은 게 낡은 옷인지 침대보인지 수건인지 분간이 되지 않았다. 강아지들이 그 위에 올라가니 그냥 짙은 회색 넝마로밖에 보이지 않았기 때문이다. 박스 맨 밑에는 '웨스팅하우스'라고 쓰여 있었다.

"교회당 뒤에서 가져왔어." 스키타 오빠가 말했다. 오빠는 주사기 안으로 구충제를 집어넣고 있다. 물처럼 색깔이 없다. 구충제 병을 무릎 사이에 놓은 채로, 형편없이 기울어져 있는 녹슨 연장통 위에 앉아 있다. 오빠가 연장통을 옮기자, 연장통에서는 안에 들어 있던 쇳덩이들이 이를 갈듯 요란한 소리를 낸다. 오빠는 구충제 병뚜껑을 닫고 바지 주머니에 집어넣는다. 매니 오빠는 가고 없지만, 주니어는 두 손을 등 뒤로 맞잡고 창고 벽에 기대서는 한쪽 구석에 서 있다.

"매니 형 어디 있어?"

"뭐 할 일 있다고 가던데." 스키타 오빠가 주사기를 한 손에 들고, 다른 손에는 베이컨 기름이 담긴 커피 캔을 들고 있다. 오빠는 떨고 있다.

"다시 올 거라고 했어." 주니어가 새된 소리로 외친다. 발을 쾅쾅 구르고 창고의 양철 문이 흔들리도록 창고를 탕탕 두드리고 있다.

"주니어. 그만해. 젠장, 대접이 하나 필요한데." 오빠가 나를 본다. "대접 하나만 갖다줄 수 있니?"

"주니어, 들어가서 대접 하나 갖고 와." 나는 오줌이 마려운데도, 내 티셔츠 아래의 멜론이 무거워져가는데도 창고를 떠나고 싶지 않다.

"형이 누나한테 시켰잖아." 주니어가 강아지들에게 정신이 팔려서 조용히 말한다. 강아지들은 버둥거리면서, 오빠가 만들어준 상자의 문밖으로 나오려고 무턱대고 몸을 던지고 있다.

"주니어, 어서."

"싫어."

"에시, 부탁한다."

집으로 들어갔지만 나는 변기 위에 앉을 새도 없었다. 몸을 숙이고 무릎을 감싸안고 주저앉아버렸다. 무릎의 보드라운 살이 입술에 느껴졌다. 밖에서는 한낮인데도 수탉이 울어댄다. 닭의 목청이 벌레들의 몽롱한 울음소리를 가르고 나온다. 현기증이 나를 덮친다. 매니 오빠는 떠났다. 그를 생각하고 싶지 않다. 그가 다른 어딘가 땡볕 아래서 작은 시가를 피우고 있고, 주유소에서 손님들에게 물건을 건네주며, 두 손으로 이끼처럼 보드라운 샤일라를 쓰다듬으리라는 것을 알고 싶지 않다. 하지만 계속 생각이 난다. 창고로 돌아가는 길, 나는 그늘로만 걸어간다. 해를 피할 데가 없는 곳에 이르러 나뭇가지 사이로 햇빛이 몸에 닿자, 살갗이 타들어갈 것만 같다.

스키타 오빠가 베이컨 기름을 대접에 한 줌 붓고, 주사기에 든 구충제 액체를 따랐다. 손가락으로 잘 섞는다. 우리는 그늘에 있지만 창고 안은 열기가 더 지독해서 마치 뜨거운 손아귀에 붙잡힌 기분이다. 주니어와 스키타 오빠는 둘 다 땀으로 범벅이 되었고, 스키타 오빠는 머리통에서 이마를 타고 눈으로 물처럼 흘러드는 땀 때문에 금방이라도 울 것같이 눈을 깜빡거린다. 나는 기름과 구충제가 잘 섞이는지 대접을 보고 있는데, 문간에 그늘이 생기더니 스키타 오빠가 화난 얼굴을 든다.

"문간에서 나와. 빛을 죄다 가리고 있잖아."

매니 오빠다. 양손으로 문틀 위쪽을 붙잡고, 몸을 엿처럼 쭉 늘려 문 안쪽으로 기울이고 서 있다. 내가 볼 수 있는 건 그의 그림자와 하얀 미소뿐. 그의 얼굴을 볼 수 없으니 어딘가 이상하다. 그가 이제 나처럼 새까매졌다니, 뒤에서 비치는 빛에 그가 물에 젖은 종이 위로 떨어지는 잉크처럼 까맣게 물들었다니, 어딘가 이상한 것 같다.

"내 라이터 본 사람 없어?" 매니 오빠의 목소리가 스키타 오빠가 깔고 앉아 있는 연장통 속에서 들려오는 듯 멀고 날카롭다.

"없어." 스키타 오빠가 손가락으로 약을 휘젓고 있다. "비켜."

"에시, 넌?"

나는 고개를 내젓는다.

"형이 형 주머니에 집어넣었잖아." 주니어가 말하니 매니 오빠가 문설주에 기대고 서서 주머니를 뒤진다. 창고 안으로 빛이 스며 들어온다. 매니 오빠의 옆모습이 보인다. 그의 구릿빛 얼굴이. 그가 뒤적거리던 손을 멈추고 우리 쪽으로 돌아서니 다시 얼굴이 어두워진다. 그가 머리 위로 올려 문틀을 잡고 있는 그 손으로 내 손을 잡아주었으면 좋겠다. 나를 창고에서 데리고 나가 저 멀리 숲속으로 데려갔으면 좋겠다. 나를 땡볕에서 가려주었으면 좋겠다. 내 비밀을 알게 되거든 나를 안아주었으면 좋겠다. 지금과 달랐으면 좋겠다.

"너 거기 있으니 하나도 안 보인다, 주니어." 매니 오빠가 말한다.

"고마워." 스키타 오빠가 말했다. 기름은 구충제와 아주 잘 섞여 들었다. 섞은 것은 크림처럼 부드럽고, 흰색이 돈다. 스키타 오빠가 찍어 먹어본다.

"야, 너 그러면 안 돼." 매니 오빠의 그림자가 말한다.

"형 갈 데 없어?"

"난 너 도와줄 거 없나 해서 왔다."

"빛을 좀 가리지 않는 게 도와주는 건데. 안으로 들어오든지 나가든지."

"그럼 나간다." 매니 오빠가 어깨를 한 번 으쓱해 보인다. "나무 그늘이나 찾아서 좀 누워 있어야겠다. 내가 들어갈 도리가 있냐. 차이나가 나 싫어하는데." 차이나가 스키타 오빠 앞에 앉아 있다. 내가 오빠에게 아무리 찰싹 붙어 앉아 있어도 나는 본체만체하고, 베이컨 기름이 든 대접에만 열중하고 있다. 차이나는 침을 뚝뚝 흘리며 헐떡거리고 있다.

"차이나는 누구든지 좋아해." 스키타 오빠가 섞은 것을 주사기에 다시 흘려 넣고 있다.

"어련하시려고." 매니 오빠가 웃는다. 또 그의 하얀 웃음. 그의 하얀 이를 볼 때마다 나는 욕지기가 치밀어 오른다. 매니 오빠가 발걸음을 옮기자 빛이 안으로 쏟아져 들어온다. 나는 그가 떠나기를 바란다. 돌아오기를 바란다. 아니, 아예 여기에 오지 않았기를 바란다. 스키타 오빠가 주사기를 들고 일어서니, 차이나가 뒷다리로 서서 춤을 춘다.

"여기 있다."

나는 대접을 들고 내 배에 대고 누른다.

차이나가 뒷다리로 폴짝거리며 뛰고 있다. 어제는 회색 개를 두 동강 내놓을 듯하던 녀석이 오늘은 옥스 클럽의 댄스 플로어에서 파트너에게 다가가는 여자가 되었다. 주크박스에서는 블루스 기타 음악의 첫 소절이 흘러나왔고, 여자의 손에는 술잔이 들려 있었지. 차이나가 앞발을 땅에 내려놓고 뒤로 물러난다. 스키타 오빠가 웅크리고 앉아, 차이나 뒷목에 한 팔을 두르고 그 손으로 주둥이를 쥐어 고개를 위로 쳐올렸다.

"옳지, 착하지." 오빠가 말했다.

차이나 입이 씩 웃는 듯 벌어진다. 차이나 혀가 젖은 넝마처럼 펄럭거린다.

"그렇지, 잘한다." 오빠는 다른 손으로는 주사기를 차이나의 입술 사이로 기울여 넣었다.

차이나는 몇 번 짖다가 고개를 주억거린다. 두 앞발이 연인의 두 손처럼 오빠의 가슴팍에 올려져 있다. 차이나는 복종의 뜻인 듯, 간청하듯 고개를 뒤로 젖혔다.

"잘한다, 내 새끼." 오빠가 말했다.

차이나가 주사기를 냄새 맡더니 혀를 날름거린다.

"옳지, 그거야." 오빠가 손가락에 힘을 주니 주사기 안에 들었던 약들이 다 없어졌고, 그제야 오빠는 뒤로 물러났다. 강아지들이 움직거리고 발길질을 해대면서 서로를 밀어대고 있다. 차이나가 실수로 오렌지색 녀석을 밟자 녀석이 깨갱 우는 소리를 낸다.

"역시나 내 새끼라니까." 오빠가 말했다.

바깥에서는 매니 오빠가 흙을 발로 차며 마당을 서성이고 있다.

"**자기** 개한테야 알아서 해줬겠지." 스키타 오빠는 차이나의 털에 입을 갖다 대고 말했다. 문간에서 보니 차이나는 창고 안의 먼지 낀 백열전구 같다. 주니어가 강아지에게 가까이 가려고 벽을 따라 기어가는 중이다. 마당에서는 매니 오빠의 분주한 발에서 흙먼지가 뿌옇게 피어올라서 아예 그를 가려버렸다. 그의 하얀 티셔츠와 금빛 피부가 멍든 복숭아처럼 어두운색으로 변했다.

나는 학교에서 여자애들이 하는 이야기를 들었다. 빨랫줄에서 바삭하게 마른 옷들을 걷어 채듯이 가볍게 그저 지나가다 엿들은 대화다. 임신했을 때 한 달 치 피임약을 먹으면 생리가 나온다고 여자애들은 말했다. 표백제를 마시고 배가 엄청 아프고 나면, 나중에 아기가 될 그것이 몸 밖으로 빠져나온다고 했다. 배를 정말로 세게 때리면, 차의 금속 모서리에 멍이 날 만큼 세게 몸을 던지면 유산이 될 수 있다고 했다. 낙태 수술을 할 수 없을 때, 아기를 낳으면 안 될 때, 뱃속에 있는 것을 누구도 원치 않을 때 이런 방법을 쓸 수 있다고 했다.

화장실에 들어와 나는 몸을 구부리고 서서 배를, 그 안에 든 멜론을 으깨지라고 주물러봤지만 배 안에 있는 그것은 다시 튕겨 나올 뿐이다. 점점 익어가고 있다. 씨앗을 품어 기르는 데 열중하고 있다. 나는 몸을 부딪칠 만한 크고 단단한 것을 찾아본다. 아빠의 덤프트럭 보닛, 아빠 트랙터, 마당에 있는 낡은 세탁기. 우리 집 세탁실에는 표백제도 있다. 내가 손에 넣을 수 없는 것은 단 하나, 피임약이다. 처방전을 받을 방법이 없고, 처방전이 있다 해도 그 약을 살 돈이 없고, 돈을 좀 꿔달라고 부탁할 여자 친구들도 없고, 무엇보다 보건소라는 곳에는 가본 적이 없다. 누가 나를 거기까지 데려다줄 것인가? 내가 여자애라는 걸 가끔씩 잊어먹고는 하는 아빠가? 오빠 친구들 중 유일하게 차가 있는 빅 헨리 오빠가? 매니 오빠가? 어둠 속에서 이만 보이던 그가? **내가 혼자서 잘 처리한다면 그는 감쪽같이 모를 거야.** 나는 생각했다. **절대로 모를 거야. 그리고 그러는 동안 오빠에게는 시간이 생길지도 몰라. 무슨 시간?** 난 나를 다그쳤다. **오빠 마음이 달라질 시간. 날 사랑하게 될 시간.**

내게 있는 선택지란 이런 것들이었고, 좁히고 좁혀 들어가니 적당한 게 하나도 없었다.

해는 이미 한참 전에 졌고, 나는 변기 위에 앉아서 랜들 오빠가 커튼 대용으로 창문에 달아놓은 수건을 젖히고 마당을 바라보고 있다. 스키타 오빠가 창고 문간으로 나무를 끌고 가는 게 보인다. 갓 없는 백열전구의 불빛이 밖으로 새어 나와 오빠가 무릎을 꿇고 있는 땅바닥을 비추고 있다. 오빠는 나무판에서 못을 뽑아내고 있다. 불빛 근처로 벌레들이 몰려든다. 쓰러진 허수아비처럼 땅에 처박혀 며칠째 자리만 지키고 있던 개집 골조가 이제 바로 세워져 있다. 오빠는 차이나에게 집을 지어주고 있다. 오빠는 차이나를 유심히 살피며 아파하지는 않는지 확인한다. 그는 사랑을 안다.

"젠장할."

아빠의 소형 트럭이 마당으로 아주 천천히 들어오고 있어, 콸콸거리는 엔진 소음 위로 아빠의 욕지거리까지 잘 들린다. 이건 아빠가 술이 머리 꼭대기까지 취했을 때 하는 버릇이다. 아주 느리게, 전조등을 다 켜놓고 차를 모는 것. 아빠의 전조등이, 스키타 오빠를 감싸는 황금빛 방울 같던 빛을 깨뜨리고 단번에 마당을 환한 빛으로 채운다. 오빠는 망치를 든 손을 들어 올려 눈 위로 갖다 댄다. 아빠가 덤프트럭 옆에 나란히 트럭을 주차한다. 덤프트럭은 오늘 아침 내가 시동을 걸려고 했던 이후로 녹을 뒤집어쓴 모습 그대로 고요히 자리를 지키고 있다. 아빠는 전조등을 켜둔 채로 트럭에서 내려온다.

"이런, 제길!"

아빠는 트럭 문을 세게 닫음으로써 그 문장에 마침표를 찍고 싶은 모양이었지만, 실패했다. 손이 문에서 미끄러져 나오는 통에 문은 아주 조용하게 닫혔고 욕실 창문 바로 옆 변기에 앉아 있던 내게도 소리가 들리지 않았으니까.

"밴 고물상은 엿이나 먹어라. 내가 찾는 부품들이 하나도 없잖아." 아빠는 투덜거렸다. 아빠는 트럭이 마치 사람이라도 되는 양 그 옆에 기대고 서서는, 엄마가 살아 있었을 때 잔뜩 취해 돌아오는 밤이면 늘 그랬듯 낮은 목소리로 웅얼거리고 있다. 엄마는 마당으로 나가서 아빠를 맞이하고, 아빠를 아기처럼 안아주었다. 엄마는 아빠보다 아주 조금 작을 뿐이어서 아빠의 몸무게를 온전히 감당할 수 있었다. 아빠는 현관으로 이어지는 콘크리트 계단을 오르며 엄마에게 낮은 목소리로 속삭였다. 나는 아빠가 엄마에게 사랑한다고 말한 게 아니었을까 상상해보았다. 달빛을 흠뻑 받아 아름답던 엄마에게.

"불 켜놓고 내렸잖아." 스키타 오빠가 말한다.

"이제 허리케인 지나고 나면 난 뭘로 돈을 벌어먹냐?" 아빠가 트럭을 세게 후려쳤지만, 어딘가 좀 이상했다. 손이 미끄러졌는지 후려치는 게 아니라 애무가 되고 말았다. "뭐라고 했냐?"

"전조등 켜놓고 내렸다고요." 오빠는 잘 빠지지 않는 못을 뽑느라 고개를 푹 수그리고 집중하고 있다. 아빠는 곁눈질로 보았다.

"아." 아빠가 트럭으로 돌아가서 전조등 스위치를 내렸다. 아빠가 오빠 쪽으로 천천히 걸어간다. 술 취했을 때 걸음걸이다. 한 발 한 발 일부러 내딛듯, 터벅터벅. "너 뭐 하냐?"

"아무것도 안 해." 오빠는 못 뽑던 손을 멈추고 가만히 있다. 나무판 위로 구부린 자세 그대로.

"아무것도 안 해?"

"응."

"이 아빠 눈에는 네가 뭔가 하는 게 분명히 보이는데. 그러니까 아무것도 안 한다는 게 말이 안 되지."

"아빠 안 피곤해?"

"뭐?"

"하루 종일 덤프트럭 고치느라 정신없었잖아."

"제길, 그랬지. 유풀잇이고 새비지고, 온갖 고물상이 날 미친놈 취급하더군. 덤프트럭 부품은 없대. 차를 샅샅이 뒤져봐도 도와줄 수 있는 게 없다네. 엄청난 허리케인이 오고 있다고 사람이 말하는데, 뭔 소리 하냐는 식으로 날 쳐다봤어."

스키타 오빠가 등을 펴고는 양발로 균형을 잡고 앉았다. 아빠 말이 길어질 것에 준비하는 것이다. 망치는 무릎 위에 올려놓았다.

"웬 놈의 판자야? 너 내 물건 뒤졌냐?"

"아니."

"내가 이 집에 필요할 거 같아서 모아놓은 건데. 너 맨날 손대지? 너 창문이 박살 났으면 좋겠냐?"

"아빠. 아빠 목재에는 손끝 하나 안 댔다고요."

"그래, 그럼 그건 어디서 났어?"

"숲속에서 찾았어요." 오빠가 다리 위에서 망치를 앞뒤로 놀린다. 오빠는 아빠가 곧 억지를 부릴 거라는 걸 알고 기다리고 있다.

"숲속에서 그런 나무를 어디서 구한다고 지랄이야!" 아빠는 놀라 달아나는 딱정벌레들을 쫓듯, 버터스카치 캔디처럼 등껍질이

다섯째 날 잔해를 줍다 183

딱딱하고 번들거리는 갈색 벌레들을 헤치고 지나가듯 손을 휘휘 내젓고 있다. 아빠가 내뱉었다. "네가 구했다고?"

"네." 오빠는 아주 조용하다. 흔들던 망치도 멈추었다.

"염병할! 난 너희들을 위해 모든 걸 해 바치는데, 너희들은 하나도 고마워할 줄 몰라!" 아빠는 다시 팔을 들어 올리고 더 많은 벌레를 쫓는 것처럼 팔을 휘둘러댄다. 아빠는 급기야 스키타 오빠의 팔을 붙잡아 오빠를 일으켜 세웠다. 이제 아마 뒤로 떠다밀 것이다. 아빠는 사람을 학대하고 모욕을 주고 싶을 때 늘 그랬다. 우리 중 하나를 끌고 가서는 마구잡이로 흔들어대고 그러고 나서 뒤로 세게 떠밀어서 땅에 자빠뜨린다. 걸음마를 배우는 갓난쟁이처럼 큰대자로 허우적거리는 우리를 보기 위해서. 얼굴과 손이 흙투성이가 되고, 눈물과 콧물 범벅이 된 얼굴로 수치심을 느끼게 만들기 위해서. 오빠는 망치 든 손을 늘어뜨린 채로 꼿꼿하게 서 있다. 아빠는 오빠를 떠밀려 하지만 손은 너무 느리다. 아빠의 손이 아빠 뇌가 시키는 명령을 듣지 못하는 귀머거리라도 된 것 같다. 그러자 아빠의 손은 오빠 어깨를 단단히 붙잡는다. 아빠가 오빠를 흔들어댄다.

"놔주세요, 아빠." 오빠가 너무도 조용히 말해 내 귀에도 거의 들리지 않았다.

차이나가 창고 문간에 나와 서 있다. 차이나는 그르렁거리지 않는다. 짖지도 않는다. 머리를 한쪽으로 기울이고, 두 앞다리를 넓게 벌리고, 젖가슴으로 더욱 둔중해진 몸으로 그저 가만히 서 있다. 나머지 부분은 창고의 어둠 속에 묻혀 보이지 않는다. 차이나는 고요하다.

"놓으라고?"

"내가 한 걸 다 손 놓으라고!" 아빠는 스키타 오빠를 너무 세게 밀쳐서 그 반동으로 자기도 비척거리며 뒤로 물러났지만, 그래도 넘어지기 전에 균형을 잡았다.

오빠는 뒷걸음질 쳤지만 웅크리고 앉았기에 넘어지지는 않았다. 차이나가 쏜살같이 달려 나왔다. 오빠는 망치를 바통처럼 손에 들고 있다.

"멈춰." 오빠가 외쳤다. "멈춰!" 오빠 목소리에 물기에 묻어 있다. 차이나는 곧장 멈춘다. 차이나는 공원 바로 옆의 무덤가에 있던 칠이 벗겨진 조각상 같다. 빗물에 줄이 생기고, 하얗게 타들어 가고 있던 천사 조각상.

"차라리 날 콱 물어버리지." 아빠가 두 팔을 힘없이 내려놓았다. "차라리 날 물어버리지."

오빠가 쪼그려 앉은 채로 차이나에게 가서 망치를 내려놓고는, 손으로 차이나의 주둥이를 붙잡았다. 차이나는 오빠 손가락 안에서 노니는 구슬이다.

"내륙으로 데려가서 쏴버릴 거야."

"그만해요."

"동네 동물 수용소에 전화해라. 그자들이 저걸 데려가는 걸 똑똑히 지켜보라고."

오빠가 차이나의 등에 한 팔을 두르고 차이나의 배를 감싼다. 손은 차이나의 젖가슴 어딘가에 파묻혀 보이지 않는다. 차이나는 몸을 돌려 오빠를 핥지 않는다. 미동도 없이 아빠를 바라보고 있다. 오빠가 다른 손으로 차이나의 가슴팍을 쓸어주고, 시원시원한 손놀림으로 연신 털을 쓰다듬어준다.

"이게 다 너희를 위해서 하는 거야." 아빠가 말했다. 오빠가 웅크린 채로 있다. "너희 모두 나한테 고마워해야 할 거야. 내 말 알아들어?"

밤벌레들이 '예에—' 하고 대답한다. 오빠는 아빠에게 대꾸 없이 차이나를 쓰다듬는다. 아빠와 오빠를 번갈아 쳐다보고 있는 차이나를.

"저 망할 놈의 나무판은 네가 찾아온 곳에 도로 갖다 놔. 내 말 들었어?"

차이나의 꼬리가 내려갔지만, 귀는 깃털 장식처럼 머리 쪽으로 착 달라붙어 있다. 오빠가 차이나에게 낮은 소리로 뭐라고 속삭이고 있다.

"내 말 들었냐고." 아빠가 소리치며 오빠 쪽으로 비척거리며 걸어간다. 차이나의 꼬리가 올라간다.

"네." 오빠가 말했다. 오빠는 아빠를 정면으로 바라본다. 아빠를 똑바로 바라보는 오빠의 얼굴은 부드럽고 숨기는 게 없다. 대답할 때 입만 조금 움직였을 뿐이다. "네."

"좋아." 아빠가 물러났다. 오빠는 차이나가 움직이지 못하게 차이나에게 몸을 기대고 있다. 아빠가 발걸음을 돌려 집으로 들어온다. 아빠는 자기가 가는 것을 지켜보고 있는 스키타 오빠와 차이나를 지켜보느라 느리게, 찬찬히 비척거리며 옆으로 걸어온다. 나뒹굴고 있는 망치를 지나, 무너진 개집 골조를 지나, 웨딩드레스의 긴긴 자락처럼 저 둘에게서부터 퍼져 나오는 벌레 소리와, 나무와 바람이 가득 찬 그 어두운 공터를 지나.

여섯째 날

단호한 손

아빠가 닭장이랍시고 남아 있던 것들을 내려치고 있다. 닭들이 제 집을 버린 지는 오래되었다. 어느 여름, 폭우가 온 뒤로 나무판자들이 무르며 썩어갔고, 손이 곱아드는 짧은 겨울이 찾아오자 썩어 물렁거리던 나무판자들이 다시 말라가면서 속이 다 비어버리니, 곧 닭장은 기울어지기 시작했고 결국 폭삭 주저앉았다. 닭장은 엄마가 빨랫줄을 묶는 데 썼다. 줄의 다른 쪽을 소나무에 묶어서 쓰고는 했다. 엄마가 죽은 뒤 아빠는 빨랫줄을 좀 더 가까운 나무에 옮겨 묶었는데, 꽉 묶지를 않았던지 랜들 오빠와 내가 옷을 빨아 나무 빨래집게로 집어 널어놓으면 빨랫줄이 주저앉으면서 우리 바지들이 땅에 뒹굴기 일쑤였다.

스키타 오빠는 어젯밤 망치를 손에 들고 아빠와 한판 벌인 뒤에 개들과 함께 창고에서 잤다. 나는 오빠가 집으로 들어오기를 기다리면서 거실 창가 쪽 소파에 내내 앉아 있었다. 오빠가 집 주위를 빙빙 돌다가 뒷문 쪽에 있는 아빠를 피하려고 앞문으로 들어올 거라는 걸 알고 있었기 때문이다. 하지만 오빠는 나타나지 않았다. 오빠는 우리가 웅덩이에서 처음 수영을 하기 시작했을 때, 쓰레기가 가라앉아 있는 모래 바닥에 웅크리고 앉아서 늘 마지막까지 숨을 참는 사람이었다. 우리가 수면으로 나오라고 외치며 우왕좌왕하는 배들처럼 오빠를 맴돌았지만, 오빠는 미동도 없이 밑에서 물거품만 뿜어 올렸었다. 나는 잠시 쉬는 시간을 갖기로 하고, 몰래 챙겨놓은 비엔나소시지 깡통을 들고 화장실로 갔다. 그리고 소시지 다섯 개를 한꺼번에 입에 넣고 삼켜버렸다. 소시지는 너무 가벼워서 먹은 것 같지도 않았다. 오늘 아침, 책을 읽으려고 해보았지만 또다시 메데이아 생각으로 빠지는 바람에 이번에도 황금 양모 부분에서 더 나가지 못했다. 이아손밖에 생각하지 못하는 여자, 그를 생각하면 얼굴은 붉게 달아오르고 심장은 타오르는, 달콤한 고통에 푹 빠진 여자. 사랑의 여신이 화살을 쏘았으니 메데이아에게는 별다른 도리가 없다. 나는 집중할 수가 없다. 뱃속에는 이제 살아 있는 동물이 들어앉아 있는 것 같고, 내 머릿속에서는 매니 오빠 생각만, 수영하는 사람들처럼 계속 수면으로 떠올랐다. 나도 나만의 달콤한 고통 속에 있었다. 나는 책을 벽과 침대 사이에 끼워 넣고 부엌으로 살금살금 가서 아빠의 허리케인 대비 식량을 몇 개 챙겼다. 나는 먹었지만 배에는 아무 기별도 오지 않았다. 음식으로 배가 꽉 찼다는 신호가 도무지 오지 않는다. 그리고 음식 아닌 다른 것으로도.

탁, 탁, 탁. 망치 소리가 들려온다. 나무가 비틀리는 소리가 들린다. 판자 하나가 떨어져 나온다. 아빠 입에서 욕지거리가 쏟아진다. 씨발, 쌍, 제기랄. 나는 기다리기가 지겨워졌다. 나는 소시지 깡통을 하나 더 쥐어 반바지 주머니에 쑤셔 넣는다. 나는 메데이아가 도망쳐서 아르고호의 대모험에 함께하자고 남동생을 찾아갔듯이, 스키타 오빠에게 갈 것이다. 나는 오빠를 도울 것이다.

오빠는 누구한테 두 눈을 얻어맞은 듯 퀭한 얼굴이다. 창고 문틈 새로 들려오는 아빠의 망치 소리는 일정하게 쿵쿵 울려대는 것이 꼭 심장박동 같다. 차이나가 옆으로 누워 있고 강아지들은 깽깽 울며 젖을 빨아댄다. 차이나는 머리를 앞발에 얹고서 내가 문턱을 밟고 서 있는데도 올려다보지 않는다. 주니어는 문 옆의 쇠 드럼통 위에 까마귀처럼 앉아 땅콩버터 크래커를 먹고 있다. 그걸 보니 배가 고파온다.

"뭔가 잘못됐어." 오빠가 말했다. 오빠는 벽에 등을 기대고 바닥에 앉아 있다. 고개를 뒤로 젖히고 있으니 목젖이 선명하게 튀어나와 마치 뼈 같아 보인다.

"뭐가 잘못됐는데?" 내가 묻는다. 오빠의 눈이 열이 있는 듯 붉다.

"차이나가 너무…… 온순해졌어. 보통은 젖을 물렸다가 다 먹었다 싶으면 성질을 내면서 떨쳐버리는데, 지금 쟤들이 한 시간째 빨고 있는데도 꼼짝도 안 해."

"그냥 좀 피곤한 거 아닐까, 어제 오빠도 말했듯이."

아빠의 망치 소리가 창고 안에서 울려 퍼진다.

"그게 아냐."

"그럼 왜 그런 거야?"

"내가 너무 많이 준 거 같아."

"매니 오빠가 말해준 대로 했잖아."

"매니 형이 맞게 말해줬다는 걸 어떻게 알아?"

"리코 오빠가 어떻게 하는지 보여준 거 아닐까."

"그럼 리코 형이 매니 형이 나한테 알려줄 걸 알고서, 매니 형에게 올바른 방법을 알려줬다는 걸 누가 장담할 수 있냐?"

"설마 그랬을 리가 있겠어."

"누가 설마야?"

"매니 오빠 말이야." 나는 그의 이름을 삼킨다. 설마 그런 짓을 할 사람은 아닐 것이다. 나는 안다.

오빠가 눈을 부릅뜨고서, 두 손을 무릎 위에서 맞잡은 채로 천장에 대고 말한다. 이건 오빠의 기도다.

"넌 몰라."

"모두들 오빠랑 차이나를 골탕 먹이려고 작정하고 있는 건 아니야, 오빠."

오빠가 네발로 기어가서 차이나의 얼굴에 대고 손을 흔들어 보인다. 차이나가 눈으로 오빠를 쫓다가, 어찌나 세게 한숨을 내쉬는지 개가 깔고 누워 있는 비닐 장판 위에 있던 흙먼지가 바람처럼 솟아오른다.

"누구나 말은 그렇게 하지 않지, 에시." 오빠가 차이나의 목에 손을 둘렀다. 엄마가 오븐에서 비스킷을 꺼낼 때 하듯 조심스러운 손길. 차이나가 다시 숨을 크게 내쉬자 젖을 빨던 한 마리가 맥없이 떨어져 나온다. "그렇지, 그래야 차이나지."

"혹시 그냥 먹을 게 좀 필요한 거 아닐까."

"차이나를 잃을 순 없어." 창고의 더러운 바닥에서 잔 탓에 오빠의 머리통은 흙투성이다. 집 뒤편에 가꾸던 작은 정원에서 풀을 뽑아낼 때 엄마의 팔도 꼭 저랬다. 엄마는 아빠가 길가에서 주워 온 낡은 아기 침대에서 뜯어낸 나무판자로 그 정원에 테두리를 둘렀었지. 오빠의 말은 섬뜩했다. 차이나가 죽을 수도 있다는 뜻이었으니까. 그런 말을 감히 입 밖으로 내다니, 소리 내어 말하고 그럴 수 있다고 생각까지 하다니 겁도 없다.

"가서 좀 씻지 그래?" 나는 오빠 옆구리의 상처가 생각났다. 랜들 오빠의 낡은 붕대 밑에서 상처가 감염되어 발갛게 부어오르는 것이 상상된다. 우리는 전에 우리 집에 찾아오던 떠돌이 개들만큼이나 부스럼이 잘 생긴다. 그리고 나는 부스럼에 박테리아 감염균이 있다는 것도 잘 안다. 오빠는 병원에 가고 싶지는 않을 것이고, 아빠 역시 병원에 가야 할 때가 된다 해도 오빠를 병원에 데려다주려고 하지는 않을 것이다. "오빠 배 말이야."

"난 괜찮아." 오빠가 아빠의 망치 소리에 맞추어 차이나의 머리를 쓰다듬는다.

"투견 시합 나가려면 깨끗하게 하고 가야지. 건강하게. 차이나도 마찬가지고. 오빠가 다치면 차이나는 어떻게 해?" 이렇게 이야기해야 오빠에게는 와닿는다. 오빠의 자존심에는. 오빠는 차이나를 쓰다듬던 손을 멈추더니 잠시 그 따뜻한 머리통에 그대로 얹고 있다. 차이나가 한숨을 내쉬고 새끼 또 한 마리를 떨쳐버렸다. 해가 구름 뒤에 숨었다가 다시 나타나면서 햇살이 삼각형 모양으로 바닥에 생겼다가 없어졌다 한다. 나를 올려다보았을 때 오빠는 눈을 가늘게 뜨고 있었다.

"좋아. 차이나 좀 봐줘." 오빠가 일어서서 문간으로 가더니 지나가면서 주니어를 떠밀어서 하마터면 드럼통에서 떨어뜨릴 뻔했다.

"이런 배신자!" 주니어가 소리친다.

"그리고 주니어가 아무것도 못 만지게 해."

차이나가 힘없는 몸짓으로 강아지들을 떨쳐낸다. 강아지들에게서 달아나려고 재빨리 몸을 굴리더니 등이 벽에 닿고 나서야 움직임을 멈춘다. 강아지들이 작게 낑낑 소리를 내고 앞발을 허공에 대고 허우적거리면서 맥없이 나뒹군다. 강아지들 눈이 손톱

끝에 남은 매니큐어만큼 작다. 이제 네 마리가 있다. 차이나를 쏙 빼닮은 흰둥이. 킬로를 닮은 것 같은 빨간둥이. 몸집이 유독 작은 얼룩빼기. 검은색과 흰색 털이 섞인 녀석. 녀석들이 차이나에게서 떨어져 나온다. 내가 문간에 웅크리고 앉으니 불룩 튀어나온 배가 허벅지와 무릎을 누른다. 나는 배가 드러나도록 티셔츠를 올려본다. 차이나가 우리 모두를 나른하게 지켜보다가 이내 머리를 앞발에 얹고는 눈을 감고, 적어도 내가 보기에는 잠이 들었다.

"누나?"

"왜, 주니어?" 강아지들이 기를 쓰며 바닥을 가로질러 가고 있다. 주니어가 드럼통에서 폴짝 뛰어 내려와서는 바로 내 옆으로 쿵 하고 앉는다.

"쟤들 다시 차이나한테 가야 되는 거 아냐?" 주니어는 양손을 무릎 위에 얌전히 걸치고 있지만 그래도 여전히 새끼들을 만지고 싶어 하는 눈치다. "쟤들 저러다 문밖으로 나가겠어."

"우리가 여기 앉아 있는데 어떻게 나가?"

"틈새가 있잖아." 주니어가 자기와 나 사이를 손으로 휘젓는다. "여기."

"강아지 만지면 안 돼." 나는 다시 티셔츠를 내렸다. 주니어의 입김에서 땅콩버터 냄새가 난다. 나는 정말 기운이 없다. 그 냄새가 앞이 보이지 않는 폭우처럼 나를 흠씬 적시고 간다. 잠든 차이나의 귀가 씰룩거린다. 차이나가 말을 할 수 있으면 좋겠다는 생각이 든다.

"음, 누나." 주니어가 웅크리고 앉은 채로 몸을 앞으로 기울이더니 강아지 쪽으로 천천히 몸을 숙인다. "나 쟤네들 다시 데려다 줄래, 알았지?" 주니어가 흰둥이의 목덜미를 붙잡더니 양손으로 들어서 차이나 쪽으로 한 30센티미터 옮겨놓는다. 차이나는 쌕쌕 숨을 쉬고 있다. 주니어가 나를 돌아다보는데 웃고 있다. 살짝 드러난 이는 군데군데 빈 자리가 많다. 충치를 빼서 생긴 틈이다. "봤지?"

"그래, 근데 빨리해." 차이나의 꼬리가 잠결에 움찔거리더니 이내 고요해진다. "차이나 깨기 전에."

"알았어." 주니어가 빨간둥이를 들어 올려서 흰둥이 바로 옆에 내려놓는다. 주니어의 입술이 벌어져 이가 다 보인다. 이제는 정말로 웃고 있다.

"서둘러." 내가 속삭였다. 나도 차이나처럼 창고의 시원한 바닥에 누워서 자고 싶다.

"알겠어." 주니어도 속삭인다. 흰색과 검은색이 섞인 녀석이 주니어가 땅에 내려놓기도 전에 주니어의 손아귀에서 지렁이처럼 힘없이 꿈틀거린다. 앞도 보이지 않으면서.

"또 만지면 안 된다." 내가 작게 말했다. 차이나의 옆구리가 꿈틀 움직인다. 빨랫줄에 널어놓은 흰 침대보가 바람에 펄럭이듯이. "알았어?"

주니어가 마지막으로 조그만 얼룩빼기 녀석의 배를 그러쥐었다. 주니어가 강아지의 갈비뼈를 감싸 쥐는데 그 작은 엄지손가락과 가운뎃손가락이 만난다. 녀석은 깡말랐다. 다른 녀석들처럼 토실토실하게 젖살이 오르지 않았다. 주니어가 녀석을 코앞으로 들어 올린다. 이렇게 가까이서 보니 털이 움직이는 것 같다. 그 보송보송한 솜털 사이를 벼룩들이 바쁘게 누비고 다니는 탓이다. 녀석이 고개를 옆으로 떨어뜨렸다가 반대쪽으로 휙 돌린다. 꼬마의 손아귀에 쏙 들어갈 정도로 한 줌 털과 거죽, 뼈로밖에 보이지 않던 녀석의 목이 그렇게 강하다니 깜짝 놀랐다.

"들었어?"

"응." 주니어는 꿈쩍도 않는다.

"내려놔!" 내가 소리를 지른다. 나는 주니어를 한 대 때려주고 싶지만, 그러면 차이나가 깰 것이다. 주니어가 강아지를 코에 대고 냄새를 맡고 있다. 내가 여기 없었다면 분명히 핥기도 했을 것이다. 차이나가 잠결에 작게 그르렁거린다.

"말 안 들을래!" 내가 마른 막대기 같은 주니어의 팔을 세게 잡아챘다. 내 손톱이 주니어의 살갗으로 파고든다. 내 손아귀 힘에 겁을 좀 먹어야 할 텐데.

"알았다고, 누나!" 주니어가 우는소리를 하며 내게서 빠져나가더니, 여전히 강아지를 붙들고 있다. 차이나가 발길질을 한 번 한다.

"어서!" 나는 급히 일어섰다. 땀을 흘리고 있다. 겨드랑이가 홍

건하다. 몸이 화끈거린다. "주니어!"

"알겠다고."

주니어의 웃음기가 사라졌다. 주니어의 입꼬리에 힘이 들어가서 잇몸이 하나도 보이지 않는다. 울기 직전의 표정이다. 주니어의 등이 막대자처럼 좁고 딱딱하다. 주니어가 몸을 숙이고 강아지를 놓아준다. 강아지는 옆으로 구르다가 이내 멈추더니 제 머리로 마룻바닥을 쓸며 앞으로 나갔다. 주니어가 팔을 휘둘러 빼더니 팔짱을 끼고는 날 보려고 하지 않는다. 대신 강아지들만 뚫어져라 바라보면서 비죽이 내민 입술 사이로 화가 나서 중얼거린다.

"아팠어, 누나. 정말 아팠다고."

"스키타 오빠 들어오면 어쩌려고 그랬어? 차이나가 깨면 어쩌려고?"

주니어의 팔이 빠져나가니 손이 허전하게 느껴진다. 주니어가 아기였을 때, 랜들 오빠와 나는 소파에서 주니어를 던지듯 주고받기도 했고, 우유를 먹여주고 배도 쓸어주고 머리도 쓰다듬어주었다. 랜들 오빠는 주니어 찡그리는 모습이 꼭 엄마 같다고 했었다.

"누나 때문에 피 나잖아." 주니어가 자기 손에 침을 뱉어서 팔뚝을 앞뒤로 문질러댄다. 내가 붙잡았던 자리에 윙크하는 눈처럼 빨간 자국이 났다. "그렇게까지 세게 잡을 필요는 없었잖아."

"네가 말을 안 들었잖아." 주니어는 어렸을 때 한 번도 운 적이 없었다.

"그래도." 주니어가 침 뱉었던 손을 눈으로 가져가서 문지른다. "어떻게 될 줄 알고 그래." 내가 말했다. 차이나가 다시 잠결에 그르렁 소리를 낸다. "너도 알잖아, 주니어. 안 그래?" 내가 차이나 쪽에 대고 손을 내저었다. "차이나 알잖아."

차이나가 다시 잠결에 소리를 내는데 이번에는 높고 날카롭다. 내가 주니어의 등에 손을 얹으니 구슬처럼 단단한 뼈마디가 만져진다. 주니어가 여전히 자기 팔뚝을 잡은 채로 나를 떨쳐내고는, 나를 쳐다본다. 눈이 굴속처럼 까맣다. 나는 차이나가 잠을 자고 있는지 확인하려고 차이나를 돌아보았다. 강아지들이 너무 멀리 나와 있지 않은지도 확인하고, 내 셔츠가 아직도 말려 올라가 있는지도 확인했다. 또 피곤이 몰려온다. 주니어가 땅바닥에 털썩 주저앉았다. 내 손이 닿지 않을 거리에 떨어져서 앉았지만 그래도 내 옆이다. 나는 주니어가 또 집 밑으로 뛰어 들어갈 줄 알았다.

"미안해." 내가 말했다.

주니어가 몸을 구부려 두 팔로 땅을 짚고는 엉덩이를 들어 올린다. 강아지들을 보고 고개를 끄덕인다. 아기였을 때 주니어는 꼭 이런 모양으로 랜들 오빠와 함께 소파나 침대에서 잠이 들고는 했다. 눈을 꼭 감은 강아지들은 다시 주니어에게로 오고 싶은지 아주 깊은 물속을 헤엄치듯 허우적거리고 있다. 나는 우리가 차이나와 밖에 나가 있었을 때 주니어가 몰래 창고 안으로 들어와서 벌써 강아지들이랑 친해진 게 아닌가 싶었다.

"오늘 공원에 갈 수 있어?" 주니어가 묻는다. 아빠가 닭장을 두 번 내려치더니 또 욕을 내뱉었다. 아빠는 술이 아직 안 깼다. 지금도 성질을 부릴 것이다. 나는 소시지 캔의 뚜껑을 따서 하나를 주니어에게 건넸다. 차이나가 벽 쪽으로 돌아눕는다. 잠결에 가장 좋은 방법으로 강아지들을 피한 것이다. 나는 고개를 끄덕였다.

"그래, 가자."

우리가 어렸을 때, 아침에 우리를 깨울 때면 엄마는 우리의 등을 먼저 만져주었다. 그리고 우리가 움직거리는 걸 느끼고 그렇게 아침을 향해 깨어나고 있는 걸 느끼면 부드럽게 일어나라고 말했다. 학교 갈 시간이라고. 엄마가 죽고 나서 아빠가 우리를 깨워야 했을 때, 아빠는 우리에게 손을 대지 않았다. 아빠는 문 옆쪽 벽을 쾅쾅 두드렸다. 그리고 소리쳤다. **일어나라**. 검은색 민소매 셔츠와 반바지 차림으로 창고로 돌아온 스키타 오빠는 벌써 땀에 젖어 있었다. 오빠는 엄마가 우리를 깨웠던 것처럼 차이나를 깨웠다. 강아지들이 오빠에게서 굴러떨어졌다. 오빠가 강아지들을 커다란 상자 안에 집어넣으니, 강아지들은 거기서 앞도 안 보이는 채로 드잡이를 하고 상자를 긁어댔다.

"이제 일어나야 되는데." 오빠가 말했다. 공원으로 산책을 가자고 했더니 오빠 얼굴이 결연해졌다. "그래, 차이나도 산책 좀 해야겠다."

오빠는 차이나에게 목줄을 매고 차이나를 한쪽 어깨 위로 둘러멨다. 차이나의 뒷다리가 오빠의 허벅지와 얽혀서 오빠는 걷기가 힘든 모양이었다. 차이나가 강아지였을 때 이후로 오빠가 이렇게 한 적은 없었다. 그때 차이나는 오빠의 어깨 위에서 웃으면서 오빠의 짭짤한 귀와 목을 핥아댔었다. 지금 차이나는 얼굴을 찡그리고, 눈은 반쯤 감은 채로 더 자고 싶다는 듯이 졸고 있다. 침 한 줄기가 오빠의 등으로 떨어진다. 오빠는 차이나를 연신 들쳐 올리면서도, 마당의 낡은 욕조와 내 기억으로는 달린 적이 한 번도 없는 차체들을 지나 도랑을 건너고 울퉁불퉁한 아스팔트 도로에 이르러서야 차이나를 내려놓았다. 갑자기 불어오는 바람에 길 양옆의 소나무들이 흔들리고, 차이나도 나무들처럼 기울어졌다. 차이나가 몸을 떨고 있다. 차이나의 흰 털이 오빠의 단단한 어깨 위로 내려앉아 있다. 오빠의 얼굴이 구겨졌다. 오빠는 목줄을 홱 잡아당겼다.

"가자."

주니어가 내 옆구리에 와서 부딪혔다.

"금방 올게." 주니어는 그렇게만 말하고 집 쪽으로 달려갔다.

차이나가 아무 생각 없이 주니어를 따라가려고 한다. 그러나 오빠는 다시 한번 목줄을 세게 잡아당기고 못 본 척 걷기 시작했다. 차이나는 억지로 발걸음을 떼면서 터벅터벅 걸어간다. 목줄이 차이나의 귀까지 올라와 마치 올가미처럼 머리통을 옭아매고 있다. 오빠는 몸을 앞으로 숙인 채 걸으면서 뒤도 돌아보지 않는다. 매 한 마리가 바람을 타면서 우리 머리 위에서 맴을 돈다. 나선형으로 돌며 내려오더니 날개를 한 번 퍼덕이고는 나무 꼭대기의 무성한 나뭇잎들 사이로 사라졌다. 우리 집은 녹 색깔이어서 떡갈나무 아래에 그리고 쓰레기 더미 뒤에 있으니 주변과 분간이 되지 않는다. 게다가 한쪽으로 기울어져 있다. 집 토대가 되는 시멘트 벽돌은 모래 색깔이다. 나는 오빠를 따라가지만 오빠가 너무 빨리 걷고 있어서 이 뜨거운 한낮, 오빠의 뒷모습이 점점 작아져만 간다. 나는 주니어가 공을 갖고 나타날 거라고 생각했지만, 자전거 타이어가 둔탁하게 삐걱거리는 소리가 들려와서 돌아보니 주니어가 흙먼지를 일으키며 다가오고 있다. 그런데 일어선 채로 온다. 주니어가 페달을 한 번 밟을 때마다 새까만 자전거가 갈지자를 그리며 다가온다. 자전거는 주니어가 타기에도 너무 작다. 내 옆을 지나쳐 갈 때에야 나는 자전거에 의자가 없다는 걸 알았다. 그래서 서서 타고 있는 것이다. 나는 웃었다.

"그거 어디서 났어?"

"내가 찾아냈어." 주니어가 숨을 몰아쉰다. 웃고 있지만 웃음이라기보다는 가쁜 숨을 내쉬는 것에 더 가깝다. 그러고는 다시 숨을 몰아쉬고 힘차게 페달을 밟아서 내게서 멀어져 스키타 오빠 쪽으로 간다. 차이나는 보통은 자전거를 탄 사람이면 누구나 뒤쫓아 가지만, 이번에는 고개를 떨구고 느릿느릿 걸어가면서 주니어를 본체만체한다. 스키타 오빠는 그런 차이나를 본체만체한다. 오빠는 등을 구부리고 앞만 보고 걸어간다. 오빠의 실루엣은 근심에 잠긴, 긴장된 하나의 선. 차이나의 목줄은 여전히 팽팽하다. 나는 둘을 따라잡으려고 뛴다.

우리 집에서 제법 떨어져 부아소바주 중심부로 들어가니 나무들 뒤에 숨어 있던 집들이 서서히 나타난다. 집들이 워낙 다닥다닥 붙어 있어서 집들 사이에 있는 것은 웃자란 빽빽한 나무들뿐이다. 우리는 어딘가 부조화스러워 보이는 빅 헨리 오빠네 좁은 엽총집*을 지나쳐 갔다. 창이 세 개밖에 없는, 마키즈 오빠네 조그만 분홍색 집은 마당에 핀 진달래와 너무 붙어 있어서 마치 또 하나의 지고 있는 꽃 무더기 같다. 부잣집 아들 프랑코 오빠네 집은 초록색인데, 어떤 이유인지 마당에 있는 나무둥치의 아랫부분이 한 50센티미터 정도 하얀색으로 칠해져 있다. 조슈아와 크리스토프라는 더 나이 많은 오빠들의 집은 떡갈나무 아래 부겐빌레아가 시위하듯 자라난 마당에, 현관에는 따로 가림막이 세워진 청회색 집이다. 그다음은 '마마' 아주머니의 노란색 집. 이제는 황갈색으로 색이 바랜 채로 주변의 등나무에 질식할 듯이 둘러싸여 있다. 매니 오빠가 사는 트레일러는 부아소바주의 다른 쪽에 있는데,

---

* 모든 방이 일렬로 배치된 길쭉한 집.

이 동네에서는 꽤 멀리 떨어진 곳이다. 작은 성당, 스키타 오빠가 풀을 깎았던 무허가 묘지, 아무것도 없는 공터가 주차장인 시립 공원. 시립 공원은 부아소바주에 일종의 질서와 교양을 더하려는 안타까운 몸부림이었지만 그 노력은 실패했다. 공원 주변은 나무가 전혀 관리되지 않아서, 미모사 나무가 농구 선수의 길고 우아한 팔처럼 공원 위로 드리워진 채 분홍색 꽃들을 공처럼 뚝뚝 떨어뜨리고 있었다. 소나무는 공원을 둘러싼 도랑 옆으로 높다랗게 솟아올라 있고, 그 옆에는 네트 없는 농구 골대가 서 있다. 그 위로는 땅속으로 박혀 들어간, 틈새가 벌어진 나무 놀이기구의 조각난 그림자가 드리워져 있고, 그 옆에는 비바람에 가장자리가 마모된 소풍용 돌 식탁이, 그것도 풀이 웃자란 야구장 한가운데에 놓여 있다. 공원 관리사들은 대개 녹색과 흰색 줄무늬의 통짜 작업복을 입은 수감자들인데, 1년에 한 번 나와서 땅 위로 한참 기어 올라온 나무들을 대강 쳐내고 막 자라기 시작한 풀과 어린 소나무들을 베어낸다. 부아소바주의 거친 생명들은 그러나 그들을 아랑곳하지 않는다. 식물들은 씨를 뿌리며 그렇게 또 한 해를 살아낸다.

주니어가 함성을 지르며 내게서 멀어져간다. 바람이 빠진 자전거 바퀴에서 나무둥치를 가르는 톱 같은 소리가 난다 싶더니, 주니어가 엉덩이를 하늘로 향하고 도랑에 처박혔다. 자전거는 잠깐 하늘을 날다가 차체가 다 분해되는 건 아닌가 싶을 정도로 덜컹거리며 곤두박질쳤다. 주니어는 흘끗 뒤를 돌아보고 보란 듯이 울어젖혔지만, 그러고는 또 공원으로 갈지자를 그리며 따라왔다. 스키타 오빠는 아직도 단호한 얼굴로 차이나를 끌고 가고 있다. 차이나는 수치스럽다는 듯 꼬리와 머리를 늘어뜨리고 따라간다. 주니어는 사람들이 농구를 하고 있는 농구 골대를 향해 공원 안으로 들어갔지만, 오빠는 그 뒤를 따라가지 않는다.

"오빠 뭐 하는 거야?"

"차이나 운동 좀 시켜야겠어."

"공원까지 오느라 벌써 3킬로미터는 걸었겠다. 차이나가 벌써 지쳤을 것 같지 않아?"

"아니." 오빠는 차이나의 목줄을 잡아채더니 종종걸음으로 다시 발걸음을 옮겨 저 멀리 묘지 쪽으로 갔다. 한낮의 열기는 축축한 파란색 담요 같다. 나는 방향을 돌려 주니어를 따라 농구 코트 쪽으로 갔다. 나무 밑, 작고 뒤틀린 나무 의자에 사람들이 앉아 있다. 나는 길고 어두운 그림자를 드리운 그들의 얼굴을, 허벅지에서 교차시킨 길고 번들거리는 다리를, 짧은 반바지를 본다. 여자애들 둘. 구름이 걷히자 그들의 얼굴이 선명히 드러난다. 샤일라와 그의 사촌 펠리샤. 나는 떡갈나무 그늘과 의자의 맞은편, 농구 코트 가장자리에 그대로 멈추어 서서 풀밭 위로 맥없이 주저앉아 버렸다. 어디론가 떨어져 내리는 기분이었다.

매니 오빠가 농구 코트에 있다. 공을 골대에 꽂아 넣으려고, 돌돌 풀리는 리본처럼 빙글빙글 돌면서. 난 저 아이가 나처럼 매니 오빠의 상처를 알아보는지, 공을 아주 빠르게 던져 올리고 나서는 팔을 더 펼 수 없다는 듯이 재빨리 내리는 저 모습을 보고 있는지 궁금하다. 뛸 때 팔을 가슴 앞에서 지그재그로 움직이는 걸 알고 있는지, 예전처럼 빈틈없고 완벽하게 몸을 만들 수 있다며, 낫게 할 수 있다며 상처 따윈 없었던 것처럼 다시 몸을 움직일 수 있기를 아직도 바라고 있는 걸 알고 있는지 궁금하다. 섹스할 때도 그런다는 걸 알고 있는지, 몸무게를 왼쪽에 거의 다 싣다시피 해서 언제나 내 오른쪽 귀에만 숨을 내쉰다는 걸 그 아이가 알고 있는지 나는 궁금했다. 개미 한 마리가 더듬이를 움직거리며 내 복숭아뼈 위로 올라오고 있다. 나는 손을 휘둘러 뾰족뾰족한 풀숲으로 개미를 떨구어냈다. 땀이 가슴골을 타고 흘러 셔츠를 흥건하게 적셨다. 가슴이 조용히 두근거린다. 요새는 가슴이 계속 아프다. 내 검은 살결이 열을 더 빨아들이는 것 같아 저절로 나무 그늘로 눈이 갔다. 샤일라가 팔에 두르고 있는, 나뭇가지 사이로 비치는 햇살을 받아 금빛으로 번쩍거리는 쇠붙이가 눈에 들어온다. 무슨 일이 있어도 저기에는 앉지 않을 것이다.

빅 헨리 오빠와 마키즈 오빠, 제이븐, 프랑코, 보니 오빠 그리고 랜들 오빠가 모두 농구 코트에 있다. 모두 거친 숨을 몰아쉬고 있다. 욕지거리를 내뱉는다. 빅 헨리 오빠만 빼고 모두 웃통을 벗고 있다. 서로를 팔꿈치로 찌르고 넘어뜨려서 손바닥이, 무릎이,

팔꿈치가 콘크리트 바닥에 쓸려 꽃잎처럼 벗겨져 나간다. 모두의 얼굴에 입을 다물지 못하게 하는 흥분감이 역력하다. 스키타 오빠가 차이나의 목줄을 단단히 그러쥐고 잡아당기면서 **저기 봐, 저기, 물어!**라고 외칠 때, 그렇게 목줄이 오빠의 살을 파고들 때 오빠가 짓는 표정과 똑같다. 저 오빠들이 나와 섹스할 때 짓던 것과 똑같은 표정이다. 떡갈나무 아래서 샤일라가 사탕 상자를 얼굴로 들어 올려 부채처럼 부치고 있다. 한쪽 팔을 문지르더니 이내 다른 팔을 문지르고, 팔에 있는 땀방울을 털어내듯 손을 내젓고 있다. 그 아이는 집에서 기르는 고양이처럼 차분하고 침착하다. 영락없이 한 남자밖에 모르는 여자들이 하는 양이다. 남자가 자기에게 느끼는 사랑이 나무뿌리처럼 자기 안에 깊이 박혀 있다는 듯, 그 사랑이 허리케인에도 뿌리가 뽑히지 않는 저 떡갈나무처럼 자기를 단단히 붙들어준다는 듯 안정된 모습. 확신이 있는 사랑. 차이나가 그렇게 느끼지 않을까 나는 상상한다. 비록 뒤를 돌아보니 목줄을 팽팽하게 당긴 채로 야구장을 달리고 있는 스키타 오빠가 보이기는 하지만.

매니 오빠가 타임아웃을 외치더니 눈을 감고 헐떡이면서 내 쪽에 가장 가까운 골대로 걸어온다. 그는 골대에 기대어 팔을 쭉 펴고 엉덩이를 뒤로 뺀다. 랜들 오빠는 두 손을 머리에 얹고 멀리서 달리고 있는 스키타 오빠와 차이나를 물끄러미 바라본다. 사이드 라인을 바라보며 팔을 머리 위로 구부려 스트레칭을 하던 매니 오빠가 조금 떨어진 풀밭에 앉아 있는 나를 발견하고는 입을 씰룩거렸다.

"이쪽으로 와." 그가 소리쳤다.

다시 시작된 경기에서 매니 오빠는 꼭 귀에 진드기가 들러붙었을 때의 차이나 같다. 그럴 때 차이나는 자기 꼬리를 물려고 맴도는가 하면 덤불에 고개를 처박고 몸부림을 친다. 결국에는 스키타 오빠가 차이나를 무릎 사이에 잡아두고 머리를 붙들고 앉아 잡아주어야 하지만. 매니 오빠는 지금 그렇게, 빅 헨리 오빠와 마키즈 오빠 사이를 헤집고 나가 한 손으로 슛을 날리면서 코트 전체를 뛰어다니고 있다. 랜들 오빠 위로 뛰어올라 공을 던지지만 공은 영락없이 코트 밖으로 튕겨 나가고, 팔이 안 좋아 공을 길게 던지지 못하면서도 패스하라는 프랑코 오빠의 말을 무시하고 계속 슛을 날린다. 매니 오빠의 얼굴이 귀에 있던 진드기를 처음으로 잡았을 때의 차이나의 얼굴이 되었다. 아직 다 자라지 않아 몸통은 짧고 다리는 길던 그때, 귀에 있던 진드기가 열기 때문에 더욱 극성을 부리며 차이나의 귀를 미친 듯이 물어뜯기 시작했고, 차이나는 주니어를 따르던 마지막 떠돌이 개, 한쪽 귀가 없던 얼룩빼기 개에게 달려들어서 나머지 귀마저도 뜯어내버렸다. 보니 오빠가 매니 오빠에게 공을 패스하자, 매니 오빠는 멈칫거리며 공을 받아서는 골대 밑에 있는 빅 헨리 오빠에게로 달려든다. 보니 오빠가 무리 중 알아주는 거구인 데다, 빅 헨리 오빠는 매니 오빠보다 15센티미터는 족히 더 크고 몸집도 두 배나 큰데도 아랑곳 않고. 빅 헨리 오빠가 무릎을 모으며 둘이 같이 넘어진다. 둘은 콘크리트 바닥에 보기 좋게 미끄러졌다.

"이게 축구냐!" 마키즈 오빠가 소리쳤다.

"파울이야!" 매니 오빠가 단번에 튀어 오르며 외쳤다.

"지금 무슨 소리 하는 거야?" 빅 헨리 오빠가 발가락과 손가락으로 땅을 짚고 일어서며 어리둥절해서 묻는다.

"그냥 해!" 랜들 오빠가 외친다. 랜들 오빠는 스키타 오빠가 저 멀리로 사라지고 있는 길 쪽으로 팔을 내둘렀다. "지랄 말고 그냥 경기하자고." 랜들 오빠가 빅 헨리 오빠 앞에 바짝 다가선 매니 오빠에게 손을 갖다 대고 어깨를 꽉 쥔다. 스키타 오빠가 차이나에게 하듯이. 매니 오빠는 차분해졌다. 움직임이 느려지더니 마지막 타임아웃을 외치고 샤일라 반대편 농구 골대로 가서 쉰다. 오빠가 손가락을 펴서 손을 흔들자 샤일라가 웃는다.

경기가 점점 느려지고 지지부진해지다가, 랜들 오빠가 3점 슛으로 공을 메다꽂으며 길거리 농구가 끝이 났다. 마키즈 오빠가 수돗가로 급히 달려가고, 프랑코 오빠가 그 뒤를 따른다. 랜들 오빠는 공이 풀숲까지 굴러가게 내버려두고 내 쪽으로 걸어와서 팔을 무릎에 얹고 앉았다. 땀을 비 오듯 흘리는 오빠는 말처럼 헐떡거리고 있다. 빅 헨리 오빠는 내 옆에 해오라기처럼 우아하게 자리를 잡고 앉더니 몸을 뒤로 젖히고 이마께로 팔을 들어 올렸다.

해가 구름 뒤에서 나와 앞이 하나도 안 보였기 때문이다.

"형 잘 뛰더라." 랜들 오빠가 말했다.

"고맙다." 빅 헨리 오빠가 숨을 내쉬었다.

"스키타는 대체 뭐 하는 거냐?" 랜들 오빠가 말하면서 입으로 흘러드는 땀을 뱉어낸다.

매니 오빠가 의자 쪽으로, 샤일라가 있는 쪽으로 걸어가고 있다.

"차이나 운동 시켜."

"그건 알겠어. 근데 왜?"

"어제 구충제 먹였는데 오늘 아픈 것 같애."

"그래?"

"오빠가 자기가 너무 많이 준 것 같다고 걱정하는 거 같아."

랜들 오빠의 입술이 신 포도를 먹은 것처럼 말려 올라간다. 입 안의 살을 씹고 있다.

"그럼 쟤가 뭘 할 수 있지." 의문문이 아니라 평서문이다. 나는 어깨를 한 번 으쓱해 보이고 의자 쪽으로 시선을 뒀다. 샤일라가 매니 오빠에게 이온 음료를 사주었나 보다. 오빠가 떡갈나무 아래 서서 음료수병을 기울여 들고 음료를 목구멍으로 쏟아붓고 있다. 햇살이 떡갈나무 이파리 사이로 일렁이면서 그의 살갗 위로 떨어져 내린다. 그의 온몸이 얼굴에 난 상처처럼 조각조각으로 빛난다.

"응?"

"그럼 쟤가 뭘 할 수 있지?" 이번에야 랜들 오빠는 의문문으로 묻는다.

"없지." 빅 헨리 오빠가 말한다. 빅 헨리 오빠는 두 팔을 옆으로 늘어뜨리고 있다. 그는 나를 보고 있다. 그는 그렇게 뚱뚱하지는 않지만, 몸 전체가 워낙 거구다. 손은 야구 글러브처럼 생겼고 머리통은 수박만 하고 가슴은 바비큐 굽는 통처럼 널찍하고, 다리는 웬만해서는 뿌리 뽑히지 않을 나무둥치에서 뻗어 나온 나뭇가지 같다. "할 수 있는 게 없지." 빅 헨리 오빠의 말이다. 나는 왠지 그가 내 티셔츠 아래로 부풀어 오른 젖가슴을, 이렇게 앉아 있으면 뱃살 이상으로 도드라져 보이는 튀어나온 배를 꿰뚫어 보는 것만 같다. 움직일 때 몸짓처럼 망설이는 듯 부드럽게 웃지만, 어쩐지 뭔가 아는 웃음 같다.

"맞아, 젠장." 랜들 오빠가 몸을 굽혀 농구 바지에 얼굴을 닦는다. "젠장할."

"내일 있는 하계 리그에 준비는 됐어?"

"그럼." 랜들 오빠의 목소리가 반바지에 묻혀서 들려온다. 옷에 묻혀서일까, 목소리가 떨린다.

"올해 농구 캠프, 학교에서 돈 대주지?"

"모르겠어. 코치 말로는 나랑 보딘, 둘 중 하나만 간다던데."

"떨리냐?"

"그 사람들이야 하나만 고를 거고, 경기 때마다 나는 보딘보다 두 점씩은 앞서갔어. 내가 그 자식보다 훨씬 열심히 한다고."

"너 농구 캠프에서 벌써 스카우트될 거라고 생각하고 있구나?" 빅 헨리 오빠가 웃었다.

"검은 선수복을 입으면 내가 얼마나 멋지겠어, 생각해봐." 랜들 오빠가 두 손으로 머리통을 감싸며 뒤로 기댄다. "아니면 하늘색도 괜찮지." 랜들 오빠가 웃지만, 나는 안다. 오빠가 어느 정도는 진심이라는 것을, 어느 대학에 가고 싶은지 벌써 정해놓았다는 것을.

빅 헨리 오빠가 팔꿈치로 땅을 딛고 일어선다. 매니 오빠는 이제 샤일라 옆에 앉아 있다. 샤일라 쪽으로 기대앉아 땀에 젖은 자기 어깨를 샤일라의 어깨에 비벼댄다. 샤일라가 비명을 지르며 떨어지려고 하지만, 그는 샤일라를 단단히 붙들고 놓아주지 않는다. 샤일라는 몸부림을 치면서 또 소리를 지르지만 웃고 있다. 햇살이 내게 사정없이 내리쫸다. 땀이, 내 안의 물과 피가 다 타고 말라버려서 내 살갗에서, 내 건조한 몸속에서, 내 무른 뼈들에서 모조리 빠져나갈 것만 같다. 그렇게 새까만 건포도 같은 몸이 되도록. 할 수만 있다면 내 안으로 들어가서 심장과, 아기가 될 그 조그맣고 축축한 씨앗을 꺼내버리고 싶다. 그 둘을 먼저 빼내서 나머지는 그렇게 많이 아프지 않도록.

"풀밭에 그렇게 앉아 있으면 너 가려워진다."

"알아." 랜들 오빠가 말했다. 오빠는 반바지의 허리춤을 쭉 늘인다. "물." 오빠는 풀밭을 가로질러 수돗가로 걸어간다. 오빠 몸은 부드럽고 길고 검다.

"여기 이렇게 있으니 덥지." 빅 헨리 오빠가 손가락 두 개로 내 손등을 누른다.

"응." 매니 오빠가 이마에서 흐르는 땀을 샤일라의 볼에 문지르고 있다. 샤일라의 신음 소리가 새된 비명이 된다. 그 아이의 이는 참 하얗다.

"내 차에 가서 앉아 있을래? 그늘에 주차해놨어. 창문도 열어놓고." 빅 헨리 오빠가 의자 쪽을 흘끔 보더니 옆으로 몸을 굴려서 단번에 일어선다. 때로 나는 그가 운동선수였다는 사실을 잊고는 한다.

"좋아." 구름이 이제 더 천천히 움직이면서 해를 경계하는 듯 저 멀리 나무 꼭대기에 걸려 있다. "그러자." 나는 일어나서 농구 코트를 등지고 걷는 동안 내내 땅만 본다. 뒤를 돌아보고 싶은 마음을 억누르기 힘들다. 나는 주니어가 내 옆으로 쌩하니 함성을 지르며 지나가고 나를 아슬아슬하게 비껴가는데도 고개를 들지 않는다. 주니어가 깔깔대며 웃고 있다. 나무 아래 공터 주차장에서는 제이븐 오빠가 벌써 자리를 잡고 있다. 빅 헨리 오빠의 차는 하늘에 넓게 퍼지는 노을처럼 빛이 났다. 마키즈 오빠가 범퍼에 기대고 서 있다. 랜들 오빠가 우리 뒤에서 나타나 빅 헨리 오빠 차의 보닛 위로 쓰러졌다. 오빠의 젖은 등이 푸딩처럼 흔들린다. 차

안에서는 빅 헨리 오빠와 내가 문을 열어놓고 다리 하나씩은 밖으로 내놓은 채로 고개를 젖히고 앉아 있다. 빅 헨리 오빠가 아웃캐스트의 노래를 튼다.

랜들 오빠가 농담을 했고 빅 헨리 오빠가 웃었다. 해가 나무들의 실루엣에 걸리자 우리는 갈 채비를 한다. 매니 오빠는 샤일라와 같이 아직 농구 코트에 있다. 둘은 일대일로 농구를 하고 있고, 오빠는 샤일라의 손에서 공을 쳐내며 약을 올리고 있다. 공은 코트 저편으로 날아가버린다. 샤일라의 웃음이 부드러운 분홍빛 바람에 실려 온다. 빅 헨리 오빠가 차 문을 세게 닫았다. 나도 쾅 하고 닫아버렸다. 랜들 오빠는 조수석으로 몸을 날렸다. 아직 자전거에서 내리지 않은 주니어가 차창 손잡이를 붙잡으니, 빅 헨리 오빠가 그 커다란 손을 주니어 손에 올려놓는다. 빅 헨리 오빠가 시동을 걸고 우리는 이렇게, 지금도 뛰고 있을 스키타 오빠와 차이나를 뒤따라갈 것이다. 지는 해와 질주하는 구름 아래 잦아드는 햇빛을 흠뻑 받으며 저 멀리 집으로 향하고 있을 둘을.

강아지들이 젖을 달라고 울어댄다. 녀석들은 캄캄한 저녁이 오기까지 아빠의 망치질 소리를, 닭장 나무판자에서 못 뽑아내는 소리를 듣고 있었을 것이다. 녀석들이 서로에게 몸을 부대끼며 발버둥 치고 있다. 스키타 오빠가 녀석들의 목을 잡고 한 마리씩 들어서 차이나 앞에 내려놓는다. 차이나는 지금도 땅바닥에 코를 박고 땅을 헤집고 있다. 오빠가 아직 목줄을 풀어주지 않았기 때문에, 목줄이 차이나의 옆 땅바닥에 원을 그리며 놓여 있다. 자전거 체인처럼 둔중하고 날카롭게. 차이나는 입으로 숨을 쉬고 있는데 숨을 쉴 때마다 뭔가 축축한 것이 차이나의 목구멍에서 걸리는 것만 같다. 숨을 쉴 때마다 고개를 주억거린다. 다리는 가만히 있지만, 스키타 오빠 때문에 흘린 땀방울이 털 사이에서 붉은 흙과 뭉쳐지면서 마치 수채화 물감처럼 차이나의 등을 타고 흘러내리고 있다. 백열전구 아래서 보니 내 팔은 그 어느 때보다도 까맣고 더러워 보인다. 나는 묶었던 머리칼을 풀어서 손가락을 아래로 집어넣어 한 줌 잡고 남은 머리칼 위로 매듭을 지어 묶는다. 얼굴에 달라붙는 머리칼이 싫다. 엄마는 틀렸다. 내게는 아름다움이 없다. 조금도 없다.

"랜들!" 아빠가 소리를 질렀다. 밤에 망치 소리가 들려오지 않으니 이상하다.

"왜." 랜들 오빠가 창고 문간에서 대답한다. 빅 헨리 오빠가 그 옆에 있다. 주니어는 랜들 오빠의 어깨와 팔을 꽉 잡고 등에 매달려 있다가, 손을 놓치고는 땀방울과 함께 미끄러져 내려온다. 스키타 오빠가 문 쪽을 보더니 아빠의 소리에 고개를 내젓는다. 차이나의 목줄이 오빠의 손에 느슨하게 쥐어져 있다. 차이나는 마치 흙을 먹고 있는 것 같다.

"이리 오너라."

랜들 오빠가 한숨을 내쉬고는, 주니어의 팔을 붙잡고 몸을 숙여 다시 주니어를 업어 올린다.

"알았어, 알겠다고."

내가 빅 헨리 오빠 옆, 랜들 오빠가 있던 자리로 냉큼 들어가니 마당이 한눈에 들어온다. 랜들 오빠가 걸어가는 동안, 주니어가 자기 손가락을 빨았다가 랜들 오빠의 귓구멍에 집어넣고 있다.

"어, 내가 그만하라고 했다." 랜들 오빠가 귀를 비비지만, 나는 오빠가 침을 빼내지 못하리라는 걸 알고 있다. "너 그러면 확 내려놓는다."

"알았어, 형. 안 그럴게."

"그래, 하지 마. 침 냄새 고약하단 말이야." 랜들 오빠가 발걸음을 멈추고 그 긴 팔을 주니어의 엉덩이 아래로 집어넣어 다시 추슬러 올린다. "왜, 아빠?"

아빠는 지금껏 분해한 게 고작 한쪽 벽이 전부다. 닭들이 아빠 발치에서 술에 취한 듯 정신없이 돌아다니고 있다. 그곳에 살지 않은 지는 오래되었지만 아빠가 자기들 집을 부수니 당혹스러운가 보다. 창고에서 퍼져나가는 희미한 조명과 아빠의 전조등 불빛 속에서 보니 닭들은 새까매 보인다. 아빠가 망치를 떨어뜨리자 닭들이 바람에 나부끼는 낙엽처럼 날개를 펄럭거리며 흩어진다.

"허리케인 말이야, 이제 이름까지 생겼다. 지독한 것들이 그러듯이, 여자 이름이 붙었어. 카트리나야."

"허리케인이 또 와?" 랜들 오빠가 물었다.

"그럼 넌 내가 지금까지 무슨 말을 했다고 생각한 거냐? 내가 온다고 했잖아." 아빠가 말했다. **지독한 것들이 그렇듯**, 나는 속으로 되뇌어 본다. **여자야**. 아빠가 닭장을 보고 얼굴을 찌푸리며 고개를 내저었다. "우리도 뭐라도 해야겠다."

"뭘 해?"

"네가 트랙터 시동 좀 걸어봐라. 내가 여기 벽 쪽으로 방향을 알려줄 테니." 아빠가 더 긴 벽을 가리켰다. "그렇게 해서 이 망할 놈의 벽들을 다 뭉개버리자."

랜들 오빠가 다시 주니어를 추슬러 올린다. 주니어가 랜들 오빠의 어깨에 얼굴을 파묻었다.

"나 저거는 못 모는데."

"넌 그냥 기어 넣고 시동만 걸면 돼. 방향은 틀 줄 알잖아."

"이 야밤에 꼭 해야 돼?"

아빠가 한 발 옆으로 물러나니 아빠의 머리통이 내 눈에 들어온다. 랜들 오빠의 어깨까지밖에 오지 않는다. 아빠의 얼굴은 웃고 있는 게 분명한데 목소리는 그렇지가 않다.

"'이 야밤에 꼭 해야 돼?'라는 게 무슨 말이냐? 멕시코만에서 열대성저기압이 허리케인으로 커지고 있단다. 창문을 막을 널빤지도 부족한 이 마당에, 넌 여기 앉아서 이 야밤에 꼭 해야 하냐고 묻는 거냐?"

랜들 오빠가 잠잠하다. 주니어가 다시 미끄러져 내려온다.

"플로리다 쪽으로 오고 있다잖니. 그렇게 비스듬하게 방향을 튼다면 그다음은 어디를 칠 거라고 생각하냐?"

"플로리다요." 랜들 오빠가 한숨을 쉬듯 말했다. "그런데 한 번 치고 난 뒤에는 늘 약해지지 않았어?" 랜들 오빠가 주니어를 다시 들쳐 올리지 않는다. 주니어는 안 떨어지려고 두 발로 랜들 오빠의 허리춤을 감싸고 안간힘을 쓰고 있다. 그러나 잘 안 되는 모양이다. 주니어의 턱이 랜들 오빠의 어깨 너머에서 사라지더니 머리통이 랜들 오빠의 어깨뼈까지 내려갔다. "아니, 난 그러니까 아빠가 나보다 운전을 더 잘한다는 말일 뿐이야."

"그건 나도 알아." 아빠가 필요 없다는 듯이 손을 내저었다. 대개는 랜들 오빠가 아빠를 치켜세우면 효과가 있었다. "하지만 차에서는 적당한 각도가 안 보인다고. 그렇지만 네가 하면, 어디로 가야 하는지 내가 알려줄 수 있고 그러면 한 번에 전체를 다 무너뜨릴 수 있지 않겠냐."

주니어의 발이 랜들 오빠의 무릎께까지 내려왔다. 주니어가 땅바닥으로 내려왔지만 일어날 생각을 않는다. 나는 주니어가 아빠 앞에서 알짱거리다가 아빠 화만 더 돋울 것을 알기에 창고로 돌아오라고 부르고 싶지만, 그러지 않는다. 주니어는 오늘 밤 아킬레우스 랜들 오빠의 파트로클로스다.

"자, 따라와." 아빠가 랜들 오빠가 따라오는지 확인도 하지 않은 채 어둠 속으로 발걸음을 옮긴다. 랜들 오빠가 고개를 내저으며 손으로 뒷목을 문질렀다. 주니어의 그림자가 오빠 위로 떨어졌다.

스키타 오빠가 차이나를 목줄에서 풀어주고 그 사슬을 자기 팔뚝과 어깨에 둘둘 감으니 마치 단단한 은날개 같다. 차이나가 구석으로 터벅터벅 걸어가더니 단번에 풀썩 주저앉는다. 늘 하듯 우아하게 자리 먼저 잡고 부드럽게 몸을 굴려 옆으로 눕는 것이 아니다. 차이나가 고개를 옆으로 누이는데 먼지가 일어나지 않는 걸 보니 오빠가 장판을 깨끗하게 훔쳐놓은 게 분명하다. 스키타 오빠는 문 쪽으로 걸어와 사슬을 드럼통 위에 올려놓고 원래 모양대로 정돈해놓았는데, 그 뒤에도 그대로 서 있다. 오빠는 차이나를 돌아보지 않고 배길 수가 없다.

"그래, 효과가 좀 있는 거 같아?" 빅 헨리 오빠가 물었다.

"모르겠어." 스키타 오빠가 대답했다.

"어쩌면 그냥 좀 피곤한 걸지도 몰라." 내가 둘 모두에게 말했다. 이 말이 오빠의 달라붙은 양쪽 눈썹을 펴주기를, 내 천(川) 자를 그리는 양미간을 풀어주기를 바라면서. 오빠가 자기 손을 이제 그만 좀 바라보기를 바라면서. 빅 헨리 오빠가 문기둥에 기대서서 한 발씩 들었다 놓았다 하며 몸을 움직이고 있다. 그가 움직일 때마다 메뚜기와 매미, 여치들이 불만스럽다는 듯 큰 소리로 운다.

"네가 운동도 꽤 시켰잖아."

"맞아." 스키타 오빠가 돼지 내장과 귀리, 크랜베리 소스 튜브처럼 생긴 통조림 비트 따위를 가지고 깨작대던 식으로 사슬을 만지작거린다. 이건 오빠가 어렸을 때 하던 짓이다. 오빠의 무릎에 근육이 생기고 어깨가 단단해지고, 콩이건 버섯이건 돼지 창자건, 마치 입안으로 뭐가 들어가는지는 더 이상 중요하지 않다는 듯 닥치는 대로 쓸어 넣기 시작하기 전에.

"그리고 젖도 잘 나오잖아. 아마 좀 피곤했던가 보지."

아빠의 트랙터가 어둠 속에서 신음 소리를 토해내며 벌레들을 겁주고 있었다. 트랙터가 나뭇가지와 버려진 플라스틱 쓰레기통, 떼어낸 자동차 범퍼들을 뭉개고 지나갔다. 바스러지고 금이 가는 소리가 났다. 아빠가 부서진 파편들을 헤집고 앞으로 길을 만들었다. 랜들 오빠와 주니어가 파편들에 걸려 비틀거리면서 그 뒤를 따라갔다. 스키타 오빠가 고개를 내젓고 있다.

"저렇게 밤새도록 끌고 다닐 작정인가 보지." 스키타 오빠가 찬장 높은 곳에 숨겨두었던 차이나의 밥그릇을 꺼낸다. 너무 높은 데 올려놓아 오빠도 까치발을 들어야 한다. 랜들 오빠나 빅 헨리 오빠라면 팔을 높이 들지 않고도 꺼낼 수 있을 것이다. 아빠가 트랙터 시동을 켜놓은 채로 한 다리를 척 내놓더니 땅을 짚는다. 스키타 오빠가 차이나의 개밥 그릇에 사료를 부어서 드럼통 위에 올려놓았다. "잠깐 있어봐."

빅 헨리 오빠가 스키타 오빠가 문간으로 빠져나가게 자리를 비켜주고는 나를 보고 씩 웃는다. 달이 그의 머리 뒤에서 형광등 불빛처럼 빛난다. 바람이 날카로운 소리를 내며 불어와서 묶은 내 머리칼을 얼굴 위로 흩뜨리는데, 마치 공중에 떠다니는 끊어진 거미줄이 닿는 느낌이다. 랜들 오빠가 트랙터로 올라가 운전석에 앉았다. 주니어가 몸을 일으키더니 자기도 올라가려고 트랙터에 발을 딛는다.

"넌 뭐 하는 거야?" 아빠가 주니어에게 묻는다.

"형 도와주려고."

"아냐, 됐다. 내려와라."

"나 방해 안 할게."

"내려와."

"한 번만."

"안 된다고 했다."

운전석에 앉아 있던 랜들 오빠가 몸을 앞으로 기울이더니 자기 뒤를 가리켰다.

"여기 내 뒤에 앉힐게. 방해 안 할 거야."

주니어가 아빠 맘을 누그러뜨리려고 아빠 말을 듣는 척하면서 몸을 뒤로 빼지만, 손은 여전히 좌석을 꽉 붙들고 발은 차에 걸쳐 놓은 채다.

"아빠, 한 번만."

아빠가 헛기침을 하더니 침을 뱉었다. 아빠의 티셔츠는 목둘레에 크게 벌어진 구멍이 하나 나 있고 가장자리는 마치 누가 잡아뜯기라도 한 듯 들쭉날쭉하다.

"어서 올라가."

아빠가 주니어에게 올라가라는 뜻으로 손짓을 해 보이자, 주니어는 차에 올라타서 랜들 오빠 뒤로 미끄러져 들어갔다. 랜들 오빠의 허리를 두 팔로 휘감은 표정은 회전목마에 앉은 꼬마처럼 기대에 찬 얼굴이다. 스키타 오빠가 손에 무엇인가를 쥔 채로 부엌 뒷문을 쾅 닫고 나온다. 나방들이 오빠 머리께에서 재처럼 혼비백산 날아오른다. 오빠가 내 옆을 지나쳐 가는데 베이컨 기름 냄새가 난다.

"차이나 뭣 좀 먹여야 되겠어." 스키타 오빠가 차이나의 마른 사료 위로 송진 색깔의 기름을 몇 방울 떨어뜨렸다. 차이나가 오빠 쪽을 바라보더니 이내 고개를 돌렸다. 오빠가 밥그릇을 차이나 쪽으로 밀어주지만 차이나는 오빠를 본체만체한다. 오빠의 눈이 퀭하니 검다. "자, 어서."

차이나가 오빠를 보고 이빨과 붉은 잇몸을 드러내면서 얼굴을 찡그렸다. 강아지들이 차이나의 젖 냄새를, 그 분홍 속살의 냄새를 맡기라도 했는지 장판 위에서 차이나 쪽으로 꿈틀거리며 다가오고 있다. 차이나의 젖꼭지는 단물이 다 빠지도록 씹은 껌 같아 보인다.

"자, 어서." 아빠가 트랙터를 향해 앞쪽으로 나오라고 손짓했다.

"이쪽 코너야. 바로 여기."

"좋아." 스키타 오빠가 한숨을 내쉰다. 기어오고 있는 강아지들에게는 눈길도 주지 않고, 고개를 떨구면 주둥이가 닿을 정도로 밥그릇을 더 가까이 밀어 넣는다. 스키타 오빠의 근육 사이로 불거진 선들이 숯검정이 잔뜩 묻은 듯 선명해졌다.

"좋아!" 아빠가 소리쳤다. "자, 이제 쭉 앞으로 와. 바로 거기까지." 랜들 오빠가 어떻게 했는지 트랙터가 별안간 앞으로 돌진한다. 주니어의 머리가 뒤로 젖혀졌지만, 그래도 자리에서 떨어지지 않았다. 랜들 오빠가 다시 시동을 걸고 트랙터를 몰자 나무판자 부서지는 소리, 그다음은 쇠붙이 휘어지는 소리가 났다. "잠깐! 철조망이 트랙터 통풍구에 끼었다."

아빠가 자동차 보닛과 통풍구에서 철조망을 잡아당겼다. 확 잡아채려다 몸이 앞으로 당겨지는 바람에 하마터면 통풍구에 얼굴을 부딪칠 뻔했다. 아빠는 물러났다가 전선을 다시 잡아당기기 시작했다. 랜들 오빠는 조금도 움직이지 않는다.

"먹어." 스키타 오빠가 차이나에게 명령한다.

차이나의 귀가 플라스틱 칼처럼 머리통에 바싹 붙어 있고, 입은 생닭처럼 축축하고 분홍빛이 돈다. 지금 차이나는 뼈가 보인다는 것만 다를 뿐. 차이나가 몸을 떨고 있다. 차이나의 근육들이 바들바들 떨린다. 차이나가 온몸을 덜덜 떨면서 이제 스키타 오빠와 뚫어져라 눈을 마주 보고 있다. 젖을 먹겠다고 뒤뚱거리며 차이나 밥그릇 주변으로 달려드는, 붉은 흙색의 새끼는 눈에 보이지도 않는다는 듯. 이 빨간둥이 녀석은 제 아비, 그러니까 킬로를 쏙 빼다 박았다. 가장 통통하고, 가장 많이 먹고, 꼭 깡패 같다. 삶의 투지로 불타올라서. 마침내 강아지들이 눈을 뜬다면 나는 분명 그 녀석이 제일 처음일 거라고 생각했다.

트랙터는 가만히 있는데 엔진이 돌아가면서 움직일 것 같은 소리를 냈다.

"하지 마라!" 아빠가 철조망을 잡아당기다 말고 소리쳤지만, '말라'는 말이 아빠의 신음 소리에 묻혀버려서 나는 랜들 오빠가 그 말을 들었을지 알 수 없었다. 곧이어 오빠가 기어를 당기자 트랙터가 천천히 앞으로 움직였다. "멈추라고!" 아빠가 외쳤다. 아빠는 뒤로 물러섰지만 손이 여전히 철조망에 얽힌 모양이었다. 아빠가 팔을 어찌나 세게 비트는지 꼭 아빠 팔이 길어지고 울룩불룩해진 것 같았다.

빨간둥이 녀석이 앞으로 기어 나오더니 차이나의 밥그릇을 돌아 차이나의 젖꼭지를 찾는다. 차이나가 몸을 굴려 일어났다. 트랙터가 덜컥거리는 소리와 차이나가 그르렁거리는 소리가 섞여 들었다. 차이나가 발끝을 뾰족하게 세우고 고개를 치켜들었다. 스키타 오빠가 뒤로 물러났다. 빨간둥이 녀석은 꿈틀거리며 차이나에게로 가고 있다. 통통한 진드기처럼. 차이나가 앞으로 달려들며 강아지를 옮길 때 하듯이 목을 덥석 물었지만, 이번에는 그

때와 같은 부드러움이 없다. 차이나는 눈이 하얗게 뒤집어졌다. 차이나가 입을 질겅거리고 있다. 새끼를 입에 물고서 타이어를 물어뜯을 때처럼 고개를 사납게 흔들어대고 있었다. 스키타 오빠가 잡아채기에는 너무 짧은 타이어다.

"그만해!" 스키타 오빠가 외쳤다. "그만!"

랜들 오빠가 트랙터의 기어를 당기고 주차 버튼을 눌렀지만, 닭장이 작은 둔덕에 세워져 있던 탓에 기계가 헛돌고 있는 사이 트랙터가 그만 뒤로 밀려나고 말았다.

"안 돼!" 아빠가 외쳤다.

아빠의 손이 풀려 나왔다. 하지만 손에 기름 같은 것이 흐르고 있다. 아빠가 손을 가슴팍으로 가져가 감싸 안았다. 아빠의 티셔츠는 기름투성이가 되었다. 아빠의 입이 떡 벌어졌다. 아빠가 창고 불빛 쪽으로 걸어오고 있다. 아빠 티셔츠에 묻은 기름이 붉게 변했다. 아빠 입에서 나오는 소리는 차이나가 그르렁거리는 소리 같다.

"안 돼!" 스키타 오빠가 외쳤다.

아빠 셔츠에 묻은 피는 차이나가 입속에서 곤죽이 된 강아지의 색깔과 똑같았다. 차이나가 입에 있던 것을 멀리 내던져 버렸다. 그것은 양철 문에 둔중하게 부딪히더니 이내 미끄러져내렸다. 랜들 오빠가 달려왔다. 빅 헨리 오빠가 아빠와 같이 땅바닥에 무릎을 꿇고 엎드려 있다. 아빠의 왼손에서 중지와 약지, 새끼손가락이 쓰러진 나뭇등걸의 단면처럼 깨끗이 잘려 나갔다. 아빠 손가락의 살점은 차이나의 입처럼 붉고 축축했다.

스키타 오빠가 땅 위에 무릎을 꿇고 만신창이가 된 강아지를 쓰다듬고 있다. 오빠는 머리와 어깨로 쇠 드럼통과 연장통과 낡은 동력 사슬톱을 내리찧었다.

"왜 그랬어?" 스키타 오빠가 울부짖었다.

"왜?" 아빠가 자기를 내려다보며 서 있는 랜들 오빠와 빅 헨리 오빠에게 숨을 토해냈다. 아빠의 팔뚝까지 피가 흘러내렸다. 지혈을 하려고 오빠들 둘이 아빠의 손목을 붙잡았다. 스키타 오빠가 손에 닿는 금속을 모조리 후려치고 있다. 차이나는 피투성이 입을 하고 눈을 번뜩거리는 것이, 꼭 메데이아 같다. 만일 차이나가 말을 할 수 있었다면 난 이렇게 물어보고 싶었다. **이런 게 모성이니?**

일곱째 날

시합하는 개들, 시합하는 사람들

　병원으로 가는 차 안에는 사람이 너무 많았다. 빨간 물이 든 수건으로 한 손을 감싼 아빠가 앞자리 조수석에 앉았다. 빅 헨리 오빠가 운전을 했다. 주니어와 랜들 오빠와 내가 뒷좌석에 앉았다. 차 안을 가득 메운 피 냄새는 물이 빠져나갔을 때 멕시코만에서 나는 냄새 같았다. 그리고 차이나가 운전석 한가운데 앉아 피로 물든 혀로 제 주둥이를 핥고 있기라도 하듯, 자리에 없는 스키타 오빠를 킁킁거리며 찾고 있기라도 하듯 진동하는 개 냄새. 신음 소리를 내며 숨을 헐떡이는 아빠는 커다란 강아지 같다. 나는 아빠가 아파하는 와중에 혹시 그걸 눈치챘을까 궁금했다. 아빠의 목은 요리된 칠면조의 목처럼 길쭉해져서는 힘줄이 다 서 있다. 우리는 병원으로 가는 뒷길을 택해서 길고 긴 숲속을 지나고, 어둠 속에서 전조등 불빛에만 잠깐 보였다 사라지는 외로운 집들을 지나쳐 갔다. 주니어가 내 손을 꼭 쥐고 있었다. 병원에 도착하자 랜들 오빠와 빅 헨리 오빠가 아빠를 반은 끌어 내리고 반은 운반하다시피 하여, 마치 우리를 기다리고 있었던 양 거기 서 있던 간호조무사들에게 넘겨주었고 그들은 아빠를 휠체어에 태웠다. 우리는 병원 로비에 앉아 있었다. 간호조무사들이 휠체어 탄 아빠를 우리 옆으로 데려다주었다. 그들은 우리를 남겨두고는 접수 데스크 뒤에서 나타난 야간 근무 간호사와 낮은 소리로 잡담을 나누었다. 두 볼이 하트 모양처럼 빨간 그 간호사는 빨간색 크록스 신발을 신고 있었고, 손에는 클립보드를 들고 있었다. 아빠는 휠체어에 몸을 구부리고 앉아 있었기 때문에, 피가 아빠의 허벅지 위로 불어난 강물처럼 흘러내려서 휠체어 좌석으로 스며들었다. 그 간호사가 아빠에게 이것저것 묻자 아빠가 고개를 뒤로 젖히며 몸을 일으켰는데, 그제야 아빠를 바라보던 간호사의 시선이 아빠의 손으로 옮겨 갔다. 간호사는 엄마처럼 앞니 사이가 벌어져 있었다. 간호사는 겨드랑이 사이에 클립보드를 끼우더니 휠체어 손잡이를 잡고 아빠의 이름을 물었다. 간호사가 아빠의 휠체어를 밀며 어디론가 향하자 랜들 오빠가 대답하면서 따라갔다.

주니어는 의자에 앉은 그대로 잠이 들어서 빅 헨리 오빠 위로 축 늘어져버렸다. 빅 헨리 오빠는 팔꿈치를 무릎에 괴고 구부정하게 앉아서 손에 묻은 피를 닦아내려고 두 손을 문지르고 있었다. 핏자국은 오빠의 살에 해파리처럼 널찍하게 박혀 있었다. 한 백인 커플이 우리에게서 세 좌석 떨어진 곳에 앉아 있었다. 남자는 머리숱이 별로 없는 대머리여서 귀 주변의 머리칼이 민들레 솜털처럼 듬성듬성했고, 여자는 붉은 머리칼을 흑인들의 긴 커트 머리처럼 죄다 올려 세운 머리 모양을 하고 있었다. 나이 든 백인 여자들이 종종하는 모양이었다. 그들의 옷은 깨끗했고 다림질한 가장자리는 빛이 바래 반질반질했다. 여자는 1분이 멀다 하고 가슴에 매달린 금빛 십자가를 문질렀고, 남자는 노인용 은테 안경을 연신 벗어서 닦아내고 있었다. 그들은 우리가 거기 있는 내내 접수창구만 뚫어지게 바라보면서, 빅 헨리 오빠나 그의 피 묻은 손, 떨어지는 꿈을 꾸는지 잠을 자면서도 발길질을 해대는 주니어의 발 혹은 내 쪽으로는 눈길도 주지 않았다. 나는 그들이 누구를 기다리고 있는 것일까 궁금했지만 끝내 알아낼 수 없었다. 간호사 한 명이 그들에게 오자 다 같이 어디론가 가버렸기 때문이다. 대기실은 반들반들 윤이 나도록 깨끗하고 창백했다. 그리고 락스 냄새와 커피 냄새, 고단함이 가득했다.

랜들 오빠와 아빠가 길고 긴 복도에서 나타났을 때, 시간은 새벽 3시였다. 랜들 오빠는 형광등 불빛 아래서 아빠보다 더 늙어 보였고, 아빠의 눈은 취한 듯 물기가 서려 있었다. 아빠는 눈은 내가 물을 채웠던 물병처럼 맑고 반짝거렸지만 취했을 때처럼 성질을 부리지는 않았다. 아빠는 랜들 오빠의 부축을 받으며 지척지척 걸었다. 한 손이 손목까지 붕대로 감겨 있어서 피칸 나무에 단단히 매달려 있는 나방 유충처럼 보였다. 잘 익은 초록 잎사귀에 매달려 포식을 하고 있는, 실에 둘둘 감긴 애벌레처럼. 숨이 막힐 것 같은 가을의 열기가 찾아오면 검은 날개를 활짝 펴고 별안간 날아가버릴 애벌레처럼. 다만 아빠의 손은 전체가 빠져나오지 못한 채 가늘게 떨고 있었다. 아빠의 손은 유충이 아니라 맨나뭇가지, 껍질 아래 남겨진 뼈 같았다.

 지금 아빠는 잠을 자고 있다. 아빠는 엄마가 죽은 뒤 몇 주를 빼고는 이렇게 늦게까지 잔 적이 한 번도 없었다. 그때 아빠는 거실 탁자에서도 자고, 소파에서도 자고, 화장실 세면대에 기대서도 자고, 몸통을 문지방에 걸치고 다리를 삐죽이 내놓은 채로 집 안 복도에서도 잤다. 대개는 맥주가 들어 있던 깡통과 병들이 아빠가 있었던 곳곳에 아빠의 작은 분신인 양 나뒹굴었다. 해가 나무 꼭대기에 걸려, 집 주변의 작은 공터에 햇빛을 쏟아붓고 있다. 우리 집의 창가마다 선풍기가 돌아가고 있어서, 집이 마치 살아 있는 생물인 듯 낮은 소리를 내고 있다. 빅 헨리 오빠는 소파에서 잠이 들었다. 랜들 오빠는 자기 방에서 코를 골고 있다. 아빠 방문은 닫혀 있다. 닭장은 여전히 세 벽면을 유지하고 있고, 트랙터가 마치 기댈 수 있는 두툼한 근육질의 어깨를 빌려준다는 듯이, 살짝 맞닿은 채로 서 있다. 주니어는 〈책 읽어주는 아저씨〉 재방송을 보고 있는데, 소리를 너무 작게 해서 선풍기 소리가 더 클 지경이다. 주니어는 소리를 더 키우지 않는다.

우리는 어젯밤 스키타 오빠를 창고에 남겨두고 떠났다. 오빠는 우리와 같이 차를 타고 가지 않았다. 우리가 집으로 돌아왔을 때 오빠는 랜들 오빠와 같이 쓰는 방의 자기 침대에 잠들어 있었다. 침대보로 몸을 둘둘 말고 있어서 그냥 오빠 형체밖에 볼 수 없었다. 신발도 신은 채였는데, 신발이 칫솔의 칫솔모처럼 담요 끝으로 비죽이 튀어나와 있었다. 창고에 가보니 커튼이 있던 자리에는 양철 판이 놓여 있었다. 오빠가 아마 할머니네 집 지붕에서 뜯어 와서 창고 문간 맞은편에 처박아두었던 것일 테다. 차이나도 비스킷 반죽처럼 창백해져가지고는 웅크리고 땅바닥에 누워 있었다. 골조가 반쯤 남은 자동차에 목줄이 묶여 있었다. 오빠는 차이나와 새끼들을 분리해놓았다. 오늘 아침에 일어나보니 오빠가 침대에 없다. 차이나도 없다.

내가 냄비 받침에 닭국물 국수 한 대접을 받쳐서 아빠 방으로 들어갔을 때 아빠는 베개를 괴고 일어나 앉아 있었다. 국물이 약간 그릇 가장자리로 흘렀다. 아빠는 크래커를 입술 사이에 끼워 넣었다가 조금 있다가 나머지를 빼내면서 하나씩 하나씩 먹고 있었다. 아빠의 크래커 씹는 소리가 종잇장을 구기는 소리같이 들렸다. 나는 대접과 숟가락을 침대 옆 탁자에 내려놓고, 수돗물 한 컵과 아빠가 재떨이로 쓰는 버드와이저 깡통, 진통제와 소염제를 옆에 함께 놓았다. 아빠의 팔은 높이 쌓아 올린 낡은 담요들과 뜨개질한 베개 위에 놓여 있었다. 지난밤에 랜들 오빠가 쌓아준 것이었다. 아빠는 침대 맞은편, 가로로 길쭉한 거울 달린 서랍장 위에 올려놓은 13인치 흑백 텔레비전을 보고 있다. 아빠는 엄마가 죽은 이후에 안방의 어느 것도 바꾸지 않았다. 작은 유리 촛대에는 기다란 분홍색 초가 그대로 박혀 있고, 엄마가 서랍장 양 끝에 올려놓은, 컵처럼 생긴 짤막한 꽃병에는 작은 조화 다발 두 개가 그대로 꽂혀 있다. 폴라로이드로 찍은 우리 사진이, 엄마가 거울 유리 사이에 끼워놓은 채로 그대로 있다. 가슴을 맞대고 서 있는 엄마 아빠의 사진도 액자에 끼워져서 하나 놓여 있다. 엄마는 아빠 어깨에 손을 올리고 있고, 고데기로 생머리처럼 곧게 편 머리칼은 뒤로 느슨하게 묶은 모습이다. 드레스는 앞이 깊이 트여 있어 엄마의 쇄골이 다 보이는데, 쇄골이 황동 문손잡이처럼 매끄럽고 반들거리고 아름다워 보인다. 엄마는 입을 벌리지 않고 웃고 있다. 아빠는 전혀 웃고 있지 않지만 두 손으로 엄마의 등을 감싸고서, 예의 그 심각하고 자신감에 찬 얼굴로 고개를 한쪽으로 기울이고 서 있다. 스키타 오빠가 투견장에서 위협적인 포효와 이빨이 난무하는 광란의 시합에 앞서 차이나를 과시하려고 차이나와 함께 서 있을 때 나오는 딱 그 포즈다.

"안테나 좀 만져봐라." 아빠가 말한다. 아빠의 목소리는 크래커만큼이나 건조하다. 아빠가 몸을 앞으로 기울여서 내가 침대 옆 탁자에 둔 고리버들 쟁반을 끌어와 무릎 위에 올려놓았다. 아빠

왼손에 들린 대접이 흔들거린다. 아빠가 대접을 내려놓을 때 국물이 냄비 받침 위로 조금 흘렀다.

텔레비전에서는 잡음만이 들려온다. 나는 알맞은 안테나를 붙잡아서 한껏 위로 올렸다.

"아래로 내려." 아빠가 말했다.

창가에서는 박스형 선풍기가 돌아가고 있지만 방 안으로는 공기가 전혀 들어오지 않는다. 매일 그 전날보다 더 더워지고 있다. 나는 왼쪽 안테나를 잡고서 Y자 모양으로 양쪽 끝을 다른 방향으로 떨어뜨려본다.

"그래."

"허리케인 카트리나가 플로리다에 상륙했습니다. ……마이애미에서 얼마 떨어지지 않은 곳에 있습니다." 지역 뉴스다. 여자 기상 캐스터가 뉴스 앵커와 함께 말하면서 자기 앞의 컴퓨터 화면을 가리키고 있지만, 텔레비전은 너무 낡고 해상도가 낮아서 지도가 콘크리트 도로같이 보이고 허리케인은 기름 떨어뜨린 자국처럼 보인다.

"보도에 따르면 사상자도 속출하고 있다고 합니다. 허리케인의 규모를…… 어디서 나타나는지…… 있을까요?" 잡음 사이로 들려오는 마이크라는 기자의 목소리는 높낮이가 없고 부드럽다.

"……는 불확실합니다. 현재 1등급 허리케인으로 규정된…… 약화될 수 있습니다…… 변할 수 있다고 합니다." 여자의 머리칼

색은 밝다. 여자는 아마 금발인 것 같다.

"그렇다면 지금 이 방송을 시청하시는 시청자들께는 어떤 조언을 드릴 수 있을까요…… 레이철 기자?" 텔레비전이 신음 소리에 가까운 잡음을 내고 있기에, 나는 안테나의 양 끝을 더욱 멀리 벌려보았다.

"허리케인에는…… 최대한 대비를 하셔야겠습니다. 카트리나가 ……중에 있으며, 약화되지 않을 경우…… 북서쪽으로 선회하며, 또한…… 대비에 나서야겠습니다. 정부는 강제대피령을 발효할 예정입니다."

"그렇다면 저희가 어떻게 해석해야 할까요?"

"이 방송을 보시는 시청자들께서…… 집에 남아 있을 경우에는 허리케인에 대비를 하셔야 하며, 그렇지 않을 경우는…… 강제대피령에…… 준비하셔야 할지도 모릅니다." 레이철 기자라는 사람은 웃고 있는 것 같았다.

"보이지가 않는구나, 에시."

나는 한 발 옆으로 물러났다. 마이크 기자가 카메라 쪽으로 돌아섰다.

"강제대피령에 대비해 고속도로가 개방될 예정이며…… 일찍 출발하시는 게 좋을 것 같습니다…… 몇 시간…… 교통체증이 예상……."

"계속 가리고 있잖니." 아빠가 말한다. 아빠는 수프를 후후 불면서 숟가락으로 휘젓고 있지만, 먹을 생각은 않고 멀쩡한 다른 손을 무릎 위에 올려놓고 있을 뿐이다.

엄마가 사진 속에서 고요하게 웃고 있다. 엄마는 3년 뒤에 자기가 침대에 누워서 피를 흘리며 죽어가리라고는 생각도 하지 못했을 것이다. 지금 아빠가 손가락 세 개를 잃어버린 채 누워 있는 이 침대에서. 폴라로이드 사진들 중에서는 내가 부엌에서 춤을 추고 있는 사진이 있었다. 엄마와 아빠가 아빠 친구들 여러 명과 엄마 친구들 한두 명을 불러서 다 같이 맥주를 마시고, 기름과 모래와 소금이 뒤섞여 황금빛으로 튀겨진 굴과 감자를 먹으며 파티를 했던 때였을 것이다. 엄마는 부엌에서 카세트테이프를 연결하여 보비 블루 블랜드나 데니스 라살, 리틀 밀턴 같은 사람들 테이프를 틀어놓았고, 나는 아줌마 아저씨들이 나의 현란한 팔 동작에 손뼉을 치고 웃음을 터뜨리는 동안 춤을 추었다. 우리 모두가 부엌에서 땀에 젖었다. 엄마는 **아유, 우리 딸, 춤도 잘 추는구나**라고 말했고, 그러면 나는 더 힘차게 발을 구르고 더 세게 팔을 휘저었다. 음악은 내 안의 것을 모두 비틀어 짜내듯 나를 보송보송하게 만들어주었다. 지금 나는 나와 엄마를, 높이 뛰어오르고 있는 랜들 오빠를, 이를 다 드러내고 웃는 검은 눈동자의 스키타 오빠를 바라본다. 벌레 먹은 듯 먼지가 내려앉은 사진 속의 오빠를. 나는 사진들을 거울에서 떼어다가 내 방으로 가져가서 내 침대 위에 펼쳐놓고, 퍼즐처럼 모두 해독하여 다시 짜 맞추고 싶은 충동을 억

누르기 어렵다.

"준비가…… 관건입니다." 레이철 기자가 말했다.

나는 아빠 방문을 닫았다.

차이나가 숨이 넘어갈 듯 짖어댄다. 숨을 한 번 들이쉴 때마다 후려치는 듯 낮고 강한 소리로 짖어댄다. 그 소리가 숲속에 울려 퍼진다. 내 뒤쪽에서 소리가 들려오는 걸 보면 차이나가 이쪽으로 가까이 오고 있는 것 같지만, 스키타 오빠를 대동한 차이나는 나타나지 않는다. 비등점에 가까워지는 물처럼 묵직한 한낮, 어제보다 더 뜨거워진 한낮이 있을 뿐. 다시 차이나의 목소리가 들려왔다. 그리고 집 근처 숲속, 웅덩이 맞은편의 구불거리는 긴 돌길에서 다른 개들이 차이나에 질세라 짖어대고 있다. 그 소리가 코러스처럼 차이나의 짖는 소리를 더욱 퍼뜨린다. 각자 자기 집에 있는 그 개들의 목소리가 하늘을 가를 듯 한꺼번에 울려 퍼진다. 저기 어딘가에서 스키타 오빠가 이 개들의 한가운데 서서 그들을 지휘하고 있으리라는 걸 나는 안다. 그 개들의 목줄은 오빠 손에 쥐어져 있다. 그 손을 쥐락펴락하는 것이 바로 오빠다. 오빠가 손을 꼭 쥐면 개들이 오고, 손아귀를 풀면 빨간 흙더미 위로, 소나무 숲으로, 개울로, 떡갈나무 아래로 개들은 퍼져나간다. 개들이 울부짖는다. 개들이 컹컹 짖어댄다.

랜들 오빠의 경기가 오늘이다. 손바닥으로 욕실 거울을 닦아내니 가장자리의 금이 눈에 들어온다. 금이 간 부분에 비치는 상은 빛처럼 조각조각 부서져 있다. 나는 손에 오일을 발라서 머리칼에 대고 문지른다. 고불고불한 머리칼을 차분하게 해줄 것이다. 나는 엄마가 세면대 밑 플라스틱 통에 남겨놓고 간 머리핀 두 개를 꺼내 귀 뒤쪽으로 하나씩 꽂는다. 그렇게 하니 얼굴 윤곽이 고스란히 드러나는 게 꼭 네모난 베개 같다. 주니어가 텔레비전에서 나오는 소리를 따라서 알아들을 수 없는 말로 흥얼거리고 있다. 주니어의 목소리는 웬만한 여자애들의 목소리보다 더 높다. 나는 미소를 짓는다. 고개를 왼쪽으로, 오른쪽으로 돌려본다. 이제 진짜 제 모습이 나오는 것 같다. 아니, 이건 거짓말이다. 스키타 오빠 같은 사람은 꼭 눈으로 보지 않아도 냄새로 알 수 있다. 기름진 개 냄새와 땀 냄새, 파랗게 자라난 송진 냄새, 뜨거운 여름날 너무 오랫동안 씻지 않고 개수대에 처박아놓은 지독한 우유통 냄새 따위. 오빠가 문간에서 발걸음을 멈춘다. 나는 바셀린을 입술에 바르고, 두 입술을 비비며 반짝거리게 만든다.

"그 소리 뭐였어?"

"그 소리라니?"

"차이나 말이야, 미친 듯이 짖어대던데."

밖에서는 랜들 오빠가 공을 튕기고 있다. 나는 창밖으로 오빠를 볼 수 있다. 공을 골대로 던져 넣고 다시 튕겨 나오는 공을 집 쪽으로 던져서 그 공을 잡고, 다시 또 던지고 있다. 해가 오빠의 머리 바로 위에서 오빠가 연습하는 공터에 빛을 쏟아붓고 있다. 오빠는 몸을 풀고 있다. 공은 팽팽하게 바람이 가득 차 있지 않아서, 오빠가 공을 튕길 때마다 드리블이라기보다는 뭔가를 철썩철썩 때리는 소리가 난다.

"아무것도 아니야."

스키타 오빠의 티셔츠 목이 아기들 턱받이처럼 늘어나 있다. 오빠가 셔츠를 내려다보더니 고개를 설레설레 젓고는 양손으로 티셔츠 목을 잡아당긴다. 셔츠가 그만 찢어져버린다. 오빠 머리통에 새로 나기 시작한 머리칼이 벨크로 접착테이프처럼 뾰족뾰족하다.

"아무것도 아닌 것 같지가 않던데."

오빠 셔츠가 검은색이니 셔츠에 묻은 젖은 얼룩은 땀일 것이다. 피일 리는 없을 것이다. 나는 안다. 오빠가 티셔츠를 바닥으로 떨어뜨리니 얼마나 젖어 있었는지 타일에 떨어지며 철퍼덕 소리를 낸다. 오빠에게서 나는 냄새가 젖은 이파리 태울 때 나는 연기처럼 욕실을 메우고 있다.

"차이나가 잊어버렸어."

"뭘 잊어버려?"

"내가 어제 어땠는지."

"강아지한테 한 짓을 잊은 게 아니고?"

랜들 오빠가 백보드에서 도로 튕겨 오르는 공을 족족 붙잡아 다시 던지고 있다. 공이 땅에 닿을 겨를이 없다. 오빠는 공이 땅에 부딪히며 그 펑펑하고 무너지는 소리를 내지 않도록 연신 공을 구해주고 있다. 우쭐한 듯, 웃고 있는 오빠의 입꼬리에 힘이 들어가 있다.

"아니, 날 잊었어."

스키타 오빠가 몸을 앞으로 구부려 욕조에 물을 틀고는 샤워기 걸이에서 샤워기를 꺼내 든다. 샤워기에서 뿜어져 나오는 물은 차갑다. 고운 안개가 피어오른다.

"차이나에게 언제까지 목줄을 매어놓을 거야?"

"필요하다면 언제까지라도." 오빠가 바닥에 대고 발길질을 한다. 한 번, 두 번. "될 수 있는 대로 오래도록." 오빠가 바나나 껍질을 벗기듯 양말을 벗으니 썩은 내가 진동을 한다. 나는 속이 울렁거린다.

빅 헨리 오빠가 자기 차의 보닛에 걸터앉아 있다. 마키즈 오빠는 그 바로 옆에 앉아 있는데, 몸을 거의 반으로 접다시피 해서 등과 팔다리만 보이는 것이 마치 바닷게 같다. 마키즈 오빠는 파란색 보닛 위로 굵은 궐련을 굴리고 있다. 차이나가 혀를 분홍색 느낌표처럼 일자로 늘어뜨리고 빅 헨리 오빠를 똑바로 쳐다본다. 차이나가 웃다가 다시 얼굴을 찌푸리기를 반복하고 있어서 꼭 두 얼굴을 가진 것 같다. 털에 묻은 붉은 웅덩이 흙이 갈색 때와 합쳐져서 차이나의 어깨와 궁둥이, 등에 형광펜처럼 선명하게 선이 새겨졌다. 빅 헨리 오빠가 막 뛰어가려는 사람처럼 발끝을 가볍게 내디디며 비스듬히 몸을 기울인다. 나는 내 짧은 반바지에 손을 얹고는, 얼마나 박박 문질러 빨았는지 하얀색에 가까워지려고 하는 테니스화를 내려다본다. 정말로 흰빛이 도는 게, 후추를 뿌린 달걀 흰자처럼 때 묻은 크림색이다. 빅 헨리 오빠가 다시 인상을 쓰고 있는 차이나에게서 몸을 돌렸다. 내가 마키즈 오빠가 앉아 있는 위쪽, 빅 헨리 오빠 근처 자리로 가니 마키즈 오빠는 내가 지나가도록 엉덩이를 들어 길을 내주었다.

"준비 다 한 것 같아?"

"누구 말이야?" 마키즈 오빠가 물었다.

"너 말고, 자식아." 빅 헨리 오빠가 소리 내 웃고는 차이나와 내 쪽을 흘끔 본다.

"스키타 오빠 말야?" 내가 물으니, 빅 헨리 오빠가 등을 구부리고 있는 마키즈 오빠를 손으로 가리키면서 친절하게 고개를 내젓는다.

"랜들 말이야."

지금 랜들 오빠는 아마도 스키타 오빠가 쓰고 있는 욕실로 비집고 들어가서, 빨리하고 욕조에서 나가라고 소리를 지르고 있거나 아니면 수건과 비누를 챙겨서 세면대 주변과 욕실 바닥, 변기 위에까지 비누 거품을 뚝뚝 흘리며 세면대에서 씻고 있을 것이다. 스키타 오빠는 있는 취급도 하지 않은 채 아마 경기만 생각하고 있을 것이다. 랜들 오빠는 키가 너무 커서 세면대에서 씻을 수 없게 된 지가 한참 되었다.

"오빠는 빨라. 금방 준비 끝날 거야."

"아니, 경기 말이야." 빅 헨리 오빠가 옅게 웃는다. 한쪽 입술 위로 보조개가 파인다.

"아." 내가 얼굴이 화끈거려 고개를 주억거렸다. "날마다 온종일 연습했는걸. 준비됐겠지." 땀이 흘러내려 허벅지 밑이 미끄럽다. 나는 억수 같은 비에 언덕에서 씻겨 내려오는 진흙처럼 자동차 보닛을 타고 미끄러져 내려가고 있다. 그렇게 천천히 가다가 마키즈 오빠의 등에 닿아 멈추었다.

"이런, 제길, 에시. 난 네가 날 그렇게 좋아하는 줄 몰랐다." 마키즈 오빠가 뒤를 돌아보고는 시가를 문 입으로 능글맞게 웃는다. 날 보며 윙크를 하는 마키즈 오빠의 혀끝이 하얘서 보니 담배를 쌌던 종잇조각이 먹은 것처럼 붙어 있다. 그 윙크, 그 웃음을 나는 잘 안다. 한 1년 전, 나와 마지막으로 섹스했을 때도 다 끝날 때쯤 그렇게 웃었다. 내 어깨 위로 소금을 뿌리듯 그렇게 웃음을 던졌다. 나는 차 앞유리와 보닛이 만나는 지점을 손으로 짚고 팔에 힘을 주어 그에게 더 이상 닿지 않게 몸을 끌어 올렸다. 나는 그 웃음이 정말 싫다.

"에시 가만둬라, 마키즈."

"아, 나 쟤랑 하고 싶다."

"누구랑 하든지 간에 여기는 너무 더워서 못 한다."

나는 차에서 미끄러져 내려와 땅에 서서 아래를 내려다보며 바지를 끌어 내렸다. 반바지가 가랑이에 끼지 않도록, 내가 드러나지 않도록. 그러고서 고개를 들어보니 빅 헨리 오빠가 좀 전에 차이나를 바라보던 것과 똑같이 멍한 눈길로 나를 바라보고 있다. 날 바라보고 있기는 하지만 머릿속으로는 다른 생각을 하고 있다는 듯. 나는 어깨를 한 번 으쓱해 보였는데, 그러고 나서야 오빠가 내게 아무것도 묻지 않았다는 것을 깨달았다. 그래서 괜히 또 한 번 어깨를 으쓱해 보였다.

"가서 랜들 오빠 데려올게." 난 갑작스레 발걸음을 떼고 비척거리며 달리기 시작했다. 그들의 시선이 날 따라오는 게 느껴진다.

우리가 경기장으로 출발할 때 아빠는 잠들어 있었다. 나는 물 한 잔을 가득 채워서 크래커 한 봉지와 같이 침대 맡 탁자에 놓아두었고, 손에 쉽게 닿도록 아빠의 약병들도 그 바로 옆에 함께 두었다. 아빠는 약을 먹어서 맥이 다 빠진 얼굴로 입을 벌리고 잠들어 있다. 침이 흘러나오고 있었다. 랜들 오빠나 주니어의 잠자는 얼굴이 아기같이 통통하고 부드럽다면, 아빠의 잠든 얼굴은 스키타 오빠와 비슷하다. 피부가 땅겨진 찡그린 얼굴이다. 싸움이 몸에 밴 얼굴. 서랍장에서 엄마가 내게 웃음을 보내고 있다. 두 손으로는 아빠를 껴안고, 웃으면서.

나는 차 뒷좌석, 창가 자리에 앉을 수 있어서 정말 좋았다. 주니어의 엉치뼈가 내 무릎을 짓이기고 있고, 가운데 앉은 스키타 오빠는 시가를 빨아들이고 있고, 그 옆의 마키즈 오빠는 창밖으로 담배 연기를 구름처럼 내뿜고 있다. 야구 모자를 눌러쓴 빅 헨리 오빠의 뒤통수는 여느 십대 소년의 모습과 다를 것 없고, 랜들 오빠는 조수석 머리 받침에 기대 눈을 감은 채로 미동도 없다. 눈꺼풀만이 잠자리처럼 파르르 떨리고 있다. 오빠가 잠이 들어 꿈을 꾸고 있는 것 같지는 않다. 내 앞에서 뒤척거리는 주니어를 나는 꼭 붙잡는다. 주니어는 내 방패다.

하계 리그는 세인트캐서린 초등학교 운동장에서 열린다. 디도 선생님이 전에 해준 말에 따르면 이 학교는 1969년, 인종차별법이 폐지되기 전에는 원래 흑인 전용 학교였다고 했다. 그러다가 마지막으로 대형 허리케인이 왔던 1969년, 사람들이 자기 가족들의 뿔뿔이 흩어진 시신을 찾아내서 시신을 다시 묻어주고, 한때는 집의 토대였던 곳에 텐트를 치고 맨바닥에서 자면서, 식수와 음식을 얻기 위해 몇 킬로미터씩 걷거나 자전거를 타고 가야 하는 상황이 되자 모두 지친 나머지 인종차별법에 저항하기를 포기하면서 흑백 공학이 되었다고 했다. 아빠는 흑인들밖에 없던 시절에 이 학교에 다녔고 엄마 역시 그랬다. 역시나 내가 신나게 몸을 흔들며 춤을 추었던 어느 블루스 파티에서, 엄마는 엄마 아빠가 어떻게 만났는지를 이야기해주었다. 복도에서 만나면 아빠가 늘 엄마 머리채를 잡아당기면서, 제법 큰 키에도 어린 소녀처럼 머리를 하나로 올려 묶는다고 놀리고는 했다고 했다. 그러던 어느 날 엄마가 휙 돌아서서 아빠의 가슴팍을 때렸는데 너무 세게 쳐서 숨을 못 쉴 정도였고, 그 뒤부터 아빠는 엄마 머리채를 잡아당기는 대신 엄마 책상에 선물을 갖다 놓기 시작했다고 했다. 할머니한테서 훔쳐 온 피칸 사탕, 신문지에 싼 피칸 열매, 햇볕을 받아 뜨겁고 아직 흙이 묻어 있는, 검은 단물이 흐르는 블랙베리 열매 따위를. 그게 두 분의 시작이었다.

지금은 입구 쪽 벽이 임시 갤러리가 되어서 벽면에 온갖 색종이들이 붙어 있다. 종이들이 대형 선풍기 바람에 펄럭거리고 있다. 매점 매대에는 90년대 말에 유행했던 웨이브 머리를 하고 금니에, 진달래색 립스틱을 바른 여자가 있었는데, 그 여자는 주니어를 보고 눈을 크게 치켜떴다. 우리가 다 같이 그 여자 앞을 지나갈 때 주니어의 발걸음이 느려졌기 때문이다. 여자의 얼굴에는 주근깨처럼 흐린 점들이 곳곳에 퍼져 있었다. 감자칩 봉지들이 접이식 탁자에 차곡차곡 줄을 맞춰 진열되어 있었다. 나는 주니어의 깡마른 어깨를 꼭 붙잡고 우리가 앉을 꼭대기 스탠드 자리로 주니어 등을 떠다밀었다.

경기장 안은 어둡고, 천장의 강철 대들보는 구름 속에 묻힌 듯

눅눅한 습기 속에 가려져 끝이 보이지 않았다. 스탠드 꼭대기 자리는 아래보다 더 덥다. 빅 헨리 오빠가 마키즈 오빠 옆에 앉았는데, 마키즈 오빠는 한쪽 팔꿈치를 바닥에 대고 몸을 뉘어서는 빅 헨리 오빠의 이온 음료를 몰래 뺏어 먹으려고 하고 있다. 랜들 오빠는 벌써 코트에 들어서서 몸을 풀면서 공을 다른 선수들에게 던져주고 있다. 그들은 삼삼오오 뭉쳐 서로 빠져나가기 연습을 하고 골대로 점프하며 한 손으로 슛을 날리고 드리블 공을 순간적으로 낚아채면서 몸을 풀고 있다. 스키타 오빠가 의자에 깊숙이 몸을 파묻고, 엉덩이를 의자 바닥에 붙이고는 발장난을 하고 있다. 발바닥을 코트에 대고서 두 팔은 자기 뒷좌석까지 닿도록 넓게 뻗은 채 앉아 있다. 오빠의 불거진 힘줄들이 편안해져 있다. 오빠가 티셔츠 가장자리로 이마를 훔치지만 땀방울은 이내 다시 맺힌다. 오빠가 나른하게 고개를 주억거린다. 오빠는 하얀 이를 전부 드러내고 웃고 있다. 반짝거리는 뼈 같다. 오빠는 오늘 기분이 좋다.

"내가 와서 놀랐지." 오빠가 코트에 대고 소리쳤다. 웃음기가 얼굴에서 가셨다. 오빠는 진지하게 눈을 깜빡인다.

"응."

"늘 하던 건데, 해야지." 스키타 오빠가 어깨를 한 번 으쓱해 보인다. 올라갔다가 내려가는 그의 어깨가 늘씬한 깃털의 몸짓 같다. "차이나는 나한테 다시 돌아올 거야. 제정신을 찾겠지. 곧."

"이제 새끼들 젖은 물렸어?"

"응. 차이나가 주둥이를 못 벌리게 해놨어. 고개를 강아지들 쪽으로 돌릴 때마다 콧잔등을 때려주고 있어."

"남은 세 마리가 잘 살아남을 거 같냐?"

"제길, 당연히 그래야지." 스키타 오빠가 고개를 다시 뒤로 젖힌다. 오빠가 침을 삼키자 목젖이 뱀의 식도를 타고 내려가는 쥐처럼 미끄러져 내려갔다. "그렇게 되지 않을 수가 없지."

주니어가 모스부호처럼 내 다리를 두드린다.

"누나?"

"내려가서 놀다 와. 매점 근처에는 가지 말고."

주니어가 앞니 하나가 없는 채로 씩 웃더니, 침을 꿀꺽 삼키면서 매점에는 근처에도 안 갈 거라는 듯 믿어보라는 표정이다.

"그리고 뭐 훔칠 생각도 하지 말고."

주니어가 새된 소리를 지른다. 한 번만 봐달라는 듯이 양 입꼬리가 아래로 내려갔다.

"안 돼."

"자, 여기." 빅 헨리 오빠가 주머니에 손을 집어넣더니 얼마 안 되는 동전을 구슬처럼 꺼낸다. 그가 주니어의 손에 동전을 떨어뜨려주자, 주니어가 그대로 손을 오므리고는 꼭 쥔다. 주니어가 스탠드에서 폴짝폴짝 뛰어 내려간다. 주니어의 티셔츠가 하늘거리는 깃발처럼 뒤로 흩날린다.

"고맙다는 말도 안 하네." 마키즈 오빠가 근육이 도드라져 나온 자기 배를 문지른다.

"고마워!" 주니어가 외쳤다.

빅 헨리 오빠가 무릎에 팔꿈치를 괴고는 고개를 절레절레 젓는다. 그가 나를 흘긋 건너다보는데 마치 내게 돈을 건네주었다는 눈빛이다. 내 손에 하얀 피칸 사탕을, 분이 나오는 피칸 열매를, 태양 빛에 까맣게 익은 블랙베리를 건네주었다는 듯이. 스키타 오빠가 경기장을 보며 눈을 반만 뜬 채로 깜빡거리고 있고, 랜들 오빠와 다른 선수들은 벌써부터 땀으로 번들거리며 어두운 조명 아래서 검게 빛나고 있다. 웅덩이의 진흙탕 물에 테두리를 만들어주는 비에 흠뻑 젖은 돌들 같다. 빅 헨리 오빠가 그대로 앞을 보고 뭐라고 물어보는데, 누구에게 묻는 건지는 모두가 알고 있다.

"뭣 좀 먹을래?"

그의 손은 매니 오빠의 손과는 한참 다르다. 아주 크다. 그리고 미시시피만에서는 보기 드물게 해변 외딴 곳에 심어진, 맞은편 섬에서 불어오는 느린 바람을 받아 천천히 흔들리는 왜소한 야자나무 무리처럼 느리게 움직인다.

"아니." 내가 말한다. 나는 화장실에 가야 할 것 같다.

나는 북적거리는 여자애들과 남자애들 사이를 헤치고 지나갔다. 그중에는 나와 같은 학교를 다니는 애들도 있고, 부아소바주

출신 애들, 세인트캐서린 학교 학생들도 있다. 그들을 다 지나가고 나서야 스탠드 제일 아래에 다다랐다. 아직 경기장은 사람이 반도 안 찼다. 이 중 부모님들은 예닐곱 명 되는 듯한데 그들과 그들이 데려온 갓난쟁이들만이 맨 앞줄에 앉아 있다. 여자애들은 자리에 앉아 있으면서도 의자를 타고 미끄러져 내려오며 시끄럽게 떠들고 손뼉을 치고 있고, 흰색 티셔츠나 소매 없는 티셔츠를 입은 남자애들은 모자를 눌러쓰고 농구 반바지 차림으로 앉아 있다. 웃음소리들이 터져 나오고 새된 소리로 외쳐대는 소리도 들려온다. 모두들 서로 장난을 치고, 팔꿈치로 쿡쿡 찔러대며 수다를 떨고, 농담을 하고, 더러는 둘만 있을 때 하는 장난들을 치며 얼굴이 붉어져 있다.

코트에서는 랜들 오빠가 벌써 땀을 비 오듯 흘리며 눈을 깜빡거리고 있다. 티셔츠가 양 옆구리에 달라붙어서 날씬한 허리가 드러났다. 리바운드 볼을 잡으려고 높이 솟구치면서 선수들 무리 속에서 뛰어올랐지만, 다른 선수들이 맹렬하게 웅성거렸고 오빠는 떨어져 내렸다. 심판이 휘슬을 불자, 랜들 오빠가 발치에 공을 튀기면서 파울라인 쪽으로 걸어간다. 오빠의 몸은 어디에도 닿는 것 같지가 않다. 농구 코트에도, 공에도, 살갗에 바람이 통하도록 손가락으로 잡아당기고 있는 티셔츠에도. 오빠는 후미의 늪에 사는 해오라기 같다. 아주 사뿐하게 내려앉아서 검은 늪지 속으로 가라앉지 않은 채 언제든 가볍게 날아오르는.

"미안해요."

어떤 남자와 정신이 번쩍 들 만큼 세게 부딪혔다. 남자는 단단하고 땅딸막하다. 거대한 근육이 살로 변해가기 시작할 때의 가슴을 가진 남자. 막 스쳐 지나가는 그 사람의 음영은 갈색 색조로 붉은빛을 띠었고, 고개를 내게로 기울일 때는 문으로 들어오는 빛을 받아 뭔가가 반짝거리며 빛이 났다. 금니다. 예전에 스키타 오빠가 차이나와 킬로를 교미시킬 때 같이 왔던 남자에게도 있었듯이. 남자가 입을 더 크게 여니, 침으로 번들거리는 그 금니들에는 이 하나에 하나씩 글자가 새겨져 있다. 그 역시 금으로. 리, 코, 라고.

"죄송합니다."

매니 오빠가 그 남자의 옆에 서 있다. 매니 오빠는 파란색 옷을 입고 있고, 머리는 샤일라와 리코라는 사람과 함께 미용실에 가서 다듬고 왔는지 단정했다. 그의 고수머리가 짧게 잘려서 그냥 굽슬굽슬한 검은 머리칼이 되었고, 이마를 덮은 머리칼이 없으니 얼굴이 도드라져 보였다. 아름답다. 우뚝한 콧날과 턱, 갓 생긴 키스 자국이 있는 목선 그리고 그의 낯빛을 더욱 선명하게 만들어주는 얼굴에 난 번쩍거리는 상처. 그가 별안간 고개를 들더니 남자애들끼리 흔히 건네는 가벼운 인사처럼 눈썹을 치켜세운다. 내게 하는 인사다. 샤일라는 그 옆에서 샌들에 미니스커트 차림으로 서 있다. 빗물에 세차게 씻긴, 타이어 자국이 심하게 난 길처럼 튀어나왔다 들어갔다 굴곡이 심한 몸. 굳이 멋을 내고 올 이유도 없는 이곳에서도 금귀고리와 팔찌, 거기에 목걸이까지 하고 있다.

"왜 그래, 매니?" 리코라는 사람이 그렇게 말하며 내 옆을 쌩하니 지나쳐 갔고, 나는 코트 가장자리로 몸을 틀면서 사람들을 헤집고 들어갔다. 매니 오빠가 샤일라의 손을 잡아당기며 같이 그 뒤를 따라갔다. 나는 문간에 떼로 몰려 있는 아이들 틈을 비집고 들어갔다. 죄다 주니어 또래거나 그보다 어리다. 그 작고 앙상한 손가락으로 상표를 문질러 벗겨낸 형광 색깔의 차가운 음료며, 짜디짠 치즈칩, 비닐을 벗겨내고 빨아 먹고 있는 작은 캔디들을 서로 바꾸느라 여념이 없다. 화장실은 경기장 뒤편에, 한층 조그만 건물에 따로 분리되어 있었다. 나는 그리로 뛰어 들어갔다.

화장실은 어두웠고 경기장보다도 더 어둡고 작아서, 세면대 하나와 짙은 녹색으로 된 화장실 칸 두 개가 전부였다. 벽은 회색 콘크리트 블록으로 되어 있었다. 나는 문에서 더 먼 쪽으로 들어가서 문을 잠그고 쪼그리고 앉아 오줌을 누고는 물을 내리고, 변기 좌석을 닦아낸 뒤 그 위에 앉았다. 변기 폭이 하도 좁아 그냥 의자에 앉아 있는 느낌이다. 나는 두 허벅지 사이에 코를 틀어막고 숨을 쉰다. 내 배와 셔츠가 한데 뭉쳐져서 무릎에 베개를 끼워놓은 듯 배가 풍성하다. 나는 배 안에 있는 것을 끄집어낼 수 있으면 싶다. 눈이 불에 타는 듯 쓰라렸다. 가슴속에서는 칼이 앞뒤로, 위아래로 춤을 추면서 살아 있는 것을 갈가리 찢어내고 그 밑에 남은 걸쭉한 흔적을 깨끗이 닦아내고 있다. 그 밑에 초록색의 어떤 것이 물을 뚝뚝 흘리며 놓여 있다. 다리에 닿는 내 얼굴이 축축하다. 나는 얼굴의 물기가 잦아들 때까지, 변기에서 물방울이 떨어지지 않을 때까지, 끼익 하며 문이 열리는 소리가 나고 마침내 내 가슴속의 칼이 수액과 쇠 냄새를 풍기면서 춤을 멈출 때까지 그렇게 있었다.

내가 티셔츠로 얼굴을 닦아내고 화장실 칸 문을 여니, 그가 화장실 입구에서 어둠을 막고 서 있다. 그의 뒤로 화장실 문이 닫히고 있었다.

"여자애들은 이래." 내가 힘없는 목소리로 말했다.

"너 생각 계속했어." 매니 오빠가 그렇게 말하며 나를 화장실 칸 안으로 밀어 넣었다. 문을 걸어 잠그고 내 팔을 붙잡고는 나를 돌려세우며 변기 위에 앉았다. 그가 바지를 내렸고 나는 그의 아랫도리를 아프도록 세게 움켜잡았다. 그가 아프기를 바랐다. 그는 내 반바지를 벗기는 데 정신이 팔려 움찔하지도 않는다. 그가 나를 자기에게 끌어당겨 앉혔고 내가 그에게 걸터앉자 그가 내 안으로 들어왔다. 쉬웠고 축축했다. 그가 내 어깨를 움켜잡고 나를 더욱 세게 끌어 내린다. 뒤로 물러났다가 다시 또 나를 잡아 끌어 내린다. 그의 얼굴이 내 가슴에 파묻혀 있다. 그가 내 허리춤을 잡고 손을 내 얼굴까지 올린 것은 이번이 처음이었다. 그가 나를 만지고 있었다.

"잠깐." 그가 말하더니 나를 일으켜 세웠다. 반바지와 팬티를 끌어 내리고 나를 뒤덮으며 내 위로 무게를 실었다. 내 옷가지가 빨랫줄에 빨래집게 하나로만 걸려 있는 옷처럼 한쪽 발목에 걸렸다. 우리는 이렇게 한 적은 한 번도 없었다. 그가 내 엉덩이에 손을 얹고 내 얼굴을 보려고 나를 내려다보았지만, 그렇게 하자 우리는 얼굴이 맞닿았다. 그의 이마에 땀이 맺히면서 이마를 가로질러 가는 개미 떼 행렬처럼, 쾌속선이 지나가고 남은 물결처럼 붉은 선들이 생겼다. 그가 내려다보며 얼굴을 찡그렸다가 내 어깨 너머로 고개를 돌려 다시 천장을 보았다.

내가 그의 얼굴을 붙잡았다.

내 손 밑에서 느껴지는 그의 턱, 막 면도한 그 턱은 마치 고양이의 혀처럼 까칠까칠하다. 내 손가락들은 그의 밝은색 피부에 대니 나무껍질처럼 까맣다.

그는 날 바라볼 것이다.

그가 어깨를 한 번 올리고는 고개를 옆으로 튼다. 잡힌 물고기처럼 펄떡거린다. 난 엉덩이를 돌린다. 너무도 달콤하다.

그가 날 바라볼 것이다.

그가 숨을 몰아쉬며 내 어깨에 고개를 묻는다. 내가 몸을 세게 밀면서 내 손이 그의 얼굴에서 미끄러져 내렸다. 난 다시 그의 얼굴을 감싸 쥔다.

그는 날 바라볼 것이다.

그가 내 땀에 젖은 옆구리를 붙들고 신음 소리를 낸다. 눈을 감고 있다. 그의 속눈썹은 내가 아는 그 어떤 여자애의 속눈썹보다도 길다. 아름답다. 그 기다란 손가락 끝이 내 배를 누른다. 그랬다가 다시 내 배를 끌어당기려던 그의 손가락이 주춤한다. 그는 다시 내 배를 눌러본다. 배가 들어가지 않는다. 그가 내려다보더니 다시 고개를 든다. 나와 눈이 마주쳤다. 바로 내가 그토록 원했던 것이 지금 이루어지고 있다. 그가 나를 보고 있다. 그가 나를 들여다보고 있고, 그의 손이 내 배의 과일같이 둥그런 곡선을 손가락으로 훑고 있다. 평소보다 솟아오른 곡선, 살이 아닌 살, 자라나고 있는 아기. 그의 눈이 별 없는 밤같이, 칠흑같이 까맣다. 내가 원하던 바로 그것. 그가 알았다.

"제길!" 그가 소리치면서 나를 내던지듯 밀쳐냈다. 나는 화장실 문간에 등을 부딪쳤다. 그의 얼굴, 거칠거리던 고양이 혀가 사라졌다. 나는 쇠를, 허공을 붙잡는다. 화장실에서는 짭짤한 습지의 진흙 냄새가 난다. 점점 말라가는 여울에서 죽어가는 올챙이 냄새가. 그가 바지 지퍼를 올리고, 나를 화장실 한구석으로 밀쳤다. 문을 열고 이 어두운 화장실에 나를 우두커니 세워놓고 가버렸다. 내 다리로 흐르는 그의 흔적. 불어서 아픈 가슴. 엄마의 머리핀 하나가 머리카락 끝에 매달려 변기 안으로 떨어지려고 한다. 찌든 때가 낀 변기통 속으로. 나는 다리를 닦아내고 변기 물을 내리고 꼬마 허리케인처럼 소용돌이치며 물살이 내려가는 것을 지켜본다. 머리끝에 매달려 있던 머리핀이 그 안으로 떨어져 물살에 실려 사라지는 것을.

 나는 화장실 문턱을 세 번이나 다시 넘어야 했다. 매번 문을 나설 때마다 다 울었다고 생각했는데, 그래서 아무 일도 없었다는 듯이 오빠들 옆에 앉아 다시 경기를 볼 수 있을 거라 생각했는데, 내 눈에는 계속 눈물이 차오르고 가슴은 불에 타는 듯, 은매화 속에서 벌들이 졸고 있는 이 화창한 날씨보다도 더 뜨거웠기 때문에 나는 화장실로 다시 들어가야 했다. 나는 다른 칸으로 들어가서 변기통 위에 쪼그리고 앉았다. 찝찔한 맛이 나는 내 무릎 위에 얼굴을 문질러댔다. 겨우 숨을 쉴 수 있게 되자 화장실 칸에서 나와 찬물로 세수를 했지만, 눈은 아직도 붉었고 눈꺼풀은 유령의 집 거울로 보는 것처럼 부어올라 있다. 그리고 매니 오빠가 나를 보던 눈길을 생각했다. 그가 내게서, 내 뱃속에 있는 것에서 등을 돌리던 것을, 불에 탄 금 같은 구릿빛 빛깔의 얼굴을 돌리며 내 손을 떨구어내던 것을. 그러자 내가 했던 짓에, 지금 내 모습에 그리고 앞으로 벌어질 일에 또 눈물이 났다.

 "에시 누나, 괜찮아?"
 "괜찮아."

"빅 헨리 형이 가서 누나 괜찮은지 보고 오래서. 여자 화장실은 들어가기 싫다고 말했는데도, 형이……."

"곧 나가. 기다려."

적어도 얼굴에 눈물 자국은 없앴다. 아마 다들 내가 기분이 너무 좋아서 들떴나 보다고 생각할 것이다. 나는 주니어가 경기장 건물로 앞장서 가면 그 뒤를 천천히 걸어갈 요량이었지만, 주니어가 나보다도 더 느리게 걸으며 내 곁을 떠나지 않아서 둘이 경기장 입구까지 오는 데 10분은 족히 걸렸다.

"괜찮은 거야, 누나?"

산만한 박수들이 작은 저녁박쥐들처럼 훨훨 날아올랐다. 이따금씩 함성이 터졌다. 공허하게 들렸다.

"응." 나는 입을 벌리고 숨을 쉬고 있다. 화장실에서 너무 울어서 현기증이 났다. 꼬마들이 경기장 입구에서 우리 집 닭들처럼 떼 지어 몰려다니고 있다. 주니어도 그 아이들과 같이 뛰어논다면 내가 경기장으로 조용히 혼자 들어갈 수 있어 좋겠는데, 주니어는 그쪽으로 가지 않는다. 주니어가 나를 에스코트하듯이 자기 팔을 내 팔꿈치에 둘렀고 나는 계속 고개를 숙이고 눈을 반쯤 감은 채 걸음을 옮기고 있다. 나는 주니어가 경기장 스탠드까지 나를 이끌어주는 동안 사람들의 다리만, 테니스 운동화만, 금색 샌들을 신은 발들만 보며 걷고 있다. 우리는 빅 헨리 오빠 자리를 지나서 스키타 오빠 쪽을 보고 앉았다. 주니어와 나는 여기 어두운 곳, 관중들과 농구 코트에서 가장 떨어진 구석에 앉았다. 그렇게 자리를 잡고 나서야 알았다. 매니 오빠와 그 여자 친구 그리고 리코 오빠가 우리 오른쪽으로 두세 좌석 아래에 앉아 있다는 것을. 매니 오빠가 여자에게서 거리를 두고는, 스탠드에서 일어나 경기장으로 뛰어 들어갈 듯이 몸을 앞으로 기울이고 있다. 그의 셔츠가 어깨 쪽에서 팽팽하게 당겨지니 그의 탄탄한 등이 보인다. 나는 눈을 돌렸다.

"에시?" 스키타 오빠가 물었다. 오빠는 이제 좋던 기분이 조금은 가라앉았다. 눈에는 약간 지루함이 있다.

"나 괜찮아." 나는 큰 소리로 말하려고 일부러 신경을 썼다.

"저 씨발 새끼." 스키타 오빠가 가볍게 내 무릎을 붙잡고는 고개를 끄덕이며 분명한 발음으로 말했다. 내 안에 있는 슬픔을 오빠 손으로 어루만지고 있는 듯해서, 나는 무릎을 치워버리고 동시에 입술을 세게 문질렀다. 벌써부터 울음이 터질 것 같다. 오빠가 다시 내 다리에 손을 올린다. 이번에는 손가락 하나만. 가볍게, 재빨리. "씨발 새끼." 오빠는 이 말을 매니 오빠 등 뒤에 대고 내뱉었다. 빅 헨리 오빠도 들릴 만큼 크게.

"무슨 일이야?" 빅 헨리 오빠가 묻는다. 나는 고개를 내젓고 시선을 떨구었다.

스키타 오빠가 두 손으로 의자를 내리쳤다. 그 소리가 크게 울렸다. 매니 오빠를 팔꿈치로 툭툭 치기도 하고 손을 새처럼 움직이기도 하며 이야기를 하고 있던 리코 오빠가, 소리가 나는 쪽을 돌아본다. 웃고 있는 얼굴에서 금니가 번쩍였다. 매니 오빠가 고개를 내저었지만, 리코 오빠가 자리에서 일어나더니 한 번에 두세 계단씩 올라와서는 나와 스키타 오빠 앞에 섰다. 어둠 속에서 그의 이가 번쩍였다.

"너네 개새끼가 우리 새끼들을 뱄다고 들었다."

"우리 새끼들?" 스키타 오빠가 되물었다.

"응, 우리 새끼들이지. 반씩 나눠 갖는 걸로 알았는데?"

"그래?"

"건강하냐?"

"건강하냐고 형 사촌한테 물어보지 그랬어?"

"직접 보고 싶어서."

"형한테 보여줄 거 없어." 등을 기대고 앉아 있던 스키타 오빠가 천천히 몸을 일으켰다. 말을 하면서 등을 둥글게 구부리니 어깨가 곡선을 이루며 근육이 불거진다.

"무슨 말이야?"

"차이나가 처음 낳은 새끼들이야. 죽어서 태어난 것들도 많고, 나서 죽은 것들도 많아."

"매니 말로는 한 마리가 킬로를 쏙 빼닮았다던데? 난 그걸 가졌으면 해."

"그건 죽었어." 스키타 오빠가 자리에서 일어선다. 한 층 아래

계단에 서 있는 리코 오빠와 키가 비슷하다. 리코 오빠의 절반 정도다. 하지만 스키타 오빠는 옆으로 고개를 기울이고는 눈을 가늘게 뜨고 리코 오빠를 비스듬히 내려다보고 있다. 나는 오빠가 쫄지 않았다는 걸, 앞으로도 조금도 겁먹지 않으리라는 걸 안다.
"차이나가 죽였지." 그렇게 말하는 오빠의 목소리에서는 운율이 느껴졌다. 기쁨에 차서 거의 노래를 부르는 듯했다.
"그렇다면, 다른 걸 줘야겠네."
"형이 가져갈 수 있는 걸로 남은 건, 무녀리뿐이야."
"무녀리를 가져다가 어디에다 써먹으라는 거야?" 그는 웃으며 말하기는 했지만 목소리는 금니처럼 차갑고 딱딱하게 들렸다.
"글쎄, 있는 거라곤 그것뿐이네. 그 녀석하고 흰색 검은색이 섞인 녀석. 둘 다 작아."
스키타 오빠는 하얀 녀석은 말을 안 하고 있다. 차이나를 쏙 빼닮은 녀석.
"매니?"
"응." 매니 오빠가 계단을 올라서 우리에게로 온다. 스키타 오빠와 리코 오빠를 본다. 나는 그의 검은 눈을 못 본 체한다.
"차이나를 쏙 빼닮은 흰색 녀석이 있다고 네가 말한 걸로 아는데."
"사실이야." 매니 오빠가 말했다.
"'내 새끼의 새끼들'을 데려가겠다고 하기에는 아직 좀 이르지

일곱째 날 시합하는 개들, 시합하는 사람들

않아?" 스키타 오빠가 말했다. 오빠는 목줄을 팽팽하게 잡아당기는 차이나처럼 몸을 앞으로 기울였다. "태어난 지 한 주 됐어. 그쪽도 잘 알겠지, 첫 6주를 잘 살아야 어디든 보내도 보낼 수 있다는 거. 그러니 6주가 지날 때까지는, 뭘 데려간다느니 하는 소리 따위는 집어치워." 스키타 오빠가 웃고 있다. 그리고 다른 손가락으로 엄지손가락을 비비고 있다. 두 손이 벌써 리코와 매니 오빠에게 한 방 날려주고 싶다는 듯 느슨하게 주먹이 쥐어져 있다. 오빠가 정말 주먹을 먹이고 싶은 게 누구인지 나는 안다. 매니 오빠. 빅 헨리 오빠와 마키즈 오빠가 스키타 오빠를 두둔하려고 껑충 뛰어서 이쪽으로 온다.

"요 부아소바주 검둥이들이 날 엿 먹일 수 있다고 생각해? 엿은 내가 먹일 거다, 새끼들아."

"다들 진정해. 꼭 이럴 필요 없잖아." 매니 오빠가 말한다.

"닥쳐, 새끼야!" 스키타 오빠의 목소리가 찌를 듯이 높아졌고 얼굴은 있는 대로 구겨졌다. "이 더러운 새끼!"

"너는 저 꼬마 새끼가 계속 저렇게 말하는데도 듣고만 있냐? 내가 너라면 벌써 한 대 쳤어—"

리코 오빠가 그렇게 말하기만 기다리던 스키타 오빠였다. 스키타 오빠가 리코 오빠에게 주먹을 날렸다. 온몸 전체를 날려서 땀으로 번질거리는 그 널찍한 얼굴에 오빠의 작은 주먹을 맹렬하고도 재빠르게 내리꽂았다. 꼭 차이나처럼 사나웠다. 코트에 있던 심판들이 휘슬을 불었고, 사람들이 우리 주위에 물결처럼 일렁이며 모였다. 매니 오빠가 리코 오빠를 붙들려고 했고 빅 헨리 오빠가 스키타 오빠를 말리려고 나왔지만, 그때 매니 오빠가 자기 사촌을 스키타 오빠에게로, 마치 공을 쳐 넘기듯 떠다밀고는 자기가 스키타 오빠에게 주먹을 날려버렸다. 마키즈 오빠가 매니 오빠를 덮쳤고, 빅 헨리 오빠가 둘 사이에 몸을 밀어 넣어 장벽처럼 버티고 서서 모두를 말리려 했지만, 그때 리코 오빠가 빅 헨리 오빠를 치자 모두 다 계단을 굴러떨어지면서 엉켜 싸웠다. 관중들은 천이 찢어지듯 갈라졌다.

코트 한가운데서는 랜들 오빠가 선수들 한 무리 속에서 공을 빼내려 애쓰고 있었는데, 그 순간 심판 한 명의 날카로운 휘슬이 울렸다. 랜들 오빠는 관중석에서 일어난 소동에 어리둥절해서 멈추었고, 남자애들이 스탠드 의자에서 내려오면서 서로 치고받고 싸우는 것을, 주니어와 내가 서로 팔짱을 꼭 낀 채로 스탠드 가장자리로 피해 입구 쪽으로 가고 있는 것을 보았다. 코트에 선 랜들 오빠는 축 처진 한 손으로 공을 감싸안은 채 정신이 빠진 것 같았다. 다른 심판이, 뒤엉켜 싸우며 이제는 아예 코트 쪽으로 내려오고 있는 스키타 오빠와 리코, 매니 오빠와 빅 헨리 오빠, 마키즈 오빠 쪽을 보고 휘슬을 불었다. 관중들은 문 쪽으로 재빠르게 이동하고 있었다. 허리케인 전에만 생기는 거센 물거품이 이는 파도처럼.

"나와, 랜들 바티스테!" 랜들 오빠의 코치가 오빠를 보고 소리쳤다. 코치는 땀을 닦는 데 썼던 초록색 수건을 거센 바람에 휘날리는 깃발처럼 흔들어댔다. "네가 데려온 애들이지? 맞지! 너도 끝이야! 썩 나가!"

랜들 오빠가 경기장 벽에 힘없이 공을 던졌고, 공은 농구 코트로 다시 튕겨졌다. 싸움에 정신이 팔리지 않은 선수들이 그 공을 잡으려고 달려갔다. 나는 주니어의 팔을 잡아당겼고, 우리는 제일 처음으로 입구를 나서는 사람들이 되었다. 주니어는 빨랐다. 싸우는 무리가 입구로 쏟아져 나올 때 랜들 오빠가 무리 한가운데로 뛰어 들어가서 모두에게 소리를 지르기 시작했다. 각자 이름을 부르며 잔뜩 독이 오른 그들을 한 명씩 떼어내고 그들 가운데 섰다. 오빠는 그들 모두보다 컸고, 철처럼 까맸고, 문처럼 흔들림 없이 우뚝 서 있었다.

"너 이 새끼들, 이게 다 무슨 지랄이야?"

"누구 때문이라고 생각해?" 리코 오빠가 소리쳤다. 매니 오빠가 리코 오빠의 어깨를 잡으며 랜들 오빠에게서 떼어놓았다.

"이거 놔!" 스키타 오빠의 얼굴에는 반짝거리는 구슬처럼 작은 상처들이 나 있었다. 빅 헨리 오빠가 스키타 오빠의 팔을 붙잡았고, 마키즈 오빠가 둘 옆에 서서 눈을 번득이며 숨을 몰아쉬고 있었다. "저 씨발 새끼를 내가 죽여버리고 말 거야. 내 개한테 털끝만큼도 손 못 대!"

"너의 그 잘난 암컷은 내일 한번 보자." 리코 오빠가 코웃음을 쳤다. 입술에서 피를 흘리고 있다. "개 꼭 데려와라."

"이제 막 새끼를 낳은 개를 싸움에 내보낼 수는 없잖아." 빅 헨리 오빠가 리코와 매니 오빠 쪽으로 다가가려다 스키타 오빠 앞에서 멈칫한다. 빅 헨리 오빠의 입술 한쪽이 퉁퉁 부었다. 피를 흘리고 있다.

"왠지 이 형이 아무 이유도 없이 싫더라니." 마키즈 오빠가 내뱉었다. 이마가 멍들어 있다.

"지랄 마. 지랄 말라고. 내 강아지들 털끝도 못 건드려." 스키타 오빠가 말했다.

"스키타." 랜들 오빠가 스키타 오빠 쪽으로 몸을 기울였다. 두 손을 여전히 들고 있다. "너, 내일 투견 시합에 차이나를 내보냈다가 킬로가 이기면, 강아지들은 죽는 거야. 너도 알잖아."

"킬로가 이길 리 없어." 스키타 오빠가 외치고는, 자기의 두 팔을 꽉 붙들어 안고 있던 빅 헨리 오빠를 뿌리치며 밀어냈다.

"그래도 안 돼." 빅 헨리 오빠가 말했다.

"내 사촌이 보스라는 개를 데리고 올 거야. 걔를 차이나 대신 내보낼게. 보스가 이기면 리코 형은 엿이나 먹어." 마키즈 오빠가 말했다.

"하지만 내가 이기면?" 리코 오빠가 말했다.

"그래도 그쪽이 엿이나 먹어." 스키타 오빠가 말했다.

랜들 오빠가 스키타 오빠의 가슴팍을 팔꿈치로 찌르고는, 마치 자기가 리코 오빠를 입 다물게 하겠다는 듯이 한 손가락으로 리코 오빠를 가리켰다.

"그럼 형이 강아지 한 마리 가져." 랜들 오빠가 말했다.

"내가 골라도 돼?" 리코 오빠가 쉰 소리로 묻는다.

랜들 오빠가 스키타 오빠를 보더니 천천히 고개를 끄덕인다.

"그래, 형이 골라."

스키타 오빠가 고개를 내저었다.

"지랄하지 마." 스키타 오빠가 말했다.

리코 오빠가 웃었다. 금니에 새겨진 그의 이름이 핏물이 들어서 더 잘 보인다. 스키타 오빠가 침을 뱉는다.

"그래." 랜들 오빠가 말했다. "그렇게 해."

여덟째 날

모두에게 알려라

"에시 누나?"

주니어가 내게 손을 대자 내가 몸을 굴려서 주니어에게서 멀어진다.

"누나도 시합 갈 거야?"

오늘 아침 일어났는데, 몸이 아프다.

"스키타 형이 그러는데, 누나 안 가면 나도 못 간대."

누군가에게 두들겨 맞은 것 같다.

"형은 지금 차이나 목욕시켜."

내가 잠자는 동안 누가 날 흠씬 두들겨 팬 모양이다.

"스키타 형하고 랜들 형하고 싸웠어. 랜들 형이 차이나 데려가면 안 된다고 해서. 지금 그런 데 가면 안 된다고."

일어나 화장실에 가고 싶은 맘도 없다. 먹고 싶은 맘도 없다.

"스키타 형이 늘 멍청하게 굴어서 일을 다 망쳐놓는다고 했어. 시합하고 싶다면서, 이제 자기가 하계 농구 캠프에 가려면 스키타 형이 돈 만들어 오는 수밖에 없다고 그랬어."

나는 몸을 웅크렸다. 나는 베개와 침대보 아래서 상처를, 새어 나가고 있는 비밀을 공처럼 끌어안고 몸을 웅크렸다.

"랜들 형이 오늘 아침에 덩크슛을 너무 세게 해서 골대 그물이 찢어졌어. 스키타 형더러 고쳐놓으라고 해서 고치고 있어." 주니어가 내 어깨를 두드렸다.

"형이 골대 망가뜨렸다고. 누나?"

누구도 내게 손을 안 댔으면 좋겠다.

나는 시작했던 그리스 로마 신화 책을 마저 다 읽어버리고 싶지만, 그럴 수가 없다. 중간에서 나가지를 않는다. 책을 펴놓고 해가 중천에 뜬 오후, 이불 밑에서 젖은 얼굴을 쓸어내리며 크게 숨을 들이마시니 어디까지 읽었는지가 생각났다. 메데이아가 남동생을 죽이는 장면. 초반부에 메데이아는 조카에게 아르고호에 대해서 듣는다. 권력을 얻을 수 있고 가족에게도 도움이 될 수 있다고. 차이나가 구충제를 먹고 아팠던 날, 내가 스키타 오빠를 도우려고 했던 것과 꼭 같이. 하지만 그놈의 사랑이 메데이아를 잘못된 방향으로 틀어버렸다. 작가는 그 이후 어떤 일이 벌어졌는지에 대해서는 몇 가지 이야기가 있다고 했다. 어떤 이야기에서는 메데이아가 동생을 속여서 같이 아르고호에 오르게 했고, 같이 달아나는 중에 이아손이 나타나 그를 습격했다고 말한다. 메데이아는 닭처럼 토막이 나 죽어가는 동생에게 얼굴을 바싹 갖다대고 모든 걸 지켜보았다고 한다. 분홍빛 피부가 칼로 베어져 피투성이 고깃덩이로 변하는 모습을. 또 다른 이야기에서는 메데이아가 자기 동생을 직접 죽였다고 나온다. 동생은 메데이아와 같이 아르고호에 올랐으므로 이제 안전하다고 생각했지만, 메데이아는 동생을 토막 내 죽였다. 간과 위장, 가슴과 허벅지 따위로 토막을 내서 하나씩 바다 위로 던졌다고 했다. 자기를 쫓아오고 있는 아버지가 그 시신들을 줍느라고 속도가 늦어지도록.

나는 그 부분을 읽고 또 읽었다. 메데이아가 이불을 뒤집어쓰고 나와 같이 있는 것 같았다. 둘 다 땀을 비처럼 쏟으면서. 메데이아와 작별하기 위해, 어젯밤 그리고 오늘 아침까지 내 몸에 배어 있는 매니 오빠의 냄새를 떨쳐버리기 위해 나는 일어났다.

주니어가 내 방문 앞에 앉아 있다.

"왜 여기 앉아 있어?"

주니어가 어깨를 한 번 들어 올리고는 나를 올려다본다.

"내가 밖에 나가 놀려고 했는데, 스키타 형이 차이나 준비시킨다고 목욕시키고 있었어. 그래서 집 밑이 진흙탕이 됐어. 아까는 왜 안 일어났어?"

"피곤했어."

"아빠가 오늘 아침에는 왜 먹을 것 안 갖다주냐고 물었어. 랜들 형이 누나 몸이 좀 안 좋다고 이야기했어."

"랜들 오빠가 아빠한테 달걀 만들어줬어?"

"응."

"아빠는 지금 뭐 하셔?"

"자. 허리케인 온다고 고함을 쳤어. 멈출 기세가 아니라면서. 뉴스에 나오는 여자가 우리 집 쪽으로 곧장 오고 있다고 했대. 그래서 랜들 형이 진정하라고 그랬지. 랜들 형이랑 빅 헨리 형이랑 가게에 가서 맥주를 좀 사 오니까, 그제야 그거 마시고 잠들었어."

주니어가 아빠 방으로 가는 나를 따라온다. 랜들 오빠가 창문에 담요를 핀으로 박아놓았고, 창문에 달린 박스형 선풍기 쪽으로는 담요를 반으로 접어놓았다. 선풍기가 낮은 소리를 내면서 방 안으로 빛을 들이고 있었다. 아빠는 일어나 앉은 채로 잠이 들어 있었다. 내가 어제 안방에서 나갈 때 모습 그대로 구부정하게. 텔레비전은 낮은 소리로 지직거리며 폭죽 소리를 내고 있다. 화면에서는 멕시코만 지도가 나오고 있고, 카트리나가 팽이처럼 휘돌고 있는 그림이 나온다. 마치 플로리다반도의 긴 팔이 팽이를 돌리고 있는 것 같다. 아빠 침대 옆에는 맥주 캔이 두 개 있다. 하나만 열려 있지만, 두 개 모두에서 물이 줄줄 흐른다. 나는 아빠 방문을 딸각하고 닫았다.

"누나 시합에 갈 거지?"

주니어가 뒤에서 내 팔에 손을 올렸다. 나는 욕실 앞에서 멈춘다. 주니어가 나를 꼬집는다. 내려다보니 그 커다랗고 검은 눈동자, 하나 빠진 앞니, 긴 속눈썹이 눈에 들어온다. 주니어가 희망에 차서 눈을 더욱 크게 뜬다.

"어, 누나? 응?"

"네 머리는 누가 밀어줬어?"

"랜들 형이 오늘 아침에 밀어줬어. 머리칼 있어서 더 덥다고."

"맞는 말이야." 내가 전구처럼 동그란 주니어의 머리통을 쓰다듬다가 이내 흔들어버렸다.

"누나." 주니어가 씩 웃는데, 꼭 아빠 방에 있는 사진 속의 스키타 오빠 같다. 공기가 답답하다. 웅덩이의 물처럼.

"알았어. 같이 가자."

나는 변기 위에 비스듬히 걸터앉아 창턱에 팔을 괴었다. 온몸이 메기에게 쏘인 듯 따끔거리고, 배는 납추처럼 무겁다. 창고 앞에서는 스키타 오빠가 호스에서 나오는 물에 한 손을 대고 온도를 가늠하고 있다. 수도꼭지에서 막 나온 물이라면 엄청 뜨거울 것이다. 차가운 물이 나올 때까지 기다려야 할 것이다. 오빠가 차이나에게 물을 뿌리자 차이나가 몸을 털어낸다. 차이나가 다리를 넓게 벌리고 등을 쭉 펴고 머리를 꼿꼿이 세우고 서 있다. 차이나가 물을 핥아 먹는데, 마치 언제 아팠냐는 모습이다. 호스에 대고 혀를 날름거리는 모습이 막대 사탕을 손에 쥔 소녀처럼 얌전하다. 재채기를 해대면서 눈을 감고 있다. 차이나 양쪽으로 흙이 넓게 쓸려 내려가기 시작한다. 요 며칠 사이 차이나에게 목줄이 채워져 있지 않은 모습을 처음 본다.

"이리 와. 반짝반짝하게 만들어줄게." 스키타 오빠가 말했다.

오빠가 물을 끄고는 거의 비다시피 한 식기 세척제 병을 들어 차이나 등에 대고 탈탈 턴다. 오빠가 차이나를 문지르기 시작하자 분홍색 거품이 인다. 오빠는 평평하고 넓은 차이나의 머리통에 거품을 문지르고 얼굴로도 내려와 문지른다. 오빠가 차이나의 털을 세게 잡아당겨서 차이나의 앙다문 이빨이 드러난다. 차이나의 송곳니는 분홍색 잇몸에서 날카롭게 휘어져 내려와 있다. 쭉 찢어진 눈은 기쁨에 차서 반쯤은 감겨 있다. 차이나가 스키타 오빠의 손안에서 몸을 쭉 늘리고 있다. 오빠가 차이나의 몸이 유연해지도록 쭉쭉 잡아당겨주면서 마사지를 해준다. 차이나의 코가 공기 중으로 높이 들려 올라간다. 차이나는 활짝 펼친 날개처럼 길고 아름답다. 오빠가 차이나 앞에 무릎을 꿇고 힘찬 손길로 차이나의 가슴을 쓸어주니, 차이나가 행복에 겨워 오빠를 핥는다.

"너 돌아왔구나." 오빠가 말했다.

"너 차이나 데리고 가면 안 된다." 랜들 오빠가 집 모퉁이에서 나타났다. 오빠 손에 공이 들려 있을 줄 알았는데 없다. 마치 오빠 얼굴에서 코가 없어진 것같이 낯설다.

"형, 어제 볼만하던데?"

"넌 어제 왜 그렇게 미친 짓을 한 거냐. 나라면 몰라도."

"얘는 내 개니까. 쟤들도 내 강아지들이고."

"너 완전 맛이 갔었어. 그러니 나라도 뭔가 해야 했다고."

"그 코치 엿이나 먹으라 그래." 스키타 오빠가 거죽을 잡아당기니 차이나가 이를 드러내고 웃는다. 오빠가 차이나를 세게 문지른다. 차이나는 이제 줄무늬로 보인다. "그리고 리코 새끼도. 차이나는 언제든 강해."

"너 강아지들 생각은 조금도 안 하는구나."

스키타 오빠가 수돗물을 튼다. 차이나가 물속에서 원을 그리며 걷는다.

"가만있어!" 오빠가 외치자 차이나가 얼어붙은 듯 선다. "형 개여야지 주고 말고 하지."

"어제 시합도 네가 말아먹어도 좋을 시합은 아니었어. 난 이제 여름 캠프 어떻게 해야 하냐?"

"만약에 그 새끼가 형한테도 그렇게 말했다면, 형도 달려들었을 거야." 스키타 오빠가 얼굴을 찌푸렸다. "그리고 그 새끼가 에시를 어떻게 쳐다봤다고!"

"리코 형이 에시를 어떻게 했어?" 진흙탕이 된 마당에서 마른 땅을 골라 천천히 발을 옮기던 랜들 오빠가 발을 멈추었다.

여덟째 날 모두에게 알려라

스키타 오빠가 코웃음을 치며 내가 앉아 있는 창가 쪽을 흘끗 보았지만, 바깥은 해가 너무 밝다. 날 보았을 리 없다. 시디신 복숭아씨를 씹은 것처럼 오빠의 입이 씰룩거린다. 오빠는 한 번 웃었다. 크게, 씁쓸하게 터뜨리는 웃음.

"형은 개뿔도 몰라. 그거 알아?" 스키타 오빠가 호스를 엄지손가락으로 꽉 쥐면서 물을 두 갈래로 퍼뜨렸다. 그 물줄기가 차이나의 옆구리에 가 닿으니 퍽 하고 소리가 난다. "형은 오늘 가지 마. 형하고는 아무 상관 없는 일이야. 가서 공이나 던지지 그래?"

랜들 오빠는 고개를 내젓더니 마른 흙 속으로 발끝을 찔러 넣었다. 먼지가 일면서 고요한 대기 속으로 흙먼지가 피어오른다. 랜들 오빠가 욕실 쪽으로 눈길을 돌리기에 나는 등을 벽에 붙였다. 티셔츠 너머로 닿는 변기의 물통 부분이 시원하고 미끄럽다.

"나도 간다." 랜들 오빠의 목소리가 들렸다. "너 약속했어. 강아지들 살아나면 내 여름 캠프에 돈 대주겠다고." 랜들 오빠가 목소리를 높여서 말했다.

"좋아! 형도 거참 되게 끈질기네!" 스키타 오빠가 소리쳤다.

"너 꼭 아빠 같다. 늘 뭔가에 미쳐 있어." 부엌 쪽 옆문이 끼익 하고 열렸다 닫히는 소리가 난다. 랜들 오빠가 스키타 오빠를 남겨두고 집 안으로 들어왔다.

마당의 물소리가 멈추었다. 나는 벽에 등을 대고 있어서 창밖이 거의 보이지 않는다. 스키타 오빠가 차이나 앞에 다시 무릎을 끓고, 차이나 털에 대고 마지막으로 거품을 내고 있다. 문지를수록 차이나는 하얗고 더 하얘진다. 차이나는 빙산 속에 들어 있는, 차갑고 뿌연 심장이다.

"이거 봐라, 너 빛이 난다." 오빠가 차이나 귓속에 대고 속삭인다. "코카인처럼 하얗다." 차이나를 힘차게 문지르는 오빠의 손길이 칼날 같다. "눈이 부셔."

흙이 별로 남지 않은 앞마당, 얇은 판자로 덧댄 집들, 트레일러 따위. 부아소바주의 주변 환경은 그 옆의 숲과 어우러져 참으로 안쓰러운 풍경을 자아낸다. 마치 커다란 호랑이 앞에 강아지 한 마리를 앉혀놓은 것처럼. 여기 숲속에는 수영을 할 수 있는 웅덩이들이 있고 개중에는 가느다랗지만 맑은 시내에서 물이 흘러들어와 웬만한 수영장만큼 큰 것도 있지만, 흙 때문에 웅덩이 물은 검고 나무에서 떨어진 잎들로 꼭 벼룩이 득실거리는 개처럼 지저분하다. 아주 크고 푸르고 윤이 나는 목련 나무도 한 무더기 있다. 그 나무들은 타고 올라갈 수는 없지만 그 주변의 공기에서는 늘 복숭아 향이 난다. 꽤 크고 오래되어서 나뭇가지가 나무둥치만큼이나 두껍고 검고 땅에까지 휘어져 내려오는 떡갈나무들도 있다. 끈적거리는 점액과 키 큰 금빛 갈대들이 가득한 연못도 많은데, 밤이 되면 개구리들이 그 안에 가득 차서 곽곽거리면서 합창을 한다. 벌목지에는 가끔 사슴이 와서 먹이를 먹다가 깜짝 놀라 땅을 박차며 도망가기도 한다. 물고기 잡는 그물을 피해서 솔가리와 진흙을 헤치고 지나가는 거북이들도 있다. 마키즈 오빠가 한번은 폭우가 쏟아진 다음 날 보니 오빠와 제이븐 오빠와 버섯을 따러 이 숲에 왔다가 늑대를 만난 적이 있다고 했다. 여우처럼 날씬하고 얼룩덜룩한 회색이었는데, 오빠들을 마치 자기에게 총을 쏜 것처럼 쳐다보더니 이내 사라졌다고 했다.

더 깊은 숲속으로 이어지는 오솔길은 우리 집에서 윗길로 올라가야 한다. 차이나가 목줄 끝에서 편안한 기분으로 우리를 이끌고 올라가고 있다. 목줄은 전체가 무거운 쇠로 되어 있고 목 부분은 크롬으로 되어 있다. 스키타 오빠가 어디선가 훔쳐 온 목줄이다. 오빠는 머리를 다시 깨끗하게 밀었고 목에는 스카프처럼 작은 수건을 두르고 있다. 빅 헨리 오빠가 주니어를 어깨에 목말 태우고, 랜들 오빠도 손에 커다란 막대기를 들고 우리 뒤를 따르고 있다. 도랑을 건널 때 그 막대기를 줍는 랜들 오빠를 보고 스키타 오빠가 웃으며 말했었다. **그런 거 있다고 개 쫓아내는 데 도움이 되지는 않아.** 그러고는 차이나를 가리키며 말했다. **하지만 차이나는 도움이 되지.** 랜들 오빠는 그래도 아랑곳 않고 그 막대를 갖고 가고 있다. 마키즈 오빠는 사촌과 함께 아마 시합장에 도착했을 것이다. 까마귀들이 울어댄다. 나는 숲속 어딘가에서 남자애들과 개들의 소리가 나지 않나 귀를 기울여보았지만, 들려오는 것은 솔 이파리들이 서로 부딪히는 소리, 떡갈나무 나뭇잎 스치는 소리, 단단하고 널찍해서 바람이 불어올 때면 일회용 종이접시가 부딪히는 소리가 나는 목련 나무의 소리뿐. 이 바람은 저기 멕시코만 어디쯤에서 카트리나가 밀어 올리고 있는 것이리라. 방문으로 들어오기 전에 먼저 조용한 목소리로 말하는 사람들처럼 지금 여기로 오고 있는 것이리라.

구름 한 점이 해를 가리자 나무 밑이 금세 어두워진다. 구름이 다 지나가니 나뭇잎 사이로 금빛 햇살이 쏟아져 내려 나무껍질과 땅바닥에 떨어진다. 그 모양이 금박을 입힌 동전들 같다. 곧 우리는 커튼처럼 펼쳐진 포도밭에 다다랐다. 솔잎이 카펫처럼 깔린 땅에서부터 가장 낮은 쪽의 나뭇가지에 이르기까지 포도 넝쿨이 빈틈없이 매달려 있다. 우리는 그 아래로 기어갔다. 스키타 오빠가 차이나의 젖가슴을 털어주고는 우리에게도 어서 오라고 손짓을 한다. 우리는 꽤 오랫동안 걸은 뒤에야 처음으로, 멀리서 개가 짖는 소리를 들었다.

"너 피곤하니?" 랜들 오빠가 물었다.

"아니." 내가 말한다. 나는 뱃속이 물로 가득 찬 것처럼 배가 아프지만, 오빠에게 말하지는 않을 것이다. 나는 나뭇가지를 옆으로 젖히며 가는데도 팔이 많이 긁혔다. 메데이아는 물로 여행했는데, 그건 그 시대에는 고속도로와 같은 것이었다. 죽음이 파도와 태양, 바람만큼이나 가까이 있었던 곳. 죽음이 지느러미를 놀리며 수면을 올려다보는, 바닥에 검은 그림자를 드리우고 있는 물속의 물고기만큼이나 흔했던 곳. 차이나가 개 소리에 대답이라도 하듯 짖었다.

  벌목지는 넓은 타원형 웅덩이같이 생긴 것이, 전에는 물이 있었지만 지금은 말라버린 연못터 같다. 비가 오면 넓고도 깊은 연못이 될 것이다. 연못 바닥에는 말라버린 누런 갈대가 텁수룩하고 나무들이 그 주변에 원을 그리며 자라나 있다. 남자들이 데리고 온 개들을 데리고 무리 지어서 이야기하고 담배를 피우고 시가와 담배를 서로 건네고 있다. **네 개는 몇 살이냐, 그 목줄은 어디서 샀냐, 시합에는 얼마나 많이 나와봤냐** 따위의 질문들을 던지고 있다. 개 열 마리, 남자들은 한 열다섯 정도 되는 것 같다. 나만 유일하게 여자다. 마키즈 오빠의 남동생 에지도 와 있는데, 에지와 주니어는 가지가 낮은 잿빛 나무에 누가 더 빨리 올라가는지 벌써 내기를 시작했다. 둘은 시합을 위해 몰려든 남자들과 개들이 원을 이루고 있는 데서 빠져나가 나무 쪽으로 갔다. 개들은 황갈색도 있고 흑백, 얼룩무늬, 흙처럼 붉은 녀석들도 있다. 차이나처럼 새하얀 녀석은 한 마리도 없다. 차이나는 벌목지의 햇빛을 받아 빛이 난다. 귀가 쫑긋 서 있고 꼬리는 위로 올라가 있다. 개들은 졸거나 걸어 다니거나 짖거나 목줄을 팽팽히 당기며 어디론가 가려 하거나 앞으로 싸우게 될 벌목지 쪽으로 몸을 기울이고서 햇빛을 받고 있다. 그 반들거리는 검은 코로 해를 느껴보고 있다. 그들은 오늘 서로와 붙게 될 것이다. 남자들은 지금 킬로와 보스가 싸울 이야기를 하느라 정신이 팔려 있다. 아르고호가 이아손에게는 모험의 시작이었듯이. 그들은 각자 자기 개가 잘 싸우기를, 사나운 본때를 보여주기를, 이기기를 바라면서 링 안으로 자기 개들을 던져 넣을 것이다. 그렇게 그들만의 위험한 에게해인 이 숲을 떠날 때 **내 개가 해냈어**라고 말하면서 집으로 돌아갈 수 있기를 바라고 있다. 어떤 이들은 굉장히 초조하다. 두 손을 주머니에 넣었다 뺐다 하고 땀에 전 넝마 같은 수건을 휘둘러 모기를 때려잡고 있다. 어떤 이들은 자신감에 차 있다. 어깨에 힘을 잔뜩 주고 이를 드러내며 웃고 있다. 빅 헨리 오빠가 주머니에서 손수건을 꺼내 얼굴을 닦는다. 랜들 오빠는 아까 주워 온 막대기를 지팡이로 짚고서, 뭉쳐서 놀고 있는 개들을 보며 인상을 쓰고 있다. 매 한 마리가 우리 위로 날아와 맴을 그리다가 사라진다.

마키즈 오빠가 사촌으로 보이는 남자애 옆에 서 있다. 둘은 모두 짙은 황갈색 피부에, 귀에는 금색 링으로 피어싱을 했다. 둘 모두 키가 작은데 사촌이라는 사람이 조금 더 뚱뚱하다. 그 사촌이 입은 티셔츠는 너무 커서 셔츠가 사람을 입은 것 같다.

"왔어? 여기는 내 사촌 제롬이야." 마키즈 오빠가 말한다.

"저쪽에 조금 문제가 있다면서요." 제롬이 마키즈 오빠를 흘긋 보며 말하고는 주머니에서 꺼낸 이미 흠뻑 젖은 수건으로 머리통을 닦는다. "걱정 안 해도 돼요." 그가 목줄을 가볍게 움직이니 줄에 매여 있던 보스가, 햇빛을 맞으며 누워 있다가 벌떡 일어나 그의 옆으로 와서 앉는다. 보스는 주둥이만 하얗고 나머지는 온통 검다.

"야, 너 크다고는 말했지만……." 마키즈 오빠의 속삭이던 소리가 웃음소리로 변한다. "저렇게 클 줄은 생각도 못 했네."

보스는 커다랬다. 뚱뚱하고 키도 크고, 앞다리가 많이 휘어져서 앞에서 보면 말발굽 같아 보였다. 차이나의 털은 실크처럼 보드라운데 보스의 털은 거칠기 그지없어 보인다. 거친 털이 군데군데 뭉쳐 있어서, 오늘 싸움에서 난 상처들이 아물고 나면 검고 퉁퉁한 자국이 꼭 거머리처럼 남을 것 같다. 개는 혀를 빼물고 웃고 있다. 녀석이 헐떡거릴 때마다 양 옆구리가 쉭쉭 소리를 내며 들락날락하고, 어찌나 세게 숨을 쉬는지 제롬의 셔츠가 다 펄럭거린다.

"다른 개는 어디 있지?"

마키즈 오빠가 자기 개 랄라를 쓰다듬다가 일어나서 공터를 가로질러 간다. 랄라 귀에는 마키즈 오빠의 것과 똑같은 귀고리가 매달려 있다. 마키즈 오빠는 자기 개 랄라는 절대 싸움에 내보내지 않는다. 랄라는 부드러운 황갈색으로 차이나만큼이나 깨끗하다. 소나무 밑에 누워서 우리를 흘긋거리며 보고 있다. 마키즈 오빠의 개는 매일 밤 집 안에서, 마키즈 오빠의 침대에서 같이 잔다고 스키타 오빠가 전에 말해준 적이 있다. 스키타 오빠는 내게 그렇게 말하면서 어깨를 한 번 으쓱하고는 웃음 비슷하게 웃어 보였지만, 한쪽 입꼬리는 올라갔으면서 다른 쪽은 축 처진 걸로 보아 만일 아빠가 집에 없다면 차이나 역시 매일 밤 스키타 오빠의 침대 발치에서 자겠다는 생각이 들었다.

공터 저편에서 킬로가 리코 오빠가 붙잡고 있는 목줄을 팽팽하게 당기고 있다. 킬로는 뭔가에 깜짝 놀란 것처럼 코로 땅을 파헤치다가 두 발을 땅속으로 묻고 뭔가 파내는 중이다. 킬로의 뒷다리 사이에서 흙먼지가 피어오른다. 킬로는 마른 풀 사이를, 연못의 밑바닥을 헤집고 다니고 있다. 나는 저기 갈라진 진흙 틈새에 살갗이 메마른 차가운 개구리들이 숨어 있는 건 아닐까 궁금해졌다. 개구리들이 킬로의 날카로운 앞발을 피하려고 몸을 납작하게 만들고 있지는 않을까. 리코 오빠는 반쯤은 해를 받으며, 반쯤은 그늘에 선 채로 매니 오빠와 그 외 더 나이가 많은 흑인 오빠들을 보고 웃고 있다. 그 나이 든 오빠들은 숲속의 투견장에는 매우 안 어울리게도 흰색 신발을 신고 있다. 리코 오빠의 금니가 밝게 빛났지만, 팔짱을 낀 매니 오빠는 리코 오빠의 웃음보다 더 눈부시게 빛이 났고 나는 그게 못 견디게 싫었다.

"보스는 배턴루지에서 펜서콜라까지 오면서 계속 싸웠어. 진 것보다 이긴 횟수가 더 많아." 보스는 솔잎 더미 위에 다시 드러누워 그 위에 콧김을 내뿜으면서 자기 얼굴 앞으로 솔잎들을 깃털처럼 날려 올리고 있다. "준비가 다 끝났다고."

나는 진흙 속으로 막대기를 연신 쑤셔 넣고 있는 랜들 오빠 옆 그늘에 자리를 잡고 앉았다. 빅 헨리 오빠가 셔츠 앞섶을 잡고 펄럭거리며 바람을 만들고 있다. 그가 나를 보고 씩 웃는다. 스키타 오빠가 햇빛을 받으며 서 있다. 해가 내리쬐는 이 노란 공터에서 감히 개와 함께 해 아래 있는 유일한 소년. 오빠는 우리를 못 본 체하고 예의 차이나를 옆에 대동하고 우리를 지나쳐서 숲속으로 간다. 차이나도 오빠 옆에 붙어서 우리를 못 본 체하고 지나간다. 차이나는 여기 와서 궁둥이는 땅에 대지도 않는다. 나는 오빠가 차이나를 그렇게 훈련시킨 것인지 궁금했다. 온몸에서 빛이 나게끔 자기 옆에 서 있도록, 궁둥이는 땅에 대지도 않도록. 차이나는 곧 진주로 변하려는 모래처럼 새하얗고 스키타 오빠는 굴처럼 새까맣지만, 둘은 스키타 오빠가 사랑하는 것처럼 개를 사랑하는 게 어떤 것인지 짐작조차 하지 못하는 이 남자들 앞에서 하나가 되어 서 있다.

남자들이 저마다 자기 개들을 가장자리에 조심스럽게 남겨두고 원의 가운데로 모였다. 목줄은 자기 친구들에게 넘겨주었다. 어떤 식으로 시합을 이끌어갈지 의견을 모으려고 몰려들었다.
"무슨 개소리야? 보스랑 싸우고 싶다니?"
"너네 개는 우리 개한테는 너무 커."
"강아지이기는 하지, 하지만 싸움꾼이야."

"어느 놈이든지 다 오라고 해. 내 개는 약하지 않아."

"분명히 말했다. 나는 두 번까지만 싸울 거야."

"세 번."

"어디서 그따위로 말하는 거야?"

"나도 두 번."

"슈가는 적어도 두 번은 뛸 수 있어."

"홈보이는 세 번."

"오제이스는 너희들 다랑 싸울 수 있다. 아주 싹쓸이를 해주지."

불평의 함성이 터져 나왔다.

"버디 리도 마찬가지야."

"트럭도 너희들 모두와 붙게 해주겠어."

"너희들 여기 슬림 보이냐? 애가 킬로한테 어떻게 했는지 알기나 해?"

"킬로는 아무하고도 안 붙어. 보스 빼고는."

"위저드가 킬로랑 붙어야겠다."

"킬로는 보스랑만 붙는다고 말했잖아."

"다들 들었을 거야. 킬로는 여기 보스랑 붙으려고 온 거야."

원 한가운데서 남자들이 폭풍 전의 대기처럼 동요하고 있다. 스키타 오빠와 차이나는 가장자리에 서 있다. 남자들의 언쟁은 성난 웅성거림으로 커졌고, 서로 덮치고 밀치는 통에 공터의 고요하던 공기에 먼지가 일어 다들 눈을 감아야만 했다. 어쩌면 아빠 말이 맞는지도 모른다. 카트리나가 우리 쪽으로 오고 있는지도 모르겠다. 빅 헨리 오빠가 손수건으로 코를 틀어줘었다. 메데이아는 먼 여행길에 오르기 전, 영웅들을 축복했던가? 내가 여기 이 공터에 서 있듯 성숙한 여인으로서 갑판에 서 있었을까? 그들의 출발을, 그녀의 배신을 비가 감추어주기를 바라며 비를 내리는 주술을 걸었을까? 이아손은 메데이아에게 사랑한다고 말했을까? 매니 오빠가 킬로의 목줄을 잡고 차이나를 노려보고 있다. 스키타 오빠와 차이나는 미동도 하지 않는다.

"가자." 마키즈 오빠가 말했다.

스키타 오빠와 차이나가 원에서 멀어져, 우리 곁에 멀지도 가깝지도 않게 와서 선다. 스키타 오빠의 셔츠는 목둘레와 등줄기가 젖어서 색이 짙어졌고, 차이나는 귀에 내려앉으려는 모기들을 쫓아내느라 귀만 움직일 뿐 여전히 미동도 없다.

스키타 오빠는 차이나가 다 자랐다는 것을 확인하자마자 1년에 한 번씩 싸움에 내보냈다. 세인트캐서린에서, 부아소바주에서 몰려온 소년들의 그 투견 시합에는 늘 분명한 승자가 있었다. 차이나는 그 시합에 오는 개들 모두와 싸웠다. 차이나는 상대 개보다 피를 더 많이 흘리며 귀 끝이 잘려 나갔던 처음 두 번의 싸움을 제외하고는, 늘 상대 개를 완전히 압도해버렸다. 상대의 목에 이빨을 박아 넣었고 얼굴이 주먹이라도 된 듯이 상대를 후려쳤다. 상대 개가 외마디 비명을 지르고 스키타 오빠가 차이나에게 그만하라고 소리를 치면, 그렇게 차이나가 이번에도 이겼다는 것을 다들 인정해야 했다.

지금, 차이나에게 코를 킁킁거리는 개는 한 마리도 없다. 어떤 개도 차이나에게 껑충껑충 달려들어 차이나의 얼굴이나 어깨에 입을 갖다 대고 장난스럽게 무는 법이 없다. 차이나와 스키타 오빠는 조금 떨어져서 서 있었고, 두 마리 개들 사이에서 첫 싸움이 시작되었을 때 미동도 없이 서 있는 것은 차이나와 스키타 오빠, 둘뿐이었다. 싸움은 순식간에 벌어졌고 싸움터는 난장판이 되었다. 개들이 연못 한가운데서 만나서 연못 바닥의 땅과 금빛 갈대들과 나뭇가지들을 박차면서, 그리고 피를 튀기면서 뒤엉켰다. 서로 얽혀서 으르렁거리고 끙끙거렸다. 회색이 먼저 비명을 내질렀지만, 쓰러지며 물러나는 쪽은 갈색과 흰색이 섞인 녀석이다. 작열하는 뙤약볕을, 타들어가는 듯한 이 움푹한 연못을 피하고 싶은 모양이다. 타는 듯 뜨거운 입김과 발톱과 근육의 경련과 이빨들을. 개 주인들이 자기 개의 뒷다리를 붙잡고 끌어당겨서 떼어내고는, 욕지거리를 퍼붓고 다시 보내주었다. 주니어가 빅 헨리 오빠 뒤에서 발을 동동 구르며 연신 폴짝거렸고, 빅 헨리 오빠는 손수건으로 하도 문질러서 땀이 배어 있지도 않은 목을 연신 훔쳤다. 군악대 지휘자처럼 막대기를 줄기차게 휘둘러대던 랜들 오빠는 이제 손을 멈추고 싸움을 물끄러미 바라보고 있다. 이제는 막대를 골프채처럼 잡고 서 있다. 회색 녀석이 울어대며 물러나지만, 갈색과 흰색이 섞인 녀석은 아직도 제 주인이 붙들고 있는 목줄을 팽팽하게 당기며 앞으로 나서려 한다. 스키타 오빠가 이 광경을 지켜보고 있는 차이나를 한 번 쓰다듬는다. 그냥 머리에 손을 얹었을 뿐인데 차이나가 오빠의 손가락을 핥는다. 차이나는 결코 물러나는 법이 없다.

"오제이스가 이겼어." 회색 개의 주인이 패배를 인정한다. 흰색과 갈색이 섞인 녀석의 주인이 웃으면서 개의 머리를 쓰다듬는다.

마키즈 오빠의 개 랄라는 링 안으로 들어가니 그 금빛 줄무늬를 번쩍이며 토끼처럼 방방 뛴다. 그리고 갈색과 흰색이 섞인 녀석을 축하라도 해주고 싶다는 듯 그쪽을 보고 컹컹 짖어댄다. 오제이스는 지금도 성이 나 있다. 오제이스가 물음표처럼 몸을 뒤틀더니 별안간 한 발을 앞으로 날리며 주인의 손에서 빠져나가 랄라를 물었다. 랄라는 피하려고 뒤로 물러났지만, 갈색과 흰색이 섞인 녀석은 랄라의 다리에 스테이플러처럼 이빨을 박고는 놓아줄 생각을 하지 않는다. 오제이스의 주인이 개를 잡아당기고, 마키즈 오빠는 랄라의 목줄을 두 손으로 세게 잡아당긴다. 오제이스 녀석은 그래도 그르렁거리며 앞으로 달려 나가려고 한다.

"멈춰!" 오제이스의 주인이 소리쳤다.

"이런 쌍!" 소리를 지르는 마키즈 오빠에게, 랄라가 외마디 비명을 지르며 절뚝거리고 온다. 마키즈 오빠가 개 앞에 무릎을 꿇으니, 랄라가 버터 같은 제 몸 색깔처럼 녹아내리듯 주인의 품에 안긴다. 개들이 짖어대고 목줄을 팽팽하게 잡아당기며 뒷다리로 일어서니, 주인들은 목줄을 팽팽하게 붙잡을 수밖에 없다. 차이나가 몇 발짝 움직이고 젖가슴이 흔들린다. 스키타 오빠가 고개를 내젓고 침을 뱉는다. 남자들은 손목에 목줄을 단단히 말아 쥐고는 목줄을 위로 추어올린다. 목이 졸린 개들은 하는 수 없이 멈추고 앞발에 턱을 내려놓고서 짚단과 풀밭 위에 엎드렸다. 마키즈 오빠의 개는 울음을 그칠 생각을 않는다. 마키즈 오빠가 개의 입에 손을 대니 지저분한 것들이 입에서 흘러내린다. 그다음 싸움이 시작된 뒤 마키즈 오빠가 목줄을 풀어주자 개는 엉덩이를 오빠의 다리에 올려놓고 엎드려서 숲을 바라보며 고개를 주억거렸다. 주니어가 그 개에게로 달려가서 개의 머리를 쓰다듬는다. 킬로와 보스만 빼고 모든 개들이 한 번씩 싸웠을 즈음, 랄라는 엉덩이를 마키즈 오빠 남동생의 무릎에, 머리는 주니어의 넓적다리에 올려놓고 엎드려서 주니어의 다리를 핥고 있었다.

리코 오빠가 킬로를 데리고 링으로 들어온다. 다른 개들과 주인들은 땀을 뒤집어쓰고 피범벅이 된 채 거칠게 숨을 몰아쉬고 있다. 킬로가 이를 드러내고 웃으니 리코 오빠도 웃어 보인다. 제 주인은 짤막한데 킬로는 다부지면서도 키가 크다. 킬로의 짧은 털은 소나무 아래 있으니 솔잎 아래의 흙처럼 붉다. 또 그만큼 깨끗하고 건조하다. 리코 오빠가 자기 주먹에서 목줄을 둘둘 풀어내어 킬로를 들여보내고는, 킬로의 거칠거칠한 옆구리를 쓰다듬는다. 그러고는 위를 올려다보며 말했다. "준비됐지?"

우리 옆에 있던 제롬이 일어났다. 보스가 뒤뚱거리며 그 옆을 따라간다. 둘은 킬로와 리코 오빠에게서 한 1미터 떨어진 곳에서 멈춘다. 보스가 제롬을 보고 머리를 두 번 흔든다. 웃으면서 제 이마로 목줄을 톡톡 두드리니, 제롬이 그 옆에 쪼그리고 앉아 천천히 귀에 대고 뭐라고 속삭인다. 링 맞은편에서는 리코 오빠가 킬로의 귀에 대고 뭔가를 속삭이고 있지만, 바람이 또 한 번 불어 구름이 해를 가리니 그들의 목소리는 속살거리는 나무들의 목소리에 묻혀버렸다. 바람이 다시 잦아들며 구름이 움직이자 이제 공터는 밝은 경기장이 되었다. 제롬이 "준비됐어!"라고 외치며 보스의 목줄을 풀었고 리코 오빠는 킬로에게서 한 발 물러났다. 보스와 킬로는 무엇도 누구도 무서울 것 없다는 듯 링을 가로지르면서 자기들 시야에 들어오는 상대에게 맹렬하게 달려들었다. 둘 중 어느 녀석도 머리건 꼬리건 내려뜨리지 않았다.

"물어버려!" 제롬이 소리쳤다. 그가 느낌표처럼 손뼉을 치고 또 친다. "물어!"

둘이 가운데서 만났다. 둘이 동시에 뒷다리로 서서 앞다리를 서로의 어깨에 걸치니 마치 춤을 추는 것 같다. 보스가 그 새까만 머리통을 먼저 한 번 크게 휘두른다. 그가 먼저 상대를 물어뜯는다. 킬로는 뒤로 물러서며 몸을 뒤튼다. 땅으로 떨어지다가 그 반동을 이용해 보스의 목에 이빨을 내리꽂는다.

"흔들어버려! 흔들어!" 리코 오빠가 몸을 어찌나 앞으로 기울이며 외치는지, 링 안으로 얼굴을 처박고 쓰러질 것 같다.

킬로는 리코 오빠 말을 듣지 않는다. 보스를 물었다가 놔주고 또다시 잡아채다가 문다. 킬로의 이빨이 하얗게 번쩍이고, 그다음은 빨갛게 번쩍이고, 또다시 번쩍인다.

"붙들어, 킬로!" 리코 오빠가 외친다.

보스는 붙잡히고 싶지 않은 모양이다. 보스의 머리통은 주먹이 아니라 칼 같아서 킬로의 어깨에 금세 흠집을 낸다. 킬로에게서 빨간 피가 흘러내린다. 보스는 킬로보다 느리다. 하지만 강하다.

"잘한다, 보스!" 제롬이 외쳤다.

둘 모두 땅바닥으로 곤두박질쳤다. 킬로가 보스보다 먼저 껑충 뛰어 일어나서는 그르렁거리며 다시 달려든다. 보스도 둔중한 발걸음을 내디디며 킬로와 만난다. 둘이 다시 서로에게 이빨을 박는다. 서로의 얼굴을 입안에 넣고 꼭 입을 맞추고 있는 것 같다. 둘은 서로의 목구멍에 대고 그르렁거린다.

"잘한다, 보스!" 제롬이 소리쳤다.

하지만 보스는 제롬이 자기를 부른다고, 그쪽으로 달려가야겠다고 생각한 모양이었다. 탄 기름처럼 새까만 녀석이 공기를 가르며 빙글 돌았지만, 킬로가 덮치는 통에 땅바닥으로 푹 주저앉았다. 킬로의 이빨이 보스의 등을 찍었다. 보스의 몸이 킬로 쪽으로 솟구쳐 오른다. 그르렁거리는 소리가 거대한 파도 같다.

"떼어내!" 제롬이 외쳤다. 싸움은 더 이상 깨끗하지 않다. 제롬이 실수를 했다.

"킬로!" 리코 오빠가 외치고 킬로의 뒷다리를 붙잡는다. "킬로!" 외침이라기보다는 재채기에 더 가까웠다. 킬로가 흙먼지와 개털과 핏방울의 먼지구름 속으로 고개를 쳐들고 보스를 풀어준다. 제롬이 보스의 앞다리를 붙잡았다. 리코 오빠가 킬로의 뒷다리를 붙잡고 링 밖으로 끌고 나왔다. 두 마리 모두 상처투성이다. 리코 오빠의 셔츠는 더 이상 그렇게 하얗지 않다.

제롬이 무릎을 꿇고 보스의 등에 난 상처에 손수건을 대고 누른다. 손수건은 금세 까맣게 물들었고 상처를 닦아낼 때도 선홍색 피가 흘러내렸다. 제롬이 상처를 다시 누르고, 흐르는 피가 잦아들 때까지 손을 떼지 않는다. 보스의 흰색 주둥이에 빨간 줄무늬가 생겼다. 제롬이 리코 오빠를 보고 고개를 끄덕였다.

"다시 할까?" 제롬이 외쳤다.

"그래." 리코 오빠가 답한다.

주니어가 랄라의 머리를 땅에 내려놓았다.

"난 나무 밑으로 돌아갈게." 주니어가 마키즈 오빠의 남동생에게 말한다. "너도 갈래?" 같이 랄라를 두고 일어나는데, 둘 다 당혹스러운 얼굴이다. 빅 헨리 오빠가 팔짱을 낀 채로 서 있다. 랜들 오빠가 막대기를 한쪽 다리에 기대놓은 채 보스의 등을 물끄러미 바라보다가, 막대기를 집어 들어서 어깨 위에 걸치고 한숨을 내쉰다.

제롬이 보스의 궁둥이를 손바닥으로 치니 보스가 킬로를 만나러 링 안으로 들어간다. 둘은 엉켜서 하나가 되었다. 머리가 둘, 다리가 넷, 꼬리가 둘인 한 몸이 되었다. 깊은 허기로 그르렁거리며 바닷속에서 사납게 솟아오르는, 고대의 짐승들 같다. 보스의 머리가 순식간에 뒤로 젖혀지더니 그 이빨이 킬로의 어깨에 내다꽂힌다.

"제길." 랜들 오빠가 말했다.

킬로에게서 피가 콸콸 쏟아져 내린다. 보스의 앞다리를 붙잡은 킬로는 몸을 거의 반으로 접은 모양이 되었다.

"흔들어버려! 흔들라고!" 리코 오빠가 소리친다.

"꽉 물어!" 제롬이 외친다.

둘의 모양이 꼭 검은색과 흰색이 녹아서 한데 섞여드는 모습이다. 킬로는 몸을 비틀며 빠져나오려 한다. 보스는 그르렁거리며 받은 것을 되갚아주기라도 하듯 머리를 흔들고 또 흔든다. 둘 다 떨어지지 않고 몸을 웅크리지도 않는다.

"막상막하야." 빅 헨리 오빠가 말했다.

보스와 킬로의 이빨이 서로에게 묻고 답하듯 서로의 몸에 파고들어 박혔다. 둘은 숫돌같이 단단한 서로의 살에 칼 같은 송곳니를 날카롭게 처박고 있다. 둘 다 붙들고 있을 뿐, 어느 쪽도 놓으려 하지 않는다.

"그만해." 스키타 오빠가 말했다.

"보스!" 제롬이 외치면서 보스의 뒷다리를 붙잡고 끌고 나온다.

"킬로!" 리코 오빠도 킬로를 붙잡는다.

개들은 서로 떨어져서 링 밖으로 끌려 나온다. 보스는 상처가 많이 났고, 그 희던 주둥이 어디서도 흰색을 찾아볼 수 없다. 온통 빨갛다. 킬로의 빨간 어깨는 붉디붉은 천을 걸친 듯, 남루한 적갈색 숄을 두른 듯 붉은색이 넓게 퍼져 있고, 숨소리는 공터에서 요란하게 울려 퍼진다. 잦아들었다가 기승을 부리는 바람 소리 사이로. 아빠가 말하는 허리케인이 염탐꾼을 내보내고 있나 보다.

"킬로가 이겼어." 리코 오빠가 말했다.

"웃기시네." 제롬이 말한다.

"무슨 소리 하는 거야? 킬로가 이겼잖아." 매니 오빠가 말했다.

"뭘 봤는지 모르겠네. 킬로가 이기지 않았다는 건 확실하잖아." 마키즈 오빠였다.

"킬로가 보스를 제압하는 걸 모두가 봤어." 하얀 신발을 신고 있던 리코 오빠의 친구가 말했다. 신발은 이제 황토색이 되었다.

"모두가 보긴 뭘 봐. 둘이 동점이었어." 빅 헨리 오빠가 말하니,

갑자기 모두가 입을 열어 저마다 지껄인다. **킬로가 이겼지. 아니야, 보스가 이겼어. 이 새끼야, 눈이 삐었냐? 너야말로 눈 똑바로 떠.** 모두가 다투고 있다. 주변에 있던 개들도 짖어대면서 소나무 숲에서 뒹굴고 상처를 핥고 꼬리를 흔들어댄다. 지나가는 바람에 개들이 젖은 코를 들어 올리고 있다.

리코 오빠가 킬로를 닦아주다 말고 일어섰다. 킬로는 피를 흘리면서 웃고 있다. 리코 오빠가 킬로의 목줄을 단단히 쥐더니 개를 앞세우고 공터를 가로질러 우리 쪽으로 온다. 고개를 숙이고 느릿느릿. 리코 오빠가, 차이나의 머리 위로 손가락 하나를 닿을 듯 말 듯 올려놓은 채 링 가장자리에 미동도 없이 서 있는 스키타 오빠를 보고 얼굴을 찌푸린다. 차이나는 몹시도 빛이 나서 쳐다보기가 힘들 정도다.

"그래, 내 강아지는 언제 가져갈 수 있는 거냐?" 리코 오빠가 스키타 오빠에게 물었다.

"내 개는 지지 않았어." 제롬이 벌떡 일어서며 말한다.

"딱히 승자가 없는 것 같은데." 마키즈 오빠가 말했다.

"다들 말하는 거 안 들려? 비겼잖아." 랜들 오빠가 말하고는, 앞으로 걸어가 제롬 옆으로 가서 선다. 리코 오빠를 마주 보고 서 있다. 리코 오빠가 코웃음을 치더니 침을 뱉는다. 바람이 세게 불어 그 침이 도로 그의 얼굴에 떨어졌으면 좋겠다. 아니면 그 하얗디하얀 신발 위로 떨어지거나. 랜들 오빠가 막대기를 목 뒤로 넘겨

어깨에 걸치고 허수아비처럼 두 팔을 그 위에 올린다. 빅 헨리 오빠가 마키즈 오빠 옆에 와 서서 리코 오빠 위로 그림자를 드리운다. 매니 오빠가 저 멀리서 황토색이 된 신발을 신은 리코 오빠 친구를 대동하고서 공터를 가로질러 이쪽으로 오고 있다. 모두 오고 있다. 여기 링 한가운데서 만날 것이다. 개들처럼.

"내가 말했지." 리코 오빠가 손가락으로 스키타 오빠와 그 옆에서 숨을 헐떡이고 있는 차이나를 가리켰다. "내 강아지 어디 있냐고." 리코 오빠가 스키타 오빠 쪽으로 걸어가자 다들 움직여서 리코 오빠와 제롬을 둘러싸고 느슨한 원을 그리며 선다. 마키즈 오빠가 두 손을 비비 꼬면서 발을 굴렀다. 내가 남자라면 난 아마 마키즈 오빠처럼 싸울 것이라고, 나는 생각했다.

"아니." 제롬이 말했다. "내 개는 지지 않았어. 다들 비긴 싸움이라고 말하고 있잖아."

"지랄하고 자빠졌네." 리코 오빠는 이제 눈은 스키타 오빠에게 둔 채로 제롬에게 삿대질을 하고 있었다. "나는 하얀 녀석이 맘에 든다."

"비긴 싸움이야. 무승부라고." 랜들 오빠가 리코 오빠를 막아서며 스키타 오빠 앞에 선다. 랜들 오빠가 어깨 한쪽을 기울여 한 손으로 막대기를 붙잡고는 야구방망이처럼 넓게 휘둘렀다. 모두가 무리를 지어 모여들었다. 환한 낮에 대비되는 새까만 무리. "너 혼자 결정할 수는 없지."

"그래." 스키타 오빠가 입을 열었다. "우리가 결정하지." 오빠가 차이나 목에 걸려 있던 둔중한 사슬을 풀었다. 웃고 있다. 차이나도 그 옆에서 웃고 있다.

어떻게 차이나를 싸움에 내보낼 수 있어? 리코 오빠가 큰 소리로 웃음을 터뜨리며 킬로를 데리고 와서 쓰다듬는 동안, 랜들 오빠가 스키타 오빠에게 입 모양으로 성을 냈다. **쟤는 어미라고!** 개들과 그 주인들이 링 주변으로 넓게 퍼졌다. 단단하게 묶여 있던 매듭이 느슨해졌다. **그리고 쟤는 새끼들 아비고 말이지.** 스키타 오빠가 킬로를 가리키며 말했다. **다를 게 뭐가 있어?** 차이나가 스키타 오빠의 다리에 코를 비벼댔다. **쟤는 젖을 먹이잖아.** 랜들 오빠가 말했다. **새끼들을 위해서라는 말이군. 그건 걱정 안 해도 돼.** 스키타 오빠가 말했다. **강아지들 말이야, 강아지들은 어쩌라고?** 랜들 오빠가 물었다. **우리 모두 싸우잖아, 모두 다. 그러니 이제 그 입 좀 다물어줘. 차이나랑 이야기 좀 하게.** 스키타 오빠가 대답했다.

"랜들 형?" 주니어와 마키즈 오빠의 남동생이 둘이 올라가 놀던 미모사 나무에서 급하게 내려왔다. "스키타 형이 차이나 싸움에 내보내는 거야?"

"나무로 올라가서 놀아. 좋은 말로 할 때 들어. 돌아가." 랜들 오빠가 말했다.

"어서, 주니어. 그리고 끝날 때까지 내려오지 마." 내가 말했다.

주니어가 막대기 하나를 집어서 마키즈 오빠의 동생에게 던졌다. 연두색 셔츠를 입은 그 아이는 나무에서 분홍색 꽃잎을 묻혔는지 연두색 셔츠가 알록달록해졌다. 주름이 잘 잡힌 반바지. **저 아이의 엄마가 입혀주었겠지**. 나는 속으로 생각했다.

"떨어지지 말고." 내가 말했다.

"아, 그럼." 주니어가 성가시게 잔소리하지 말라는 투로 발끈하더니 친구와 함께 저 멀리로 뛰어간다.

마키즈 오빠가 리코 오빠는 불한당이고 그의 개는 약골이라는 둥 결단코 킬로가 이기지 않았다는 둥 모두가 들으라는 듯이 큰 소리로 말하고 있다. 빅 헨리 오빠는 땀에 젖은 손수건으로 연신 이마를 비벼대며 고개를 내젓고 있다. 제롬은 마키즈 오빠 말에 큰 소리로 맞장구를 치고 있다. 둘이 왜 사촌지간인지 충분히 알 수 있었다. 보스는 제롬의 발치에서 아직도 피를 조금씩 흘리며 축 늘어져 있다. 혀를 빼물고, 예의 입을 씩 벌리고 웃으면서. 눈을 타고 피가 흘러내리자 보스는 눈을 깜빡거렸다. 킬로는 짚단에 등을 대고 몸을 계속 C자로 웅크린 채로 누워 있다. 랜들 오빠가 이제는 막대기를 골프채처럼 연신 앞뒤로 휘둘러대서 포도 넝쿨이 나뭇가지에서 뜯겨져 나온다. 랜들 오빠가 나를 보는데, 윗입술이 단단히 다물어져 있다.

"어쩌지?" 랜들 오빠가 막대기를 휘두르니 마른 솔잎들과 흙먼지가 솟아오른다. "강아지들은 이제 죽었어. 캠프고 뭐고 없어!"

오빠가 침을 뱉었다.

링 저편에서 매니 오빠가 우리를 보고 있다. 개들이 싸우고 있을 때는, 개들이 이 공터에서 자동차 바퀴처럼 뒤엉켜 굴러다니고 이를 악물고 서로를 밀치며 서로의 몸에 이를 박고 있을 때는, 시야를 좁히기가 쉬웠다. 매니 오빠를 피하기가. 그는 양미간을 찌푸린 채 눈을 커다랗게 뜨고 있다. 그 눈은 마치 미안하다고 말하는 표정이다. 나는 상관없다고 속으로 말하면서, 메데이아처럼 키가 크고 보라색과 초록색의 의복을 입고서 금과 뼈로 장식을 한 나를 상상한다. 좀 어색하기는 했지만, 나는 어깨를 쭉 펴고 공터 가장자리에 있는 스키타 오빠에게로 걸어갔다. 오빠는 야자나무가 무더기로 나 있는 공터 가장자리에서, 차이나 앞에 무릎을 꿇고 앉아서 차이나 귀에 대고 뭐라고 속삭이고 있었다. 차이나를 어찌나 세게 문지르는지, 차이나의 거죽이 오빠의 손길에 밀려 잔물결처럼 주름이 졌다. 오빠가 차이나를 쓰다듬어주고 뭐라고 말을 한다. 차이나의 털이 그늘 속에서 은빛으로 보인다. 차이나는 아주 고요하게 미동도 없이 서서 공터를 물끄러미 바라보고 있다. 오빠의 혀가 입에서 재빨리 나오는데, 그동안 씹고 있는지도 몰랐던 면도칼이 혀끝에서 번쩍거리더니 이내 입속으로 쏙 들어갔다. 오빠가 뭐라고 나직이 읊조리고 있는데, 너무 빨리 말해서 꼭 노래를 부르는 것 같다. **새하얀 차이나, 나의 차이나. 표백한 것 같이 하얀 차이나, 저들을 덮쳐서 빨갛고 하얗게 물들여라, 차이나. 코카**

나무처럼 센 차이나, 그들이 너를 들이마시면 코에서 피를 흘릴 테지, 차이나. 저들이 피를 줄줄 흘리게 만들어, 차이나. 안팎을 뒤집어버려, 차이나. 면도날을 들이마신 줄 알게 만들어라, 차이나. 저들을 덜덜 떨게 만들어라, 차이나. 저들이 널 사랑하게, 널 필요로 하게 만들어라, 차이나. 그들이 아무리 널 원해도 너 없이는 살 수 없다는 걸 깨닫게 만들어라, 차이나. 나의 차이나. 저들에게 알려줘, 알려줘, 저들에게 알려줘.

스키타 오빠는 링 맞은편의 리코 오빠를 마주 보더니, 차이나의 목줄을 땅 위에 내려놓고 차이나의 목에서 사슬을 끌렀다. 차이나가 네 다리를 쭉 펴고 귀를 쫑긋 세우고 꼬리도 빳빳이 세우고 서 있다. 차이나는 온몸이 조금도 움직이지 않는다. 숨을 쉬고 있는 건지도 분간할 수 없다. 차이나는 하얗다, 아주 새하얗다. 불꽃의 가장 중심에 있는 순백색처럼. 킬로는 온통 붉다. 근육 덩어리의 몸은 공터에서 움직이고 있는 붉은 심장 같다. 킬로가 높은 소리로 한 번 짖자, 리코 오빠가 목줄을 풀고 한 번 내려친다. 킬로가 달려 나간다.

"가." 스키타 오빠가 말했다.

차이나가 킬로가 링 가운데 닿기도 전에 쏜살같이 공터를 가로지르더니, 맹렬하게 그르렁거리며 킬로를 맞이한다. 차이나는 얼굴도 다리도 공격하지 않는다. 오직 목, 킬로의 목이다. 차이나는 킬로와 함께 솟구쳐 오르더니, 고개를 그대로 앞으로 내리찍으며 물었다.

"조심해, 킬로!" 리코 오빠가 외쳤다.

차이나가 킬로의 뒷목을 또다시 붙들었다. 차이나는 얼굴을 킬로에게 깊숙이 파묻었다. 고개를 쳐들었을 때 차이나의 턱은 단단히 아물려 있었고, 그 사이에 뜯겨져 나온 털이 묻어 있었다. 차이나는 헐떡거리듯 숨을 깊이 들이마시더니, 다시금 이를 내다꽂았다.

"덤벼, 킬로!" 리코 오빠가 소리친다.

차이나는 붉은 흙을 가르고 지나는 벌레처럼 킬로에게 깊숙이 파고들었다.

"킬로!" 리코 오빠가 외쳤다.

킬로가 차이나에게서 풀려나려고 몸을 밑으로 날린다. 차이나의 다리를 꽉 붙들고는 떨어지지 않는다. 약하고 시시한 기술이어서 나는 리코 오빠가 가르친 기술일 거라고 생각했다.

"이제 흔들어!" 리코 오빠가 고함을 쳤다.

킬로가 차이나를 물고 흔든다. 차이나가 머리를 다시금 흔들고 흔들어보지만, 그렇게 킬로의 어깨를 선홍색 스카프를 두른 듯 붉게 물들이고 있지만, 킬로도 차이나의 다리를 물고 철렁철렁 흔들리도록 잡아당기고 있다. 킬로의 근육이 터질 듯하고 털은 더 이상 붉은 흙색이 아니다. 다시 물이, 빨간색 홍수가 흘러넘친다. 킬로가 그르렁거리며 연신 고개를 젖혔지만, 마지막 일격에서 차이나가 킬로의 귀와 옆얼굴을 그 날카로운 턱으로 삼켜버리고 물어뜯었다. 이내 킬로의 비명 소리가 이어졌다.

"개를 잡아!" 리코 오빠가 외쳤다.

스키타 오빠가 팔을 바꾸어 팔짱을 끼고 고개를 주억거린다. 차이나가 킬로의 옆얼굴에 입을 맞추고 있다. 얼굴을 핥는 연인의 입맞춤이다. 어미가 아비에게 하는, 깊은 입맞춤.

"개를 잡으라고!" 리코 오빠가 외쳤다.

"차이나!" 스키타 오빠가 부르자, 차이나가 아직도 차이나의 발치를 물어뜯고 있는 킬로를 놓아준다. 스키타 오빠를 돌아보는 차이나는 이렇게 말하는 듯하다. **곧 갈게요, 내 사랑. 나 여기 있어요.**

"킬로!" 리코 오빠가 소리쳤다. 그는 킬로의 뒷다리를 잡고 자기 쪽으로 끌어갔다. 킬로가 자기가 좋아하는 먹이를 먹고 있었다는 듯이 입을 쩍 하고 벌리자 그렇게 차이나의 다리도 풀려났다. 차이나가 경중거리며 스키타 오빠에게로 달려오는데 립스틱을 짓이겨 바른 것처럼 빨간 입술로 웃고 있다. 다리에 흐르는 피는 핏빛 가터 같다.

"망할 놈! 개를 그렇게 자기 쪽으로 끌고 갈 필요 없었잖아." 제롬이 말했다.

리코 오빠가 킬로의 목을 닦아내니 스카프를 두른 것 같던 핏자국이 이제는 목걸이만큼으로 줄어들었다. 그는 킬로의 다리를 샅샅이 살펴보고 있고, 킬로는 코를 땅에 처박고 어찌나 세게 숨을 내쉬는지 땅바닥에 땀과 침을 분무기로 뿌려대는 것 같다. 매니 오빠가 그 옆에 무릎을 꿇고 앉아 뭐라고 속삭인다. 나는 매니 오빠가 무슨 말을 하건, 그의 비열함만 더욱 드러날 뿐이라는 것을 안다. 그는 메데이아를 배신한 이아손, 그를 위해 자기 동생을 죽이고 아버지마저 배신한 메데이아에게 코린트 왕의 딸과 결혼하겠다며 도움을 청할 이아손이라는 걸 나는 안다. 매니 오빠의 입이 움직이는 걸 나는 읽을 수 있다. **쟤 만만하게 보지 마, 심장이 없어.** 그는 그렇게 웅얼거리며 차이나를 바라보았지만, 그건 나를 바라보는 것 같았다.

"준비됐지?" 스키타 오빠가 묻는다. 차이나는 자기 옆구리에 튄 피는 아무 상관 없다는 얼굴로 오빠 옆에 서 있다. 두 입술을 굳게 다문 차이나의 옆구리가 오르락내리락한다. 차이나는 킬로가 물어뜯은 다리로도 곧게 서 있다. 물어뜯긴 다리는 관절 위로 생살이 드러나 빨갛게 부어올랐다.

리코 오빠가 손사래를 치며 매니 오빠 입을 막았다. 매니 오빠가 일어서고 리코 오빠도 같이 일어났다. 남자들이 움직였다. 그들이 리코 오빠 뒤로, 또 스키타 오빠 뒤로 몰려들었다. 나는 시합을 보기 위해 가장자리로 가야만 했다. 연못 바닥에는 피가 흘러 빨간 선들이 그어져 있었다. 개들이 온종일 싸운 그 원 주변으로 개 주인들이 안개처럼 넓게 퍼졌다.

"됐고말고." 리코 오빠가 킬로의 옆구리를 내려쳤다. 킬로가 그르렁거리며 일어나더니 비틀거리며 링 중앙으로 달려갔다. 개울처럼 흐르던 피가 이제 강물처럼 흐르고 있다.

"가!" 스키타 오빠가 말한다. 차이나가 태양을 향해 고개를 들더니 한 번, 두 번 짖는다. 그것은 웃음이다. 차이나는 마른 솔잎 더미 안으로 발길질을 몇 번 하고 맹렬히 튀어 올랐다.

"물어버려!" 리코 오빠가 외쳤다.

킬로가 차이나의 어깨 위에서 몸을 뒤튼다. 소용돌이처럼 휘돌며 차이나를 물었다. 차이나도 함께 문다. 사납게, 입맞춤을 돌려준다.

"꽉 물어!" 리코 오빠가 소리쳤다.

둘은 뒷발로 딛고 일어서며 앞다리로 서로를 부둥켜안았다. 차이나가 앞발로 킬로의 가슴팍을 밀쳐내면서 다시 킬로를 덮치려고 순식간에 고개를 뒤로 젖히며 튀어 올랐지만, 차이나의 몸이 활처럼 휘어지던 바로 그때 킬로는 하얗고 통통한, 묵직하고 따뜻한 차이나의 젖가슴을 보았다. 킬로는 젖을 빨려는 강아지처럼 고개를 그 속에 묻었다. 하지만 킬로는 젖을 빠는 게 아니었다. 차이나를 물었다. 킬로가 차이나의 젖가슴을 물어 삼키고 있었다.

"안 돼." 스키타 오빠에게서 외마디 탄식이 흘러나왔다.

"물고 흔들어버려." 리코 오빠가 소리쳤다.

킬로는 소용돌이처럼, 차이나를 빙글빙글 돌리며 흔들고 있다. 차이나가 앞발로 킬로를 긁어내리고 입을 쩍 벌려 킬로의 눈을 입안에 넣으려고 한다. 하지만 킬로는 차이나를 놓아주려 하지 않는다.

"뛰어! 점프해, 차이나!" 스키타 오빠가 외쳤다.

오빠는 차이나를 나무에서 뛰어내리게 할 때 그렇게 말했었다. 뛰어내리라고. 날아오르라고. 차이나가 킬로를 향해 몸을 구부린다. 몸을 낮추고, 있는 힘껏 몸을 구부린다. 차이나가 킬로의 귀를 입안에 넣어 단단히 물고, 발로는 킬로를 단단히 짚고 동시에 고개를 세게 뒤로 젖혔다. 차이나가 찢겨 나갔다. 뜯겨 나간 젖가슴에서 피가 흘렀다. 젖꼭지가 없어졌다.

"차이나!" 스키타 오빠가 외쳤고, 차이나는 앞발로 착지를 했다. 벌써 오빠에게 달려오고 있었다.

킬로가 차이나에게서 나동그라지며 외마디 비명을 질렀다. 귀가 너덜거리며 만신창이가 되었다.

"이리 와, 킬로!" 리코 오빠가 외치자, 킬로가 너덜거리는 귀를 땅에 질질 끌며 뛰어가서 그의 다리에 부딪히고는 핏자국을 남겼다.

"내가 말했지, 스키타." 랜들 오빠가 말했다.

"입 다물어."

깊은 상처가 차이나의 젖가슴을 삼켜버린 빨간 불꽃 같다.

"더 이상은 못 싸워." 랜들 오빠가 말했다.

스키타 오빠가 차이나의 귀에 대고 뭐라고 웅얼거리면서 차이나의 목을 눌러 지혈하고 있다. 이번에는 오빠가 뭐라고 하는지 들리지 않는다. 오빠가 입을 차이나의 귀에 너무 바싹 갖다 대고 있어서 빨갛게 핏줄이 선 차이나의 하얀 귀 뒤로 오빠의 입술이 절반밖에 보이지 않는다. 차이나의 젖꼭지에서 피가 똑똑 떨어진다. 차이나가 스키타 오빠의 뺨을 핥는다.

리코 오빠가 일어선다. 벌써 웃고 있다.

"어쩌면 흰둥이를 가져가지 않을지도 모르겠다. 킬로를 더 많이 닮은 붉은색이 좋을지도 모르겠어." 그러고는 큰 소리로 웃었다.

스키타 오빠가 일어나자, 단단하고 하얀 차이나가 오빠를 올려다본다.

"계속 싸울 거야." 스키타 오빠가 말했다.

랜들 오빠가 어깨에서 막대기를 내려서 자기 앞에서 휘둘렀다.

"이미 충분히 만신창이가 됐어." 랜들 오빠가 말했다.

"만일 차이나가 지면, 지게 되면." 빅 헨리 오빠가 단어들을 음미하듯, 천천히 말했다.

"차이나는 지지 않아." 스키타 오빠가 말한다.

리코 오빠가 웃는다.

스키타 오빠가 어깨를 한 번 으쓱해 보이더니 차이나의 코끝을 손가락으로 만진다.

"차이나는 내 개야. 그리고 싸울 거고."

킬로가 얼굴을 찡그렸다.

"저 새끼가 하고 싶다는 대로 해주자고." 리코 오빠가 킬로에게 말했다.

차이나의 옆구리를 타고 피와 땀이 빨갛게, 잿빛으로 흘러내린다.

"가, 킬로."

킬로가 뛰어나온다.

"가, 차이나, 가!" 스키타 오빠가 소리치자, 차이나가 가슴에서 피를 철철 흘리며 앞으로 돌진한다. 덤불숲에 붉은 줄이 그어진다.

둘이 만났다. 둘이 솟구쳐 오른다. 서로를 껴안는다. 서로의 목을 문다. 둘이 서로를 물며 그르렁거리자, 공터로 불어닥친 바람이 그 소리를 싣고 어디론가 날아간다.

킬로가 차이나의 어깨를 다시 물고는 차이나를 흔들어대려고 목에 힘을 준다.

스키타 오빠가 주먹을 그러쥔다. 오빠는 온몸의 털을 곤두세운 동물 같다.

"저들에게 알려줘!" 스키타 오빠가 평소에 말하는 것보다 별로 크지도 않은 소리로 외쳤다.

차이나가 그 소리를 들었다.

"저들에게 알려주라고."

차이나가 불이 되었다. 차이나가 산소를 빨아들이듯, 힘을 모으듯 고개를 높이 쳐들더니 킬로에게 불같이 달려들어 그 목에 이빨을 내다 꽂는다. 차이나가 킬로를 누르고, 둥글게 몸을 말고,

사랑의 불꽃이 되어, 킬로를 핥는다. 킬로의 입에 여전히 어깨가 물려 있는데도, 차이나는 순식간에 몸을 뒤집더니 킬로 위에 올라탔다. 킬로가 차이나 밑에서 몸부림친다. 차이나의 이빨이 살점을 물어뜯는다. 불꽃이 타올라 물을 증발시켜버린다.

너 없이는 안 된다는 걸 저들에게 알려줘, 알려주라고, 알려줘. 스키타 오빠가 말한다. 차이나가 그걸 듣는다.

안녕, 아이들 아빠. 차이나가 킬로를 핥으며 말한다. **당신에게 줄 젖은 없어.** 차이나가 불타오른다. 킬로가 다시 차이나의 젖가슴을 덮치지만 차이나는 어깨로 밀쳐내버린다. **하지만 내게는 이게 있어.** 차이나의 턱은 킬로의 목에 붙은 쥐를 단단히 붙든 쥐덫이 되었다.

킬로가 비명을 지르자, 높고 커다란 소리가 터져 나온다. 바람이 차이나의 이빨 사이로 지나가며 휘슬을 분 것처럼.

스키타 오빠가 웃는다.

스키타 오빠가 외친다. "이리 와, 차이나!"

차이나가 몸을 홱 돌리니 킬로의 목에서 살점이 떨어져 나갔다.

차이나가 온다.

"멈춰! 멈춰!" 그렇게 외치는 리코 오빠의 얼굴은 땀에 젖어 일그러져 있다. 그는 링의 흙바닥에서 킬로를 질질 끌고 나온다. 매니 오빠가 무릎을 꿇고, 나와 스키타 오빠, 차이나를 흘끗 보는데, 우리 모두가 증오스럽다는 얼굴이다. 그 눈길이 아프게 꽂히지 않기를 바랐지만, 아프다.

킬로가 통곡을 한다.

미풍에 분홍색 미모사 꽃잎이 떨어져 흩날린다. 마키즈 오빠의 동생이 주니어를 남겨두고 먼저 나타났다. 녀석은 나무에서 황급히 내려와서 제롬의 다리에 얼굴을 파묻었다. 분홍색 꽃이 묻은 녀석의 어깨가 덜덜 떨린다. 주니어가 미모사 나무 속에 가만히 웅크리고 앉아 있다. 나뭇가지에 올려놓은 주니어의 하얀 두 손이 나무를 부러뜨릴 듯이 떨리고 있다. 주니어의 커다래진 눈이, 비명을 지르는 킬로에게서 떨어질 줄을 모른다. 주니어가 킬로의 울음소리에 맞추어 몸을 흔든다. 그것이 꼭 노래 같다.

아홉째 날

허리케인 전야

 욕실에서 누군가 토하는 소리가 나서 잠에서 깼다. 선잠이 든 상태에서, 나는 욕실에 있는 나를 보았다. 변기 앞에 웅크리고 앉아 한 손으로 변기통 뒷면을 잡고 토하고 있었다. 하지만 내 혀가 목구멍으로 넘어가버릴 듯 구역질 소리가 점점 커지면서, 나는 내가 토하고 있는 게 아니라는 걸 깨달았다. 나는 그렇게 큰 소리를 내며 토한 적이 한 번도 없다. 그런 소리를 낸 적이 없다. 욕실이 눈앞에서 사라지더니, 나는 어슴푸레한 새벽빛에 눈이 떠졌다. 천장이 눈에 들어온다. 주니어는 자기 침대에서 이불과 베개를 바닥으로 차버리고 잠들어 있다. 나는 끼익 소리를 내며 방문을 열었다.

 욕실 바닥에 있는 것은 아빠였다. 아빠가 한 손으로 변기통을 부여잡고, 무릎 한쪽은 바닥에 내려놓은 채 웅크리고 앉아 있었다. 아빠는 변기통 안으로 빨려 들어갈 듯이 혀를 빼물고 있었다.

"아빠?"

"랜들 오라고 해라." 아빠가 숨을 내쉬고는, 등을 둥글게 구부리더니 속이 뒤집어지는 소리를 낸다.

집 복도는 아직 어둡다. 랜들 오빠는 자기 침대에 있고, 스키타 오빠는 자기 침대에 없다. 어제 시합이 끝나고, 오빠는 뒷문 밖 백열전구 아래서 차이나를 씻겨주었다. 오빠는 차이나를 깨끗이 문질러 닦아주고는, 뒷문 계단에 앉아서 지저분하게 더께가 내려앉은 항생제 연고 통에서 연고를 짜내 킬로가 살점을 뜯어내 생살이 드러난 자리에 발라주었다. 차이나의 다리와 어깨, 뜯겨 나간 젖가슴은 고깃점 같아 보였다. 스키타 오빠는 자기가 옆구리에 둘렀던 낡은 붕대를 꺼내서 삼등분으로 잘랐다. 그러고는 붕대를 차이나의 다리에, 목과 어깨에, 배에 감아주고 핀으로 고정했다. 차이나가 눈을 가늘게 뜨고서, 오빠가 붕대를 잘 감을 수 있도록 편안히 숨을 내쉬며 서 있다. 차이나는 이따금씩 꼬리를 흔들었고, 오빠는 상처가 나지 않은 쪽을 닥치는 대로 쓰다듬었다. 발이나 등, 꼬리 같은 데를. 오빠는 분명 차이나와 함께 창고에서 잤을 것이다. 내가 두 번을 흔들어 깨우고 나서야 랜들 오빠는 깨어났다. 눈을 희번덕 굴리면서 두 팔로 얼굴을 감쌌다.

"뭐야? 왜 그래?"

"아빠 때문에. 아빠가 욕실에서 토하고 있어."

랜들 오빠가 내가 보이지 않는다는 듯 눈을 찌푸리고 나를 본다.

"뭐라고?"

"아빠 말이야. 욕실에 있어. 아픈가 봐."

오빠가 눈을 깜빡이며 내게 고개를 끄덕였다. 잠에서 깨고 있다.

"아빠가 오빠 찾아."

욕실로 가면서 오빠는 잠을 쫓으려고 팔다리를 흔들고 경중경중 뛰는 시늉을 한다. 아빠가 얼굴을 우리 쪽으로 하고서 변기에 얼굴을 내려놓고 있다. 눈은 감고 있고, 두 팔은 칠이 벗겨진 타일 위에 늘어뜨린 것이, 어린 소나무 같다.

"나 아프다. 계속 이러네." 아빠가 신음 소리를 냈다.

"아빠, 일어나봐."

"안 돼." 아빠는 몸을 구부려 자기를 부축하려는 랜들 오빠를 밀쳐내려고 한다. 하지만 아빠는 힘이 없고, 아빠의 손은 마른 나뭇가지처럼 맥없이 떨어진다. "변기통 옆에 붙어 있어야 한다고."

"침대 옆에 쓰레기통 갖다줄게." 랜들 오빠가 아빠를 일으켜 세우고 숨을 크게 들이마시지만, 아빠의 다리가 축 늘어진다. 아빠는 쫙 펴서 빨래집게로 집어놓기 전, 빨랫줄 위에 걸려 있는 침대보처럼 늘어져 있다. 할머니 할아버지가 아직 살아 계실 때 엄마는 할머니 집과 우리 집 침대보를 한꺼번에 빨았고, 그래서 아빠는 여분의 빨랫줄을 더 만들어야 했다. 엄마는 침대보를 빨랫줄에 쫙 펴서 널기 전에 먼저 무더기로 걸쳐놓았다. 침대보는 워낙 얇아서 맞은편이 훤히 보였다. 그렇게 침대보를 쭉 널어놓으면 구름처럼 새하얀 방이 만들어졌고 우리는 그 안에서 숨바꼭질 놀이를 하고 놀았다. 겨울에 그렇게 놀면 얼굴이 젖으면서 살이 엘 만큼 차가워졌지만, 찌는 여름에는 얼마 가지 않아 물기가 다 날아가버렸다. 그래도 우리는 조금이라도 찬 기운이 남아 있지 않을까 하며 침대보에 얼굴을 문지르고는 했다. 한번은 우리가 침대보 위에 흙 자국을 남겨서 엄마가 이불을 더럽히지 말라며 소리를 질렀다. 그 뒤부터 우리는 손을 머리 위로 올리고 침대보에 코를 비벼대면서 맞은편에서 뛰어오는 상대방이 보이는지 안 보이는지 들여다보고 놀았다. 지금은 이불을 빨고 너는 것은 나와 랜들 오빠의 일이 되었다. 나는 스키타 오빠가 세탁기 작동법을 알 거라고는 기대도 하지 않는다.

"아빠 다리 좀 잡아." 랜들 오빠의 말에 나는 몸을 구부려 아빠 다리를 들었다. 아빠는 보기보다 무거웠다. 아빠는 눈을 감은 채로 고개를 떨구고 씩씩거리며 숨을 내쉬고 있었다. 목에 뭐가 걸린 듯 숨소리가 답답했다. "가자."

나는 어두운 복도를 뒤로 걸어야 했기에, 우리는 발을 끌며 천천히 걸었다. 엄마가 죽은 뒤 아빠는 랜들 오빠와 나에게 세탁기 사용법을 알려주었다. 이불보를 빨고 빨랫줄에 너는 것은 우리 일이 되었다. 처음에는 아빠가 시킬 때만 빨래를 했지만, 나중에는 정강이나 발목이 너무 가렵고 따가워서 한밤중에 깨어나는 일이 잦아지면 알아서 이불을 빨았다. 처음에 우리는 빨래를 이렇게 널었었다. 이불을 빨랫줄에 얹기에는 오빠와 나 모두 키가 작았기 때문에 둘이 젖은 침대보를 메고 가서는, 하나 둘 셋을 같이 세면서 그 젖은 천을 빨랫줄 위로 던져 올렸었다. 부디 떨어지지 않고 줄에 잘 걸리기를 바라면서. 아빠의 발목은 오렌지처럼 부드러웠다. 그렇게 부드러울 거라고는 생각도 하지 못했다.

"하나, 둘, 셋." 랜들 오빠가 숫자를 셌고, 우리는 침대보를 던져 올리듯 같이 침대 위로 아빠를 들어 올렸다. 한순간, 랜들 오빠가 키가 지금의 절반밖에 되지 않고 꼬챙이처럼 가늘어서는, 무릎은 야구공만 하고 빼빼 말라서 뼈밖에 없던 소년으로 보였다. 우리는 다시 아이가 되었다. 엄마가 얼마 전에 죽어서 우리가 침대보를 널고 있는 것처럼. 내 눈이 따끔거렸다. 아빠 베갯잇에 젖은 자국이 나 있다. 아빠가 신음 소리를 내며 손가락이 잘려 나간 손을 움켜쥐었다.

침대 머리맡 탁자에는 맥주 캔이 늘어나 있었다. 반은 비어 있다. 랜들 오빠가 아빠의 약을 찾으려고 침대 옆에 무릎을 꿇고 앉으니 맥주 캔이 흔들린다. 약은 바닥에 떨어져 있었다.

"아빠, 손이 아파?" 오빠가 물었다. 아빠가 우리를 보고 옆으로 돌아눕기에 나는 욕실로 가서 쓰레기통을 갖고 와서 침대 머리맡에 놓았다. 사탕 봉지와 구겨진 휴지 조각이 몇 개 있지만, 쓰레기통은 거의 비어 있다. 랜들 오빠가 전등을 켜고 진통제를 찾으려고 약병에 쓰인 글자를 읽는다. 오빠는 크고 검고, 온몸이 근육으로 울퉁불퉁하다. 가끔 나는 아빠가 이 건장한 거구의 소년이 엄마와 아빠에게서 나왔다는 사실에 놀라지는 않을까 궁금했다. 랜들 오빠를 보며 경탄하지는 않을지. 그러자 내 앞에 매니 오빠가 보였다. 공터에 있던 차이나만큼 환히 빛나던 그. 그리고 그와 나의 앞에 장차 어떤 일이 닥칠지 궁금해졌다. 그처럼 황금빛 광채가 나는 커다란 무엇인가, 아니면 나처럼 검고 작은 무엇인가, 아니면 둘 모두와도 다른 무엇인가가 생겨날까. 아빠는 랜들 오빠의 시합에 한 번 온 적이 있었는데, 경기 내내 입구에 서 있기만 했다. 손에 야구 모자를 쥔 채로 고개를 주억거리면서, 농구 코트를 향해 얼굴을 찌푸리고 건성으로 시합을 보았었다. 아빠는 중간 휴식 시간이 되기도 전에 경기장을 떠났다.

"아빠, 이 항생제 먹는 동안에는 술 마시면 안 된다고 여기 쓰여 있어. 이 진통제도 마찬가지고."

아빠가 고개를 절레절레 저으며 그대로 누워 있다.

"맥주는 술이 아냐. 그냥 차가운 음료수지." 아빠가 베개 속에 대고 투덜거린다.

"아마 그래서 토한 것 같은데."

"내가 여기 이러고 있으면 안 되지." 아빠의 다치지 않은 손이 떨린다. "가서 집을 손봐야 해."

"에시, 물 좀 가져와." 오빠가 맥주 캔을 집어 한 손으로 찌부러

트렸다. 그 긴 손가락이 거미줄처럼 오므라들었다. "그리고 이거 가져가고."

나는 맥주 캔들을 내 티셔츠 안에 담아가지고 나왔다. 아빠가 뭐라고 웅얼거렸다. 물을 갖고 돌아오니 오빠가 아빠에게 약을 건네고 있고, 아빠는 한쪽 팔꿈치로 버티고 머리로는 침대 머리맡 나무판을 받치고서 몸을 일으키고 있다. 아빠가 약과 함께 물을 벌컥벌컥 들이켠다. 물을 그렇게 빨리 들이켜면 욕지기가 또 나지 않을 거라는 것처럼.

"허리케인 말이다."

"어떻게 하라고 아빠가 말을 해줘." 오빠가 그렇게 대답하고는, 아빠가 속이 쓰리지 않도록 빵 두 조각을 탁자에 갖다 놓으라고 내게 말했다.

미풍이 오늘은 제법 거센 바람이 되었다. 어제 숲속과 공터에서 불던 것보다 한층 세고 거칠어졌다. 나는 아빠의 소형 트럭 짐칸에 있는 연장통에서 손전등을 찾아냈다. 망치와 드릴도 같이 꺼냈다. 연장통 밑바닥에는 닭장 안에 깔린 깃털과 건초처럼 못이 즐비하게 널려 있다. **창문이 먼저다. 창문을 전부 막아야 해.** 아빠는 그렇게 말했다. 못을 다 줍는 데만도 시간이 꽤 걸렸다. 한번은 손을 찔려서 입으로 손가락을 빨았는데, 피는 나지 않았고 그냥 아프기만 했다. 나는 차이나의 뜯겨 나간 젖꼭지도 상처가 다 아물고 나면 강아지가 젖을 빨 때 이런 느낌이 들까 궁금했다. 상처가 아물어 단단한 느낌.

스키타 오빠가 창고에서 나오더니 오빠가 문 대용으로 세워놓은 양철판을 밀어 입구를 막는다. 오빠는 수도꼭지를 틀고 몸을 숙여 물을 마시고는 머리도 적셨다. 오빠가 내 쪽으로 걸어오는데 물이 목까지 타고 흘러내려 쇄골까지 젖어 있다. 킬로의 어깨가 빨간 숄을 두른 듯 피로 물들었던 것처럼.

"아빠 트럭에서 뭐 하는 거야?"

"아빠 아파." 내가 말했다.

랜들 오빠가 조수석에 몸을 반쯤 걸치고 흑인 라디오 방송을 튼다. 오빠는 다리가 길어서 조수석에 엉덩이를 걸치고도 다리가 땅에 완전히 닿는다. 랜들 오빠가 스키타 오빠도 들을 수 있도록 앞유리에 대고 크게 소리를 친다. "아빠가 허리케인 준비 우리더러 하래."

"아빠가 널빤지 먼저 하라고 했어." 내가 스키타 오빠에게 말했다. 오빠는 웃통을 벗고 있는데, 허리띠를 너무 꽉 조여서 반바지의 허리춤이 샤워 커튼처럼 주름이 잡혔다. 가죽 벨트 사이로는 살이 삐져나왔다. 어제 입었던 그 반바지다. 내가 맞았다. 오빠는 차이나와 같이 창고에서 잤다.

"난 안 돼. 차이나 다시 씻기고 상처 치료해줘야 해. 흉 지면 안 된단 말이야."

아홉째 날 허리케인 전야

"그거 몇 분이면 되는데? 15분? 30분?" 랜들 오빠가 이제는 트럭에서 몸을 다 빼고 묻는다. 오빠의 뒤쪽으로 음악 소리가 들려온다. 아빠의 트럭에는 베이스 스피커가 없어서 소리가 아주 작게 들리고 쇳소리가 난다. 노랫소리가 작아지면서 디제이의 목소리가 들렸다. 부드럽게 말하는 여자 디제이는 여느 남자 디제이 못지않게 차분하고 깊은 목소리다.

"허리케인 카트리나가 현재 3등급 규모로 판정되었네요. 월요일 아침쯤, 루이지애나 뷔라스 트라이엄프에 상륙할 예정이라고 합니다. 국립허리케인센터가 루이지애나 동남부와 미시시피, 앨라배마 연안에 허리케인주의보를 내렸군요. 저희 94.5 방송에서는 허리케인 소식을 계속 알려드리겠습니다……." 랜들 오빠가 라디오를 끈다. 스키타 오빠가 땅을 내려다보며 입을 실룩거렸다. 오빠의 새까만 눈썹이 가운데로 모여 있어서 서로 맞닿아 갈고리 모양을 그릴 것 같다. 꼭 아빠 눈썹처럼. 내 눈썹은 아주 옅어서 거의 보이지도 않는다.

"나 가게 가서 뭣 좀 사 올게. 붕대하고 필요한 것들이 좀 있어." 스키타 오빠가 말한다.

"가게 가거든 통조림 같은 것 좀 더 사 와." 랜들 오빠가 눈을 크게 떴다.

"그런 거 살 돈은 없어."

"그래? 그러면서 네가 무슨 돈으로……." 랜들 오빠가 말을 중간에 멈춘다. "내가 아빠 지갑에서 돈 좀 가져올게. 가장 싼 것으로 사 와. 깡통에 든 거면 뭐든 괜찮아. 이제 요리 같은 건 못 할 거야."

"나도 그건 알아." 스키타 오빠가 말했다.

"어련하시겠어." 랜들 오빠가 머리통을 긁어댄다. "어디 들르지 마."

"안 들러."

"어떻게 갈 거야?"

"빅 헨리 형 불렀어."

"빨리 사가지고 돌아와." 랜들 오빠가 다시 라디오를 켠다. 래퍼가 다람쥐처럼 속살거리며 말을 뱉어낸다. 랜들 오빠가 문손잡이를 잡고 만지작거리다가 몸을 밖으로 뺀다. "네 도움이 필요해!"

"알았어." 스키타 오빠가 어깨로 흘러내리는 물을 닦아내니 물이 가슴팍으로 흘러내리며 넥타이처럼 되었다. 공기가 너무 덥고 답답해서 바람이 이렇게 부는데도 물이 마를 생각을 않는다. "차이나 좀 봐줘." 스키타 오빠는 그렇게 말하고 바람같이 집 안으로 들어갔다.

"주니어?"

통에서 못을 집어내는 걸 주니어가 도와줬으면 싶다. 주니어의 거미처럼 작은 손가락이 나보다 나을 것이다. 주니어는 침대에 없고, 이불과 베개는 바닥에 떨어진 그대로다. 나는 이불과 베개를 집어 도로 침대 위에 올려놓는다. 우리 방 창문의 커튼이 펄럭인다. 나는 창문에 달린 선풍기를 껐다.

"주니어."

주니어가 욕실에 없다. 누가 마지막으로 썼는지는 모르지만 평소처럼 변기 좌석이 들려 올라가 있다. 스키타 오빠와 랜들 오빠의 방문은 닫혀 있다. 그 방 안에서는 스키타 오빠가 부스럭거리는 소리가 들린다. 문 아래쪽 한가운데에는 구멍이 하나 있다. 예전에 스키타 오빠가 화가 나서 발로 차서 생긴 구멍이다. 아빠는 오빠가 방문을 그렇게 만들어놓았다면서 오빠 뒤에서 나타나 오빠를 발로 걷어찼고, 그러고는 얼굴을 내려치려고 했었다.

"주니어 여기 있어?"

"아니." 벽은 너무 얇아서 오빠가 바로 내 옆에서 말하는 것 같다. 오빠가 벽을 찬 것은 차이나 때문이었다. 차이나가 통통해지고 젖이 불어나면서 차이나가 새끼를 뱄다는 걸 아빠도 알게 되었을 때, 아빠는 오빠에게 우리 집에 개들이 넘쳐나는 꼴은 못 본다고 말했다. 아빠는 술에 취해 있었는데 그날 밤 이후로 다시는 그런 말을 하지 않았다. 그날 밤 스키타 오빠가 얼굴로 날아오는 아빠의 주먹을 막고는 정확히 아빠를 노려보며 **내 얼굴에 손대지 마**라고 말한 이후로는.

"주니어?"

주니어는 그 작고 좁은 등을 내게 보이며, 빡빡 밀어버린 머리를 숙이고서 아빠 침대맡에 서 있었다. 한 팔은 늘어뜨리고, 다른 한 팔은 숟가락 위에 삶은 달걀을 얹고 달리는 부활절 놀이에서 하듯이 앞으로 조심스레 뻗은 채. 하지만 지금은 손에 숟가락을 들고 있는 게 아니라, 검지를 쭉 펴서 잠든 아빠 코 밑에 가만히 갖다 대고 있다. 아빠의 듬성듬성 자란 콧수염에, 아빠의 오톨도톨한 코 밑 살에 닿을락 말락 하게. 나는 주니어가 그렇게 미동도 없이 가만히 있는 모습을 처음 보았다.

"너 뭐 하는 거야?"

주니어가 화들짝 놀란다. 이쪽을 돌아보며 손가락을 홱 숨긴다. 주니어의 눈 밑이 검어서 순간 신경쇠약 직전의 조그마한 흑인 남자 같아 보였다. 나는 주니어의 손가락을 잡아채서 주니어를 데리고 방에서 나와 문을 닫았다.

"누나." 주니어가 기어 들어가는 소리로 말했다. 주니어는 마룻바닥이 뚫어질 듯 바닥을 내려다보고 있었다. 자기가 늘 들어가 노는 집 밑바닥까지 뚫어버릴 것 같았다.

"너 뭐 한 거야?" 내가 물었다. 내가 꼬집자 잡히는 건 얇은 거죽뿐이다. 아직도 검지를 펴서 가리키고 있다. 주니어가 신음 소리를 내며 몸을 빼내려 했지만, 나는 꽉 붙잡았다.

"아빠가 숨을 안 쉬었어."

"무슨 말이야, 아빠가 숨을 안 쉬었다니?"

내가 복도로 끌고 오니 주니어는 발을 질질 끌며 따라오지 않으려고 버텼지만, 나는 주니어를 데리고 우리 방으로 들어왔다. 내가 주니어 앞에 무릎을 꿇었다.

"너 뭐 하고 있었어?"

주니어가 내 목으로, 손으로, 얼굴만 빼고 여기저기로 눈길을 던졌다. 그러다 내가 세게 흔들어대자 결국 내 얼굴을 바라본다.

"잠들어 있는 것 같았는데, 보니까 숨을 안 쉬는 것 같은 거야. 그래서 아빠가 숨 쉬는지 보려고 그랬던 거야. 이거 놔!"

"이제 아빠 잠잘 때는 방에 들어가지 마." 나는 주니어의 팔을 붙잡고 또 흔들었다. "아빠 아프단 말이야."

"나도 알아." 주니어가 작게 우는소리를 했다. "아빠 아프다는 거 나도 알아." 주니어가 두 손을 모으고 갑자기 잡아 빼더니 마치 젖은 밧줄처럼 내 손아귀에서 빠져나갔다. "아빠 손하고 맥주하고 아빠 약, 나도 다 안다고." 주니어가 자리에서 뛰어오를 듯 발을 굴렀다. "아빠 손가락이 기계에 잘리는 거 내가 봤어. 내가 찾았단 말이야!" 목소리가 더 커졌다. "다 봤다고!"

"뭘 찾아?"

"아빠 반지!"

"주니어!"

"여기 있어!" 주니어가 소리쳤다. 주니어의 그 작은 이가 보이지 않는다. 사탕처럼 작고 노란 이가 하나도 보이지 않고, 축축하고 붉은 목청만 보인다. 주니어가 다시 아기가 되었다. 젖꼭지를 찾느라 크게 벌리던 입. 손에 잡히는 것이 우리 손가락, 담요, 턱받이, 떠돌이 개들의 앞발밖에 없으니 이내 그것을 집어넣고 빨던 그 입. 주니어는 지금 그 아기 주니어였고, 또 그렇지 않기도 했다. 주니어가 작은 스키타 오빠 같다. 그리고 아빠의 숨을 확인할 때 쓰지 않았던 다른 손을 주머니에 찔러 넣더니 뭔가를 잡아채서 방바닥으로 내던진다. 작고 검붉은 어떤 것, 동전만 한 어떤 것을. "아빠한테 아주 나쁜 일이었잖아!" 주니어가 한참 내달린 것처럼 숨을 몰아쉬더니, 거미처럼 쏜살같이 복도를 달려 나간다. 나는 현관 계단에서 주니어를 잡으려다 놓쳤다.

"오빠! 주니어 잡아!" 내가 소리쳤다.

트럭 안에서 몸을 굽히고 내다보는 랜들 오빠는 주니어가 사라져버린 집 한쪽 모퉁이에 있는 기다랗고 검은 선 같아 보인다. 나는 곧 주니어가 집 밑으로 쿵 하고 들어가는 소리를 들었다. 주니어가 땅바닥에 너무 찰싹 달라붙어 있어서 내 눈에는 주니어가 보이지도 않는다.

"주니어, 거기서 나와!" 랜들 오빠가 소리쳤다.

주니어는 조용하다.

"너 내가 그리로 들어가서 잡아 올 거다!" 랜들 오빠가 이를 앙다물고 말하며 기어 들어갔고, 주니어는 내가 버티고 서 있는 다른 쪽으로 튀어나왔다. 눈동자 흰자를 토끼처럼 굴리며 달아나려고 하는 것을 내가 붙잡았다. 주니어가 발을 차고 또 찼다. 그 순간만은 털 달린 동물이 된 것 같았다.

"쟤 왜 그런 거야?" 랜들 오빠가 가슴팍이 흙투성이가 되어 집 모퉁이에서 돌아 나왔다.

"주니어가 아빠 결혼반지를 주웠어."

"주니어가 뭘 어째?" 랜들 오빠 얼굴이 일그러졌다.

"아빠 결혼반지를 주웠다고. 손가락에 끼워져 있는 걸 찾아내서 손가락에서 빼냈대. 주머니에 넣고 있었어." 내가 한마디씩 내뱉을 때마다 오빠의 얼굴은 일그러지고 구겨져 결국 얼굴의 모든 선들이 뒤틀리며 깨진 유리잔처럼 되었다. 내가 하는 말이 도저히 믿기지 않아서 그런다는 걸 나는 알고 있었다.

"세상에, 너 왜 그런 짓을 했어?" 랜들 오빠가 소리쳤다. 오빠가 나한테서 주니어를 채 가더니 다른 손으로 주니어의 메마른 엉덩이를 세게 내리쳤다. "너 누가 그런 짓 하랬어?" 다그치는 랜들 오빠의 목소리는 더욱 높아졌다. 오빠는 또 내리쳤다. "주니어!"

주니어가 랜들 오빠의 손에 붙잡혀 맴을 돌았다. 둘은 그렇게 빙빙 돌았지만, 랜들 오빠가 더 빠르고 힘이 셌고 오빠의 손은 주니어를 내리치고 또 내려쳤다.

"이런. 이 못된 녀석. 너. 어떻게. 그럴 수가. 너 제정신이야?" 랜들 오빠가 두 번이나 손을 휘둘렀다. 오빠의 손은 널빤지처럼 딱딱했다. "너 왜 그런 짓을 했어?"

"엄마가 준 거잖아!" 주니어가 소리를 꽥 질렀다. 사이렌 소리 같은 목소리. "그리고 아빠한테는 이제 소용없잖아!" 주니어가 흐느껴 울기 시작했다. "내가 갖고 싶었단 말이야!" 주니어는 목 놓아 울었다. "엄마 거잖아!"

스키타 오빠는 주니어가 한 짓을 듣더니 웃었다.
"겁나게 무서운 놈인데."
"나쁜 거지."
"반지 어디 있는지 찾기는 했어? 아마 어딘가에 숨겨놓으려고 할 거야."
"내가 찾았어." 내가 말했다. 내 침대 위에 있던 반지를 휴지로 잘 싸서 개수대로 가져가 깨끗하게 씻었다. 금은 색이 바래고 낡아서 은처럼 하얗고 어느 모로 봐도 엄마가 생전에 끼고 있을 때 모습이 아니었다. "피가 범벅이 되어 있었어." 나는 반지를 닦고 나서 속을 게워내야 했다.

아빠 트럭 짐칸에 올라간 주니어가 딸꾹질을 하면서 연장통 위로 몸을 구부려서 못을 집어 올리고 있었다. 흐느껴 울면서 딸꾹질을 하는 소리가 쇠로 된 연장통 안에서 더 크게 울렸다. 주니어가 찾아낸 못을 트럭 짐칸 바닥으로 던지면 핑, 핑 소리가 났다.
"반지 어떻게 했어?" 스키타 오빠가 물었다.
"서랍 맨 위 칸에 넣어놨어."

스키타 오빠가 웃었다. 활짝 웃으니 누런 이가 드러났다.

"손가락을 찾아봐야겠다. 공짜 단백질 아냐. 차이나에게 먹이면 되겠다." 오빠가 웃었다.

"닥쳐. 생각만 해도 역겨워." 내가 말했다.

"아빠는 뭣 때문에 탈이 난 건지 모르겠네." 랜들 오빠가 고개를 내저었다.

스키타 오빠는 널빤지를 끌고 창고로 걸어가면서도 웃었는데, 몇 분이 지나서까지도 오빠가 킬킬거리며 혼잣말하는 소리가 들려왔다. 빅 헨리 오빠가 스키타 오빠를 데리러 차를 몰고 나타나자 스키타 오빠는 창고 입구에 막아놓은 양철판을 젖히고 셔츠 차림으로 웃으면서 나왔다. 빅 헨리 오빠가 차를 세우고 한 손에는 찬 음료를 들고 천천히 걸어왔다. 나는 그게 맥주가 아니어서 깜짝 놀랐다. 나는 빅 헨리 오빠를 보고 고개를 까딱했을 뿐, 팔짱을 낀 채로 트럭 짐칸에서 주니어를 그대로 지키고 서 있었다. 주니어는 아직도 딸꾹질을 하면서 연장통 안으로 콧물을 뚝뚝 흘리고 있었다.

"쟤 왜 그래?" 빅 헨리 오빠가 묻기에 그쪽을 흘끗 보니 그가 나를 바라보고 있다. 부스스한 머리를 다듬고 턱 밑 수염도 말끔하게 다듬어서 평소보다 단정하고 가벼워 보였다. 땀에 젖어서 반들거리고 더 보드라워 보이기도 했다. 나는 주니어의 뼈가 앙상한 좁은 등을 바라보았다. 주니어가 못을 하나 또 떨어뜨린다. 핑.

"가자." 스키타 오빠가 웃었고, 둘은 떠났다.

창문을 막아.

나는 주니어에게 셔츠 안에 못을 담고서 랜들 오빠와 내 옆에 서 있으라고 시켰다. 오빠와 나는 창문 크기에 맞는 널빤지를 찾아내서 창가로 가져와서는 창문에 세우고 못을 박을 계획이었다. 랜들 오빠가 우리가 다룰 수 있는 튼튼한 망치를 손에 들었다. 랜들 오빠가 못을 내려칠 동안 나무판을 위치에 맞게 잡고 있는 것이 내 일이었다. 가능한 한 멀리 떨어진 곳을 붙잡고 있어야 했다. 주니어가 덜덜 떨면서 숨을 몰아쉬고 있다. 주니어는 오빠가 망치를 내려칠 때마다 입술을 물어뜯고 있다. 판자에 못질을 하고 나면 번번이 유리창이 눈동자만큼 혹은 손바닥만큼씩 나와 있다. 판자를 어떤 모양으로 바꾸고 옮겨도 그랬다. 랜들 오빠는 있는 힘을 다해 집중했지만, 그래도 근소한 차이로 빗나가며 손가락을 두 번 찧었고 그때마다 욕을 내뱉었다. 그럴 때마다 주니어는 딸꾹질이 아니라 아예 숨이 넘어갈 듯 밭은기침을 해댔다. 나도 그랬다. 오래도록 가문 탓에 판자에 묻어 있던 흙은 바싹 마른 흙먼지가 되어 있었는데, 랜들 오빠가 망치를 내려칠 때마다 판자가 떨리면서 내 얼굴 위로 붉은 흙이 쏟아져 내렸다.

물병들을 집 안으로 들여놓아라.

내가 주니어와 같이 집 밑에서 건져낸 유리병들이 주방에 모두 모아졌다. 그렇게 딱 붙어 옹기종기 모여 있으니 꼭 개구리알 같았다. 한가운데가 뿌연 것도 그랬다. 주니어와 함께 병들을 들여놓고 보니 병은 뿌옇고 불투명했다. 나는 행주를 두 개 헹궈서 하나는 주니어에게 주고 하나는 내가 갖고서 같이 부엌 바닥에 자리를 잡고 앉아 병들을 열심히 문질렀다. 이것이 허리케인 전야였다. 창문을 판자로 막고, 집 안이 캄캄해져 주니어의 하얀 셔츠가 가장 밝은 조명이 되는 것. 우리는 열린 문틈으로 들어오는 네모진 빛 안에 앉아서 행주가 붉어지도록 병을 닦았다. 우리가 이 물을 마시게 될 것이다. 요리할 때도 쓸 것이다. 랜들 오빠는 널빤지에 난 구멍을 메워보려고 하고 있었지만 잘되지 않는 모양이었다. 나무가 충분치가 않았다. 유리창에서 틈새가 뜨는 부분을 통해 전깃줄처럼 날씬하고 가느다란 빛이 집 안으로 새어 들어왔다. 아빠는 욕지거리를 내뱉고 여기저기 부딪히면서 침대에서 일어난 다음 쿵쾅거리며 욕실로 들어갔다. 아빠가 또 토했다. 소리치며 물을 찾기에 나는 주니어를 시켰다. 오줌을 누러 욕실로 가면서 나는 아빠의 연장통에서 찾아낸 손전등을 갖고 갔는데, 그 덕분에 아빠가 변기통 안에 일을 처리하지 못했다는 것을, 대신 토사물을 욕실 바닥에 쏟아놓았다는 것을 알 수 있었다. 나는 물병을 닦았던 행주를 가져와서 바닥을 닦았다. 그릇이 그득한 개수대에서 행주를 빨 수 없어서 마당 수돗가에서 행주를 헹구는

데, 행주에서 붉고 누런 물이 나왔다.

자동차 기름을 채워라.

주니어가 깡마른 까만 다리를 흔들며 가운데 앉아 있다. 랜들 오빠가 운전을 한다. 나는 조수석 창밖으로 손을 늘어뜨리고 바람을 손으로 붙잡으려는 듯 바람에 손을 맡기고 있다. 아빠 차에는 에어컨이 없기 때문에 양쪽 창문을 모두 열어놓았다. 내 다리는 우리가 어렸을 때 엄마가 차 안에 깔아놓았던 방석에 쩍쩍 달라붙었다. 여름이면 방석이 너무 뜨거워지면서 녹아내려 내 살과 하나가 될 것 같았다. **아이들이 깔고 앉기에는 방석이 너무 덥지**, 엄마는 그렇게 말하며 방석을 세게 두드려 먼지를 털었고, 물로 빨아서 좌석에 널어놓고는 했다. 랜들 오빠가 운전석에 앉기 전에 보니 아빠 자리의 방석이 닳아서 얇아져 있었다. 조수석의 방석은 엄마가 처음에 만들어줬던 때와 비슷하게 두툼했다. 처음에 방석을 깔고 이 트럭에 앉았을 때 나는 다리가 간질거렸지만 불평하지 않았던 게 기억난다. 그때 우리는 아빠 트럭 앞자리에 전부 들어갈 만큼 작았고, 그때는 안전벨트 착용법도 없었다. 지금 우리는 가장 가까운 주유소를 향해 간선도로를 내달리고 있다. 길 양쪽에서 소나무들이 휘파람 소리를 내며 획획 지나간다. 몰아치는 바람에 나무들이 춤을 춘다. 소나무 위로 펼쳐지는 하늘은 구름이 잔뜩 끼어 잿빛이고, 이따금씩 해가 나타나지만 기름종이 뒤에서 비치는 불처럼 뿌옇다. 주유소에 도착했을 때 랜들 오빠는 주니어를 내리지도 못하게 했다. 내린다면 매점으로 달려가 뭘 사달라고 조를 거라면서. 내가 안으로 들어가 계산을 하자 랜들 오빠가 기름을 넣는다. 주유소 건물 안은 너무 춥고 형광등 불빛이 너무 밝아서 나는 숨을 쉬기가 어려울 지경이다. 몸이 뜨거워지면서 물에 젖은 스펀지처럼 무거워진다. 가슴과 배에 끓는 물이 가득 든 것 같고, 팔다리는 불에 타들어가는 것처럼 뜨겁다. 랜들 오빠가 기름을 다 채운 뒤 집으로 돌아가는 길에 우리는 창문을 다 열고 최고 속력으로 달린다. 아스팔트 길을 내달리니 나무들이 휙휙 지나가고 엔진이 세차게 돌아가며 우는 소리를 낸다. 우리는 하늘을, 바람을 앞지르는 기분이다. 주니어가 이를 다 드러내고 웃는다.

냉장고에 있는 것은 전부 꺼내 익혀놓아라.

냉장고에는 달걀이 여섯 알 있다. 찬밥이 몇 공기 있고, 볼로냐소시지가 세 조각 있다. 닭 뼈가 담겨 있었지만 지금은 흔적만 남은, 주유소에서 얻어 온 텅 빈 상자. 우유 1.8리터. 케첩과 마요네즈. 랜들 오빠가 가스레인지에 불을 붙이니 부엌이 오렌지빛으로 빛나면서 벽에 그림자들이 생긴다. 낮이니까 열린 문으로 빛이 들어올 줄 알았지만 집 안을 밝히는 데는 어림도 없었다. 주니어가 문 앞의 흐린 불빛 앞에, 무릎에 턱을 괴고 다리를 끌어안고 앉아 있다. 주니어가 마룻바닥의 흙먼지 위에 그림을 그리고 있다. 랜들 오빠가 텔레비전을 못 보게 해서 주니어는 화가 났다. 이후로도 괴로운 시간은 계속될 것이었다. 랜들 오빠가 아빠가 낡은 커피 캔에 모아놓은 베이컨 기름에 달걀을 익혔고, 프라이팬에 찬밥과 매콤한 양념도 넣고 볶았다. 내가 볼로냐소시지를 썰어 익히자 냄새를 맡은 차이나가 애처롭게 컹컹 짖어댔다. 우리는 달걀과 밥, 반으로 썬 볼로냐소시지를 접시 네 개에 나누어 담았다. 스키타 오빠 것은 따로 조금 남겨두었다. 주니어와 랜들 오빠가 우유를 마셨다. 나는 아빠 방으로도 접시를 갖고 갔지만 아빠가 아직도 잠들어 있어서, 서랍 위에 접시를 올려놓고 동굴 같은 방에서 졸고 있는 아빠를 그냥 두고 나왔다. 방 안이 어두웠는데도, 아빠는 다친 팔을 이마에 올리고 잠들어 있었다.

아빠 트럭을 웅덩이 공터에 갖다 놔라.

우리 집에서 공터라고 할 만한 곳은 웅덩이뿐이다. 나무를 죄다 잘라냈기에 덤프트럭을 몰고 땅을 파헤칠 수도 있을 만큼 공간이 넉넉하다. 랜들 오빠가 나무를 피해가며 집 앞에 있던 아빠의 트럭을 몰고 숲으로 간다. 트럭에 달린 뿌연 거울로는 아무것도 보이지 않는다. 트럭이 지나가니 닭들이 불만스러운 듯 울어대면서 흩어지더니 또 뒤뚱거리면서 우스꽝스러운 모습으로 날아오른다. 랜들 오빠가 우리가 다람쥐를 구워 먹었던 바비큐터 옆에 차를 세웠다. 불판에는 검은 숯덩이들이 자잘하게 달라붙어 있었는데 그 위는 불개미들이 점령해버렸다. 개미들의 행렬이 살아 움직이는 것 같다. 우리가 트럭 창문을 모두 닫고 연장통을 잠그고 있는 동안, 주니어는 불판 옆에 무릎을 꿇고 앉아 있었다. 일을 다 마쳤을 때 랜들 오빠는 주니어를 보고 고개를 내저으며 **이런**이라고 말했다. 주니어가 개미 떼에 손가락을 집어넣고 있었다. 주니어의 옴폭한 손바닥에서 개미 떼가 와글거렸다. 주니어의 손바닥 위를 돌아다니고 찌르면서 살점을 물어뜯고 있었다. 주니어가 뿌듯한 얼굴을 하고서 말했다. **내가 얼마나 오래 참을 수 있는지 봐봐**. 랜들 오빠가 주니어의 팔을 붙잡고 내가 개미들을 다 털어내니 주니어의 살갗이 붉고 하얗게 부풀어 올라 있다. 살갗에는 오톨도톨한 것들이 돋아났다.

주니어, 왜 그러는 거야? 랜들 오빠가 물었다.

가장 싼 걸로 사 와. 랜들 오빠가 그렇게 말했으니, 스키타 오빠와 빅 헨리 오빠가 트렁크에서 사 온 것을 내려놓기 시작했을 때 나는 상자 안에 기껏해야 토마토 수프 깡통이나 얼마쯤 들어 있겠지 했다. 그러나 스키타 오빠는 커다란 개 사료 부대를 꺼내서 어깨에 메더니 창고로 직행했다. 그러고 나서 또 20킬로그램짜리 개 사료를 먼저 갖다 놓은 사료 옆에 내려놓았다. 그렇게 놓여 있으니 둔중한 쌍둥이들 같았다. 차이나가 창고에서 높은 목소리로 컹컹 짖어댔다. 차이나는 배가 고프다.

"알았어!" 스키타 오빠가 소리를 치자 짖던 소리가 뚝 끊긴다. 오빠가 양철로 된 창고 문을 열어주니 차이나가 차분하게 걸어 나와서, 머리를 오빠에게 비비고 오빠 바지에 코를 문질러대고 오빠 손을 핥는다. 오빠가 쪼그리고 앉아 차이나를 만져준다.

랜들 오빠와 주니어, 나는 한 시간째 마당에 앉아 일을 하고 있었다. 집 안은 너무 어둡고 더웠다. 마치 꼭 쥔 주먹 같았다. 주니어는 낡은 전깃줄을 밧줄처럼 갖고 놀고 있었다. 나무에 전깃줄을 묶어놓고 줄넘기 놀이를 하듯이 그 위를 건너뛸 궁리를 하고 있었다. 나무가 짝꿍인 셈이지만 가운데에서 뛰어넘을 사람이 없었다. 결국 랜들 오빠가 전깃줄을 풀어 손에 쥐었고, 나도 합세해 다른 쪽 끝을 잡았다. 하늘이 어두워지고 있기는 하지만 해는 구름 사이로 더욱 맹렬하게 빛나고 있었고, 우리가 주니어를 위해 전깃줄을 돌리자 주니어는 먼지를 일으키며 뛰어들었다.

차로 제일 먼저 간 것은 랜들 오빠였다. 트렁크 한구석에 위가 열린 상자 두 개가 있다. 한 상자 안에는 은색 종이에 초록색 글씨가 쓰인 콩 통조림이 열다섯 개 정도 그리고 고기 통조림이 두어 개 들어 있다. 두 번째 상자에는 열두 개들이 라면 두 묶음이 들어 있다. 랜들 오빠가 콩과 고기 통조림이 든 상자를 들었고, 나는 라면이 든 상자를 들었다. 랜들 오빠가 근육이 불거져 나오도록 한 팔로 상자를 들고는, 스키타 오빠를 보고 어깨를 한 번 들어 올려

보였다. 그러고는 너무 높은 골대를 향해 공을 던지듯 손을 높이 쳐든다.

"왜 이렇게 콩만 잔뜩 산 거야?"

"그것밖에 없었어."

"고기 통조림은 왜 세 개밖에 안 샀어?"

"다들 싹쓸이해 갔어. 마지막 남아 있던 거야."

"요리해야 되는 거는 사 오지 말라고 말했지. 라면 두 묶음 가지고 뭘 어떻게 하냐?"

"그걸 먹으면 되지." 차이나 옆에 붙어 있던 스키타 오빠가 고개를 든다. 오빠는 차이나의 가슴을 들여다보고 있었다. 황갈색으로 물든 붕대를 벗겨내니 채 딱지가 내려앉지 않은 물컹거리는 붉은 상처가 드러났다. 차이나가 오빠의 팔뚝을 핥았다.

"라면을 뭘로 익히냐고. 천둥번개 치면 전기 나가는 거 몰라? 허리케인 와중에 뭘 할 수 있을 거라고 생각해?"

"숲속에 불 피우면 되잖아. 불 피워서 익혀 먹으면 되지."

"나무는 안 젖을 것 같아?"

"그렇게 심하지 않을 거야. 방향을 틀어서 우리 쪽은 비껴갈 거라니까."

"아니야, 스키타. 종일 라디오에서 나왔어. 3등급이고, 곧바로 우리 쪽으로 오고 있대. 그런데 개 사료를 두 부대나 사! 이 콩 쪼가리로 우리가 며칠이나 버틸 수 있을 것 같냐?"

"집 안에 다른 것도 있잖아!"

나는 콩이 정말 싫다. 요새 나를 계속 보채고 있는 내 배가, 아기에게 먹이려고 온종일 먹을 걸 달라고 졸라대는 내 배가 부글부글 끓어오르는 것 같다.

"다섯 명 먹기에는 턱도 없어!" 내가 말했다. 지금껏 나는 그렇게 큰 목소리로 말한 적이 없었다.

스키타 오빠가 차이나의 가슴에서 붕대를 다 풀고 나니 젖가슴이 축 처진다. 이미 퍼렇게 멍이 들었고 강아지들을 먹이지 않아서 쪼그라들었다. 차이나에게 검은 자국이 남았다. 한때 그토록 하얗고 깨끗해 보이던 순백은 이제 망가져버렸다. 하지만 상처는 남아 있는 다른 부분을 더욱 아름답게 만들어주었다. 스키타 오빠가 차이나를 바라본다. 할 수만 있다면 그 안에 빠져들어 그 속에서 죽고만 싶다는 듯이.

"개 사료 먹어본 적 있어?" 스키타 오빠가 물었다.

랜들 오빠의 상자가 덜컥 흔들린다. 오빠는 상자를 던져버리고 싶은 얼굴이다.

빅 헨리 오빠가 트렁크를 닫고 우리를 진정시키려는 듯이 그 큰 손을 쫙 펴서 들었다.

"그만들 해, 우리한테 여분이 조금 있어. 우리 집은 나랑 엄마랑 여름 초입에 찬 음료수 몇 통하고 통조림을 좀 사다 놨지. 그러고 그때부터는 그거 아끼려고 엄마가 가꾸는 텃밭에서 이것저것 따서 먹고 있다. 마키즈도 좀 챙겨놓은 음식이 있을 거야. 걔네 엄마가 늘 그만 먹으라고 성화를 하거든. 만일에 대비해서 먹을 것을 챙겨놓아야 된다는 말씀이었지. 스키타, 개 사료를 먹을 수는 없어."

"짭짤해. 피칸 맛도 나고. 그리고 정말 최악의 상황이 된다면 그때는 차이나를 먹자." 스키타 오빠가 차이나를 어깨부터 목까지 쓰다듬고는, 칼날같이 날카로운 턱선을 훑다가 차이나의 얼굴을 붙잡는다. 거죽이 앞으로 밀려서 주름이 진다. 마치 입을 맞추려고 차이나를 잡아끄는 것 같다. 차이나의 눈이 가늘어진다. 나는 차이나를 걷어차고만 싶다. 랜들 오빠가 상자를 둘러메고 내게서 라면 상자를 뺏더니 돌아서서 집으로 향한다. 주니어가 이제는 낡은 잔디 기계에 전깃줄을 묶고 기계와 줄다리기를 하려는 듯 줄을 잡아당기고 있다. 해가 구름 사이에서 나오자 불 같은 햇빛이 나무들 사이로 떨어져 내리면서 스키타 오빠와 차이나를 비춘다. 무릎을 맞대고 눈을 맞추고 있는 둘이 함께 빛난다. 스키타 오빠는 자기가 한 말을 벌써 잊어버렸고 차이나는 들은 적 없다는 투다.

"우리는 개는 안 먹어. 너도 마찬가지고." 랜들 오빠의 말소리가 들려왔다. 집 앞에 거의 다다른 오빠의 모습이 이내 사라졌다. 날은 흐리고, 흐린 날이 계속된다.

열째 날

영원의 눈으로

　나는 스키타 오빠의 달걀과 볼로냐소시지를 먹었다. 오빠는 차이나를 씻겨주느라 창고에 있었다. 나는 오빠 것을 다 먹어치웠다. 접시를 싹싹 핥아 새것처럼 깨끗하게 만들었다. 접시까지 먹을 수 있을 것 같았다. 랜들 오빠가 나를 흘끗 보더니 찬장으로 가서 통조림들을 죄다 꺼냈다. 우리는 식탁에 앉아서 통조림들을 나누고, 쌓고, 세었다. 콩 통조림 스물네 개, 고기 통조림 다섯 개, 토마토 페이스트 한 통, 수프 여섯 통, 정어리 통조림 네 개, 옥수수 통조림 한 개, 참치 통조림 다섯 개, 짭짤한 크래커 한 상자, 우유 없이 먹을 수 있는 콘플레이크 몇 봉지. 쌀과 설탕, 밀가루, 옥수수 가루는 무용지물이다. 라면은 서른다섯 봉지가 있다.

　"제길!" 랜들 오빠가 소리를 지르며 손에 들고 있던 토마토 페이스트 통을 바닥으로 내던졌다. 밖에서는 건물 사이로 바람이 세차게 불어닥치고 있다.

 나는 아침을 먹고 나서 화장실에 갔다 오다가 둘의 이야기를 엿들었다. 밖에서는 닭 한 마리가 울었고, 차이나가 그에 대답하듯 짖어대고 있었다. 둘은 아빠 방에 있었다. 오줌을 누고서 화장지를 뜯으려고 몸을 기울였을 때, 나는 아랫배가 집요하게 당기는 게 느껴졌다. 내가 그냥 무시하고 문을 살짝 열고 복도를 조용조용 걸어가는데, 열린 문틈 새로 랜들 오빠와 아빠가 말하는 소리가 들렸다.
 "알아요. 하지만 그래도 우리가 가진 게 충분하지가 않아." 랜들 오빠가 말했다.
 "닥치면 마른 것도 먹을 수 있잖아."
 "주니어만 그렇지. 우리는 안 그래."
 아빠의 숨소리가 거친 것을 보니 목구멍에 코가 걸려 있는 모양이었다. 이내 아빠의 코 푸는 소리가 들렸다.
 "허리케인 지나간 뒤에 응급 상황이 생겨도, 그때 쓸 돈은 내가 좀 모아놨다. 앞으로 어떤 일이 닥칠지는 아무도 모르잖니."
 "하지만 그러면……."
 "그래봤자 몇백 달러밖에는 안 되지만, 아들." 아빠가 숨을 몰아쉬었다. 아빠가 랜들 오빠를 그렇게 부른 적은 손에 꼽을 정도로 몇 번 없었다. "우리 모두가 이삼일 정도 버틸 만큼은 충분해. 내가 확인했다. 너무 많지도, 적지도 않고 적당해."

"난 충분하다고 생각하지 않아."

"재해 본부와 적십자에서 늘 음식을 갖다주잖니. 우리는 그것도 많이 받을 거야. 상황이 너무 심각하지만 않으면 석유도 받을 수 있을지 몰라."

"다 한창 클 때예요, 아빠. 에시도, 주니어도, 나도. 심지어 스키타도 그래. 우리 다 많이 먹는다고."

"집에 있는 걸로 어떻게든 될 거야." 아빠가 기침을 했다. "언제나 그랬고, 앞으로도 그럴 수 있어." 아빠가 헛기침을 몇 번 하고는 침을 뱉었다. "너희 엄마는……." 아빠가 말하려다 멈추었다. "너희가 결혼반지를 찾았다고?"

"응. 주니어가 찾았어. 내가 가서 가져올게."

그 이후로 아빠 방에서는 세차게 선풍기 돌아가는 소리만 들려왔다. 뜨거운 공기가, 역시 뜨거운 아빠 방 안으로 들어오는 셈일 것이다. 나는 오빠와 함께 내 방으로 들어가서 내 서랍을 뒤져 결혼반지를 찾았고 오빠의 땀에 젖은 손바닥에 올려놓았다. 오빠가 이걸 아빠에게 갖다줄 테고, 그러면 아빠는 반지를 바지 주머니에 집어넣거나, 아니면 셔츠 주머니에 집어넣거나, 목걸이에 걸어 넣거나, 아무튼 살 닿는 곳 어디에든 챙겨 넣을 것이다. 이제는 반지를 낄 손가락이 없으니까.

오직 아빠만 이 어둡고 답답한 집 안에서 견딜 수 있었다. 우리 모두는 해만 뜨면 곧바로 밖으로 나갔다. 하늘은 온통 푸른 잿빛이다. 해도 없고, 낮게 불어오는 바람이 있다는 점에서만 집 안보다 나을 뿐이다. 거센 바람이 불어와 내 옷을 잡아당기는 바람에 내 몸이 고스란히 드러났다. 빛은 어디에서든 왔고 아무 데서도 오지 않았다. 닭들이 낮은 나무에 내려앉아 있었고, 어떤 것들은 낡은 담장 기둥에, 고장 난 세탁기 위에, 덤프트럭 위에, 무너진 닭장에서 챙겨놓은 판자들 위에 앉아 있었다. 닭들은 옹기종기 모여 있는 게, 불어오는 흙먼지 때문에 도저히 땅 위에는 있을 수 없다는 것 같다. 나는 옆에 주니어를 앉히고 계단에 앉아 있다. 주니어의 축축한 살을 내 옆에 꼭 붙이고서. 랜들 오빠는 가스탱크 위에 앉아서 손에 가지고 있던 공을 던져 올렸다가, 음산한 바람이 채 가기 전에 냉큼 다시 붙잡았다.

스키타 오빠는 창고 바깥에 뭔가를 한 아름 쌓아 올리고 있었다. 나는 오빠가 창고 안을 청소하느라고 안에 있는 것을 끄집어내고 있다고 믿고 싶었지만, 그게 아니었다. 오빠가 밖으로 빼내고 있는 것은 연장도, 기름통도, 고장 난 잔디 깎는 기계도, 자전거 골조도, 화분도 아니었다. 오빠가 쌓아 올리고 있는 것은 모두 차이나 것이다. 개 사료, 사슬, 목줄, 담요, 개밥 그릇. 오빠는 차이나의 개밥 그릇을 손으로 깨끗하게 씻어서 주니어와 내가 앉아 있는 계단 옆에 올려놓았다. 개밥 그릇에서 물이 흘러내려 작은 웅덩이가 생겼다. 오빠는 차이나의 담요를 빨랫줄로 가져가 널고는, 마당에 있는 쓰레기 더미에 쪼그리고 앉아서 뭔가를 찾고 있다.

"스키타 형 뭐 하는 거야?" 주니어가 묻는다.

나는 나도 모른다는 듯 어깨를 한 번 들어 올렸다.

오빠는 손에 커다란 막대기를 들고서야 몸을 일으켰다. 폭풍에 부러진 나뭇가지다. 그러고는 그걸로 담요를 두드리기 시작했다. 흙먼지가 소나기처럼 와르르 쏟아져 내렸다. 어떤 것들은 공기 중에 오래 머물면서 느린 구름처럼 떠다녔고, 나는 차이나의 일부 역시 담요 안에 있다는 것을, 차이나의 털이 흙먼지와 같이 털려 나오고 있는 것을 눈으로 확인할 수 있었다. 그걸 보자 우유에 탄 시리얼 생각이 났다. 달콤한 맛의 콘플레이크가.

"우리 음식이 더 필요해." 내가 말했다.

랜들 오빠가 공을 붙잡아 끌어안았다.

"좋은 생각이라도 있어?"

나는 입술을 잘근잘근 씹었다. 뭔가를 씹어 먹는 기분이 들었다.

"아직은 없어."

랜들 오빠가 인상을 썼다. 주니어가 내 어깨에 머리를 기댔다.

"나 피곤해." 주니어가 말했다.

나는 말하고 싶었다. **나한테 기대기에는 오늘 너무 덥다고 생각하지 않니**. 하지만 나는 주니어의 야구공처럼 불거진 무릎을, 그 얇은 목에는 너무 크고 무거워 보이는 머리통을 바라보다가 대신 이렇게 말해버렸다. "너 라면 먹고 싶어?"

"응."

스키타 오빠가 얼굴을 찌푸리고서 담요를 두드려 털고 있다. 차이나가 양동이 옆에 웅크리고 앉아 앞발로 땅을 파고 있다가 불현듯 몸을 일으킨다. 차이나는 닭장에서 뜯어낸 판자 더미 위로 뛰어올라서 이를 다 드러내고 짖어댄다. 닭의 깃털이 휘날리고 차이나는 깃털을 핥으려고 혀를 날름거린다. 닭들이 한데 모여서 바짝 낮게 엎드린다. 차이나가 쏜살같이 날아서 담장 기둥을 돌아 닭들이 있는 곳으로 몸을 날렸고 잘하면 주둥이가 닭에 닿을 뻔했다. 닭들이 울어대며 폴짝폴짝 뛰어다니다가 다시 나무 판자에서 뛰어내렸다. 차이나는 나무 밑에 있던 열두 마리를 포기하고 세탁기 옆으로 모인 무리를 쫓아간다. 차이나가 몸을 날려 닭을 덮치자 그쪽에 모여 있던 닭들이 일제히 흩어졌다.

"오빠!" 내가 소리쳤다.

"차이나." 오빠가 차이나를 부르고는 다시 담요를 두드린다.

나는 주니어에게 라면을 끓여주기 위해 어두운 집 안으로 들어갔다. 아빠가 아주 곤히 잠들어서 이 집에 꼭 나 혼자 있는 것 같다.

"달걀 있나 좀 찾아봐야겠다." 랜들 오빠가 말했다. 오빠는 계단에 앉아 대접에 얼굴을 파묻고 남은 국물을 들이켜고 있는 주니어를 보며 말했다. 주니어는 벌레처럼 턱까지 내려와 있는 기다란 면을 입술 사이로 쏙 빨아들였다. 주니어는 내가 라면을 끓일 때 반으로 쪼개면 질색을 한다.

"그러면 냉장고에 넣어놔야 할 텐데."

"삶으면 되잖아. 그러면 며칠 보관할 수 있을 거야."

주니어가 여전히 대접 위에 웅크린 채로 마지막 남은 국물을 마시고 있다. 나도 좀 먹었으면 싶다. 짭짤한 맛을 떠올리니 혀 밑에 침이 고인다. 주니어의 등이 새끼 거북이의 등껍질 같다. 그만큼 얇아서 누가 밟는다면 깨질 것만 같다.

스키타 오빠가 담요를 잘 개서 사료 꾸러미 위에 올려놓았다. 그 옆에 차이나의 목줄과 차이나의 연습용 타이어, 백인 남자한테서 훔쳐 온 약과 주사기가 놓여 있다. 주니어가 손가락을 대접에 집어넣고 바닥에 남은 국물까지 싹싹 긁어 먹는다. 주니어는 쏜살같이 부엌으로 달려가더니 개수대에 대접을 집어 던지다시피 하고 다시 쏜살같이 달려 나온다. 랜들 오빠한테 달려가는 주니어의 발바닥이 노란색이다. 차이나의 눈 색깔처럼.

"너 신발 신어야지." 내가 말했다.

"스키타 형은 안 가?" 가스탱크에서 선 채로 그대로 미끄러져 내려와 벌써 숲속을, 흙먼지 속을, 바람 속을 살펴보고 있는 랜들 오빠에게 주니어가 물었다.

"나도 곧 따라갈게. 차이나 운동 좀 시켜야 해. 이제 좁은 데 갇혀 있어야 할 텐데, 차이나는 그런 거 안 좋아하거든."

랜들 오빠가 고개를 내젓고는 세탁기와 잔디 깎는 기계, 폐차

된 자동차 주위를 걸어 다닌다. 마치 미궁 속에서 길을 찾는 사람 같다. 닭들이 오빠를 보고 울어대고 오빠가 지나갈 때 생기는 바람에 깃털을 곤두세웠다가 다시 가라앉힌다. 나는 배가 고프다.

"찾는 눈이 많을수록 좋아. 어떻게 하는 건지는 엄마가 너한테도 가르쳐줬잖아. 주니어야 어떻게 찾는지 아직 모르고."

"곧 따라간대도." 스키타 오빠가 어깨를 한 번 들어 올린다. 오빠 발치에 있는 차이나가 꼭 나를 처음 보았다는 듯이, 고개를 옆으로 떨구고 혀를 빼물고 있다. 차이나의 귀가 냅킨처럼 가지런히 접혀 있다.

나는 한숨을 내쉰다. 바람 소리에 오빠가 내 말을 들었는지도 알 수 없다. 랜들 오빠를 따라 마당의 고물 더미 속으로 먹을 것을 찾아 나섰다. 바람이 등 뒤에서 나를 거칠게 떠밀었을 때 메데이아가 생각났다. 메데이아가 자기 동생을 토막 내고 나서 배가 빨리 나아갈 수 있게 불러 모았던 바람이 이와 같지 않았을까. 바다에는 배 지나간 자리에 핏빛 물거품이 생겼을 것이다. 나는 걸어갈 힘도, 돌아갈 힘도 없다. 오늘같이 배가 고픈 아침이면 언제나 현기증이 더 극성을 부린다. 차이나가 스키타 오빠에게 기어오르는 소리, 창고의 양철 문이 흔들리는 소리, 오빠의 웃음소리와 차이나의 짖는 소리가 들려오지만 나는 그 소리들을 뒤로한 채 오로지 땅만 바라보며 걷는다.

닭들은 폭풍에 대비해 자기들만의 계획이 있는 것 같았다. 달걀을 모두 어디에 꽁꽁 싸서 잘 숨겨둔 모양이었다. 랜들 오빠와 주니어, 나는 떡갈나무와 소나무 아래 뿔뿔이 흩어져서 달걀을 찾기로 했고, 랜들 오빠는 주니어에게 몸을 숙이고 엄마가 가르쳐준 달걀 찾는 법을 설명해주고 있었다. **잘 봐, 하지만 보지 않는 것처럼 해야 해. 달걀이 널 찾는 거야. 그냥 아무 생각 없이 돌아다니다 보면 달걀이 딱 나타날 거야.** 엄마는 랜들 오빠처럼 몸을 숙이고, 그 튼튼한 손을 내 목 뒤에 부드럽게 얹고는 강아지를 데리고 다니듯 내게 방향을 일러주었다. **대개는 황토색이고, 닭 털도 좀 묻어 있어.** 엄마는 손가락으로 가리키며 그렇게 말했었다. **달걀 색깔은 암탉에 따라서 정해져. 암탉 색깔이 뭐든 달걀도 똑같은 색이 나오는 거지.** 엄마의 입술은 분홍색이었고, 그처럼 나에게 몸을 기울이고 말을 할 때는 옷 앞섶에서 베이비파우더 냄새가 났다. 사마귀가 난 엄마의 가슴팍이 보였고, 브라 안으로 떨어지는 부드러운 가슴의 곡선이 보였다. **너랑 나같이 말이지.** 엄마가 말했다. **나랑 너같이, 그렇지?** 엄마가 나를 보고 웃었고, 그러면 엄마의 아래위 속눈썹이 파리잡이풀처럼 맞닿았다. 엄마는 두꺼운 팔로 내 팔을 감싸안아 비벼주었고 나는 엄마가 가리키는 쪽으로 따라갔었다. 그러면 거기서 보물처럼 나란히 놓인 달걀들이 틀림없이 나타나곤 했다. 크림색, 흰색, 황토색, 갈색, 반점이 너무 많아서 검은색으로 보이다시피 하는 것까지. 닭들은 낮은 소리를 내며 숨어 있었다. **수탉은 늘 달려들면서 겁을 주려고 하지. 하지만 엄마가, 엄마가 늘 여기 있을 거야.**

알겠지? 엄마는 그렇게 말했었다.

젖은 티셔츠처럼 우리 머리 위를 뒤덮고 있는 하늘에서 소나무들의 실루엣이 흔들렸다. 그 아래에서는, 랜들 오빠가 정말이지 찾기 어려운 장소에서 찾아낸 달걀들을 주니어의 셔츠에 가득 담고 있었다. 주니어의 작은 손가락만이 닿을 수 있는 곳에서 빼낸 달걀들. 덤프트럭 엔진의 굽은 관 속에서, 악취를 풍기는 낡은 냉장고와 땅바닥 사이에서, 동물들이 뜯어내버린 매트리스 안의 스프링 사이에서. 나는 열심히 찾았지만 하나도 건지지 못했다.

주니어의 셔츠에 담긴 달걀들은 따뜻했다. 달걀이 무거워서 주니어의 티셔츠 목선은 V자가 되었다. 그러고 보니 주니어의 쇄골이 만나는 가운데에는 구슬처럼 동그란 뼈가 얇은 살갗을 뚫을 듯 도드라져 있었다. 나는 엄마가 닭고기 수프를 요리하던 검은 냄비에 달걀을 집어넣고 이리저리 굴려가며 개수를 세었다. 주니어가 달걀 그릇에 몸을 숙이고 들어가다시피 하려고 했기에 랜들 오빠는 주니어의 셔츠를 양옆으로 붙잡고 있었다. 스물네 개. 삶아서 보관해놓았다가 먹을 수 있는 달걀이 스물네 개 있었다. 든든한 식량이었다.

매니 오빠가 나타났을 때, 오빠 손으로 떨어져 내리는, 오빠를 강아지처럼 어루만져주는, 오빠를 눈부시게 빛나게 만들어주는 해는 하늘에 없었다. 오빠는 불처럼 타오르지는 않았지만 사그라져가는 불꽃처럼, 잿더미 속에서 느껴지는 열기처럼 그만의 빛을 내뿜으며 그렇게 서 있었다. 계단에 앉아 있던 내가 제일 먼저 그를 보았다. 주니어와 랜들 오빠는 냄비 안에 달걀을 담고 있던 터라 매니 오빠에게는 등만 보였다. 매니 오빠는 자기를 바라보고 있는 나를 보자 풀린 신발 끈에 걸려 넘어진 것처럼 비틀거렸다. 눈이 커다래지며 그 짙은 색 얼굴에서 더욱 하얗게 보였다. 하지만 오빠는 계속 걸음을 옮겼고, 낮의 열기와 바람과 흔들리는 초록 속에서 점점 더 커다래지며 내 눈앞으로 다가왔다. 그의 발소리가 벌레들의 소리보다 더 잘 들려왔다. 한 발 한 발 오빠가 다가올수록 벌레 소리는 잦아들었다. 그렇게 마치, 다가오고 있는 폭풍 같았다. **벌레들이 다들 어디 갔을까?** 내가 속으로 생각하는 사이 이제 그는 내 눈이 아니라 랜들 오빠의 등만 바라보고 있었다. 나는 그가 못 견디게 싫었고, 내가 정말 더 이상 그를 사랑하지 않게 될까 궁금했다.

"랜들."

랜들 오빠가 손에 들고 있던 스물네 개의 달걀을 하마터면 떨어뜨릴 뻔했다.

"젠장." 랜들 오빠가 욕을 내뱉으며 몸을 돌렸다.

"미안해." 실룩이는 매니 오빠의 어깨. 나는 그 어깨를, 그 목선을 무엇보다 사랑했다. 나는 한 번 더 그의 목을 핥고 싶었다. 그는 이 공터에서 가장 가벼운 존재다. 그를 한 번 더 내 위에서 불타오르게 하고 싶다. 딱 한 번만 더. 하지만 그는 랜들 오빠를 보고 있고, 어설프게 웃고 있다. 그의 얼굴에서 상처를 본 건, 어색하게 일그러지던 표정을 본 건 그때였다. 그는 나 때문에 여기 온 게 아니었다. "얘기 좀 할까?"

랜들 오빠가 몸을 구부려 마지막 달걀을 냄비에 담고는 냄비를 내 품에 내려놓고 매니 오빠에게 말했다. 눈은 내게 두고서. "그래. 얘기해봐." 둘은 같이 마당으로 몇 발짝 걸어가다 발을 멈추었다.

나는 냄비를 들고 일어났다. 달걀들이 서로 부딪히며 소리를 냈다. 마른 개울 바닥에서 돌들이 내 발부리에 차여 부딪히던 소리를.

"주니어, 가서 놀아." 랜들 오빠가 집 안에 대고 소리쳤다. 주니어는 집안일을 안 해도 되자 신이 나서 달려 나갔다. 반들거리는 머리통과 너무 빨리 움직여 잘 안 보이는 팔다리. 나는 냄비를 개수대로 갖고 가서 달걀들이 물에 잠길 때까지 물을 받았다.

"스키타 없어?"

"차이나 산책시키느라고 숲에 나간 것 같아."

"차이나는 짐승이야."

"그래."

나는 물속에 소금을 뿌려 넣었지만 소금통 안에는 소금보다 쌀이 더 많이 들어 있었다.

"코치가 경기 때문에 널 불렀다면서?"

"여름 캠프 비용은 보딘에게 대주기로 했대."

"몰랐네."

나는 라이터로 가스레인지를 켜고는 달걀 냄비를 올려놓았다. 나는 문에서 얼마쯤 떨어져서 어두운 부엌에 있었기 때문에 그들은 내가 보이지 않았지만 나는 실눈을 뜨고 밖을 내다볼 수 있었다.

"미안하다." 매니 오빠가 말했다.

"뭐." 랜들 오빠가 한숨을 쉬었다.

"이게 다 어떻게 된 건지 모르겠다."

"내 가장 친한 친구가 내 동생과 한판 싸웠다가, 이렇게 된 거지."

"사실 내가 걸리는 건 다른 거야. 스키타하고는 아무 상관 없다고."

"걔는 그렇게 생각하지 않던데? 형 때문에 차이나가 죽을 뻔했다고 생각하고 있어."

"난 그런 짓 안 했다. 너 나 알잖아."

랜들 오빠 손에는 아무것도 들려 있지 않다. 매니 오빠가 모기를 쫓듯이 손으로 얼굴을 부채질하고 있다.

"걔는 또 형이 내 동생을 갖고 놀았다고 생각하고 있어."

"랜들, 왜 이래, 이거."

"무슨 말이 하고 싶은 거야?"

"우리는 가족 아니냐."

매니 오빠가 주머니에 손을 찔러 넣고는 한 대 맞은 것처럼 몸을 둥글게 구부린다. 자기가 말해놓고도 부끄럽다는 듯이.

"리코 형이 형네 가족이지. 내가 왜 형 핏줄이냐."

"피를 나눈 거나 다름없지."

"그게 문제야." 랜들 오빠가 고삐를 벗어 던지려는 말처럼 고개를 세차게 내저었다. "나만 형이랑 친한 거야."

"그렇지 않아."

"아니, 그래."

"나는 주니어가 아기 때부터 지금까지 크는 걸 다 봐왔어. 그게 아무것도 아니냐?"

"에시나 스키타도 그래?"

"당연하지."

"아냐, 그렇지 않아." 랜들 오빠가 말했다. 물고기의 입에서 보글거리며 솟아오르는 작은 물방울 같은 공기 방울들이 냄비 한가운데서부터 뭉쳐서 올라온다. 가운데서부터 솟아오르는 수증기. "나 할 일 겁나게 많아. 나중에 봐, 형."

랜들 오빠가 부엌으로 들어왔고 나는 가스레인지의 파란 불꽃 앞에 까치발을 들고 서 있지 않았다는 듯, 그들의 말을 엿듣고 있지 않았다는 듯 냄비에서 고개를 번쩍 들었다.

"야, 그거 끓으려면 한참 남았어. 그냥 내버려둬." 랜들 오빠가 말했다. 나를 보지 않고서. 큰 키로 꼿꼿하게 서서. 오빠는 성큼성큼 걸어가서 자기 방문을 닫고 들어가버렸다. 문이 쾅 닫히는 소리가 난다. 나는 여전히 까치발을 하고 내달려서 부엌문 밖으로 나갔다. 맨발이 거의 땅에 닿지 않을 정도로 달렸다. 저기 그가 있다. 나무 밑으로, 지는 해 속으로 사라지는 그가. 나는 도랑을 건너뛰어 길가로 갔다.

"잠깐만!" 내가 외쳤다. 지금껏 나도 들어본 적 없는 높은 목소리.

발을 멈추고 돌아보는 매니 오빠의 얼굴이 바람에 떨어지는 목련꽃 같다. 눈은 연노란빛 심장 같다. 이제 그것이 보인다. 아니, 이제 보이지 않는다.

"왜?" 내가 다가가자 그가 묻는다. "랜들이 뭐 전하래?"

매니 오빠의 눈이 내게서 미끄러져 도랑 쪽으로, 길 쪽으로, 저 멀리 잘 닦은 프라이팬 색깔의 하늘 쪽으로 향한다.

"아니. 내가 할 말이 있어."

"나 가야 돼." 그가 몸을 돌리고 내게 뒤통수를, 그 머리칼을, 그 어깨를 보인다. 이제 그것이 보인다. 아니, 이제 보이지 않는다.

"나 임신했어."

옆모습을 보이던 그가 멈추었다. 그의 콧날이 칼날 같다.

"그래서?"

그의 머리칼은 무척 빨리 자라서 벌써 굽슬거리기 시작했다. 이마를 따라 땀방울이 맺힌다.

"오빠 애야."

"뭐?"

"오빠 애라고."

그가 고개를 내젓는다. 칼이 휘둘린다. 땀방울이 그의 상처를 타고 흘러내려 더러운 아스팔트 위로 떨어져 내린다.

"난 너한테 해줄 거 아무것도 없어." 그가 놀란 눈으로 나를 보며 말한다. 두 번째로, 내 눈을 똑바로 바라본다. "아무것도."

아무것도. 무슨 이유에서인지 그가 나를 바라볼 때 스키타 오빠가 보인다. 차이나 옆에 무릎을 꿇고 앉은 스키타 오빠가. 늘 차이나 옆에 무릎을 꿇고 앉아, 늘 토닥여주고, 늘 사랑해주고, 늘 알아주는 스키타 오빠가. 리코 오빠 맞은편에 서 있을 때 스키타 오빠의 얼굴, 차이나에게 말할 때 스키타 오빠의 얼굴이. **그들에게 알려줘.**

내가 차이나처럼 그 앞에 있다.

어렸을 때 나는 스키타 오빠와 랜들 오빠와 많이 싸웠다. 한번은 스키타 오빠와 엎치락뒤치락하다가 내가 오빠의 배를 때렸는데, 내 팔은 힘이 하나도 없었다. 오빠도 근육이 하나도 없었고 내게도 오빠를 칠 근육 같은 건 없었다. 나는 랜들 오빠의 가슴팍을 발로 찬 적도 있는데 그건 오빠가 나를 놀리면서 내 배를 때렸기 때문이다. 또 한번은 중학교 탈의실에서 내 가슴이 작다며 비웃던 여자애랑 싸운 적도 있었다. 그 아이는 나더러 엄마에게 스포츠브라를 사달라고 말하라면서 웃어댔다. 그때는 엄마가 돌아가

신 지 4년째 되던 해였다. 그 여자애는 브라 끈이 있어야 할 자리 쯤에서 내 티셔츠를 잡아당기더니 나를 밀쳤고, 나는 그 애에게 달려들어 앞뒤 보지 않고 팔을 휘둘렀다. 얼굴로 주먹을 날리고 다리를 발로 차고 팔꿈치로 찌르고 내 온몸으로 그 애를 때렸다. 그 애는 나보다 몸집이 두 배나 컸지만, 그 애는 나를 떼어내기 전부터 이미 놀란 얼굴이었다. 나는 벤치와 사물함으로 내동댕이쳐져서 팔에서 피가 났지만, 그 애 머리통에 푸른 혹을 남겼고 입술은 식초에 절인 돼지 입술처럼 분홍색으로 퉁퉁 붓게 만들었다. 그로부터 3년 뒤, 그 여자애는 복도에서 나를 보면 늘 먼저 인사했다. 나는 빠르게 자라 있었다.

내가 그를 때리고 또 때렸다. 세차게 내리치는 내 두 손은 검은색 뭉치로 보였다. 그의 얼굴이 끓는 물처럼 뜨겁고 따끔따끔하다.

"야, 이것 봐!" 그가 소리쳤다. 그가 팔꿈치며 팔뚝으로 나를 막아보지만, 나는 그래도 아랑곳 않고 후려친다. 얼마나 세게 쳤는지 내 손도 아팠다.

"오빠를 사랑해!"

"에시!" 그의 목이 붉어졌다. 상처는 하얗다.

"오빠를 사랑했다고!"

나는 내 손아귀로 그의 목젖을 세게 쳤다. 그는 숨이 막혀 컥컥거렸다.

"오빠를 사랑했다고!" 이건 메데이아가 휘두른 칼이었다. 메데이아의 응징이었다. 나는 손톱으로 그의 얼굴을 긁었다. 분홍빛 줄이 쫙 그어지더니 이내 붉게 변했다. 피가 고였다.

"이 못된 년이! 너 왜 이러는 거야?"

"오빠 때문에!"

그가 내 겨드랑이 밑으로 팔을 집어넣더니 나를 들어 올려서 집어 던졌다. 나는 뒤로 나가떨어졌다. 발가락이 먼저 땅에 닿았고 그러고 나서 발꿈치가 쿵 하고 떨어졌지만, 몸을 세우기에는 너무 순식간에 일어난 일이어서 엉덩방아를 세게 찧고 말았다. 따끔거리는 손바닥으로 땅을 짚고 일어서려 했더니 손바닥이 더욱 쓰려왔다. 살갗이 벗겨져 나갔다.

"여기 놀러 오는 놈들이랑은 죄다 자면서 어디서 내 애라느니 헛소리야?"

"계속 오빠랑만 잤으니까!" 내가 다시 달려들었다.

"그딴 것 때문이라면 빅 헨리한테나 가봐!" 그가 내 팔을 비틀고는 다시 한번 나를 밀쳐냈지만, 나는 이번에는 나가떨어지며 그의 멱살을 잡았다.

"내가 알아! 이 애가 오빠 애라는 걸 내가 안다고!"

"아니, 그렇지 않아."

"랜들 오빠에게 말할 거야."

"네가 아무하고나 붙어난다는 걸 걔네가 모를 것 같냐?" 그가 침을 뱉는데 침이 붉다. 내가 그에게서 피를 냈다.

그는 고개를 내젓고 코웃음을 치며 내게서 멀어지더니 좁은 길을 내달려, 일렁이는 풀숲으로 사라져버렸다. 나는 거세지는 바람 속에서 웅크린 채로 나를 온통 둘러싼 나뭇잎처럼 떨고 있었다.

"오빠 애라고!" 내가 소리쳤다.

내일이면, 모든 게 깨끗하게 씻겨나갈 거야. 나는 생각했다. 내 뱃속에 있는 그것은 끈질기다. 하루하루가 견디기 힘들지만, 새벽은 올 것이다. 점점 더 작아지는 매니 오빠를 바라보며, 나는 내 갈비뼈가 여름의 마른 나무처럼 갈라지는 것 같았다. 그렇게 내 가슴속이 타오르고, 타오르고, 타올랐다.

"아기가 다 말해줄 거야." 내가 소리쳤다. "다 말해줄 거라고!" 하지만 내 목소리는 바람에 실려 소나무 숲속으로 사라져갔다.

랜들 오빠가 도랑에 앉아 있는 나를 찾아냈다. 내가 도랑 맞은편에 다리를 걸치고 앉아 있었기 때문에 블랙베리 넝쿨이 내 다리를 사정없이 할퀴고 개미들이 발가락을 기어다녔지만, 나는 상관하지 않았다. 눈물이 빗물처럼 얼굴을 타고 흘러내렸다. 얼굴을 셔츠로 덮어버렸는데도 뜨거운 눈물은 닦아도, 닦아도 도저히 멈추지 않았다. 어떻게 해도 멈추지 않았다. 이아손이 다른 여자랑 결혼해 달아나려고 메데이아를 배신했을 때 메데이아는 이아손의 신부를 죽였고, 그 신부의 아버지를 죽였고, 마지막으로 자기 자식들을 죽이고는 용을 타고 바람 속으로 사라졌다. 메데이아는 무섭게 울었고, 이아손은 그 소리를 들었다.

"너 왜 그래?"

"아무것도 아니야." 나는 얼굴을 셔츠에 묻은 채로 말했다.

"우리 그 백인 남자네 집에 갈 거야."

"누가?"

"너랑 나랑."

"왜?"

"물건이 더 필요해." 오빠의 말 뒤로, 잠시 정적이 흘렀다. 오빠의 숨소리가 들려왔다. "매니 형이 너한테 뭐라고 했어?"

"아니." 내가 얼굴을 문질러 닦고 셔츠를 내렸다. 잘 익은 포도알만큼 부어오른 눈은 뜨끈뜨끈했다. "아무 말도 안 했어."

"네가 도와줘야 해, 에시." 난 랜들 오빠가 잠들어 있을 때를 빼고 그렇게 유순한 것은 본 적이 없었다. 늘 뭔가 바꾸고 만들고 끌어안고 내던지는, 전봇대같이 기다란 그 팔다리가 아니라, 얼굴이 그렇게 유순했던 것은. 하지만 지금, 숨을 내쉬던 아까 그 한순간, 오빠의 얼굴은 부드러웠다. 엄마가 찍어준 아기 때 사진, 내가 한 번도 직접 본 적 없는 그 사진 속의 얼굴 같았다. "부탁이야, 에시."

나는 몸을 구부리고 셔츠로 얼굴을 연신 문질렀지만, 그래도 계속 눈물이 났다.

"난 못 해." 내가 흐느꼈다.

"부탁해." 오빠가 속삭였다.

"왜 그래야 해?"

"네가 필요해."

나는 매니 오빠에 대한 사랑을 닦아내듯이 문지르고 또 문질렀다. 그에 대한 증오를, 그라는 사람을. 그러고 나서 달리 뭘 해야 할지 몰랐기 때문에 나는 그 자리에서 일어났다. 발을 디뎌 도랑과 덤불과 개미들 속에서 빠져나왔다. 내가 할 수 있는 것이 그것밖에 없었기 때문에. 그리고 랜들 오빠를 따라 집으로 갔다. 그것 말고는 내가 할 수 있는 게 아무것도 없었기 때문에. 만일 이런 걸 힘이라고 한다면 혹은 이게 약함이라면, 어느 쪽이든 사실이리라. 나는 딸꾹질을 하며 울음을 참았지만 그래도 눈물이 뺨을 타고 쏟아져 내렸다. 엄마가 죽었을 때 아빠가 말했다. **너희는 도대체 왜 우는 거냐? 뚝 그쳐. 운다고 달라지는 건 하나도 없어.** 우리는 끝없이 울었다. 다만 숨죽여서 울었다. 눈물을 숨겨야 했다. 나는 눈물을 한 방울도 흘리지 않고도 우는 법을 터득했다. 눈물을 삼키면 그 뜨겁고 짭짤한 물이 목구멍을 타고 흘러 내려갔다. 그것밖에 우리는 달리 할 수 있는 게 없었다. 나는 눈물을 삼켰고 눈물 사이로 앞을 보면서, 달렸다.

랜들 오빠와 함께 숲속을 달리는 것은 처음에는 한결 수월했다. 스키타 오빠와 나는 손을 잡고 전력 질주를 했지만, 지금 랜들 오빠와는 그냥 느릿느릿 뛰고 있다. 처음에는 별로 숨도 차지 않아서 나는 아픈 가슴을 꾹 누르고 겨우 오빠에게 말을 시켰다.

"주니어는 어디 있어?"

"여기 어디에선가 뛰어놀고 있겠지."

"스키타 오빠는?"

"걔도 그렇겠지, 뭐."

속살거리는 다람쥐들도, 갑작스레 나타나는 토끼들도, 숲속을 기어가는 거북이들도 없다. 그것들이 다 어디로 갔는지 모르겠지만, 아무튼 여기에는 없다. 달리면서 고개를 들어 하늘을 보니, 그 흔들리는 잿빛 바탕 위로 거대한 새 떼가 보였다. 해도 가릴 수 있을 만큼 두꺼운 먹구름 같았다. 그 많은 새들이 한꺼번에 날아가고 있었다, 북쪽으로. 새 떼는 흩어졌다가 낮게 내려앉았다가 높이 솟아오르기도 하는 게, 랜들 오빠 손에 들린 농구공이요, 스키타 오빠 손에 쥐어진 목줄이요, 쫓기고 있을 때의 내 다리 같았다. 나는 새 떼가 나무들 너머로 사라져 안 보일 때까지 하늘을 바라보았다. 그러자 이 숲속에는 다시 우리밖에, 발밑에서 부서지는 나뭇잎들밖에 남지 않았다. 나무 덩굴에 팔이, 머리통이 걸려들었지만 우리는 드디어 덩굴을 헤치고 나와 담장과 들판과 헛간과 집이 펼쳐진 목초지에 다다랐다. 나는 무릎을 꿇고 털썩 주저앉았고, 랜들 오빠는 넘어질 것처럼 몸을 뒤로 기울였다. 둘 모두 흠뻑 젖어 거칠게 숨을 몰아쉬는 것이 마치 막 태어난 신생아 같다.

소도, 해오라기도 없다. 랜들 오빠는 손으로 짚지도 않고 사슴처럼 높이 뛰어서 담장을 넘었지만, 나는 배를 대고 담장 밑으로 기어갔다. 내 뱃속은 물이 담겨 출렁거리는 그릇 같았다. 나는 속에서 올라오는 욕지기를 꿀꺽 삼켰고 얼굴은 땀으로 흠뻑 젖어버렸다. 우리는 들판을 가로지르는 길을 택해, 소똥과 버섯을 발로 차면서 앞으로 갔다. 풀은 더 짙고 무성해진 것 같았다. 파란 트럭도 없고, 백인 남자도 여자도, 우리를 쫓던 개도 없다. 집과 헛간의 창문마다 두꺼운 합판이 덧대어져 있었지만, 랜들 오빠가 한 팔로는 내 배를 살짝 누르고 다른 팔로는 엉덩이를 받쳐서 나를 들어 올려주었을 때, 그렇게 내가 스키타 오빠가 깨뜨렸던 헛간 창문에 대고 귀를 기울여보았을 때, 나는 헛간 안에서 풀썩거리는, 커다랗고 둔중한 소들의 소리를 들을 수 있었다. 소들은 작고 낮은 소리로 불평하듯 울어대면서 벽을 차며 출구를 찾고 있었다. 나는 눈을 비볐다.

"저 집으로 가자." 랜들 오빠가 말했다.

랜들 오빠가 나를 천천히 내려주었다. 손바닥에 느껴지는 나뭇결은 거칠었다. 내려오면서 내 앞에 있는 판자를 바라보았을 때, 나는 페인트가 칠해진 것 같은 널따란 짙은 색 얼룩을 보았다. 스키타 오빠가 창턱에서 떨어져 내릴 때 살점이 뜯겨지면서 남은 적갈색 흔적. 피였다. 그 늙은 절름발이 남자가 이걸 보고 웃었을지, 생쥐 같은 녀석이 다쳤다는 걸 알고 내심 기뻐했을지, 아니면 화가 나서 망치를 후려치고 판자에 박은 못을 쉼표처럼 구부러뜨리면서 그저 고개를 설레설레 저었을지 궁금해졌다.

집의 창문에는 판자들이 한결 고르고 꼼꼼하게 덧대져 있었다. 우리 집처럼 여기저기서 모아들여 모양도 크기도 제각각인 판자들이 아니었다. 창유리가 삐져나오는 틈새가 조금도 없이, 감은 눈꺼풀처럼 오롯하게 판자가 창문을 평평하고 단단하게 뒤덮고 있었다.

"됐다." 랜들 오빠가 판자와 벽 사이에 손가락을 끼워 넣어 틈을 벌렸지만, 겨우 손톱 하나 들어갈 정도였다. "네가 해봐." 오빠가 그렇게 말하기는 했지만 내 손가락도 들어가지 않을 것은 뻔했다. 주니어 손가락도 들어가지 않을 것 같았다. "지렛대가 필요할 것 같아."

내가 고개를 내저었다.

"제길!" 랜들 오빠가 주먹으로 합판을 쳤고, 그러자 가운데가 푹 꺼지면서 나무에 금이 가고 유리가 깨지는 소리가 났다. 오빠가 주먹을 뺐을 때는 살점이 뜯어져 너덜거리고 있었다. 나무판에는 핏자국이 남았다. 오빠가 손을 감싸 쥐었다. 오빠의 얼굴은 합판 뒤의 유리가 얼마나 단단하고 날카로운지 상상할 수 있겠냐는 표정이다. 깨진 유리 조각들이 서로 얽혀 그 틈새에 검은 피가 묻어 있을 것을 상상이나 할 수 있겠냐는 얼굴. 오빠의 눈에 물기가 어렸다. "씨발." 오빠의 손가락 마디에 고여 있던 피가 손가락 사이로 뚝뚝 떨어져 내렸다. 오빠가 나를 보았다. "이젠 지렛대가 있어도 못 하겠다."

"오빠는 스키타 오빠가 아니야." 내 뺨을 타고 흘러내리는 눈물에서는 생굴 맛이 났다.

"나랑 같이 해보자, 에시."

"너무 두꺼워."

"해보기나 하자."

랜들 오빠가 바지를 입을 때처럼 무릎을 구부려 가슴팍까지 끌어 올리더니, 구멍이 난 합판의 가운데를 발뒤꿈치로 세게 찼다. 나무판 뒤의 유리가 산산조각이 났다. 오빠가 다시 발길질을 하자 나무판도 두 동강이 났다. 쪼개지는 소리는 꼭 총소리 같았다. 랜들 오빠가 발길질을 멈추었을 때 우리는 둘 다 겁이 나서 주변을 둘러보았지만, 총을 도끼처럼 휘두르며 달려오는 남자도, 분홍색 치마를 입은 여자도 나타나지 않았다. 깜깜한 헛간에서 낮게 울어대는 소들뿐, 나무들을 거세게 흔들고 지나가는 바람뿐, 너무 덥고 습해서 그대로 비가 되어버릴 것 같은 공기뿐.

"한 번 더." 오빠가 다시 발길질을 했다. 오빠는 이 더위를 향해, 봉인된 이 알량한 보물 창고를 향해 온 근육에 힘을 잔뜩 실어 발을 뻗었다. 나무판은 두 동강이 났어도 못이 박혀 있어 떨어지지 않았고, 랜들 오빠는 원래 다쳤던 무릎을 감싸안고 땅 위로 나동그라졌다.

"다친 무릎이야." 오빠는 무릎 살갗이 까진 사람처럼, 까진 상처와 통증을 불어서 날려버리려는 것처럼 무릎을 호호 불었다. 우리가 어렸을 때 살이 까지면 엄마가 해주었듯이. 우리가 무릎이 까져서 들어오면 엄마는 우리의 더러운 발을 엄마 가슴팍에 올려놓고 상처를 소독해주었다. 그러면 발바닥에서 엄마의 심장이 뛰는 것이 느껴졌다. 우리가 땅 위를 맨발로 쿵쿵 걸어 다닐 때처럼 세차게. "안을 좀 봐봐."

나는 틈새에 눈을 갖다 댔다. 어둠과, 휘날리는 얄따란 커튼밖에 보이지 않는다. 어둠 속에서는 방향제 냄새와 락스 냄새뿐 인적은 느껴지지 않았다. 깨진 틈새로는 손가락 두 개가 들어갔지만, 그뿐이었다.

"여긴 아무것도 없어. 아무 냄새도 안 나. 아마 대피하면서 모조리 가져갔나 봐."

랜들 오빠가 무릎을 문지르고 있었다.

"상할 만한 것을 남겨두고 갈 아줌마 같진 않았어."

랜들 오빠가 웃었지만, 갈색 낙엽이 바람에 날려 땅 위를 구르는 소리처럼, 오빠 목구멍에서 새어 나오는 소리는 건조했다.

"가자."

오빠는 두 손을 가슴 앞으로 해서 맞잡고 아픈 무릎을 절뚝거리며 걸었다. 나는 목초지 가장자리에서 걸음을 멈추고 헛간을 돌아보았다. 소들이 저기서 안전하려나. 나는 아무것도 보이지 않는 칠흑 같은 어둠 속에서 서로에게 몸을 비비고 천장으로 그 축축한 코를 치켜들고서 파란 하늘이 어디로 사라졌는지, 쌉쌀한 풀들이 어디로 갔는지, 늘 친구 해주던 새들은 왜 보이지 않는지 궁금해하고 있을 소들이 보였다. 몸에 와서 닿던 새들의 날갯짓을 얼마나 그리워하고 있을지.

돌아오는 길, 랜들 오빠가 그 긴 팔을 앞뒤로 흔들며 걷지 않으니 이상했다. 숲은 잠자는 동물 같다. 여전히 텅 비었다. 아주 이상하다. 나는 랜들 오빠보다 먼저 부스럭거리는 소리를 들었고, 오빠에게 멈추어보라며 손을 뻗었다. 오빠는 내내 아픈 무릎만 들여다보며 걷고 있었다.

"저기 봐."

차이나였다. 차이나가 붉은 색깔의 무엇인가를 툭 떨어뜨리더니, 그 안에 코를 박고 드라이버를 돌리듯 양옆으로 쑤셔댔다. 그러고 방금 땅에 떨어뜨린 것을 노려보다가 냅다 달려들어서 같이 뒹굴었다. 차이나의 분홍빛 발바닥이 공중에서 춤을 추었고, 차이나는 솟아오르는 연기 같았다. 차이나는 눈을 질끈 감고서 끈적거리는 진액을 온몸에 넓게 두르고 있었다. 차이나의 털이 붉게 물들고 있었다.

"저게 다 뭐야?" 랜들 오빠가 물었다.

차이나가 그 소리를 들은 게 틀림없었다. 데굴데굴 구르던 것을 멈추더니 순식간에 얼어버린 물처럼 그 자리에서 튀어 올랐다. 굳게 다문 두 입술과 축 늘어진 꼬리. 차이나가 우리를 보고,

제 먹잇감을 한 번 내려다보더니 작열하는 하늘로 코를 치켜들고 한 번 짖었다. 그러고 사라졌다.

죽은 닭이다. 속이 파헤쳐진 채 아직 따뜻하다. 내 목구멍 안도 그렇게 생겼을 거라고 나는 상상해보았다. 소금기와 피가 엉킨 분홍색일 거라고.

"저거 우리 닭이다." 내가 말했지만, 랜들 오빠는 말없이 집 쪽으로 절룩거리며 걸음을 옮겼다.

"너 뭐 하는 거야?"

랜들 오빠는 마치 온종일 공원에 있었던 사람처럼 물었다. 온몸이 땀범벅이 되도록 농구 코트에서 뛰고 왔다는 듯이, 숨소리와 근육밖에 느껴지지 않을 때까지 정신없이 뛰다가 왔다는 듯이. 오빠는 피곤한 몸으로 복도의 형광등 불빛을 받으며 자기 방 문간에 서 있었다. 어딘가를 뚫어지게 보면서. 긴 길이었다. 나는 오빠 손에 쓸 알코올과 물에 적신 휴지를 들고 복도를 걸어갔다. 오빠는 자기 입으로 빨려고 했는지 주먹을 얼굴까지 들어 올리고 있었다. 주니어가 자기 손가락을 두 개나 입에 넣고 빨고 있다가 날 보더니 멈추었다.

스키타 오빠가 침대에 앉아 있고, 차이나가 오빠의 무릎에 앞다리를 얹고서 코끝을 치켜들고 앉아 있다. 목을 움직일 때 차이나는 물 위로 줄기를 길게 드리우며 후미에 피어나 있는 석산꽃처럼 우아하다. 차이나가 스키타 오빠의 턱을 핥고 있다. 차이나의 턱에는 닭을 죽일 때 묻은 분홍빛 얼룩이 남았다. 스키타 오빠가 웃고 있는데 좀처럼 본 적이 없는 수줍은 미소다. 어렸을 때 분말주스 꾸러미를 훔쳐서 새파란색이나 시뻘건색으로 이를 다 물들이며 그 씁쓸한 가루를 빨아 먹을 때 본 이후로 못 보았던 표정. 강아지들이 양동이 속에서 한숨을 내쉬며 낑낑거린다. 양동이는 20킬로그램짜리 개 사료, 목줄, 두 동강이 난 타이어들, 차이나의 담요와 함께 이 방 한구석에 놓여 있다.

"허리케인이 올 것 같아서 데리고 들어왔어." 스키타 오빠가 올려다보지도 않고 대답한다.

"지랄하지 마, 안 돼." 랜들 오빠가 말했다.

"저기 창고에 둘 수는 없어."

"왜 안 돼?"

"창고가 튼튼하지가 않아."

"창고가 뭐가 어때서."

"너무 약해."

"여기는 집이야, 스키타. 사람 사는 데라고. 개가 사는 데가 아냐."

스키타 오빠가 고개를 들었다. 그 수줍은 미소가 사라지고 없다. 오빠가 자기를 핥고 있던 차이나의 주둥이를 두 손으로 붙잡으니, 차이나는 마치 마당의 폐품들처럼 꼼짝 않고 가만히 있다.

차이나는 온몸에 딱지가 앉아서 정말 녹이 슨 폐품들과 꽤 비슷해 보이기도 했다.

"나 얘네들 밖에 안 놔둬."

그 말에 랜들 오빠의 얼굴이 구겨지더니, 덩그러니 열린 창문처럼 입이 떡 벌어졌다.

"아빠한테 말할 거야."

"그럼 말하시든지." 스키타 오빠는 이를 다 드러내고 웃는다. 오빠가 차이나에게서 떨어져 자리에서 일어나자 차이나도 오빠에게서 미끄러져 나오더니 지체 없이 바닥으로 내려와서 오빠를 따라 방 밖으로 나간다. 이제 셋 모두 아빠 방문 앞에 서 있다. 랜들 오빠가 방문을 홱 열어젖히고 들어간다.

"아빠." 대답이 없다. "아빠!"

아빠가 우리에게 등을 보이고, 높은 나무나 담장에서 막 떨어져 뼈가 부러진 사람처럼 옆으로 누워 있다. 아빠가 우리 쪽으로 몸을 돌리면서 팔꿈치로 딛고 일으킨다.

"왜 그래?" 병이 난 사람처럼 겨우 쥐어짜는 소리. "뭣 땜에 그래?"

"스키타가 허리케인 온다고 개를 안으로 들여오려고 해."

"안으로?" 어둠 속에서 아빠의 눈이 아르마딜로의 눈처럼 번쩍거렸다. "어디 안으로?"

"집 안으로 말이야."

"안 돼." 아빠가 말했다. 아빠는 다시 베개에 머리를 누이고 몸을 돌린다.

"싫어." 스키타 오빠가 말했다. 스키타 오빠가 랜들 오빠의 팔꿈치를 치며 오빠 앞으로 가서 선다. 차이나도 스키타 오빠의 허벅지 사이로 비집고 들어가서 혀를 빼물고 앉았다. 그렇게 하니 꼭 보통 개들 같아 보였다. "난 바깥에 둘 수 없어."

"싫다고?" 아빠가 스키타 오빠 얼굴을 보더니 다시 팔꿈치를 디디고 비틀거리며 몸을 세웠다. "너 그게 무슨 소리냐, 싫다니? 내가 안으로 못 들인다고 말했으면 안 되는 거야!" 아빠는 몸이 더 좋았다면 아마 고함을 쳤겠지만, 지금은 한 마디마다 숨을 쉬느라 말을 멈추어야 했다. 헐떡이는 숨소리와 함께.

"쟤들이 밖에 있어야 한다면 나도 밖에 있을 거야."

"뭐?" 아빠가 놀란 듯 한숨을 내뱉었다.

"쟤네가 창고에 있어야 한다면 나도 창고로 갈 거라고." 스키타 오빠가 깜깜한 안방에서 발걸음을 옮긴다. 오빠는 이 어둠 속에서도 더욱 까만 암흑이다. 오빠의 목소리가 흘러나오는 얼굴도, 머리통도 보이지 않는다. 차이나만 달빛이 내리는 강가의 흰 모래처럼 빛난다.

"창고에서 살긴 어떻게 살아 —" 아빠는 기침을 했다. 목구멍이 바싹 말라 있었다. "개들하고."

"아니, 난 살 거야." 새까만 암흑이 움직인다. "그리고 랜들 형이 계속 안 된다고 하면 난 싸울 거야. 모두 다하고."

"아빠가 꼭 일어나야겠냐." 아빠는 침대 옆으로 발을 몇 번 차면서 다치지 않은 손을 짚고 몸을 일으키려 했지만, 발이 이불에 엉켜서 다친 손으로 먼저 이불을 풀어내야 했다. 아빠는 이불을 걷어서 내던지고 비틀거리며 몸을 일으켰다. 진통제 때문에 정신이 몽롱한 모양이었다. 아빠는 술에 취한 것처럼 몸이 한쪽으로 기울어졌다.

스키타 오빠는 몸을 돌려 불이 켜진 복도 쪽으로 발걸음을 옮겼다. 어두운 물 밑에서 수면으로 헤엄쳐 올라오는 사람처럼. 블랙홀의 밑바닥에서 빛을 빨아들이며, 물보라를 튀기며 마치 새로 태어나듯이 헤엄쳐 올라오던 매니 오빠처럼.

"뭐든 산 것들은 다 살아야 해." 스키타 오빠가 말했다. "차이나랑 강아지들도 살아야 하고."

"스키타." 랜들 오빠가 부르자 앞서 걷던 스키타 오빠와 차이나가 멈추었다. 셋이 복도에 그렇게 서 있었다. 차이나는 귀가 머리에 착 달라붙어 있고 꼬리는 말려 올라가서, 스키타 오빠처럼 잔뜩 긴장한 채 미동도 없이 서 있다.

"뭐야?" 스키타 오빠가 소리쳤다. 둘은 휘어진 거울을 마주 보고 선 두 사람 같다. 하나는 키가 크고 하나는 작지만 둘 모두 단단한 근육과 힘줄, 긴장, 손의 상처들, 그리고 붕대를 감은 손.

"난 절대로 차이나랑 방에서 같이 못 자." 랜들 오빠가 손을 뻗었다. 다치지 않은 손으로 스키타 오빠를 붙잡았다.

"그만들 해!" 아빠의 목소리가 크고 무서웠다. 아빠는 남아 있던 기운을 다 썼다는 듯이 푹 고꾸라졌다. "하지 마. 싸우지들 마."

난 아빠가 하는 말을 듣기 위해 몸을 기울여야 했다. 아빠가 휘청거리더니 다치지 않은 팔로 침대를 짚고 몸을 일으켜 세웠다.

"5등급이란다. 뉴스에 나온 여자가 5등급 허리케인이라고 했어."

"아," 내가 말했지만, 그건 말이라기보다 숨소리에 가까웠다. 아빠는 5등급 허리케인 앞에서 가슴을 졸이고 있었지만, 우리는 너무 어려서 마지막으로 5등급 허리케인이 왔던 때를 알 도리가 없었다. 근 40년 전에 왔던 카미유가 5등급이라고 했으니. 하지만 엄마가 카미유 때 이야기를 해준 적이 있었다.

"방 안에 두어라, 스키타. 방 밖으로 돌아다니는 게 한 번이라도 눈에 띄면 허리케인이 불어닥쳐도 내가 집 밖으로 차버릴 거야, 알아들어? 랜들, 그렇게 하게 해라."

아빠의 팔이 푹 꺼졌다.

"수프 좀 다오, 에시."

스키타 오빠가 팔짱을 끼고 랜들 오빠를 보더니 고개를 빳빳하게 쳐들었다. 꼭 개들이 그러듯이. 랜들 오빠가 고개를 내저었다.

"우리 어차피 거실에서 더 많이 자잖아, 랜들 오빠." 내가 작은 소리로 속삭였다. 도랑에 앉아 있던 나를 찾아냈을 때 오빠가 얼마나 다정했는지를 떠올리며.

"에시." 아빠가 숨을 내쉬었다. 아빠는 다시 옆으로 누워 문 쪽을 보고 있었다.

"응, 아빠. 내가 갖다줄게." 랜들 오빠가 말했다. 오빠는 우리를 밀치고 지나가버렸고, 복도에는 스키타 오빠와 나만 남았다. 부엌에서 가스불 켜는 소리가 들렸다.

"무엇에든 기회는 줘야 하잖아. 에시." 스키타 오빠는 그렇게 말하고 차이나와 함께 자기 방으로 들어갔다. 차이나가 바닥에 철퍼덕 엎드린다. 귀는 이제 다시 천장을 향해 서 있다. 꼬리를 철썩 내리치고는 기분 좋게 웃는다. 딱지가 앉은 젖가슴의 한쪽 살이 팽팽하게 당겨졌다. 스키타 오빠가 강아지들을 하나씩 꺼내서, 강아지들의 동그란 배를 두 손으로 말아 쥐고 바닥에 내려놓으니 강아지들이 일제히 코를 벌름거리며 차이나 쪽으로 움직거리고 나아간다. 차이나가 아까 닭을 보던 눈으로 새끼들을 바라본다. 혀를 날름거린다. "무엇에든." 스키타 오빠가 그렇게 말하고는 나를 똑바로 바라보았다.

열한째 날

카트리나

허리케인이 어떤 건지 엄마가 처음으로 설명해주었을 때, 나는 그건 모든 동물들이 내달리는 것, 허리케인이 오기 전에 도망가는 것, 동물들이 바람에 대고 코를 킁킁거리며 미리 폭풍을 알아채는 것일 거라고 생각했다. 따뜻한 분홍색 혀를 빼물고 맛을 보고 확인하는 걸 거라고. 사슴들이 옆의 동료를 한 번 보고는 경중경중 뛰어가는 걸 거라고. 여우들이 자기들끼리 속살거리고 재주를 넘으면서 떠나버리는 걸 거라고. 더 큰 동물들도 그렇게 할 거라고. 하지만 나는 이제 다람쥐든 토끼든 동물들은 전혀 그렇게 하지 않는다는 것을 안다. 아마 작은 동물들은 달아나지 않을 것이다. 그저 나뭇가지 위에, 소나무가 늘어선 땅 위에 가만히 서서 코를 들어 올리고 다가오고 있는 폭풍을 감지할 것이다. 공기에서 소금 냄새가 나는지, 타들어가는 모닥불의 짭짤하고 깨끗한 냄새가 나는지. 그러고는 우리처럼 준비를 할 것이다. 다람쥐들은 깃털과 솔가리와 동물들의 털을 모으고, 떡갈나무 구멍에 떨어진 도토리를 모으고, 그것들을 나무둥치의 구멍 깊숙이 한 줄로 세워 떨어뜨릴 것이다. 폭풍이 나뭇가지를 가르는 소리를 들을 수 없을 만큼 깊은 곳까지, 안전하게. 토끼들은 옆얼굴을 보이며 두 앞발을 모으고 서서 폭풍의 냄새를, 굉음처럼 순식간에 덮치는 폭풍의 냄새를 맡을 것이다. 그러면 붉은 점토와 모래 속으로 굴을 뚫고 내려가, 나무뿌리들이 뻗어 있는 검고 차가운 흙이 나올 때까지 내려가, 사람들이 우물을 팔 때나 볼 수 있는 땅속 깊은 곳에 다다라서 커다란 구멍을 파고 그 안에 가만히 앉아 있을 것이다. 허리케인이 오면 위아래서 세차게 흘러가는 물소리를 들으면서 땅의 품 안에 안전하게 앉아 있을 것이다.

어젯밤 우리는 거실에 침낭을 깔고 그 위에서 잤다. 우리가 거실 창문에 댄 판자는 크기가 맞지 않았다. 랜들 오빠와 내가 바닥에 나란히 누웠고, 주니어는 소파 위에 누웠다. 우리는 각자 납작해진 자기 베개와 얄따란 이불을 갖고 나왔고 오래전에 전선이 고장 난 전기장판도 꺼냈다. 그것들을 쌓아서 매트리스처럼 만들었지만, 그래도 너무 얇아서 마룻바닥에 깔린 카펫의 울퉁불퉁한 면이 고스란히 느껴졌다. 우리는 접시를 다 씻었다. 욕조에 물을 가득 채웠고, 개수대와 세면대에도 물을 가득 받았다. 그 물로 우리는 몸을 씻고 변기 물을 내릴 것이다. 우리는 삶은 달걀 몇 개를 먹었고, 랜들 오빠가 우리 모두를 위해 라면을 끓여주었다. 우리는 뜨거운 대접을 기울어지지 않게 무릎 위에 올리고 앉아서 텔레비전을 보았다. 어떤 프로그램을 볼지는 돌아가면서 한 사람씩 골랐다. 랜들 오빠는 한 신혼부부가 서재로 쓰던 자기들 방을 민트색 아기방으로 개조하는 주택 개조 프로그램을 보았다. 나는 치타가 나오는 다큐멘터리를 보았다. 주니어는 제일 마지막으로 골랐는데, 딱 한 채널에서 만화가 나오고 있었다. 우리는 주니어가 잠든 뒤에도 그 만화를 계속 틀어놓았다. 밝은 화면 덕에 어둠 속에서도 앞이 잘 보였기 때문이다. 아빠는 안방에 그대로 있었지만 문을 열어두었다. 스키타 오빠는 차이나와 강아지들과 같이 자기 방에 있었고 문은 닫은 채였다.

잠들기 전, 나는 텔레비전과 먼지 낀 전등에서 나오는 깜빡거리는 불빛 속에서 책을 읽었다. 고대 그리스 시대, 모든 영웅들에게, 메데이아에게, 그리고 그의 능지처참된 동생과 파멸하고 만 아버지에게 물은 곧 죽음을 의미했다. 욕실에 가서 변기에 앉아 있는데 바깥에서 쇠가 부딪히는 요란한 소리가 들렸다. 고장 난 기계들이 가라앉는 비석처럼 기울어지면서 서로 부딪히는 것 같았다. 바람이 거센 비를 밀어 올리고 있다는 걸 나는 알 수 있었다.

허리케인이 우리 집을 치기 하루 전날, 전화기가 울렸다. 엄마가 살아 있을 때는 엄마가 전화를 받았다. 허리케인 예상 지역에 있는 가정은 한 명도 빠짐없이 대피하라는, 주 정부에서 걸려 온 전화였다. 엄마가 죽은 뒤로는 랜들 오빠가 그 전화를 받았다. 매해 여름 오빠는 적어도 한 번씩은 전화를 씹었다. 한번은 스키타 오빠가 전화를 받은 적이 있었는데, 녹음된 멘트 '안녕하십니까'라는 말이 채 끝나기도 전에 전화를 끊어버렸다. 주니어는 절대로 전화를 받지 않고 그건 아빠도 마찬가지였다. 어제, 처음으로 내가 전화를 받았다. 남자의 목소리가 흘러나왔다. 남자는 꼭 컴퓨터처럼 말했다. 목구멍이 쇠로 된 사람처럼. 그 남자 목소리가 뭐라고 했는지 정확히 기억은 나지 않았지만 대략 이런 말로 이해되었다. **강제대피령이다. 허리케인이 내일 상륙할 것이다. 지금까지도 집에 있으면서 대피하지 않을 생각이라면, 우리는 책임이 없다. 우리는 분명히 경고를 했다.** 그리고 이것. **그 행동에 모종의 결과가 따를 수 있다.** 이외에도 끝이 없었다. 그 목소리가 꼭 이런 말을 한 건지는 잘 모르겠지만 내게는 한마디로 이렇게 들렸다. **당신은 죽을 수도 있다.**

그제야 나는 허리케인이라는 것이 실감 났다.

내가 기억하는 첫 번째 허리케인은 내가 아홉 살 때의 것이다. 그리고 매해 겪었던 것 중 두세 개 정도가 최악의 기억을 남겨주었다. 엄마는 창문 옆으로 의자를 끌어다 놓고 우리더러 그 옆에 무릎을 꿇고 앉아 있으라고 했다. 그때도 우리 집 창문에 덧댄 판자는 크기가 맞지 않아서 우리는 창문 틈새로 바깥을 내다볼 수 있었다. 어둠 속에서 폭풍이 어떻게 휘몰아치는지를. 건전지로 작동되던 라디오에서는 쓸 만한 이야기가 하나도 나오지 않았지만, 우리 집 마당은 많은 것을 말해주었다. 부러질 듯 낚싯줄처럼 휘어진 나무들, 시끄럽게 마당을 굴러다니는 빈 기름통, 사정없이 흘러 내려가는 물, 흙이 쓸려 나가 깊이 파인 땅. 엄마의 뱃속에는 주니어가 있어서 엄마 배가 산만 했는데 나는 그 위에 손을 얹고 창밖을 바라보았다. 주니어는 놀라움이었다. 행복한 사고였다. 엄마는 랜들 오빠와 스키타 오빠와 나를 거의 연년생으로 낳았고, 그 이후로는 9년간 아무런 소식이 없었다. 나는 엄마 옆에 무릎을 꿇고 앉아서 엄마 배에 귀를 갖다 대고 엄마 뱃속에 있는 주니어의 소리를 들었다. 쏴 하고 물 흘러가는 소리가 들렸다. 바깥에서는 바람이 나무를 뿌리째 뽑아버릴 듯 불어대더니 결국 우리 집에서 3미터 정도 떨어져 있던 나무 한 그루는 뿌리가 뽑혀버렸었다. 엄마는 판자를 덧댄 창문의 가느다란 틈새에 눈을 갖다 대고 밖을 바라보았다. 엄마는 뱃속의 아기가 엄마를 가만히 두지 않는 것처럼 몸을 왼쪽으로 오른쪽으로 흔들었다. 엄마는 내 머리를 쓰다듬어주었다.

일레인이라는 그 허리케인은 3등급이었다. 카트리나는 어젯밤 우리가 거실에 모여 앉았을 때 뉴스에서 말해준 것에 따르면, 아빠 말처럼 5등급이었다.

일레인이 왔을 때, 랜들 오빠와 아빠는 잠을 자고 있었다. 스키타 오빠는 나처럼 엄마 옆에 앉아 있었고, 엄마는 우리에게 엄마가 어렸을 때 겪었던 전설적인 허리케인에 대해 이야기해주었다. 이름이 카미유라고 했다. 엄마는 할머니 할아버지네 집의 지붕이 뜯겨져 나갔다고 했다. 폭풍이 지나간 뒤에는, 이건 가장 선명하게 기억나는데, 뜨거운 태양 아래 구더기가 들끓으면서 썩어가는 쓰레기 냄새가 났다고 했다. 엄마는 죽은 지 며칠 된 시체들과 방금 죽은 시체들이 해변에, 거리에, 숲속에 즐비했다고 했다. 할아버지가 마당에서 해골을 발견했다고도 했다. 해골은 살점과 옷이 깨끗하게 씻겨 나가 반들거렸지만 그래도 지독한 입냄새처럼 고약한 냄새가 났다고 했다. 할아버지는 유골을 교회에 갖다주지 않고 대신 굴 망태기에 담아서 숲속으로 가져갔다고 했다. 엄마는 할아버지가 뼈를 숲속에 묻었을 거라고 했다. 그리고 할머니와 같이 한참을 걸어 우물에서 물을 길어 왔다고도 했다. 우물물도 깨끗하지는 않았기 때문에 엄마는 병이 났고, 그때는 거의 모두가 그랬다고 했다. 그리고 계속 똥이 마렵거나 오줌이 마렵거나 구토가 났기 때문에, 제발 물이 떨어지지 않기만을 바랐다고 했다. 엄마는 카미유같이 지독한 것은 또 오지 않을 거라고, 만일 온다면 정말이지 또 경험하고 싶지 않다고 했다.

나는 어젯밤, 모두가 잠들고 난 뒤에 잠이 들었는데, 지금 누구보다 먼저 눈이 떠졌다. 아빠가 너무 크게 코를 골아서 그 소리가 거실까지도 들렸다. 랜들 오빠는 주니어가 누워 있는 소파 쪽으로 얼굴을 돌리고 내게는 등을 보이며 자고 있었다. 뭔가를 감추고 있는 듯 잔뜩 웅크리고서. 주니어는 팔다리를 하나씩 소파에서 떨어뜨리고 이불은 간신히 붙잡고 자고 있다. 텔레비전이 꺼져 있다. 집이 전에 없이 고요하다. 전기 제품의 소음이 말끔히 사라졌다. 우리가 잠든 사이, 다가오는 폭풍이 우리 집에 그 죽음의 손아귀를 뻗친 것이다. 전기가 끊겼다. 거실 창문의 틈새로 보니 아침인데도 사위가 짙은 잿빛, 더러운 구정물처럼 부옇다. 녹슨 양철 지붕에 빗방울이 내리꽂힌다. 그리고 바람, 어제까지만 해도 집 앞 풍경으로밖에 확인되지 않던 바람이 오늘은 숨소리를 내며 **안녕**, 인사를 하고 있다. 나는 여기 어둠 속에 누워, 얇디얇은 이불을 턱까지 끌어 올리고 천장을 응시한다. 그 인사에 답하지 않고서.

  엄마는 휘몰아치는 일레인에 대고 뭔가 말을 했었다. 그 폭풍 속으로 이야기를 했다. 그 폭풍 속에서 우리를 안전하게 지키듯, 바싹 끌어안고서. 내 몸속에 있는 비밀은 더는 비밀이 될 수 없을 것이다. 내가 그 비밀을 안전하게 지킬 수 있을까? 이 허리케인에게 말한다면, 메데이아처럼 악의 없는 주문을 건다면, 내 손톱만 한 아기, 내 새끼손톱만 한 이 아기가 혹시, 들을 수 있을까? 이렇게 말을 하면 나중에 태어났을 때 아기가 나를 기억할 수 있을까, 나를 알아볼 수 있을까? 아기는 매니 오빠의 얼굴로 나를 바라볼까? 그 금빛 피부에, 나와 같은 색의 머리칼을 하고서? 분홍빛 손가락들을 뻗어 내 손을 움켜쥘까?

해가 도무지 나오려 하지 않는다. 저기 멀리서 해안을 사납게 공격하고 있는 허리케인의 위에는 분명 있을 것이다. 밖으로 나가고 싶지만 오빠가 문을 열어주지 않을 때 창고 양철 문에 제 몸을 부딪치는 차이나처럼 맹렬하게 해안에 와서 부딪히고 있는 이 허리케인의 위에는. 하지만 여기 숲속 우리 집은, 해가 나무 뒤로 넘어갔지만 아직 지평선 밑으로 지지는 않은 그런 시간 속에 갇혀 있다. 해가 나왔다가 가고 빛이 어디서든 비쳤다가 어디서도 보이지 않고 모든 것이 잿빛인 그런 시간.

나는 잠이 깬 채로 누워 있지만 그 아기밖에는 아무것도 보이지 않는다. 내가 머릿속에서 그려낸 온전한 모습의 아기. 와서 날 구해줄 검은 아테나 여신. 만일 허락된다면 내게 새로운 이름을 줄 그 아기. 바로 엄마라는 이름을. 나는 목구멍으로 찝찔한 물을 삼켰다. 내 머릿속에서 울리는 그 목소리가, 높고 길게 경적을 울리는 기차 소리에 작아져버린다. 기차 소리는 이내 사라지더니, 온 세상도 삼켜버릴 만큼 커다란 뱀 한 마리가 산을 타고 미끄러져 내려가는 것 같은 바람 소리로 바뀌었다. 그러더니 다시 그 경적 소리 같은 바람 소리가 들려오고, 집이 부서지는 소리를 낸다. 나는 공처럼 둥글게 몸을 말았다.

"저 소리 들었어?"

스키타 오빠다. 오빠는 거의 보이지 않는다. 깜깜한 복도에서 움직이는 커다란 검은 덩어리일 뿐.

"응." 울음을 삼키느라 코에 콧물이 가득 차서 나는 감기 걸린 것 같은 목소리가 났다. **기차였어.** 엄마는 말했었다. **카미유가 왔을 때 바람 소리는 기차 소리 같았지.** 엄마가 그렇게 말했을 때 나는 엄마 무릎에 얼굴을 묻었다. 굴 껍질 해변으로 수영을 하러 가기 전에 기차 소리를 들은 적이 있었는데, 세인트캐서린의 한가운데를 가로지르는 그 기차 소리는 멀리서도 아주 크게 들렸다. 바람이 그런 소리를 낼 수 있다는 것은 그때는 상상도 되지 않았다. 하지만 지금 바람 소리를 들으면서 나는 어렵지 않게 상상할 수 있었다.

"램프 어디 있어?"

"탁자 위에." 내가 겨우 대답했다. 스키타 오빠가 어슴푸레한 빛 속에서 탁자로 걸어가다가 여기저기 부딪히고는, 더듬거리며 등유 램프를 찾아내서 불을 붙였다.

"이리 와." 나는 오빠를 따라 오빠 방이 있는 집 뒤편으로 갔다. 오빠 방은 원래보다 더 작아 보였는데, 분명 오빠가 창고에서 찾아냈을 이 조그만 등유 램프의 빛 속에서는 더욱 붉고 덥고 답답하게 느껴졌다. 오빠는 아빠 방의 열린 문을 한 번 살펴보고는 방문을 닫았다. 바람이 비명 소리를 냈다. 나무들이 팔을 전부 뻗고서 우리 집을 사정없이 때렸다. 스키타 오빠는 침대 위, 차이나 바로 옆에 앉았다. 퍼질러 엎드린 차이나는 고개를 들어 나른한 눈으로 나를 쳐다보고 혀를 내밀어 제 코와 입을 한 번에 핥았다. 나는 랜들 오빠 침대로 올라가서 무릎을 끌어안고 앉았다. 강아지들이 담긴 양동이가 조용하다.

"오빠 무서워?"

"아니." 오빠는 차이나의 목덜미에 얹은 손을 움직이면서 차이나의 어깨를, 몸통을, 뒷다리를 쓰다듬었다. 차이나가 고개를 뒤로 젖히고는 다시 입맛을 다셨다.

"난 무서워. 저런 바람 소리는 들어본 적이 없어."

"우리가 해변에 사는 것도 아닌데, 뭘. 숲속 깊이 들어가면 괜찮을 거야. 우리 바티스테 집안이 여기서 지금까지 사는 동안 숱하게 허리케인이 왔겠지만, 이렇게 잘 살고 있잖아. 내 말 믿어."

"엄마가 말해줬던 거 기억나? 카미유가 왔을 때 바람 소리가 기차 소리 같았다고 했잖아." 나는 무릎을 더 꼭 끌어안았다. "일레인은 이렇지 않았어."

"그래, 기억나." 오빠가 차이나의 턱을 손가락으로 문질렀다. 차이나가 몸을 앞으로 기울이고 이를 드러내고 웃으면서 오빠에게 입을 맞추려고 한다. 그걸 보니 꼭 오빠가 차이나를 살살 꼬시고 있는 것 같다. "엄마가 그렇게 말했었지." 오빠는 차이나를 쓰다듬던 손을 멈추고 몸을 앞으로 숙여 팔꿈치로 무릎을 짚었다. 두 손을 비비면서 시선을 멀리 던졌다. "하지만 엄마 목소리는 기억이 안 나. 엄마가 뭐라고 말했는지는 토씨 하나까지 기억나거든. 우리 둘이 엄마 무릎 옆에 붙어 앉아 있었던 것도 눈에 선하고. 하지만 내 기억에 남아 있는 건 내 목소리뿐이야. 엄마 목소리가 아니라."

나는 엄마 목소리를 기억한다고 말하고 싶다. 입을 열어, 성대 모사를 하듯 내 안에서 엄마 목소리를 끄집어낼 수 있으면 좋겠다. 내가 엄마 목소리를 기억하듯 오빠에게도 들려주고 싶다. 하지만 그렇게 할 수가 없다.

"적어도 기억은 남아 있잖아. 주니어는 정말 아무것도 없어." 내가 말했다.

"엄마가 너한테 마지막으로 했던 말 기억해?"

엄마는 주니어를 낳는 동안 턱끝을 가슴팍에 묻고 있었다. 숨을 몰아쉬며 신음 소리를 냈다. 신음 소리는 외마디 비명으로 이어졌다. 차가 급정거할 때 나는 소리처럼. 엄마는 그래도 고래고래 소리를 지르지는 않았다. 스키타 오빠와 랜들 오빠와 나는 안방 창 밑에 있던 낡은 에어컨 위에 올라가서 창턱에 매달려 엄마를 훔쳐보고 있었는데, 엄마는 주니어를 밀어낸 뒤 주니어가 울음을 터뜨리는 걸 확인하자 고개를 옆으로 떨구면서 눈물이 차서 거울 같은 눈으로 우리를 바라보았다. 나는 엄마가 창문턱에서 내려오라고, 시끄럽게 굴지 말라고 우리에게 소리를 지를 거라고 생각했다. 하지만 엄마는 그러지 않았다. 엄마는 우리를 바라보았다. 느리게 눈을 깜빡였다. 엄마 콧잔등에 주름이 잡혔고 엄마는 입술을 깨물었다. 그러고 고개를 내저었고, 나무 그루터기에 올려진 동물처럼 턱을 천장으로 추어올렸다. 나는 아빠와 할아버지가 칼로 돼지를 잡을 때 그런 걸 본 적이 있었다. 엄마는 그러고 눈을 감았다. 그리고 울음을 터뜨렸다. 바람이 빠진 공처럼 보드라운, 푹 꺼진 배에 두 손을 올려놓고서. 나는 엄마가 우는 걸 한 번도 본 적이 없었다. 하지만 엄마는 아무 말도 하지 않았다. 심지어 아빠가 틸다 언니며 조 아저씨에게 전화를 하고 난 뒤에도. 주니어와 같이 아빠 트럭에 실려 창문에 텅텅 부딪히며 병원으로 갈 때도, 엄마는 우리를 보고 있으면서도 한마디도 하지 않았다. 엄마는 고개를 내저었다. 아마 **싫다**는 뜻이었을 것이다. 아니면 **걱정하지 마, 금방 올 거야**. 아니면 **미안하다**. 아니면 **그러지 마라, 이 침대에 눕는 여자가 되지 마라**, 에시라고 말했던 걸지도 모른다. 하지만 이제 난 그렇게 되었다.

"아니. 난 기억 안 나." 내가 말했다.

"난 기억나." 오빠는 그렇게 말하며 주먹 위에 턱을 얹었다. "엄마는 트럭에 실리면서 우리에게 사랑한다고 했어. 그러고 나서 착하게 지내라고 했어. 서로 돌봐주라고."

"난 그런 기억 안 나는데." 오빠는 상상 속에서 꾸며내고 있는 것 같다.

"아냐, 그랬어." 오빠가 몸을 일으키더니 다시 침대에 기댔다. 그리고 한 손을 차이나의 목에 가만히 얹었다. 차이나가 한숨을 내쉬었다. "너 엄마 닮았어. 그거 알아?"

"아니."

"닮았어. 엄마처럼 크지는 않지만, 얼굴이 똑같아. 입술하고 눈이. 크면서 더 비슷해질 거야."

나는 무슨 말을 해야 할지 몰라서 살짝 인상을 쓰고는 고개를 저었다. **하지만, 엄마, 엄마는 늘 여기 있잖아, 맞지?** 나는 엄마가 너무 그리워서 목구멍으로 또 짠물을 삼켜야 했다. 상처 위로 레몬즙이 흘러 들어가는 그림이 그려졌다. 지금 내 가슴이 쓰라려서였을까.

"저 소리 들었어?"

"무슨 소리?" 나는 다시 코 막힌 소리를 냈다. 거대한 나뭇잎 다발이 지붕을 때렸다. 빗방울이 거세졌고 끝도 없이 떨어진다. 삽시간에 밀려오는 파도처럼 지붕을 덮쳤다. 적어도 이번 바람은 아까처럼 기차 소리를 내지는 않았다.

"저 소리." 스키타 오빠가 고개를 기울이더니 창문 쪽으로 귀를 세웠다. 등유 램프 불빛 속에서 오빠의 눈이 빛났다. 오빠가 일어서니 차이나도 따라 일어선다. 귀를 곧게 세우고 꼬리도 세우고, 혀를 내밀고 있다. 저기 폭풍 속 어딘가에서 개 한 마리가 짖고 있다.

"응." 우리 셋 모두 창가로 가서 창문의 작은 틈새로 바깥을 내다보았다. 소리는 들리지만 개가 보이지 않는다. 보이는 것은 소나무뿐. 폭풍에 휘어지고 있는, 부러질 듯이 몸을 누인 가는 나무들뿐. 이 잿빛 하늘과 몰아치는 빗줄기에 떡갈나무조차 나뭇잎과 가지를 떨구고 있었다. 개가 북소리처럼 빠르게, 큰 소리로 짖는다. 끝이 올라가는 그 소리에 엄마의 신음 소리가 생각났다. 허리 굽혀 절하고 있었던 그 소나무들이, 더는 몸을 지탱하지 못하던 한 몸체가, 이제 곧 부러지려고 하는 어떤 것이. 하이톤의 울부짖음이 갈가리 찢어졌다. 그 소리는 집을 휘돌며 가까워졌다 멀어졌다 하고 있다. 주니어의 똥개들 중 하나일까. 그 지저분한 개들, 우리 집 밑, 시원하고 비도 피할 수 있고 무릎이 툭 불거져 나온 꼬마도 하나 있던 그곳을 찾던 개일까?

"안 돼." 스키타 오빠가 창문과 나무판을 뚫고 나가 지금 우리 눈에는 보이지 않는 저 개를 구하겠다는 듯이 창문에 바싹 붙었다. 나는 안다, 그 개는 오빠에게 차이나와 다름없다는 것을. 차이나가 뒷다리를 들고 앞발로 벽을 지탱하고는 스키타 오빠의 옆에 기대 침을 뚝뚝 흘리며 서 있다. 오빠의 허벅지에 제 둥그렇고 하얀 머리통과 축 늘어진 귀를 갖다 대고. 축 늘어진 귀는, 아빠가 병원에서 엄마 없이 혼자 돌아오던 날 주니어를 싸가지고 왔던 포대기처럼 보드라워 보인다. **너희 동생이다. 클로드 애덤 바티스테 2세. 그냥 주니어라고 불러라.** 그러고 덧붙였었지. **엄마는 못 오셨다.** 쉴 곳을 찾던 그 개는 마지막으로 한 번 울부짖더니, 이내 바람과 비가 조여오는 목줄처럼 목을 옭아맸는지 잠잠해졌다. 차이나가 그에 대답하듯 그르렁거렸지만, 스키타 오빠가 무릎을 꿇고 앉아 두 손으로 얼굴을 쓰다듬고 두 귀를 머리통 쪽으로 쓸어주니 언제 그랬냐는 듯 조용해졌다. 차이나의 두 눈이 가늘어지고 웃는 것처럼 입꼬리가 당겨지면서 얼굴의 거죽이 팽팽하게 당겨져서 차이나의 머리통은 아무것도 남지 않은 해골 같아 보였다.

차이나가 끽끽거리며 뛰어오르다 이내 짖기 시작한다. 스키타 오빠의 무릎에서 훌쩍 뛰어 침대로 올라가더니 정신없이 서성거린다. 랜들 오빠의 침대에서 내 배를 보며 웅크리고 앉아 있던 나는, 내 안으로 잠겨 들어가 안전하게 숨어 있으려고 했던 나는 고개를 들 수밖에 없었다. 차이나가 어둠 속에서 이빨을 번뜩이며 천장을 보고 있다. 공기를 가를 듯 짖어댔다.

"차이나, 왜……?" 스키타 오빠가 차이나를 잡으려고, 몸을 뒤틀며 정신없이 뛰는 차이나를 말리려고 손을 뻗었는데 귀가 먹을 만큼 커다란 굉음이 난다. 그 순간 차이나가 스키타 오빠의 침대에서 뛰어올라 방문으로 내달렸다. 방문을 그 이빨로 물어뜯어 산산조각 내려는 듯이. 오빠가 방문을 재빨리 여니 랜들 오빠가 주니어를 허리춤에 매단 채 손전등을 들고 아빠 방으로 달려오고 있다. 밖에서는 바람이 괴성을 질렀고 집은 미친 듯이 흔들렸다. 전등은 필요 없었다. 아빠 방 천장에 구멍이 나 있다. 뚫린 구멍으로 나뭇가지들과 나뭇등걸이 쏟아져 들어왔다. 뒤틀린 모양으로 자란 커다란 관목이었다. 차이나가 바람 속으로 코를 치켜들고 짖었다.

"아빠!" 랜들 오빠가 구멍으로 들이치는 바람과 비를 뚫고 앞으로 달려 나갔다. 그 사이로 보이는 잿빛 하늘이 거대한 주먹 같다.

아빠는 서랍장 앞에 무릎을 꿇고 앉아 바지에 비닐봉지를 쑤셔 넣고 있었다. 아빠가 일어서더니 우리를 보았다.

"도망가!" 아빠가 말했다. 아빠는 우리를 보고 손을 저었다. 아빠 손에 감긴 붕대가 불빛처럼 펄럭였다. 아빠는 바람에 흔들리는 빨랫줄처럼 쓰러졌다 일어났다 하면서, 어서 이 방에서 나가라고 팔을 휘저었다. 아빠는 우리를 뒤따라오며 방문을 닫았다. 주니어가 랜들 오빠에게서 떨어지려 하지 않는다.

"다들 거실에 있자꾸나." 아빠가 이렇게 말하다가 소파에 걸려 넘어지면서, 엄마가 베개 위로 몸을 내던지던 것처럼 소파 위로 곤두박질했다. 목이 꺾였다. 아빠는 눈을 너무 많이 깜빡이고 있었다.

"아빠 손." 랜들 오빠가 말했다.

"괜찮다. 허리케인이 갈 때까지 여기에 있자."

"그게 언제일 거라고 생각하는데?" 스키타 오빠가 물었다.

"몇 시간 뒤."

차이나가 다시 낑낑거리더니 짖어댔다.

"차이나는 알았구나." 내가 말했다.

"뭘 알아?" 아빠 얼굴이 젖어 있다. 나는 그게 물인지 땀인지 분간할 수 없다.

"아무것도 아냐." 스키타 오빠가 말했다.

"나무 말이야." 오빠와 거의 동시에 내가 말했다. 오빠가 차이나의 목을 문질러주니 차이나가 그르렁거리던 소리를 삼키고 자리에 앉았다. 그리고 오빠의 허벅지에 머리를 대고 코끝을 오빠에게 향하고는 오빠 무릎 위에 머리를 얹었다.

"차이나는 아무것도 몰랐어." 스키타 오빠는 그렇게 말하고 일어나서 차이나와 하나가 된 듯, 그리하여 둘이 합쳐진 새로운 생명체가 된 모양으로 밝은 빛이 쏟아지는 복도 쪽으로 걸음을 떼었다. 바람이 아빠 방문 아래로 휘파람을 불어댔다. 오빠는 차이나와 함께 자기 방으로 돌아갔다.

"거실로 오너라, 스키타." 아빠는 눈을 한 번 뒤룩 굴리더니 이내 눈을 감았다. 아빠의 이만 보였다. "부탁이다."

나는 내 담요를 들어 몸에 둘둘 말고 원래 누웠던 자리에 앉았다. 스키타 오빠가 차이나와 같이 다시 나타났다. 그리고 강아지 양동이와 차이나 사료, 목줄과 장난감들을 아빠한테서 가장 떨어진 거실 한구석, 텔레비전 바로 옆에 놓았다. 오빠가 자기 담요를 그 구석에 깔아서 의자처럼 만들었고, 차이나가 오빠 무릎 위로 그 희고 긴 몸을 늘어뜨리며 자리를 잡았다. 차이나는 제 앞발 위에 머리를 얹고 자기 발바닥을 핥기 시작했다. 스키타 오빠가 조그만 등유 램프를 옆에 내려놓고 차이나를 쓰다듬고 있다. 등불의 불빛을 받은 차이나는 어슴푸레한 빛 속에서 샛노란색으로 빛났다.

"주니어. 너 이제 오줌 안 싸잖아." 랜들 오빠가 말했다.

주니어가 몸을 숙이고는 얼굴을 허벅지 사이에 묻고 자기 엉덩이 밑으로 손을 넣어본다.

"나 안 그랬는데."

"그럼 그 밑이 왜 그렇게 젖었어?"

우리는 다 같이 거실에 앉아 있었다. 겁에 질린 채로, 지루해하면서. 나는 등유 램프 불빛 아래서 책을 읽으려고 애썼지만, 가차 없이 이 집을 내려치는 비바람 소리 때문에 문장들이 도무지 들어오지 않았다. 문장은 조각조각 잘렸다. 이아손이 재혼했다. 메데이아가 울부짖는다. **추방, 오 신이시여, 오 하늘이여, 혼자 남겨지다니.** 혹은 이런 것. **죽음, 오 죽음, 분열을 허락하소서. 삶은 이제 곧 끝납니다.** 나는 어디까지 읽었는지 표시도 해두지 않은 채로 책을 덮고는 깔고 앉아버렸다. 추웠다. 스키타 오빠와 차이나는 잠이 든 것 같았다. 오빠의 손이 차이나의 옆구리에 올라가 있고 무릎은 차이나의 가슴에 닿아 있다. 하지만 랜들 오빠의 말에 둘은 동시에 눈을 떴다. 랜들 오빠가 주니어에게 가르쳐주려고 무진 애를 썼던 보드게임용 카드 패 절반이, 주니어 다리 근처의 바닥에 달라붙어 있었다. 나는 담요에서 빠져나왔다. 아빠 방문 틈에서 속살거리며 불어오는 알따란 바람 한 줄기가 학교 복도에서 마주친 남자애처럼 나를 훑고 지나갔다. 집요하게 그러나 거칠게. 그리고 정신이 번쩍 들었다. **왜 내 반바지가 축축하지? 아기가 죽었나? 하혈을 하고 있는 건가? 그러려면 배가 아팠어야 하는 거 아닌가?** 나는 벌떡 일어났다. 내가 앉아 있던 마룻바닥이 검다.

차이나도 이를 드러내며 벌떡 일어나는 통에, 앞으로 튀어나오려는 차이나의 목덜미를 스키타 오빠가 붙잡았다. 오빠는 차이나를 붙들고 미동도 없다. 차분하게 주위를 둘러보며 그렇게 서 있다.

"물이야. 집 안으로 들어오고 있어." 오빠가 말했다.

"물은 집 안으로 못 들어온다. 비가 와서 판자가 좀 젖은 것뿐이야." 아빠가 말했다.

"마룻바닥으로 차오르고 있잖아." 스키타 오빠가 말했다.

"마룻바닥으로는 물이 들어올 구멍이 없어." 아빠가 팔을 휘둘렀다. 자기가 생각하고 싶지 않은 것을 알려주는 우리를 막으려는 듯이. 아빠의 항생제, 학교에서 온 가정통신문, 학교 기금 모금 책자 따위들처럼.

"봐." 랜들 오빠가 길가 쪽 창문으로 가더니 노인처럼 등을 구부리고 밖을 엿보았다. "길가에 나무들이 많이 쓰러졌어."

"하지만 물은 안 보이잖니." 아빠가 말했다.

"맞아."

스키타 오빠와 차이나가 주니어 옆을 지나쳐 걸어갔다. 주니어는 랜들 오빠가 자기를 남겨두고 간 소파 앞에 그대로 서 있다. 주니어가 한 발씩 발을 들었다가 내린다. 주니어는 자기한테 발이 있고 발이 젖었다는 것이 믿기지 않는다는 듯 바닥을 바라보고 있다. 주니어가 젖어버린 반바지를 벗어버리려고 했지만 몸에 달라붙어 내려오지 않는다. 스키타 오빠가 차이나와 나란히 서서 창밖을 내다보고 있다.

"저기 봐." 스키타 오빠가 말했다. 랜들 오빠와 나는 창가로 달려가 스키타 오빠 옆에 섰지만 주니어는 그 자리에 그대로 있다. 우리 모두 발이 젖었고, 우리가 밟고 서 있는 카펫은 물을 먹은 스펀지가 되었다. 아빠가 마치 창문에 나무판이 덧대어져 있지 않다는 듯이 창문을 바라보고 있다. 나무판 너머를 꿰뚫어 볼 수 있다는 듯이.

마당에 큰 호수가 생겨나고 있다. 호수는 부러진 나무들 아래서 기어가는 동물처럼, 대가리가 커다란 뱀처럼 움직이고 있다. 녀석의 머리가 우리가 서 있는 이 집 아래로 사라졌고, 그 꼬리가 제 몸보다 더 큰 것을 삼킨 동물처럼 점점 더 넓어진다. 그것은 그렇게 숲속으로, 우리 집 웅덩이 쪽으로까지 움직이고 있다. 차이나가 짖어댄다. 바람이 수면에 잔물결을 일으키며 우리 쪽으로 다가오고 있다.

물이 내 발가락까지 차올랐다.

"웅덩이다." 랜들 오빠가 숨을 내뱉었다.

그때 아빠가 일어나더니 천천히 창가로 걸어갔다. 한 발을 내디딜 때마다 온몸의 뼈가 잘못된 방향으로 향하는 듯 비틀거리고 있다. 아빠도 판자 틈새로 밖을 내다볼 수 있도록 랜들 오빠가 자리를 내준다.

"안 돼." 아빠가 말했다.

내가 몸을 움직였다. 물이 내 발목까지 넘실거리며 차오른다. 차갑다. 초여름 수영할 때의 물처럼 차갑다. 차이나가 한 번 짖고서 창가에서 몸을 튕기며 내려오자 철퍼덕 물이 튄다.

"아빠?" 랜들 오빠가 주니어에게 팔을 둘렀다. 주니어는 휘둥그레진 눈으로 몸을 웅크리고 랜들 오빠의 다리를 껴안았다. 이번 단 한 번만은 오빠의 팔이 쇠처럼, 리본처럼, 돌처럼 보이지 않는다. 팔꿈치에서 구부러지는 근육이 불거져 나오지 않은 부드러운 팔. 다른 그 무엇도 아닌 사람처럼 보인다.

"아빠!" 주니어가 새된 소리로 외쳤지만, 여전히 랜들 오빠의 엉덩이에 얼굴을 묻고 있어서 그다음 말은 오빠의 엉덩이에 묻혀 들리지 않는다. 주니어 키가 몇 센티미터 큰 것 같다. 까치발을 딛고 있나 보다. 물이 내 정강이 가운데까지 차올랐다.

"저기 봐." 내가 말했다.

나무 사이에 길고 짙푸른 무엇인가가 있다. 배다. 누군가 우리를 구하려고 보냈나 보다. 하지만 잠시 바람이 멈추고 내가 눈을 가늘게 뜨고 다시 보니 그것은 배가 아니다. 누구도 우리를 구하러 오지 않았다. 그것은 아빠의 트럭이다. 물이 트럭을 들어 올려 우리 집 공터에서 밀쳐낸 것이다. 아까 웅덩이만큼 넓어졌던 뱀이 가지고 놀려는 건가 보다.

"아빠 트럭이야." 스키타 오빠가 말했다.

아빠가 너털웃음을 터뜨렸다.

아까 그 뱀은 온 마당을 삼키고 이제 그 아가리를 우리 집 앞으로 크게 벌리고 있었다.

"다락방을 열어라." 아빠가 말했다.

물은 이제 내 무릎 뒤를 때리고 있다.

"안 열려." 랜들 오빠는 복도 천장의 다락방 문에 매달아놓은 줄을 연신 잡아당겼다.

"비켜." 스키타 오빠가 말했다.

물이 내 허벅지까지 넘실거리며 차올랐다. 스키타 오빠가 내게 강아지 양동이를 건넸다.

"서둘러." 랜들 오빠가 말했다.

강아지 세 마리가 조그만 비명 소리를 내는데, 꼭 속삭이듯 짖어대는 것 같다. 녀석들이 드디어 처음으로 짖은 것이다.

"잡아당겨." 아빠가 얼굴을 찡그리고 전선을 뽑을 때처럼 손을 위로 들어 올렸다.

물이 내 가랑이를 스치며 올라왔을 때 나는 그만 펄쩍 뛰고 말았다.

"됐다!" 스키타 오빠가 나무에 묶인 밧줄에 매달리듯 온몸에 힘을 실어 줄을 끌어당기자 다락방 문이 신음 소리를 내며 밑으로 떨어져 나갔다.

"올라가!" 랜들 오빠가 주니어를 다락방 사다리로 밀쳐 올렸다. 스키타 오빠 옆에서 헤엄을 치고 있는 차이나는 이제 부표처럼 머리만 동동 떠 있다.

"가!" 스키타 오빠가 나를 사다리 쪽으로 밀쳤다. 나는 발가락 끝으로 복도 카펫을 짚고 물 위에 둥둥 떠서 걸음을 떼었다. 오빠가 내 등을 붙잡고서 양동이를 들고 다락으로 버둥거리며 기어 올라가는 나를 받쳐주었다.

"누나!"

"나 여기 있어." 주니어의 눈이 어둠 속에서 새하얗게 빛났다. 바람이 지붕을 때리자 지붕은 부서지는 소리를 냈다. 랜들 오빠가 올라왔고 곧이어 아빠가, 마지막으로 스키타 오빠와 차이나가 나타났다. 나는 무릎 사이에 양동이를 끼워놓고 상자 더미 위에 앉아서 내 허벅지에 와서 부딪히는 부서진 장식품을 건져 올렸다. 크리스마스 장식이었다. 랜들 오빠가 낡은 사슬톱 위에 앉았고 주니어는 그 옆에 웅크리고 앉았다. 아빠는 나무가 아빠 방 위로 쓰러졌을 때 바지에 집어넣던 꾸러미를 꺼냈다. 깨끗한 비닐 봉지였다. 아빠가 봉지를 여니 그 안에서 사진들이 나왔다. 스키타 오빠가 다락방 문을 닫아 우리 모두 어둠 속에 봉인되기 직전, 아빠는 머뭇거리는 손끝으로 사진을 한 장 한 장 만졌다. 그 위에 떨어진 속눈썹을 닦아내듯이 가볍게. 하지만 아빠의 번들거리던 손가락은 금방 멈추었고, 아빠는 다시 사진들을 싸서 주머니에 집어넣었다. 엄마 사진이었다.

다락방 문이 신음 소리를 내며 닫혔다.

지붕은 얇았다. 바람의 거친 손길과 억수같이 내려치는 비의 소리가 고스란히 들려왔다. 그리고 이곳은 너무 어두워서 우리는 서로의 얼굴도 볼 수 없었다. 다만 차이나가 짖는 소리가 들려올 뿐이었고, 그 소리는 뚱뚱한 개가 두꺼운 천을 찢듯 아주 깊은 데서 울리는 소리 같았다.

"조용히 해, 차이나!" 스키타 오빠가 소리치자 차이나가 바로 입을 다물었다. 턱을 어찌나 세게 닫았던지 이빨이 맞부딪치는 소리까지 들렸다. 나는 양동이에 얼굴을 묻었다. 강아지들은 이 소리들이 들리지 않을 것이다. 그들은 아주 조용히 가냘픈 소리로 울었다. 손으로 강아지들을 만져보았다. 아직 털이 폭신폭신하다. 금방이라도 실크로 변할 듯 부드럽다. 내 손길이 닿으니 강아지들이 꿈틀거린다. 하얀 녀석, 얼룩무늬 녀석, 흑백이 섞인 녀석. 녀석들이 젖을 달라고 내 손을 핥는다.

"집." 랜들 오빠가 말했다. 오빠의 목소리는 차분하고 단호했지만, 닻이 풀린 배처럼 집이 기울어질 때 나는 그 공포감을 차마 감당하기 어려웠다.

"물이다." 스키타 오빠가 말했다. "물이야."

"젠장!" 아빠가 소리쳤고, 또 한 번 집이 기울 때 우리는 모두 어둠 속에서 팔을 짚으며 자세를 잡아야 했다.

"물이야." 내가 말했다.

"여기까지는 못 올라올 거다. 여기까지는 못 와."

"아빠." 나는 내 목소리가 어둠 속에서도 붙잡을 수 있는 손처럼 너무 분명하고, 차분하고, 흔들림 없어서 스스로도 놀랐다. "다락방에 물이 찼어요."

물은 이번에는 더 빨랐다. 내 발가락을, 발목을 적시며 들어오더니 이내 정강이까지 차오르기 시작했다. 삽시간에 날 휘감으며 유혹했다. 바람이 울부짖었다.

"어떤 가족이 있었대……." 랜들 오빠가 말했다.

"우리도 안다." 아빠가 말했다. 카미유 때 열네 명 가족이 익사했었다. 다락방에서. 집의 벽돌들이 또다시 들려 올라가는지 집이 요란한 소리를 내며 흔들렸다.

"이 거지 같은 다락방에서 죽는 일 따위는 없어." 스키타 오빠의 목소리였고, 이내 탕탕거리며 무너지는 소리가 연신 들려왔다. 내가 고개를 들자 파편들이 눈 속으로 떨어져 내렸다. 오빠가 지붕 안쪽을 치고 있었다. 출구를 내려는 것이다.

"이리 와." 랜들 오빠가 말했다. "주니어, 누나 옆으로 가." 주니어의 작고 가는 손가락들이 내 손목에 느껴진다. 주니어는 뭔가에 쾅 부딪히더니, 양동이 위에 앉은 원숭이처럼 내 무릎 위에 가만히 앉았다. "이제 됐다."

랜들 오빠가 어둠 속에서 뭔가를 휘두르더니 이내 그것이 지붕을 부수며 구멍이 하나 생겼다. 한 줄기 빛이 쏟아졌다. 오빠가 어금니를 꽉 물고 나무판자를 후려쳤다. 오빠 손에 들린 게 뭔지는 모르겠지만 아무튼 구멍을 내는 데는 성공이었다. 오빠가 다시 그것을 휘두르자 나무판이 뜯어지면서 내 손가락만 한 구멍이 생겼다. 오빠가 사슬톱을 휘두르고 있는 게 보였다. 그 뭉툭한 끝으로 지붕을 후려치고 있던 것이었다.

"여기 혹시 기름…… 남았나?" 랜들 오빠가 연신 후려치며 말했다.

"모르겠구나." 아빠가 소리쳤다. 폭풍이 구멍 사이로 바람과 비를 흘려보내며 목소리를 높이고 있었다. 우리는 실눈을 뜨고 구멍 쪽을 바라보았다. 물이 내 가랑이까지 차 올라왔다. 집이 기울어졌다.

랜들 오빠가 한 번, 두 번 사슬톱의 줄을 잡아당겼다. 세 번째로 잡아당겼을 때 시동이 걸렸고, 톱이 요란한 소리를 내며 살아났다. 오빠는 손가락만 한 구멍으로 톱을 들어 올려 비뚤배뚤한 선을 그었고, 톱을 빼내서 맞은편에 선을 하나 더 그었다. 괄호 모양이 되었다. 그러고 사슬톱은 퍽 소리를 내며 멈추었다. 오빠가 다시 줄을 잡아당기며 시동을 걸려고 했지만 이번에는 좀처럼 말을 듣지 않았다. 오빠는 다시 톱을 잡고 휘둘렀다. 좀 이상하지만 아무튼 괜찮은 망치가 되었다. 나무에 금이 가더니 바깥쪽으로 들려 올라가기 시작했다. 오빠가 다시 한번 사슬톱을 붙잡고 팔을 휘두를 때 꼭 감은 오빠의 눈꺼풀이 파르르 떨렸고, 마침내 지붕이 열렸다. 비바람이 괴성을 질렀다. **너희들을 기다리고 있었다.** 물이 차올라서 관처럼 묵직해진 다락방 안으로 빛이 쏟아져 들어왔다. 랜들 오빠가, 그 작은 손을 빨래집게처럼 꼭 쥐고서 오빠 등에 매달린 주니어를 붙잡았다. 그리고 지붕 위로 올라갔다. 굶주린 폭풍의 아가리 속으로.

끔찍했다. 바람이다. 매질하는 데 쓰이는 전깃줄처럼 사나운 채찍을 휘두른다. 비. 살갗을 후려치는 돌멩이처럼 우리의 눈 속을 파고들며 눈을 뜰 수 없게 만든다. 물. 사방에서 소용돌이치며 모였다가 굽이쳐나가는 물은, 그 아래 가라앉은 웅덩이 흙 때문에 붉고도 붉어 보여서 피가 그치지 않는 거대한 상처 같다. 마당에 남아 있던 고물들. 냉장고며 잔디 깎는 기계며 자동차며 침대 매트리스가 선박들처럼 떠다닌다. 나무들과 부러진 나뭇가지들. 끝없이 터지는 폭죽처럼, 자꾸자꾸, 그칠 줄 모르고 펑펑 소리를 내며 튀어 오른다. 우리. 지붕 위에서 꼭 껴안고 하나로 뭉쳐 있는 우리. 나는 강아지 양동이를 전선으로 연결해 어깨에 메고서 양동이에 몸을 부딪치며 덜덜 떨고 있다. 온통 물과 바람. 아빠는 우리 뒤에서 무릎을 꿇고 두 팔로 우리를 끌어안고 있다. 스키타 오빠는 차이나를 껴안고 있고 차이나는 울부짖는다. 아빠의 트럭이 마당에서 천천히 흔들리면서 떠다닌다.

 스키타 오빠가 몸을 구부려 청바지 단추를 풀었다. 바지를 벗더니 가슴 앞에서 팽팽히 당겨본다. 다리가 바람에 후들거린다. 오빠가 차이나의 뒷다리를 가랑이에 끼더니, 바지 한쪽을 어깨 위로 넘기고 다른 쪽은 겨드랑이 밑으로 집어넣는다.

 "묶어줘!" 스키타 오빠가 소리쳤다.

 나는 바지 끝을 모아 단단히 묶었다. 내 손가락은 뻣뻣하게 굳어 감각이 없다. 나는 젖은 천을 있는 힘을 다해 묶고서 손으로 한 번 잡아당겨보았다. 차이나의 머리와 다리가 오빠의 가슴팍에 뭉개졌다. 그렇게 청바지 안에 싸였다. 차이나는 아기 보자기에 싸인, 오빠의 아기다. 그 아기는 지금 바들바들 떨고 있다.

 "저기!" 스키타 오빠가 한쪽을 가리켰다. 오빠의 손가락을 따라가니 텅 빈 해골 같은 할머니 할아버지네 집이 보인다. 지붕 꼭대기와 처마가 물 위로 솟아 있다. "언덕에 있잖아!" 스키타 오빠가 외쳤다.

 "저기까지 어떻게 가지?" 랜들 오빠가 소리쳤다.

 "나무!" 스키타 오빠가 지붕 아래쪽으로 조금씩 움직인다. 할머니네 집 쪽으로 뻗어 있으면서 우리 집에까지도 널찍하게 퍼져 있는 떡갈나무 쪽으로. 나무는 펄떡거리는 물 위로 정글짐처럼 솟아올라 있다. "저 나무 위로 기어가자."

 "안 돼! 우리는 여기 있을 거야!" 아빠가 외쳤다.

"물이 계속 올라오면 어쩌려고 그래? 여기 있다가 익사하느니 이렇게라도 한번 해보는 게 나아!" 랜들 오빠가 소리쳤다.

주니어가 두 눈이 휘둥그레져서 입술에 힘을 잔뜩 주고는 이를 악물었다. 랜들 오빠가 나뭇가지를 향해 지붕을 내려가자 주니어가 뒤돌아본다. 랜들 오빠가 한 팔을 가슴 앞으로 뻗어 주니어의 팔을 꼭 붙잡았다.

"웅덩이에서 처음 수영했을 때처럼만 해, 주니어! 꽉 잡아!" 랜들 오빠가 스키타 오빠와 함께 지붕 가장자리로 쪼그리고 나아갔다. 둘 모두 거센 바람에 깃털이 뒤집힌 새처럼 웅크리고, 각자 자기 짐을 꼭 끌어안고 가고 있다. 스키타 오빠가 훌쩍 뛰었다.

오빠가 가장 가까이에 있는 불거진 가지를 붙잡았다. 한 발은 나무에 걸쳤지만 다른 발이 물속에 잠겼다. 차이나가 비명을 지르며 버둥거리니 스키타 오빠가 한 팔로 차이나를 더욱 세게 끌어안고 나뭇가지가 수면으로 휘어지도록 힘껏 매달렸다. 그러고서 다시 한번 몸을 날렸다. 휘어져 있는 그 옆의 가지를 향하여. 오빠가 뛰어올라 또 붙잡았다. 나는 어깨에 멘 양동이를 한 번 더 추스르고 지붕 끝으로 발을 내디뎠다. 바람이 불어와 나를 지붕에 눕혔다. 랜들 오빠가 뛰었다. 아까 그 나뭇가지에 배를 대며 착지했다. 한 팔로는 강철처럼 주니어를 끌어안고 있었다. 오빠들은 두 다리와 한 팔로, 나뭇잎이 반쯤은 다 떨어져 내린 떡갈나무 가지를 따라 앞으로 나가고 있었다. 자기 몸에 매달린 것들을 끌어안고서 두 다리와 한 팔로 물에 빠졌다가, 발로 휘둘러 다시 나뭇가지에 매달렸다가, 그다음 나뭇가지로 뛰면서 앞으로 가고 있었다. 랜들 오빠가 멈추더니 나뭇가지에 착 달라붙어서 뒤를 돌아본다.

"어서 와!"

나는 발가락과 손가락으로 양철 지붕을 꼭 그러쥐고, 지붕 가장자리에 엉덩이를 대고 웅크리고 있었다. 양동이를 다시 추슬렀다. 내 갈비뼈 안에 들어 있는 새가 세차게 날갯짓을 해대는지 심장이 상처 난 새처럼 두근거린다. 내가 숨을 쉬고 있는 것 같지도 않다.

"뛰어." 아빠가 말했다.

나는 몸을 움츠렸다가 뛰어올랐다.

허리케인이 그 거센 손아귀로 나를 붙들었다. 나는 미끄러졌다. 나는 가장 두꺼운 나뭇가지에 발이 닿았다. 나무가 나를 후벼 팼고, 양동이가 요란하게 울렸다. 나는 숨을 쉴 수가 없다. 눈물이 차올랐다. 나는 버둥거리며 나무에 매달려서 나뭇가지로 기어올랐다. 발은 물속에서 첨벙거렸다. 양동이를 비끄러맨 쇠줄이 내 어깨를 파고들고, 이 살아 있는 짐은 벌써부터 내게 너무 버겁다. 덩그러니 뼈만 남은 할머니네 집은 너무나 멀다. 내가 이걸 들고 저기까지 갈 수 있을지 모르겠다. 나는 두 손과 발을 나무줄기에 단단히 붙이고, 끝이 물속에 잠겨 있는 나뭇가지 끝으로 조심

조심 발걸음을 옮겼다. 나무를 꽉 붙들었다. 그리고 뛰었다. 그다음 나뭇가지를 붙잡았다. 랜들 오빠가 거기서 날 기다리고 있다. 우리가 붙잡았던 나뭇가지들이 물속에서, 바람 속에서 떨리고 뒤틀리고 있었다. 작은 나뭇가지들이 묶은 끈이 풀어진 빨랫줄처럼 세차게 휘날렸다. 동물, 살아 있는 동물이었다. 이 물속에서 살아남으려고 발버둥 치는, 등에 탄 우리를 밀쳐내려고 하는.

나는 아빠를 돌아보았다. 거센 바람에 넘어지며 이쪽으로 오고 있었다. 아빠는 나뭇가지로 너무 세게 뛰어오르는 바람에 몸이 반으로 접히듯 걸치면서 얼굴이 물에 잠길 뻔했다. 아빠는 아직도 충격에 빠진 듯했다. 아빠가 바람에 나동그라졌다. 아빠는 눈을 깜빡거리며 우리를 올려다보았다. 뭐라고 속삭이지만, 우리는 들을 수 없다. 입 모양이 보일 뿐. 가.

스키타 오빠가 물속에서 솟아오른 나무 한가운데로 나아가고 있다. 오빠가 나뭇가지들을 밀치며 헤엄쳐 간다. 우리는 채찍처럼 우리를 후려갈기는 나뭇가지들을 헤치며 거센 물결을 거슬러 오빠를 따라간다. 새 같아 보이는, 물 위에 떠다니는 비닐봉지들을 헤치면서. 낚시 그물 같은, 나뭇가지에 걸린 빨랫줄들을 헤치면서. 우리 집에서 떠밀려 온 우리 옷가지들을 헤치면서. 폭풍의 날카로운 이빨을 못 이겨 창문에서 뜯겨져 나온 널빤지들을 헤치면서. 커튼처럼 우리 앞으로 내리꽂히는 빗줄기를 뚫고서. 빙글빙글 돌아가는 아빠의 트럭을, 우리 집 고물들을 끌고 다니는 빗줄기를 뚫고서. 그렇게 우리는 우리 집에서 가장 멀리 떨어진 그리고 할머니네 집에 가장 가까운 나뭇가지에 모두 모였다. 우리는 흔들리는 나뭇가지를 붙들고 서로를 끌어안았다. 차이나가 스키타 오빠의 가슴에 앞발을 모으고서 고개를 앞뒤로 젖히고 있다. 그렇게 오빠의 품에서 나오려고 꿈틀거리자 오빠가 차이나를 한 손으로 단단히 붙든다. 양동이가 내 어깻죽지를 뜯어낼 것 같다. 세 마리 강아지가 아니라 세 마리의 커다란 개를 이고 가는 기분이다. 우리 집에서는 거의 보이지 않던 나무 꼭대기가, 여기서 보니 물 위로 선명하게 보였다. 여기서는 물이 가장 가까운 데 있는 창문의 중간까지밖에 차오르지 않았다. 할머니네 집은 얕은 둔덕에 지어져 있었던 것이다. 우리는 지금까지 아무도 그걸 몰랐다.

"내가 헤엄쳐 가서 창문을 깰게. 그러면 다들 들어와." 스키타 오빠가 말했다.

"서둘러." 랜들 오빠가 말했다.

"에시, 넌 나랑 같이 가자!" 스키타 오빠가 말했다.

"지금 그럴 때가 아냐!" 아빠가 외쳤다.

"강아지 때문이 아니야!" 스키타 오빠가 나를 흘끗 보았다.

"고 작은 게 뭘 한다고!" 아빠가 고함을 질렀다. 아빠가 다치지 않은 손으로 내 팔꿈치를 붙들었다. 꽉 그러쥐었다.

"얘 임신했다고." 스키타 오빠가 또박또박 말했다.

아빠의 얼굴이 굳어졌다. 그리고 잡고 있던 손으로 나를 밀쳤다.

나를 밀치기 직전 아빠도 그걸 보았다. 물을 흠뻑 먹어 살갗처럼 내 몸에 달라붙은 커다란 티셔츠와 반바지를. 이 젖은 옷가지 아래로는 뾰족한 팔꿈치와 소나무같이 곧은 허벅지, 포장도로 같이 평평하던 배가 아니라 그것과는 다른 모습이 드러나 있었다. 아빠가 내 허리의 곡선을, 더 이상 감출 수 없이 밖으로 솟아오른 배를 보았다. 내 아랫배의 과일 같은 곡선을 아빠가 보았다. 나는 양동이 속에서 울어대는 강아지들과 함께 뒤로 나가떨어졌다. 아빠는 나를 밀친 그 순간, 다친 손으로 나뭇가지를 붙잡고서 다치지 않은 손을 내게 뻗었다. 휘둥그레진 눈으로, 가슴 아프고 미안하다는 눈빛으로, **엄마는**— 이라고 말하며 랜들 오빠와 내게 주니어를 건네줬던 이후 한 번도 보지 못한 그 눈빛으로. 나는 숨을 크게 들이마시며 발을 버둥거렸지만, 허리케인이 나를 덮쳤고 이내 등부터 물 위로 떨어졌다. 강아지들이 양동이에서 튕겨져 날아갔다. 그때 강아지들 눈이 처음으로 실눈처럼 뜨였다. 난 장담할 수 있었다. 그것들이 보기에는 내가 자기들을 던진 것이나 다름없으리라는 것을.

"에시!" 랜들 오빠가 외쳤고, 주니어는 두 다리로 랜들 오빠의 허리를 신발 끈처럼 더욱 꽉 조였다. 랜들 오빠가 주니어의 정강이를 붙들었다. 막대자처럼 얇디얇은 그 두 다리를. 랜들 오빠는 뛰어들 수가 없다. "헤엄쳐!" 오빠가 소리쳤다.

나는 철벅거리며 물속에서 발버둥 쳤지만 이상하게 머리통이 수면 위로 올라가지 않았다. 물은 송곳니를 드러낸 붉은 입속 같았고, 그렇게 나를 집어삼키고 있었다.

"씨발!" 스키타 오빠가 소리쳤다. 오빠는 차이나를 내려다보았고, 차이나는 오빠의 포대기에서 나오려는 듯 몸을 비틀어댔다.

"누나!" 주니어가 비명을 질렀지만 물은 나를 옆으로 끌고 갔다. 할머니네 집 창문에서 멀리, 우리 집 마당으로, 날 집어삼키려고 기다리고 있는 우리 집 웅덩이로. 나는 손닿는 거리에 있는 강아지를 낚아챘다. 얼룩빼기 녀석이 내 손에 쏙 들어왔다. 나는 녀석을 셔츠 속에 집어넣었다. 흰둥이와 흑백이 섞인 녀석은 보이지 않았다.

"씨발!" 스키타 오빠가 고함을 쳤다. 오빠가 차이나의 머리를 붙잡고 몸부림치고 있는 차이나에게 뭐라고 속삭였다. 차이나가 이빨을 보이더니 몸을 뒤로 젖히며 오빠에게서 빠져나오려고 했다. 차이나가 몸을 비틀었다. 차이나의 몸통이 오빠가 만들어준 포대기에서 빠져나왔다. 오빠가 차이나의 머리를 붙잡고 눌렀지만 녀석의 몸은 다시 빠져나왔고, 녀석은 숫제 몸부림을 치고 있었다. 녀석이 날아오르며 오빠에게서 완전히 빠져나왔고, 공중에서 몸을 뒤틀면서 물속으로 배가 먼저 떨어졌다. 차이나는 벌써 몸부림을 치며 헤엄쳐 가고 있었다. 스키타 오빠가 뛰어들었다.

물은 나를 집어삼켰고 나는 비명을 질렀다. 머리가 물속으로 잠겨들면서 나는 짭짤하고 차갑고 생수 같기도 한 그 물을 맛보았다. 빗속에서 흘리는 눈물의 맛이었다. **아기들**. 나는 생각했다. 나는 달리기 경주에서 질주하듯이 남은 힘을 전부 짜내 발을 차면서 물 위로 고개를 내밀었지만, 허리케인의 손은 나를 자꾸만 자꾸만 끌어 내렸다. **누가 날 구해줄까?** 허리케인이 답했다. **쉬이이잇**. 물은 둔탁하고 깊은 목소리로 내 입을 막았다. 하지만 나는 진짜 손이, 철조망처럼 차갑고 딱딱한 사람의 손이 내 다리를 잡아당기는 것을 느꼈고, 그렇게 물 밖으로 끌어 올려졌다. 스키타 오빠였다. 오빠는 발도 거의 차지 않고 나와 같이 그렇게 떠밀려 갔다. 차이나의 하얀 머리가, 가차 없는 물살 속에서 빙글빙글 돌며 멀어지고 있었다. 짖고 있었다. 차이나를 바라보던 스키타 오빠가 내게로 눈길을 돌리더니 랜들 오빠에게 외쳤다. **빨리! 빨리!** 랜들 오빠는 창문에 남은 유리와 합판을 손으로, 어깨로, 팔꿈치로 깨뜨리고 등껍질처럼 오빠 등에 찰싹 달라붙은 주니어를 붙잡고서 집 안으로 뛰어들었다. 스키타 오빠가 나를 창문 속으로 떠밀었다. 오빠의 그 손은 내 팔에 단단하게 매인 목줄이었고, 오빠는 다른 손으로 물을 내리치며 차이나를 부르고 있었다. **차이나, 이리 와, 차이나**. 하지만 차이나는 어디서도 보이지 않았다. 아빠가 헤엄을 치며 물속으로 잠겨들었다가 다친 손을 철벅거리며 우리 쪽으로 다가왔다. 아빠가 창문으로 들어왔고 우리 모두 벽을, 부서진 수납장을, 나무판자를 붙잡고 안간힘을 쓰며 버텼다. 마침내 랜들 오빠가 열린 천장에 매달려서 주니어를 업은 채로, 뻥 뚫린 지붕 사이로 허리케인이 손을 휘젓고 있는, 벌써 반쯤 물이 찬 다락방으로 올라갔다. 스키타 오빠가 나를 밀어 올렸고 랜들 오빠는 내 손목이 부러져라 나를 끌어 올렸다. 스키타 오빠가 물속에 잠겨 있던 것을 발로 딛고 힘차게 뛰어오르면서 구멍 사이로 올라왔다. 아빠는 두 발과 한 손을 허우적거리면서 물 위에 떠 있었다. 랜들 오빠가 외쳤다. **아빠를 도와줘!** 스키타 오빠가 다락방 바닥에 뚫린 구멍 바로 옆에 엎드려서 일그러지고 불편한 얼굴로 우리를 바라보더니, 아빠에게 손을 뻗어서 끌어 올렸다. 움직임이 없는 걸 보니 강아지는 내 셔츠 안에서 죽은 게 틀림없었다. 그것을 꺼내며 나는 물과 허리케인 빗물과 웅덩이 물을 뱉고 또 뱉어냈다. 나는 멈출 수가 없었다. 오빠가 팔로 바닥을 짚고 몸을 일으켜서 처참하게 망가진 지붕 바깥으로 향했다. 차이나를 부르면서, 저 멀리서 쓰러진 나무에 감긴 물뱀처럼 몸을 쭉 펴고 소용돌이치는 물속으로 떠내려가는 차이나를 바라보면서. 주니어가 동그란 발뒤꿈치를 쿵쿵 구르며 앞뒤로 몸을 흔들어댔다. 주니어는 눈앞에서 벌어지는 것을 더 이상 보고 싶지 않은지 두 손으로 눈을 가렸다. 주니어가 울부짖었다. **안 돼애애애** —

열두째 날

살아남다

　우리는 뻥 뚫린 다락방에 앉아 있었다. 제트기 같던 바람이 기침 소리만큼 잦아들 때까지. 우리는 뻥 뚫린 다락방에 앉아 있었다. 하늘이 굵은 오렌지색에서 하얗고 깨끗한 잿빛으로 바뀔 때까지. 우리는 뻥 뚫린 다락방에 앉아 있었다. 발치에서 펄펄 끓는 수프처럼 소용돌이치던 물이 차츰차츰 물러나 숲속으로 되돌아갈 때까지. 우리는 뻥 뚫린 다락방에 앉아 있었다. 빗줄기가 빗방울로 잦아들 때까지. 우리는 뻥 뚫린 다락방에 앉아 있었다. 감기에 걸릴 때까지, 불어오는 산들바람에도 우리 몸이 떨릴 때까지. 우리는 할머니 집 다락방에 다닥다닥 붙어 앉아 서로에게 몸을 비비며 열을 내보려고 했지만, 열은 나지 않았다. 우리는 축축하고 차가운 나뭇가지 더미 위에, 인간의 잔해 위에, 그 모든 것들의 한가운데에 앉아 있었다.

나는 아빠 옆을 지나쳐 갔다. 눈을 감고, 다친 손과 멀쩡한 손을 기도하듯 포갠 채 뭐라고 중얼거리고 있는 아빠를. 아직 눈을 가리고 있는 주니어를 안고 있는 랜들 오빠도 지나쳐 스키타 오빠에게 간다. 오빠는 다락 지붕이 거의 뜯겨 나간 곳에, 기다랗고 천장이 낮은 다락방 앞쪽에 웅크리고 앉아 있다. 구멍이 뚫린 곳으로 몸을 기울이고 앉아 있다. 꼭 뛰어들고 싶은 사람 같다. 나는 오빠의 어깻죽지 사이에 손을 갖다 댔다. 오빠의 살이 따뜻하다. 아니, 한참을 달린 사람처럼, 작열하는 뙤약볕 아래 있던 사람처럼 뜨겁다. 오빠는 몸을 움찔거렸지만 나를 돌아보지는 않는다. 부글거리는 물을, 떠올랐다가 튕겨 나가는 나무들을, 범퍼카처럼 빙글빙글 도는 낡은 세탁기를, 흙을 잡아 뜯고 있는 바람을 끝없이 바라볼 뿐. 발밑에서 느껴지는 나무판자가 차갑고 물컹거려서 곧 밑으로 꺼질 것 같다. 나는 오빠의 허벅지 옆으로 내 두 다리를 둘러 뒤에서 오빠를 껴안았다. 내 두 팔을 오빠의 겨드랑이 사이로 집어넣고 얼굴을 오빠 어깨에 묻었다.

"내가 차이나를 죽였어."

오빠가 두 눈을 질끈 감았다 떴다.

"그렇지 않아." 나는 오빠의 목에 대고 말했다.

"아냐, 그래." 오빠의 목에서는 부지깽이로 돌밭을 고르듯 갈라지는 소리가 났다.

"오빠는 우리를 살렸잖아."

오빠가 고개를 내저었다. 오빠의 뺨이 내 이마에 와 닿았다. 오빠의 턱 밑이 씰룩거리고 있다. 오빠가 몸을 비틀었다. 내가 오빠를 더 꽉 껴안았다. 거절하는 것보다 해달라는 대로 해주는 게 더 쉬워서 내 몸을 허락하며 남자들을 껴안았듯이, 그들이 날 보게 하기 싫어서 껴안았듯이 그렇게 꽉 껴안았다. 내 팔이 그렇게 힘이 셌던 적은 없었다.

나는 오빠를 꽉 끌어안았다. 온몸으로, 으스러지도록. 나는 그렇게 언제까지고 있을 수 있었지만, 오빠는 지독히도 세차게 몸을 비틀었다. 자기 몸을 산산이 떼어내버리려는 듯이, 손마디가 떨어져 나가고 갈비뼈가 무너져 내리고 어깨가 빠지고 무릎이 뽑히기를 바라는 사람처럼. 살갗과 뼈와 근육을 모두 털어내버려 아무것도 남지 않게 하려는 사람처럼. 스키타라는 사람이 남지 않게 하려는 것처럼.

"다 괜찮을 거야."

허리케인이 큰 소리로 날 비웃었다. 가지가 잘려 나간 나무가 마당을 나뒹굴다가 아빠의 트럭에 걸려 땅에 내려앉았다. 선을 밟지 않고 칸을 건너다니는 게임에서 이긴 것처럼, 나무는 별안간 멈추었다. 하늘이 너무 가까워 뛰어오르면 내 팔이 닿을 것 같다.

스키타 오빠가 눈을 가늘게 뜨고 폭풍을 바라보았다. 나도 따라 그쪽을 바라보며 하얀 것이 있지는 않은지, 맹렬하게 헤엄치며 짖어대던 차이나가 소용돌이 속으로 사라진 곳에 무엇이라도 있지 않은지 바라보았다. 비닐봉지, 부서진 드라이기, 낡은 냉장고. 차이나와 같이 온기가 있는 것은, 맹렬히 싸우는 것은 아무것도 보이지 않는다. 허리케인이 우리 집의 한 귀퉁이를 부서뜨리고 무너뜨렸다. 양철 문이 떨어져 나가며 허공에서 접시 깨지는 소리를 냈다.

"이제는 그렇게 심하지 않아. 잦아들고 있어." 내가 말했다. 거실이 보였다. 난장판이 된 인형의 집 같다. 나무들이 우리 주변에서 시위라도 하듯 삐걱거리는 소리를 낸다. 오빠 입에서 신음 소리가 새어 나왔다.

"차이나."

물속에 가라앉았던 트랙터가 이제 머리를 삐죽이 내밀고 있었다. 물 위로 후드 꼭대기가 드러나 있었다.

"저 트랙터의 타이어 중간쯤까지 물이 빠지면 내가 찾으러 갈 거야." 오빠가 말했다.

나는 아무 말도 하지 않았다. 그저 내 두 손을 깍지 꼈다. 그렇게 손가락이 사슬이 되어 오빠를 묶어둘 수 있을 것처럼.

세찬 물살 위로 타이어 한 면이 나타나자 오빠가 몸을 움찔했다. 오빠는 내 두 팔이 가둔 물고기 떼. 바람이 불어닥쳤고 나무들이 소스라치게 비명을 질렀다. 하늘에서는 윙윙거리는 소리가 났다. 올라갔다 내려갔다가 맴을 도는 휘파람 소리. 허리케인이 신음했다. 그 소리는 우리 아빠 같은 사람들 백만 명이 통째로 튀긴

생선과 흰 빵과 맥주를 다 먹어치운 뒤 의자를 차버리고 신음하며 일어나는 소리 같았다. 타이어 가운데의 쇠가 번뜩거리며 나타났다. 막 뜨고 있는 눈처럼. 스키타 오빠가 별안간 내 팔을 뿌리쳤다. 물고기 떼가 바위를 만나 솟아올랐다.

"어디 가는 거야?"

스키타 오빠는 벌써 나를 지나쳐, 랜들 오빠를 지나쳐, 아빠 앞에 섰다.

"스키타?" 랜들 오빠가 물었다. 주니어는 랜들 오빠의 흙투성이 티셔츠 안에 얼굴을 묻고 있었다.

스키타 오빠는 우리 모두가 기어 올라온 구멍으로 빠져나가고 있었다. 창문의 유리가 오빠의 얼굴에, 허벅지에, 가슴팍에 상처를 내서 오빠의 살갗은 순식간에 빨갛게 물들어 있었다. 나는 내 팔을, 랜들 오빠를, 주니어를, 아빠를 보았다. 그러고 보니 우리 모두 상처투성이가 되어 곳곳에서 피를 흘리고 있었다.

"애야." 아빠가 말했다.

"찾아야 해."

"허리케인이 아직 가지 않았어." 아빠는 마치 더 편안한 자세를 찾으려는 듯이 옆으로 굴렀다가 무릎을 들었다가 하며 다시 자세를 잡고는, 짚고 일어설 뭔가를 찾았지만 천장이 너무 낮아 우리는 아무도 아빠를 도와줄 수 없었다.

스키타 오빠가 웅크린 채로 돌아섰다. 막 뛰어들려고 하는 움직임 없는 몸. 오빠가 다시 한 마리 동물이 되었다. 적어도 본인은 그렇다고 생각하고 있었다.

"날 기다리고 있을 거야." 오빠는 그렇게 말하고 천장 구멍으로 뛰어내렸다. 아래서 물이 첨벙 튀었다.

"스키타!" 랜들 오빠가 소리쳤다.

나는 뜯겨져 나간 유리창 밖을, 뜯어진 지붕 밖을 바라보았고 오빠가 허리까지 찬 물을 헤치며 고개를 높이 들고, 어깨를 뒤로 젖히고, 두 팔을 높이 쳐들고, 마치 그렇게 물살을 가라앉힐 수 있다는 듯 손바닥을 저 멀리 수면에 얹고서 마당을 헤쳐나가는 것을 보았다.

"조심해라." 아빠가 숨을 내뱉었다. 나는 내 오빠가 반라의 모습으로 떠나가는 폭풍 속으로 걸어가는 것을 지켜보았다. 오빠는 웅덩이 쪽으로 향하고 있었다. 오빠에게로 굽이치며 흐르는 그 물살, 부러진 나뭇가지 꼭대기, 미궁처럼 물에서 떠오르는 잔해들을 향하여. 오빠가 잠시 발을 멈추고, 고개를 돌려 우리를 보았다. 나는 깨진 창문 사이로 손을 흔들었다. 공기가 점점 차가워지고 있었다. 오빠가 다시 앞을 향하더니 비스듬하게 자라난 나무 뒤로 사라져버렸다. 미궁의 아가리 속으로. 가느다란 물살을 남기고서.

물이 다 빠지고 보니 아빠 트럭은 박살이 난 가스탱크 꼭대기에 걸쳐져 있었다. 나머지 아랫부분은 땅에 닿아 있었다. 차 안에 있던 물이 모두 빠져서 차창에는 진흙 더미가 남아 있었다. 마당이 거대한 웅덩이로 변하는 바람에 우리는 그곳을 헤엄쳐 가야 했다. 3월, 비가 온 뒤 강물에 처음 발을 담글 때처럼 발목이 너무 시렸다. 집 뒤로 가보니 뒷문은 완전히 박살이 나 있었다. 방충망 문은 아예 사라지고 없었다. 집 안은 아빠의 트럭처럼 흠뻑 젖어 진흙투성이였다. 우리가 챙겨두었던 먹을 것들이 찬장에서 다 쓸려나와 사라져버려서 우리는 달걀을 찾듯이 은색 콩 통조림을 찾아다녔다. 봉지가 뜯어지지 않은 채 소파 위에 있던 탑라멘이 먼저 눈에 들어왔다. 우리는 라면을 셔츠로 감쌌다. 내 손은 스키타 오빠를 안았을 때 묻은 피로 분홍색이었다. 나는 손을 거실의 찬물에 넣고 씻었다.

"여기에 있을 수는 없어. 지낼 곳이 필요해." 랜들 오빠가 인상을 썼다. "네 손이며 물이며……." 오빠가 말끝을 흐렸다. "물속에 뭐가 있는지 어떻게 알겠어."

아빠는 아기들 입술처럼 핏기 없는 입술로 고개를 내저었다. 얼이 빠진 것 같았다. 트럭을, 망가진 집을, 나무라고는 한 그루도 보이지 않는 마당을, 폭풍이 남겨놓고 간 것들을 물끄러미 바라보고 있었다.

"어디서 말이냐." 아빠가 말했다. 답을 바라고 묻는 투가 아니었다.

"빅 헨리 형네."

주니어가 랜들 오빠의 등에 매달려 있다가, 드디어 눈을 뜨고는 눈에 힘을 주었다. 주니어는 꼭 술에 취한 사람 같았다.

"스키타 오빠는 어떡하지?"

"우리를 찾을 거야." 랜들 오빠가 말했다. "아빠?" 오빠가 한 팔을 아빠에게 얹고 길 쪽으로 고개를 돌렸다.

"그래." 아빠가 헛기침을 했다.

"고칠 수 있어요." 랜들 오빠가 말했다.

아빠는 축 처진 어깨로 바닥을 내려다보았다. 아빠는 나를 흘끗 보았는데, 수치심이 거미처럼 옆으로, 아주 빠르게 아빠 얼굴에 스쳐 지나갔다. 아빠는 다시 집 안을 지나 길로 시선을 던지고 천천히, 비틀거리며 걸음을 뗐다. 아빠의 다리 뒤에서 피가 흘러나와 바지를 적시고 있었다.

우리는 쓰러지고 찢긴 나무들을 헤치며 길가로 나왔다. 우리는 맨발이었고 아스팔트는 따뜻했다. 물은 우리가 신발을 찾을 새도 없이 거실로 들이닥쳤던 것이다. 폭풍은 마치 잡초를 뽑듯 나무를 뽑아다가 도처에 흩뿌려놓았다. 우리는 길이 어디였는지를 발바닥에서 느껴지는 돌의 느낌으로 짐작해야 했다. 내가 늘 보던 나무들, 구부러진 모양으로 자란 떡갈나무들, 길게 뻗어 있던 소나무들, 사거리의 목련 나무. 모두가 부러지고 뭉개져 있었다. 급류처럼 흐르는 도랑의 물소리가 우리를 길로 이끌어주었다. 부아 소바주의 심장부로.

처음 우리 눈에 들어온 집은 제이븐 오빠네 집이었다. 집은 널빤지 지붕이 뜯겨져 나가 윗부분이 훤했다. 집 안은 어두웠고 아무도 없었는데, 마침내 제이븐 오빠라고 생각되는 사람이 눈에 들어왔다. 매니 오빠만큼 피부색이 밝은 그 오빠는 나무 더미 앞에 라이터 불을 켜놓고 서 있었다. 전에 차고였던 곳 같았다. 폭풍이 지나가고 난 뒤의 차가운 공기 속으로 한 줄기 명멸하는 온기. 워낙 집을 다닥다닥 붙여 짓던 때 생긴 집이라, 우리는 바로 옆의 집들도 볼 수 있었다. 참상이었다. 모든 집이 허리케인을 정면으로 맞서서 흔적을 찾을 수 없이 무너져버렸다. 프랑코 오빠와 오빠의 부모님이 마당에 서서 서로를, 모든 것이 뭉개진 주변을 멍한 얼굴로 바라보고 있었다. 프랑코 오빠네 집은 지붕 절반이 날아가고 없었다. 크리스토프와 조슈아 오빠네 집은 현관이 몽땅 사라졌고, 지붕도 일부분이 뜯어지고 없었다. 나무 한 그루가 '마마' 아주머니와 틸다 언니네 집에 처박혀 있었다. 그리고 다닥다닥 모인 이 동네 집들처럼, 사람들도 꼭 그렇게 거리에 나와 있었다. 맨발로, 옷은 반쯤만 걸친 채로, 쓰러진 나무와 무너진 트램펄린 주변을 걸어 다니며, 옆 사람과 이야기를 나누며, 고개를 절레절레 저으며, 했던 말을 하고 또 하면서. **살았네, 살았어. 살았구나. 살았다**라고. 빅 헨리 오빠가 마키즈 오빠와 함께 집 앞에 서 있었다. 빅 헨리 오빠네 집도 다른 집들처럼 지붕 한 귀퉁이가 날아갔고, 한때 마당에 서 있던 나무 여섯 그루가 모두 집 쪽으로 쓰러져서 마치 집 둘레에 초록색 담장이 세워진 것 같았다.

"이건 기적이야. 나무들이 어떻게 하나같이 집 쪽으로 쓰러지냐." 빅 헨리 오빠가 말했다.

"우리가 나무 위를 방금 걸어 다녔는데, 형네가 이리로 오는 게 보이더라고." 마키즈 오빠가 말했다.

빅 헨리 오빠가 손에 든 칼을 휘두르며 고개를 끄덕였다. 날이 검고 날카로웠다.

"혹시 무슨 일이 생기면 이 칼로 나무를 베면서 형네로 가려고 그랬지." 마키즈 오빠가 설명했다.

"스키타는 어디 있어?" 빅 헨리 오빠가 물었다.

"찾고 있어." 랜들 오빠가 등에 업은 주니어를 추슬러 올리며 대답했다.

"뭘 찾아?" 마키즈 오빠가 물었다.

"차이나가 물살에 휩쓸려 갔어." 내가 말했다.

"물살에?" 빅 헨리 오빠가 물었다. 끝이 높이 올라가며 목소리가 갈라질 것 같았다.

"웅덩이 쪽 개울로 빠진 것 같아." 랜들 오빠가 말했다. "집 안으로 물이 들이닥쳤어. 집에서 헤엄쳐서 빠져나와서, 할머니네 다락방에서 허리케인이 갈 때까지 기다렸어."

나는 말하고 싶었다. **우리도 다 익사할 뻔했어. 다락방을 부수고 나와야 했어. 강아지들도 잃었고, 차이나도 잃었어.**

"우리 있을 곳이 필요해." 내가 말했다.

"우리 집은 나랑 엄마뿐이야. 방이 많아. 따라와." 빅 헨리 오빠가 말했다. 오빠는 번쩍이는 칼날을 들어 마키즈 오빠에게 던졌다. 오빠는 손잡이를 잡았지만 하마터면 떨어뜨릴 뻔했다.

"괜찮으신 거죠, 클로드 아저씨?" 빅 헨리 오빠가 아빠에게 물었다.

아빠 얼굴의 모든 선들이, 어깨가, 목이, 쇄골이, 손끝이 땅으로 잡아당기는 그물에 걸린 듯 내려앉는 것 같았다.

"그래. 잠깐이면 될 거다. 이놈의 손 때문에." 아빠는 길게 말하지 않았다. 빅 헨리 오빠가 고개를 끄덕였고 그 사려 깊은 손을 아빠의 등에 얹었다. 그러고는 북적거리는 사람들과 쓰러진 나무, 버려진 낚싯줄처럼 엉킨 전선들을 헤치면서 우리를 집으로 데려갔다. 오빠는 어깨 너머로 나를 흘끗 보았는데, 그 눈길이 무척 부드럽고 조심스럽고 달콤해서 나는 못다 한 내 이야기를 끝마치고 싶었다. 난 말하고 싶었다. **나 임신했어.** 하지만 말하지 않았다.

헤어롤을 머리에 말고 엄청 큰 티셔츠에 슬리퍼를 신은 아주머니들, 핫팬츠에 탱크탑을 입은 여자애들, 자전거를 타는 남자애들, 한데 모여 서로를 가리키고 하늘을 가리키며 서 있는 아저씨들 사이에서 매니 오빠를 보았다. 그는 흰색과 은색의 소형 트럭 뒤 칸에 앉아 있었다. 차는 뜯겨 나간 나무들에 둘러싸인 채로 반은 길가에, 반은 길 밖에 세워져 있었다. 그는 사람들 너머 우리를 물끄러미 바라보고 있었다. 이렇게 멀리 있는데도 그 근육질의 어깨와 황금빛 피부, 까맣고 까만 눈동자가 보였다. 그의 다리와 가슴에 온통 진흙 자욱이 뭉개져 있었다. 그가 잠깐, 어색한 동작으로 한 팔을 들었다. 랜들 오빠가 아빠와 빅 헨리 오빠의 등에 눈길을 고정하고서 내게로 몸을 숙였다.

"저 자식이야?" 오빠가 속삭였다.

나는 고개를 끄덕이고 땅을 바라보았다.

"네가 저 자식 좋아하는 건 알았어. 하지만—" 랜들 오빠가 헛기침을 했다. "저 자식이 그런 짓을 했을 줄은 몰랐다."

"내가 원했어."

"저 새끼를 내가 흠씬 두들겨 패줄 거야." 오빠는 너무 힘을 주며 말해서 단어 한 마디 한 마디가 휘파람 소리 같았다.

어떤 여자애 하나가 사람들 속에서 떨어져 나오더니 매니 오빠의 트럭 옆자리에 앉아 그의 어깨에 머리를 기댔다. 샤일라였다. 매니 오빠가 여자 옆에 뻣뻣하게 굳은 채 앉아 있었다. 여전히 나를, 랜들 오빠를 바라보며, 손을 들어 인사해주기를, 고개를 까딱하기를, 무엇이라도 어떻게 해주기를 기다리며. 내가 랜들 오빠의 팔꿈치 안쪽을 손가락으로 문지르자 주니어의 다리가 내 손등에 부딪혔다. 주니어의 살갗 그리고 랜들 오빠의 살갗이 따뜻하다. 나는 랜들 오빠를 방패 삼아 걸었다. 내 따뜻한 바람막이, 내 오빠와 동생을.

"아니야, 오빠. 그럴 거 없어. 내가 벌써 해줬어."

랜들 오빠는 코웃음을 쳤지만 주니어를 업은 채로, 내가 팔짱을 낀 자기 팔뚝에 힘을 꽉 주면서 나를 자기 옆으로 바싹 끌어당겼다. 우리는 함께 빅 헨리 오빠네 앞문으로 들어갔다.

빅 헨리 오빠의 어머니 버나딘 아줌마는 펑퍼짐한 엉덩이에 좁은 어깨가 꼭 빅 헨리 오빠의 절반 사이즈였다. 이 어둡고 더운 집 안에서 아줌마는 아빠를 소파에 앉히고는 열린 문과 창문으로 들어오는 빛 속에서 아빠의 붕대를 풀고 상처를 소독한 다음 다시 붕대를 매주었다. 아줌마의 손은 벌새처럼 작고 빨랐다. 꼭 빛처럼. 아줌마는 우리에게 다진 고기로 샌드위치를 만들어주었고, 아줌마네 남동생이 작은 발전기를 가져오자 전선을 끌어와 냉장고와 연결했다. 그리고 작은 선풍기도 하나 연결하더니 거실 창틀에 올려놓고 아빠 얼굴 쪽으로 방향을 틀어주었다. 잿빛으로 일그러진 아빠의 얼굴 쪽으로.

마키즈 오빠는 스키타 오빠를 찾겠다고 우리 집으로 달려갔다가 자기 개를 데리고 다시 돌아왔다. 랄라는 녹인 버터처럼 누런색으로 빛이 났다. 허리케인의 피해를 입지 않은 모양이었다. 우리 집에 갔더니 스키타 오빠가 랄라의 소리를 듣고 숲속에서 나타났다고 했다. 오빠는 쓰레기 더미에서 찾아낸 진흙투성이의 젖은 반바지를 입고 있었지만, 발은 여전히 맨발이었다고 했다. 여기로 스키타 오빠를 데려오려고 했지만 스키타 오빠는 라이터를 빌려달라고만 했을 뿐 차이나를 기다리면서 집 밖에서 지낼 거라고 했다고 했다. 그러고는 자기가 아무리 일장 연설을 늘어놓아도 씨알도 먹히지 않기에 그냥 와버렸다고 했다. 마키즈 오빠는 자기 입안의 살을 씹으면서 이 이야기를 했다. 스키타 오빠를 데리고 오지 못한 게 부끄러운 모양이었다. "걔 고집은 아무도 못 꺾어. 걔가 하고 싶지 않다는 일은, 네가 아니라 누구라도 못 시켜." 랜들 오빠가 말했다.

그날 밤, 고장 나지 않은 트럭과 사슬톱을 가진 사람들이 길의 나무를 치워내고 젖은 것들을 태우고 모닥불을 피워 올리는 동안, 우리는 빅 헨리 오빠네 거실 바닥에서 얇은 침낭을 깔고 잠을 잤다. 오빠네 엄마가 오빠에게 부엌에서 속삭이는 소리가 들렸다. "하나 더 있지 않니?"

"응. 걔를 찾고 있대."

"필요한 만큼 있으라고 해라. 살았다는 것만으로도 어디니."

"그래." 빅 헨리 오빠가 말했고 나는 그가 우리를 보고 있는 걸 느꼈다. 내 품에서 땀을 흘리며 이따금씩 움찔거리며 잠이 든 주니어를, 아직도 소파에 돌처럼 굳어 있는 아빠를, 얼굴을 바닥에 대고 팔짱 낀 두 팔에 고개를 묻고서 이 작은 거실에서 거의 사선으로 자고 있는 랜들 오빠를. 밖에서는 물에 흠뻑 젖은 벌레 한두 마리가 윙윙거리며 날아다녔고, 나는 스키타 오빠가 어디에 있을지 궁금했다. 불 앞에 앉아 있는 오빠가, 비가 지나가서 찬 기운이

가시며 다시 더워진 이 밤에 새까만 어둠 속으로 고개를 치켜든 오빠가 눈에 보이는 것 같았다. 그렇게 기다리는 오빠가.

빅 헨리 오빠와 그의 삼촌 솔리 아저씨가 문간에서 이야기를 하고 있다. 발전기를 가져다주었던 키가 크고 깡마른 그 아저씨는 집에서 새긴 흐린 문신으로 팔뚝이 시퍼렜다. 해가 폭풍의 마지막 흔적까지도 태워 없애버렸는지 하늘은 먹구름 한 점 없이 깨끗하다. 둥근 현관 사이로 쏟아지는 햇살이 빅 헨리 오빠를 지나 내 얼굴 위로 뜨겁게 떨어져 내렸다.
"그 다리가 떠밀려 갔더라."
"후미에 있던 오래된 다리요? 첫 번째 거, 아니면 두 번째 거요?"
"세 번째 있던 작은 다리."
"동쪽 다리는 어떻게 됐어요?"
"그건 괜찮아. 길에 아직도 물이 찼다고 하더라만, 그래도 운전은 할 수 있을 거야."
"어떻다는데요?"
솔리 아저씨가 헛기침을 하더니 침을 뱉었다.
"안 좋아." 그가 다시 헛기침을 했다. "정말 안 좋다." 아저씨는 어깨를 한 번 들어 올렸다. "내가 저 방수포 다시 필요하다고 말했는데, 네 엄마는 어디 계신 거냐?"

빅 헨리 오빠가 지붕의 망가진 곳을 보여주려고 아저씨를 데리고 밖으로 나갔다. 오빠는 맨발이었는데 발이 아기 발처럼 희고 보드라워 보였다.

"에시." 아빠의 목소리가 소파에서 들려왔다. 목구멍을 수세미로 막아놓은 것 같은 목소리였다. 나는 곁눈질로 아빠를 볼 수 있을 정도로만 고개를 돌렸다. 털을 곤두세운, 낯선 개에게 다가갈 때 하듯이.

아빠가 낮게 뭐라고 웅얼거리고 있었다. 그리고 자세를 고쳐서 앉더니 다친 손과 멀쩡한 손을 배 위에 올려놓았다. 나오지 않는 텔레비전을 바라보면서.

"스키타가 말한 게, 사실이냐?"

나는 보풀이 일어난 적갈색 카펫을 바라보았다. 아빠가 누워 있는 소파 아래쪽은 아직 털이 풍성했다. 그쪽은 아무도 밟지 않았나 보다. 나는 베개에 머리를 묻은 채로 아주 조금만 움직여 고개를 끄덕였다.

아빠 목구멍에서 꼴깍거리는 소리가 났다. 아빠는 헛기침을 하며 침을 삼켰다.

"널 미는 게 아니었는데."

아빠가 앞발로 세수를 하는 고양이처럼 다치지 않은 손으로 얼굴을 문질렀다. 아빠의 코와 뺨이 어둠 속에서 번들거렸다.

"그런데…… 그랬구나." 아빠가 숨을 들이마시더니 말을 멈추었다.

나는 눈을 빨리빨리 깜빡였다. 끓는 물이 내 가슴 위로 쏟아진 것 같은 느낌, 내 얼굴을 적시는 느낌이었다.

"미안하다."

나는 말하고 싶었다. **알았어요**. 혹은, **맞아요**. 아니면 **나도 미안해요**. 하지만 나는 방 안에 있는 생쥐처럼 기어 들어가는 소리로, 외마디 신음 소리만 냈다. 아기가 어디서 자게 될지, 나와 함께 침대에서 웅크리고 자게 될지 머릿속으로 그려보면서. 내가 주니어에게 우유 타는 법을 가르치게 될지 떠올려보면서. 아빠가 우리에게 가르쳐주었던 것처럼. 아빠는 이제 늙었으니까.

"얼마나 됐냐?"

"몰라요." 내 목소리는 너무 높아서 마치 나 아닌 다른 사람이 말하는 것 같았다. 고개를 돌리면 오빠와 동생 사이에 내가 모르는 여자애가, 방금 대답을 한 어떤 아이가 누워 있을 것만 같았다.

"될 수 있으면 얼마나 된 건지 알아봐라."

"네." 나는 아빠 쪽으로 몸을 돌리며, 몸을 앞으로 숙이는 아빠를 보면서 대답했다. 단단하기만 하던 그 몸이 둥글게 수그러드는 것을 보면서, 딱딱하기만 하던 그 실루엣이 무너지는 것을 보면서. 아빠의 무력한 손. 주니어가 아기에게 우유를 먹일 것이다. 양쪽으로 베개를 쌓아 두 팔을 올려놓고 침대에 앉아 있을 것이다. 아기를 돌보며 그렇게 오래도록 앉아 있을 것이다.

열두째 날 살아남다

"아무 탈 없는 건지 잘 확인해라."

내가 고개를 끄덕였다.

"행여 잘못되는 일 없도록."

아빠가 다치지 않은 손으로 주머니를 문지르고 있었다. 비닐봉지 부스럭거리는 소리가 들렸다. 그 순간, 엄마가 거기 아빠 옆에 있었다. 손바닥으로 아빠의 무릎을 감싸 쥐고 아빠의 무릎에 팔을 올려놓은 채. 아빠와 같이 텔레비전을 볼 때면 늘 그렇게 앉아 있었듯이. 나는 이런 걸 환상통이라고 하는 건지, 우리가 엄마를 느끼듯 아빠도 없어진 손가락을 그렇게 느낄지 궁금했다. 없지만 있는 엄마를. 그렇지만 아빠가 다시 나를 올려다보았을 때는, 내 오른쪽 어깨를 지나쳐 열린 문으로 눈길을 던졌을 때는 여전히 아팠다. 엄마가 사라지고 없었다.

만일 여자아이라면 난 엄마 이름을 붙여줄 것이다. 로즈. 로즈 템플 바티스테.

"세인트캐서린으로 가보지 않을래?" 빅 헨리 오빠가 방충망 문으로 들어오면서 말했다. 그는 그 분홍색 발로 랜들 오빠의 머리를 밟고는 깜짝 놀라서 뒷걸음질 쳤다. 방충망 문이 덜컹거렸다. 랜들 오빠가 졸린 눈으로 올려다보았다. 나는 주니어의 머리에 손을 얹고 쓰다듬었다.

"뭐야?"

"차에 기름 넣어 왔어. 우리 운전할 수 있어. 다들 어떻게 됐나 좀 보자."

 랜들 오빠가 천천히 몸을 일으켰다. 오빠는 기지개를 펴더니 하품을 하며 말했다.

 "우리, 집에 갔다 올게. 집에 가서 먹을 것 좀 더 찾아봐야지. 형네 집도 많이 못 챙겨놨다는 거 알아."

 "가면 스키타 오빠가 있을지도 몰라."

 아빠가 고개를 세차게 내저었다. 아빠의 짧은 고수머리는 한쪽이 눌려 판판해져 있었다.

 "스키타는 오지 않을 거야." 아빠가 말했다. 아빠는 다친 손의 손목을 꺾어서 머리 거죽을 벗겨낼 듯이 머리를 긁고 있었다. 사고가 나기 전에, 허리케인 전에, 엄마 옆에 서 있으면 더욱 커 보였던 아빠의 전선같이 꼿꼿하던 몸은, 지금은 고무줄이 된 것처럼 부드러워졌다. "난 이놈의 손을 좀 어떻게 해야겠는데."

 만일 남자애라면 나는 스키타 오빠를 본뜬 이름을 지을 것이다. **제이슨***. 제이슨 앨든 바티스테.

 "건질 것 없나 같이 나가보자." 빅 헨리 오빠가 말했다. 나는 주니어를 흔들어 깨웠다. 밖으로 나가니 하늘은 구름 한 점 없이 파랗다.

---

* 메데이아 이야기에 나오는 이아손의 영어식 발음.

강과 만이 만나면서 만들어진 후미는 여느 여름날처럼 고요해서, 바람이 물을 길 위로 끌어다 놓고 간 것만 아니라면 허리케인이 다녀갔다고는 믿기 힘들 정도였다. 우리는 후미의 물이 있어서 다른 곳보다 안전할 거라고 생각했지만, 카트리나는 줄어들지 않은 그 힘과 세기로 그토록 질기게 머물러 있으면서 모두를 놀라게 했다. 카트리나는 전에 한 번도 일어난 적 없는 일을 벌여놓고 떠났다. 이제, 부아소바주에 가족이 있거나 집은 여기 있지만 허리케인을 피해서 세인트캐서린으로 가 있었던 사람들이 긴긴 행렬을 이루며, 집을 찾아서 물에 잠긴 후미를 건너오고 있었다. 빅 헨리 오빠는 핸들에 바짝 붙어 운전을 하고 있었다. 길은 물에 잠겨 군데군데 보이지 않았고, 우리가 물속을 달리고 있는 건 아니라는 증거, 빅 헨리 오빠가 모는 이 차가 아빠의 트럭처럼 빙글빙글 돌아 우리를 전부 물에 빠뜨리지는 않을 거라는 유일한 증거는 물에 잠긴 아스팔트 가장자리에 나 있는 늪지 풀이 전부였다. 물은 물살을 가르는 물고기의 지느러미처럼 타이어에서 멀어졌다 가까워지며 우리를 따라왔다. 흙탕물을 일으키면서. 나는 폭풍으로 만의 바닥에서 무엇이 끌려 올라왔을지 궁금했다. 따뜻하고 짙은 흙탕물 속에 무엇이 남아 있을지.

"나무들이 다 어디 갔어?" 주니어가 물었다.

부아소바주에는 용케 버티고 남은 나무들이 몇 남아 있었다. 어린 나무 몇 그루, 땅으로 낮게 자라 있어서 최악의 폭풍을 피한 단단한 떡갈나무. 비록 그 나무들도 잎은 다 떨어져 나가고 가지는 절반밖에 남지 않아 한겨울의 나무처럼 벌거벗고 있었지만. 여기 세인트캐서린은 나무가 죄다 베어져 나가서 하늘이 너무 훤했다. 부아소바주에는 개싸움을 마친 스키타 오빠와 리코 오빠처럼, 군데군데 찢겨 나가고 뜯겨져 나가기는 했어도 집들이 서 있었다. 우리 집처럼 기우뚱하게 기울어진 것도, 절반은 물에 잠긴 것들도 있었다. 하지만 여기는, 하늘이 너무 휑했다. 뭔가가 내 가슴 속에서 소용돌이치면서 퍼지다가 똑똑 떨어져 내렸다. 아무런 흔적도 없이.

세인트캐서린에서 우리가 처음 도착한 대로는, 북쪽의 기다란 마을로 이어지면서 해변에서 가장 멀리 떨어진 곳이었는데도 역시 진흙투성이였다. 원래 있던 집들은 모두 사라지고 없었고, 그렇지 않으면 아예 위아래가 뒤집혀 있거나, 토대에서 뜯겨져 나가 옆으로 밀려가면서 옆집을 박아버린 것도 있었다. 고등학교 건물에도 물이 넘쳤고 초등학교는 팬케이크처럼 편편하게 뭉개져버렸다. 길가에 아직 서 있는 송전선에는 전선에 휘감긴 사륜 오토바이가 매달려 있다. 바퀴가 열여덟 개 달린 대형 트럭까지 주차되어 있던 주차장은 텅 비어 있었다. 주차장에 남아 있던 차 중 여덟 대가 주차장에서 나와 길 한가운데 뒤집혀 있었다. 나무에 부딪혀서 엉망이 되어버린 모양이 꼭 레고 장난감 같았다. 트레일러 주차장이었던 곳은 쓰러진 도미노 더미 같았다. 트레일러 위에 트레일러가 겹겹이 쌓여 있어서 누가 블록 쌓기 놀이를 한 것 같았다. 어딜 가나 사람들이 있었다. 모두 죽다 살아난 이들 같았다. 한 백인 할머니와 흑인 할아버지가 한 그루 남은 어린 나무 위에 방수 천을 펼치고 그 아래서 지내고 있었다. 한 베트남 가족은 이동식 주택에 쓰는 철 지지대에 이불보를 씌워서 텐트를 만들고 그 안에 들어가 있었다. 드리운 천 안에 합판을 까니 마룻바닥이 되었다. 십대 소녀들과 여자들은 주차장과 텅 빈 주유소에서 먹을 만한 것과 챙겨둘 만한 것을 찾느라 잔해 더미를 뒤지고 있었다. 사람들이 전에 교차로였던 지점에 모여 서 있었다. 표지판은 사라지고 없었다. 모두들 발에 비닐봉지를 씌운 채로, 누군가 자기들을 차로 와서 데려가기만 기다리고 있었다. 하지만 이리로 오는 사람은 아무도 없었다.

"뭐야?" 빅 헨리 오빠가 누가 뭘 묻기라도 한 듯 말했다.

우리가 해안 쪽의 대로로 가려고 방향을 틀려는데, 맞은편의 좁은 길 한 귀퉁이에 한 아줌마가 앉아 있었다. 머리에 수건을 뒤집어쓰고 플라스틱 의자 위에 몸을 왼쪽으로 기울이고 앉아 있다. 아줌마가 손을 흔들기에 우리는 속도를 늦추었다.

"그쪽으로는 못 가. 저기 아래로는 가도 길이 없어."

"알겠어요, 아주머니."

"너희들 먹을 건 좀 없니?" 아줌마는 어금니가 없었고 백인인지 아니면 밝은 피부의 흑인인지 분간하기 힘든 어중간한 피부색이었지만, 나는 아줌마가 나이가 많다는 것을 알 수 있었다. 마치 코와 눈과 입술이 고요한 물에 떨어진 돌들이라는 양, 얼굴에 잔물결 같은 주름들이 있었기 때문이다.

"있어요." 내가 말하고는 우리가 챙겨두었던 탑라멘을 하나 꺼내서 앞좌석에 앉은 빅 헨리 오빠에게 건넸다. 오빠가 창문으로 그것을 아줌마에게 주었다. 아줌마가 라면을 손에 쥐고 뚫어지게 바라보더니 소리 내 웃기 시작했다. 씩 웃는데 거의 잇몸밖에 보이지 않았다. 아줌마의 티셔츠에는 분홍색과 파란색의 테디베어가 그려져 있었는데, 아마 전에는 흰색 테디베어였을 것이다.

"그래, 좋다." 아줌마는 계속 웃었다. "좋아."

빅 헨리 오빠는 한 30미터밖에 되지 않는 길이었지만, 최대한 끝까지 차를 몰고 가서 도랑으로 빠지지 않도록 최대한 길옆으로 빼서 세워두었다. 진흙이 차 옆면에 사정없이 튀어 레이스 같은 무늬를 만들었다. 주니어가 다시 랜들 오빠의 등으로 기어 올라갔고, 랜들 오빠는 주니어의 다리 밑으로 팔을 넣어 두 손을 맞잡았다. 주니어의 뺨이 랜들 오빠의 뺨에 맞닿았다. 나는 허리케인 이후로 오빠가 주니어를 내려놓는 것을 본 적이 없다. 길 한가운데 우리 쪽을 향하고 집 한 채가 서 있다. 우리가 앞으로 알게 될 비밀로부터 우리를 막아 세우려는 듯. 우리는 집을 돌아서 계속 앞으로 갔다.

길가에는 집들이 더 많이 있었다. 상자처럼 네모지고 평평하게 생긴 한 이층집은 토대에서 떨어져 나와 아예 옆면을 땅에 대고 있었다. 어떤 집은 옆으로 밀려나면서 옆집과 딱 붙어버렸다. 집의 토대와 콘크리트 블록이 땅에서 들리면서 집에서 뜯겨져 나와 몇 미터 앞 허공에 비죽이 서 있기도 했다. 야구 모자를 쓴 한 여자가 무너져버린 집의 잔해들을 헤집고 있었고, 주니어 나이쯤 되어 보이는, 그 여자의 아들은 길가에 쪼그리고 앉아서 우리가 지나가는 것을 찡그린 얼굴로 바라보았다. 노란색 티셔츠를 입은 한 남자는 자기 집 토대를 막대기로 들쑤시고 있었다. 우리는 전에 초등학교가 있던 곳을 지나갔고, 며칠 전까지도 랜들 오빠가 뛰었던, 그러나 여름 캠프에 갈 기회를 잃었던, 그리하여 재능만으로, 랜들 오빠라는 사실 하나만으로 대학에 스카우트 될 수 있는 기회를 잃었던 경기장을 지나쳐 갔다. 매니 오빠가 내 비밀을 알고 나를 버렸던 그곳을, 스키타 오빠가 날 위해 싸웠던 그곳을. 이제 그곳에는 엄청난 나무토막과 쇳덩어리 더미밖에 남아 있지 않았고, 나는 그날 그 일이 일어났던 세계가 어디로 사라져버린 것인지 궁금했다. 우리는 더 이상 그 세계 안에 있지 않았다.

"젠장." 랜들 오빠가 내뱉었다. 오빠는 주니어의 다리를 더 세게 쥐었고, 주니어는 아픈지 소리를 냈지만 아무 말도 하지 않았다. "싹 다 사라졌어." 오빠가 말했다.

우리는 그렇게 서서 이 난장판을 바라보다가 이내 발걸음을 옮겼지만, 랜들 오빠는 차마 발걸음이 떨어지지 않는지 경기장을 돌아보고 또 돌아보았다. 전에는 있었지만 지금은 없는 그것을. 전선이 진흙 더미가 된 길 위로 거대한 뱀처럼 늘어져 있다. 우리는 그 위를 뛰어넘었다. 나무가 싹 사라지고 없으니 기찻길에 오르는 것이 한결 쉬웠다. 우리가 어렸을 때 굴 껍질 많은 후미에서 수영을 하고 있으면, 요란한 소리를 내며 달려오던 그 기차들이 지나가던 길이다. 그 만의 물이 넘어와서 부아소바주를 삼켰고, 세인트캐서린을 삼켰고, 그렇게 산산조각을 내서 이제 다시 뱉어 놓았다. 집 한 채가 기찻길 한가운데에 놓여 있다. 노란색 집이었는데, 폭풍에 창문이 박살 났지만 커튼은 남아 있었다. 커튼이 힘없이 펄럭였다. 우리는 그 집 위로 기어 올라가서 기찻길의 동쪽과 서쪽을 바라보았다. 많은 집들이 기찻길로 밀려와 한 줄로 늘어서 있었다. 나무 구슬을 두른 강철 목걸이 같다.

기찻길 뒤편으로는 이 나무 구슬이 없었다. 그 뒤로는 집이 한 채도 없었다. 거대한 판자 더미뿐이다. 때로 판자들은 색깔이 다 같았고, 그래서 우리는 집 한 채가 거기 서 있었겠다고 짐작할 수 있었다. 여기에는 쓸 만한 걸 찾아 잔해를 쑤시고 다니는 사냥꾼들도 없다. 여기서 무엇을 건져 갈 수 있단 말인가? 땅으로 묻혀 버렸거나 바다로 쓸려 가지 않은 것이 남아 있단 말인가? 나무 그루터기가 막 잘려 나가 삐죽삐죽하고, 한때 집이었던 널빤지들이 막 뜯겨 나가 울퉁불퉁하고, 모든 것은 반으로 두 동강이 나 있다. 해변 근처, 여기서 아주 가까워서 수평선 쪽으로 곁눈질만 해도 보일 법한 해변 근처에는 떡갈나무들이 있었다. 어떤 것들은 공원 안에 그대로 서 있고, 어떤 것들은 잎이 떨어진 윗부분을 바다에 처박고 쓰러져 있다. 남아 있는 것들도 죽은 것 같아 보인다. 치과가 있고, 메기와 옥수수튀김을 팔던 식당이 있고, 동물 병원이 있고, 작고 어두운 책방과, 뭔가를 깨뜨릴까 겁이 나서 들어가 볼 엄두도 나지 않던 골동품점이 있었던 좁은 거리는 맹렬한 공격을 받은 모양이었다. 폭풍이 남기고 간 것은 콘크리트 도로에 내팽개쳐진 팬케이크처럼, 맥없이 쌓여 있는 판자들뿐이었다.

우리는 길 끝에 다다랐다. 여기는 해변도로마저 몇 덩어리로 뜯겨 나가서 붉은 점토와 굴 껍질 더미만 남아 있었다. 주유소, 요트 클럽, 해변을 향해 있던 낡은 하얀 기둥 집들, 수영하러 오던 시절, 기름을 넣거나 감자칩과 미끼 따위를 사러 아빠와 올 때마다 우리를 더욱 작고 더럽고 가난하다고 느끼게 만들었던 그 하얀 집들 전부가 사라지고 없었다. 무너지거나 파괴된 것이 아니라 싹 사라지고 없었다. 허리케인은 콘크리트 바닥에서 뻗친 머리카락처럼 솟아 있는 강철 빔 몇 개만 남기고 갔다. 해안을 따라 나 있던 고속도로 위로는 강물이 흘러가고 있었다. 그 너머 해변에 소파가 하나 놓여 있었다. 백발에 셔츠 단추를 풀어 헤친 한 남자가 소파 팔걸이에 걸터앉아 있었다. 고개를 가만히 들고 있기도 하고 눈을 비비기도 하고 머리칼을 쓸어 넘기기도 하고 울기도 했다. 그리고 개, 햇볕을 받고 있는 커다란 오렌지색 개가 코를 쿵쿵거리며 그를 맴돌고 있다. 개는 뛰어다니다가 뭔가를 발견하고 미친 듯이 짖어대고 있었다. 닫혀 있는 검은 보석 상자였다. 개는 코를 쿵쿵거리며 냄새를 맡더니 다리를 들어 올리고 오줌을 누었다.

"아무것도 남지 않았구나." 빅 헨리 오빠가 말했다.

내가 세인트캐서린에 왔었던 그 어느 때보다도 조용하다. 바람 소리, 평평하고 검푸른 바다의 파도 소리뿐. 바다는 큰 소리를 내며 휘몰아치지도 않고 파도 한번 끌어오지도 않고 얌전하다. 빅 헨리 오빠의 목소리가 들렸는지 개가 우리 쪽을 올려다보더니 다시 제 보물에 코를 박고 냄새를 맡고 있다.

"이리 와봐." 랜들 오빠가 말했다.

빅 헨리 오빠와 내가 따라갔다. 랜들 오빠의 등에 업힌 주니어는 잠잠한 바다에 떠 있는 배 위에 앉아 있는 것처럼 부드럽게 오르락내리락한다. 우리는 만신창이가 된 길의 가장자리를 까치발로 걸었다. 나는 길이 혹시 더 무너져 내리는 건 아닐까 겁이 났다. 우리는 다 먹은 정어리 통조림 깡통처럼 텅 빈 차와 떡갈나무들을, 망가져버린 식료품점 간판의 흔적을 넘어 다녔다.

"여기다." 랜들 오빠가 우리를 조용하고 탁 트인 바다에서 떨어진 길 한쪽으로 이끌었다. "여기 봐."

오빠가 전에 은행이었던 곳 뒤쪽의 콘크리트 더미 위로 뛰어올랐다. 은행 건물 토대의 한가운데에는 이제 엘리베이터만 한 금고만 덩그러니 남아 있었다. 오빠는 콘크리트 더미 위에서 몸을 숙이더니 아래를 들여다보았다.

"여기 봐."

"주류 상점이잖아." 빅 헨리 오빠가 말했다.

"아빠가 생각나서." 랜들 오빠가 말하자 우리는 모두 무릎을 꿇고 앉았다. 흔들거리는 콘크리트 판 위에서 균형을 잡고 나무판 사이로 안을 들여다보니, 그늘 속에서 붉고 검푸르고 보라색으로 빛나는 와인병과 보드카, 진병들의 유리 파편들이 보였다. 나는 깨지지 않은 연녹색 매드독 와인병을 하나 찾았다. 랜들 오빠는 오렌지색 매드독을 찾아냈다. 빅 헨리 오빠가 빨간색을 찾았고 작은 진도 한 병 찾았다. 주니어가 손가락으로 가리키자, 랜들 오빠가 커다란 보드카 한 병을 끄집어냈다. 빅 헨리 오빠는 매드독 두 병을 하나씩 반바지 주머니에 넣었고, 나는 진병과 오렌지색 매드독병을 랜들 오빠 주머니에 나누어 넣었다. 오빠는 엄지손가락을 허리띠 안으로 집어넣어 바지를 추켜올렸다. 빅 헨리 오빠가 커다란 보드카병을 들었다. 나는 다시 쪼그리고 앉아서 뜨거운 콘크리트 틈새를 바라보았다. 스키타 오빠를 위해 가져갈 만한 보물이 또 없을까 하고. 우리가 이런 걸 찾아냈다고 오빠에게 이야기를 들려줄 만한 게 없을까 하고. 하지만 여기에는 깨진 술병과 짓이겨진 간판, 부서진 나무토막 같은 쓰레기밖에 없다.

빅 헨리 오빠가 내 옆에 쪼그리고 앉았다. 랜들 오빠는 주니어를 보면서 길가 아래쪽을 가리키고 있었다. 예전에 다녔던 학교의 도서관이 있던 자리였을 것이다, 아마.

"네가 한 말 들었어. 너네 아빠랑 이야기할 때."

나는 스키타 오빠에게 최대한 분명하게 말해야 할 것이다. 그러면 스키타 오빠는 눈을 감아야 할 것이고, 아주 잠깐 동안은 차이나 생각을 할 수 없을 것이다. 내가 카트리나 이야기를 할 때, 카트리나가 이 연안에 해놓은 짓을 이야기할 때 오빠는 그 말을 들어야 할 것이다.

"아기 아빠가 누구야?" 빅 헨리 오빠가 물었다. 오빠의 눈에는 불타는 분노도, 매니 오빠의 얼음처럼 차가운 냉소도 없었다. 따뜻함만 있었다. 나뭇잎 몇은 벌써 색이 변하고 공기가 맑아지고 하늘에는 구름 한 점 없어지는, 가장 날 좋은 가을날의 햇살처럼.

"얘는 아빠 없어." 내가 말했다. 나는 파란색과 흰색이 섞인, 가장자리가 뭉툭해진 유리 조각 하나를 손바닥에 올려놓았다. 그리고 빨간색 유리 조각과 분홍빛 벽돌 조각을 하나 집었다. 나는 세 개를 모두 주머니에 집어넣었다. 스키타 오빠가 내게 엄마가 우리에게 마지막으로 했던 말을 들려주었듯이, 나도 오빠에게 이 이야기를 들려줄 것이다. **이건 술병이었어.** 나는 말할 것이다. **그리고 이거, 이건 창문이었어. 이건, 건물이었고.**

"그렇지 않아." 빅 헨리 오빠가 말했다. 오빠는 그렇게 말하며 저 먼 잿빛 만으로 눈길을 돌렸다. 얕은 물에 차 한 대가 떠 있었다. 차는 꼭대기가 붉게 빛났다. "이 아기한테는 아빠가 있어, 에시." 그는 그 크고 부드러운 손을 뻗어서, 아마 그의 발바닥만큼이나 보드라울 그 손을 뻗어서 일어서는 나를 부축해주었다. "이 아기는 아빠가 아주 많아."

나는 볼이 팽팽하게 당겨지며 웃었다. 내 눈가가 젖었다. 나는 짠물을 삼켰다.

"너한테는 언제나 내가 있다는 거 잊지 마." 그가 말했다.

나는 주머니 속에서 손안의 돌들을 아프도록 꼭 쥐었다. 나는 빅 헨리 오빠에게 이 이야기를 할 수 있으면 싶었다. **물이 들어올 때 오빠가 있었으면 싶었어. 그 큰 손이, 땅에 뿌리 박은 나무둥치 같은 다리가.** 나는 엉망이 된 땅 위로 난 길을 따라서, 우리가 오는 것을 지켜보고 있는 랜들 오빠와 주니어에게로 갔다.

나는 유리와 돌을 줄로 묶어서 내 침대 위에 매달아놓을 것이다. 어둠 속에서 그것들이 반짝이면서 카트리나의 이야기를 들려줄 것이다. 멕시코만으로 밀려와 모든 걸 살육해버린 한 어머니 이야기를. 그 어머니가 탄 마차는 아주 거대하고 검은 폭풍이었다고, 그래서 그리스 사람들은 그 마차를 용이 끄는 마차라고 했다고. 그 어머니는 우리를 뼛속까지 찢어놓으면서도 우리를 살려두고, 갓 태어난 쭈글쭈글한 신생아처럼, 눈 못 뜬 강아지들처럼, 햇볕에 탄 새끼 뱀들처럼 우리를 발가벗기고 어쩔 줄 모르게 만드는 잔인한 어머니였다고. 그 어머니는 우리를 어두운 멕시코만에, 소금이 말라붙은 육지에 남겨두었다고. 우리에게 기는 법을 가르쳤다고. 우리에게 잔해 더미를 뒤지는 법을 가르쳤다고. 다음번 어머니가 그 커다랗고 무자비한 손을, 냉혹한 심장을 가지고 올 때까지 우리는 이 어머니를 기억할 거라고.

스키타 오빠는 전에는 마당이었지만 지금은 나뭇가지와 판자와 차와 전선과 쓰레기가 뒤엉켜 난장판이 된 곳을 말끔히 치워 공터로 만들었다. 우리 집은 진흙을 아낌없이 발라 짙은 색으로 색칠한 집 같아 보였다. 물살에 휩쓸려 한쪽으로 기울어져 있었다. 밤바람이 시원하게 느껴졌지만 그건 낮이 워낙 더워서였다. 버나딘 아줌마는 우리에게 씻으라며 물이 담긴 커다란 컵 하나씩을 주었다. 샤워는 행주를 물에 적셔서 비누칠을 하고서, 빅 헨리 오빠네 기울어진 파란 욕실, 약간 썩은 달걀 냄새가 나는 그곳에서 옷을 다 벗고 온몸에 비누칠을 한 뒤 그 한 컵의 물로 비누를 헹구어내는 것이었다. 그것만으로도 천국이었다. 아줌마는 아빠의 붕대를 풀어 손을 씻겨주었고, 손을 가까이 들여다보며 말했다. **조금 붉네요.** 아빠는 얼버무리면서 대답했다. **괜찮아질 겁니다.** 저녁은 정어리 통조림과 비엔나소시지, 옥수수 통조림, 과자처럼 씹어 먹었던 생라면, 포도와 빨간색 소다수였다. 다디단 소다수를 마지막 한 방울까지 들이켜고, 손톱에 묻은 정어리기름까지 빨아 먹고 난 뒤에도 나는 여전히 배가 고팠다. 우리는 집으로 차를 몰고 갔는데, 나무 한 그루가 뽑혀 길을 가로막고 있어서 차를 나무 꼭대기에 주차해야 했다.

 스키타 오빠는 도끼를 찾아낸 모양이었다. 아니면 맨손으로 판자를 쪼갰거나. 오빠는 조각낸 나무들 한가운데에 앉아 있었다. 오빠가 피운 불은 커다랬고, 우리가 다람쥐를 구워 먹을 때 피웠던 불보다 불길이 더 높았다. 너무 높아서 그 불길이 오빠의 정수리를 뛰어넘어 오빠를 새까맣게 태울 것 같았다. 내가 아까 찾아낸 유리 조각 같은 빛을 내면서. 오빠는 진흙과 흙을 뭉쳐서 둥그렇게 만들고 그 안에 양동이를 뒤집어놓고서는 그 위에 앉아 있었다. 팔꿈치를 무릎에 올려놓고 눈은 불만 바라보고 있었다. 청반바지와 테니스 운동화 차림의 오빠 옆에는 타이어가 하나, 사슬이 하나 있었다. 사슬은 허리케인이 올 때의 먹구름처럼 짙은 회색이었다. 차이나의 물건들. 오빠는 차이나의 물건들을 찾아냈다.

 "오빠 먹을 것 좀 가져왔어." 내가 말하자 오빠가 우리가 올 줄 알았다는 듯이 놀라지도 않은 얼굴로 올려다보았다. 오빠는 눈의 흰자가 더욱 하얗고, 예전 그 어느 때보다도 더 움직임이 없었다. 마치 오빠 안에 무거운 돌이라도 들어가 앉은 것처럼. 오빠의 중심에는 아직 콘크리트 토대가 남아 있는 것처럼.

 "고마워." 오빠가 말했다. "우리 신발." 오빠가 내가 미처 보지 못한 조그만 더미를 가리켰다. 신발이 진흙 더미와 뒤섞여 한 무더기 쌓여 있었다. 차이나가 강아지였던 시절 우리 신발을 쌓아놓았던 것과 꼭 같은 모양으로. "내가 찾아냈어."

우리는 더미를 뒤졌다. 스키타 오빠가 비엔나소시지 캔을 하나 따고, 정어리 봉지를 하나 풀어서 크래커로 작은 샌드위치를 만들어 먹기 시작했다. 오빠는 아주 천천히 씹었다. 부스러기가 입가에 묻자 혀로 닦아냈다.

"우리랑 같이 가자." 랜들 오빠가 자기 신발에 발을 넣으며 말했다. 주니어가 랜들 오빠를 타고 내려오는 게 꼭 조그맣고 검은 그림자 같다. 나는 주니어의 신발을 던져주었다. 랜들 오빠가 땅 위에 앉아 있고, 주니어는 오빠 무릎에 앉아 있다. 랜들 오빠가 주니어의 땀에 젖은 민둥 머리에 턱을 올려놓고 있다.

"우리 집에 방 많아." 빅 헨리 오빠가 말했다. 오빠가 작은 시가를 빨아들이니 끝이 빨갛게 타올랐다. "내 방에서 자도 되고."

"우리 다 오빠를 걱정하고 하고 있어." 내가 말했다. 오빠들은 절대 말하지 않을 테니까.

스키타 오빠는 음식을 먹으며 웃었지만 고개를 저었다. 오빠는 우리가 가져온, 오빠가 제일 좋아하는 크림소다를 따서 한 모금 넘겼다.

"난 어디에도 안 가." 오빠는 샌드위치를 또 하나 만들어서 먹었다. 어둠 속에서 고기 냄새가 진동을 했다. 크래커는 아무 냄새가 나지 않았다. 장작불이 타고 있어서인지 꼭 고기를 굽는 듯한 냄새가 났다. 불은 견딜 수 없이 뜨거웠다. 나는 스키타 오빠 옆에 앉았지만, 쓰러진 나무에 아직 매달려 있는 통통한 초록 잎사귀들의 감촉을 느끼고 싶어서 몸을 뒤로 젖혔다. "어딘가에 있어. 지금 돌아오고 있어."

"네가 세인트캐서린을 못 봐서 그래. 폭탄이 떨어진 것 같더라. 전쟁통 같아." 랜들 오빠가 말했다.

"부아소바주는 세인트캐서린이랑 달라." 스키타 오빠가 잠깐 인상을 썼다. 오빠의 두 눈 사이에 빗금처럼 검은 선이 생기고 오빠의 입술과 코가 잘못 맞춰진 퍼즐 조각처럼 뒤틀렸지만, 오빠의 얼굴은 이내 다시 평온하고 부드러워졌다. "차이나 헤엄 잘 쳐."

"낮에는 여기로 돌아오면 되잖아." 빅 헨리 오빠가 새로운 아이디어를 냈다.

"싫어."

"만약 차이나가 돌아온다면 말이야, 오빠. 다른 데로 또 가지는 않을 거야."

"만약 같은 건 없어." 오빠가 뒷목을 잡아당겨 티셔츠를 벗듯이 머리 거죽도 벗겨낼 수 있다는 것처럼 목부터 정수리까지를 문질렀다. 그렇게 거죽을 벗겨내면 다른 사람이 나올 것처럼. 어둠 속에서 인간의 형상을 떨쳐내고, 새하얀 차이나에 걸맞게 새까만, 빛나는 거대한 웅덩이가 될 것처럼. 그래서 숲속에 남은 것들을 휩쓸고 강줄기를 따라 흘러가서, 떨고 있는 다람쥐들이 가득 찬 떡갈나무 구멍에 코를 처박고 있는 혹은 강물에 갇힌 토끼들을 향해, 땅을 향해 코를 킁킁거리고 있는 차이나를 찾을 거라는 듯이. "만약 같은 건 없어. 언제 올지뿐이지."

나를 돌아보았을 때 오빠는 다시 고요해져 있었다. 모래가 다져져서 바위가 된 것처럼.

"나한테 돌아올 거야. 두고 봐."

우리는 여기, 벌레 소리 하나 들리지 않는 낯선 어둠 속에 오빠와 같이 앉아 있을 것이다. 우리는 잠이 올 때까지 이렇게 앉아 있을 것이고, 그러다가 다리가 아플 때까지, 주니어가 랜들 오빠의 품에서 잠들 때까지, 주니어의 연약한 목이 랜들 오빠의 팔꿈치 위로 떨어질 때까지 여기 있을 것이다. 랜들 오빠가 주니어를 바라볼 것이고, 빅 헨리 오빠가 나를 바라볼 것이고, 나는 스키타 오빠를 바라볼 것이고, 오빠는 우리 누구도 바라보지 않을 것이다. 오빠는 어둠을, 폐허가 된 집들을, 진흙 더미 속의 물건들을, 뿌리에서 뽑혀 잎들이 시들어가는, 우리를 빙 둘러싼 나무들을 바라볼 것이다. 오빠는 계속 불을 지펴서 이곳을 등대처럼 환히 밝힐 것이다. 오빠는 차이나의 꼬리가 몸통에 부딪히는 소리를, 진흙을 밟는 그 발소리를 들을 것이다. 오빠가 앞날을 내다보고 있으면 차이나가 오빠가 피워놓은 불의 원 안으로 불쑥 나타날 것이다. 허리케인에 만신창이가 되어서 더 이상 빛이 나지 않는 몰골로, 그래서 오빠의 이처럼 누런색이 되어, 오빠 눈의 흰자 색깔이 되어, 오빠의 피가 튄 뼈의 색깔이 되어, 그렇게 더러워졌지만 살아서, 살아서, 살아서 나타날 것이다. 차이나가 나타날 때 오빠의 얼굴은 일그러지며 눈물에 젖을 것이고, 물이 마르듯 그 눈물도 마를 것이다. 차이나가 떠나 돌이 되었던 심장에서도.

차이나. 차이나는 돌아올 것이다. 길고 곧게 서서, 젖가슴에서 우유 방울을 흘리며. 차이나는 우리가 이곳 웅덩이에 만든 빛의 원을 내려다볼 것이고 내가 잘 지켜보았다는 것을, 잘 싸웠다는 것을 알아줄 것이다. 차이나는 젖으면서 나를 언니라고 부를 것이다. 별도 하나 없는 밤, 누군가를 기다리는 거대한 침묵만이 내려앉아 있다.

차이나는 내가 엄마임을 알게 될 것이다.

옮긴이의 말

 이 작품이 2011년 전미도서상 수상작으로 호명되었을 때 제스민 워드는 수상 소감을 자기 동생 이야기로 시작했다. 글을 쓰고 작가가 되고 싶지만 부모님의 반대와 너무 어려운 집안 형편 때문에 고민하고 있던 대학생 시절, 남동생이 뺑소니 운전자의 차에 치여 목숨을 잃는 사고가 일어난다. 그리고 동생의 그 죽음으로 워드는 흔들리던 마음을 굳힐 수 있었다고 털어놓았다. 바로 인생을 살면서 자신에게 정말 의미 있는 일을 해야겠다는 것을 그리고 자신에게는 그것이 글쓰기라는 것을 깨달은 것이다. 책의 앞머리에서도 동생에게 이 책을 바쳤듯, 워드는 글쓰기를 가능하게 해준 사람으로 죽은 남동생을 제일 처음으로 꼽았다. 수줍은 듯 간소하지만 강단 있게 소감을 발표하고 내려가는 모습이 이 소설의 수수하면서도 뚝심 있는 느낌과 매우 비슷하다고 느껴졌다.

이 소설은 2005년 여름, 미국 뉴올리언스를 강타한 허리케인 카트리나를 소재로 했다. 미시시피 연안 빈민가의 한 흑인 가정이 허리케인 카트리나가 다가오기 전 열흘과 폭풍 당일 그리고 그다음 날까지를 어떻게 겪어나가는지, 총 열이틀의 시간을 하루 단위로 구성해 보여준다. 덕분에 소박하지만 탄탄한 문체와 맞물려 한 장 한 장 넘어갈수록 긴장감과 흥미가 더해진다. 그런데 이 이야기가 비단 이야기를 위해 꾸며낸 허구가 아니라면 어떨까? 바로 작가 자신이 허리케인 카트리나의 생존자라면.

미시시피 연안 흑인 마을에 살고 있던 작가는 2005년 카트리나가 닥쳤을 당시 온 가족과 고스란히 그 참상을 겪어야 했다. 급격히 불어나는 물에 자동차를 타고 이동하려고 했지만 이내 물살에 휩쓸려버렸고, 이에 이웃이었던 백인의 집으로 피신을 부탁했지만 매몰차게 거절당하는 '인간적인' 비극도 겪었다. 또한 폭풍이 지나가고 아무것도 남지 않은, 말 그대로 흔적도 없이 폐허가 되어버린 동네를 목격하는 충격을 추스르는 데만도 만만치 않은 시간이 걸렸다고 한다.

작가는 허리케인의 참상을 겪은 이후 2년 반 동안 글을 거의 한 자도 쓰지 못했다고 하니, 하물며 나중에 자신이 카트리나에 대한 이야기를 쓰게 되리라고 생각이나 했을까? 하지만 워드는 동생의 죽음에서 자기 인생의 의미를 재확인했듯, 카트리나의 아픈 기억 역시 자신의 치유를 위해, 그리고 같은 일을 겪은 생존자들의 치유를 위해 이야기로 풀어내는 쪽을 택했다. 그리고 그 속에는 독자들이 공감할 수 있는 가족 간의 사랑과 남녀 간의 사랑, 동물과 사람 사이의 사랑, 그리고 살아 있다는 것의 의미가 지독하리만큼 생생하게 그려져 담겼다.

  미국의 오랜 전통의 문학상인 전미도서상 수상작으로 흑인 여성 작가가 역시 흑인의 삶을 소재로 쓴 소설이 채택된 것은 그리 흔한 일이 아니라고 한다. 그러나 "변두리에 사는, 흑인, 빈민의 이야기를 써보고 싶었다"는 작가의 염원은 이미 멋지게 이루어진 것 같다. 글 전반에서 느껴지는 무던하지만 강한 생명력도 아마 생사의 기로를 넘나들며 삶에서 길어 올린 글이 주는 힘이 아닐까 싶다. 이 이야기 속에 들어 있는 사랑과 생명의 그 힘을 독자들도 만끽하기를 바란다.

황근하

은행나무세계문학 에세 • 26
바람의 잔해를 줍다

1판 1쇄 발행 2012년 10월 31일
개정판 1쇄 발행 2025년 10월 20일

지은이·제스민 워드
옮긴이·황근하
펴낸이·주연선

(주)은행나무
04035 서울특별시 마포구 양화로11길 54
전화·02)3143-0651~3 | 팩스·02)3143-0654
신고번호·제 1997 — 000168호(1997. 12. 12)
www.ehbook.co.kr
ehbook@ehbook.co.kr

ISBN 979-11-6737-587-2 (04800)
ISBN 979-11-6737-117-1 (세트)

• 이 책의 판권은 지은이와 은행나무에 있습니다. 이 책 내용의 일부 또는 전부를 재사용하려면 반드시 양측의 서면 동의를 받아야 합니다.

• 잘못된 책은 구입처에서 바꿔드립니다.